U0506752

本書係山東大學基本科研業務費資助項目

山東大學文史哲研究專刊

# 清代杜詩學文獻考

## 增訂本

孫 微 著

上海古籍出版社

圖書在版編目（CIP）數據

清代杜詩學文獻考／孫微著. —增訂本. —上海：
上海古籍出版社，2019.9
　（山東大學文史哲研究專刊）
　ISBN 978-7-5325-9311-8

　Ⅰ.①清… Ⅱ.①孫… Ⅲ.①杜詩—詩歌研究 Ⅳ.
①I207.22

中國版本圖書館 CIP 數據核字（2019）第 173039 號

山東大學文史哲研究專刊

# 清代杜詩學文獻考

（增訂本）

孫　微　著

上海古籍出版社出版發行

（上海瑞金二路 272 號　郵政編碼 200020）

　（1）網址：www.guji.com.cn

　（2）E-mail：guji1@guji.com.cn

　（3）易文網網址：www.ewen.co

江陰金馬印刷有限公司印刷

開本 890×1240　1/32　印張 12.25　插頁 5　字數 307,000
2019 年 9 月第 1 版　2019 年 9 月第 1 次印刷
ISBN 978-7-5325-9311-8
I·3413　定價 58.00 元

如有質量問題，請與承印公司聯繫

# 出版説明

山東大學素以文史見長。二十世紀三十年代,以聞一多、梁實秋、楊振聲、老舍、沈從文、洪深等爲代表的著名作家、學者,在這裏曾譜寫過輝煌的篇章。二十世紀五十年代以來,以馮沅君、陸侃如、高亨、蕭滌非、殷孟倫、殷煥先爲代表的中國古典文學、漢語言文字學研究,以丁山、鄭鶴聲、黃雲眉、張維華、楊向奎、童書業、王仲犖、趙儷生爲代表的中國古代史研究,將山東大學的人文學術地位推向巔峰。但是,隨着時代的深刻變遷,和國内其他重點高校一樣,山東大學的文史研究也面臨着挑戰。如何重振昔日的輝煌,是山東大學領導和師生的共同課題。"周雖舊邦,其命維新"。山東大學文史哲研究院正是在這一特殊歷史背景下成立的,肩負着不可推卸的歷史責任,將形成山東大學文史學科一個新的增長點。

文史哲研究院是一個專門從事基礎研究的學術機構,所含專業有中國古典文獻學、中國古代文學、漢語言文字學、史學理論與史學史、中國古代史、科技哲學、文藝學、民俗學、中國民間文學等。主要從事科研工作,同時培養碩士、博士研究生。著名學者蔣維崧、王紹曾、吉常宏、董治安等在本院工作,成爲各領域的學科帶頭人。

"興滅業,繼絶學,鑄新知",是本院基本的科研方針;重點扶持高精尖科研項目,優先資助相關成果的出版,是本院工作的重中之重。《山東大學文史哲研究院專刊》正是爲實現上述目標而編輯的研究叢書。感謝上海古籍出版社對本叢書的支持,歡迎海内外學友對我們進行批評和指導。

山東大學文史哲研究院

2003 年 10 月

【附記】

　　《山東大學文史哲研究院專刊》已陸續編輯出版多種，在海內外引起廣泛關注和好評。2012 年 1 月，山東大學文史哲研究院與山東大學儒學高等研究院、山東大學儒學研究中心和《文史哲》編輯部的研究力量整合組建爲新的山東大學儒學高等研究院，許嘉璐先生任院長，龐樸先生任學術委員會主任（龐樸先生於 2015 年病故）。本院一如既往，以中國古典學術爲主要研究範圍，其中尤以儒學研究爲重點。鑒於新的格局，專刊名稱改爲《山東大學文史哲研究專刊》，繼續編輯出版。歡迎海内外朋友提出寶貴意見。

2019 年 3 月

# 《清代杜詩學文獻考》(增訂本)説明

拙著《清代杜詩學文獻考》2007 年由鳳凰出版社印行,迄今條已十年矣。十年以來,我的研究工作仍然一直緊緊圍繞着清代杜詩學文獻展開。凡遇有機緣到國内圖書館和高校訪書,必翻檢搜羅,手鈔筆録。隨着經眼之杜詩學文獻日益增多,個人聞見已遠勝於十年之前。另外,由於近年來詩學昌明,整理及影印的詩學文獻大量湧現,往日難睹之孤本秘笈,今已更易獲見。加之目前學術檢索引擎功能的日益强大,查檢古籍書目及歷史人物生平事迹的難度相對降低。這使得筆者對清代杜詩學文獻的纂輯得以不斷增加,對相關文獻著者的情況也了解得越來越多,因而對《清代杜詩學文獻考》的修訂和完善工作顯得愈發迫切。現經數年之遞次修訂,逐漸整理成目前的規模,欲以贖前衍,並以誌吾過,望讀者鑒之。

此次對《清代杜詩學文獻考》的修訂工作,主要集中在以下幾個方面:

一、對清代杜詩學文獻進行了增補。通過十年來更爲廣泛的訪書與調查,加之學界同仁近年來的陸續發現,共增補了清代杜詩學文獻 110 餘種。增訂本所收文獻數量由原書的 410 餘種,增加至 520 餘種。

二、通過考證修訂了某些文獻的真僞問題以及作者的歸屬問題。如盧震《杜詩説略》一書的實際作者,應爲明末清初著名文人丁耀亢。由於丁耀亢的著作在清初遭到禁毀,故《杜詩説略》方嫁於其弟子盧震名下行世。又如道光十一年(1831)陽湖莊魯駒刻朱彝尊《朱竹垞先生杜詩評本》二十四卷實爲僞托之本,該本卷前的《朱竹垞先生原跋》係抄襲篡改何焯《義門讀書記·杜工部集》前之序而成,書中所謂"朱彝尊評"絕大多數係清初李因篤與邵長蘅之評。又如《杜詩分韻》的作者,在原書中曾誤作王士禄、黄大宗,實應爲馬駿(號西樵)、黄之翰(字大宗)。基於這些考證和發現,增訂本中對相關文獻的介紹及排序分別進行了調整和處理。

三、修正了原書中對某些文獻存佚情況的著録失誤。如原書中將毛彰《闇齋和杜詩》歸入卷一"散佚書目"之中,然該書近年被發現尚存,目前藏於寧波大學圖書館,爲康熙四十年(1701)刻本。故此次修訂,便將該本移至卷一"見存書目"之中。

四、重新修訂了原書中關於某些杜詩學文獻成書年代的判斷和結論。如《朱雪鴻批杜詩》,原書據孫殿起《販書偶記續編》誤判其作者爲乾隆時人,今考朱雪鴻即清初崑山人朱謹,字二陶,號雪鴻,與孫枝蔚友善,因此增訂本中對該本的排序亦進行了相應調整。又如北京師範大學圖書館藏王鄰德稿本《睡美樓杜律五言》,原書誤將其置於卷四之末。今據書前王鄰德《睡美樓杜律五言引》可知,其學杜曾得劉文炤(號雪舫)的指授。劉文炤乃崇禎帝之母孝純皇太后之侄,新樂侯劉文炳之弟。李自成陷京師,劉文炳闔家自焚,文炤獨奉祖母逃匿,流落江淮間,寓高郵氾社湖二十年,其與王鄰德之交遊,當於是時。因此可確定王鄰德爲清初人無疑,故增訂本將此書前移至卷一的相應位置。

五、隨着文獻的不斷發掘及考證的日益深入,某些杜詩學文獻著者的生平情況變得愈加清晰,故增訂本中對文獻著者的生平及著述情況進行了更爲詳實的訂補,並按時代先後順序對文獻進行了重新編排。

六、注意吸收近年來學界關於杜詩學文獻的最新研究成果,並將對該文獻的研究及整理情況增補於相關條目之下,以便讀者參考。

七、增訂本中增加了部分文獻的叢書收録、庋藏地、藏書編號、索書號等信息,以便讀者復檢查核。

八、本書部分條目參考了業師張忠綱先生的《杜詩縱横探》、《詩聖杜甫研究》,謹此致謝。

文獻古籍與歷史人物的考據至繁至難,《清代杜詩學文獻考》涉及的文獻及其著者又極爲龐雜,限於個人的水平和精力,書中所收文獻仍有缺漏,錯訛之處亦在所難免,懇請學界方家不吝指正。

孫　微

2017 年 12 月於山東大學

# 序 一

明末清初是杜詩學史上集大成的時代，這時期杜詩學文獻湧現之多可謂盛況空前。據不完全統計，自唐以迄清末，見於著録和現存的杜詩學文獻著作約 800 種，其中清代杜詩學文獻就有 410 種以上，占總數的一半多。除了數量衆多之外，清代杜詩學文獻的品質也是歷代杜詩評注本中成就最高的，如錢謙益《錢注杜詩》、朱鶴齡《杜工部詩集輯注》、黄生《杜詩説》、仇兆鰲《杜詩詳注》、浦起龍《讀杜心解》、楊倫《杜詩鏡銓》等，都是杜詩學史上非常著名的杜詩注本。雖然清代的杜詩學取得的成就頗大，然而對清代杜詩學文獻的研究狀況却並未盡如人意。目前學界對清代杜詩學文獻的總體瞭解主要是依據鄭慶篤等編《杜集書目提要》（齊魯書社 1986 版）和周采泉《杜集書録》（上海古籍出版社 1986 版）二書。然而受當時條件的限制，二書各自相對獨立成書，未能互相借鑒，所收清代杜詩學文獻在數目上有較大出入，並且二書重收、誤收的較多，需要進行認真修訂。除了以上二書所甄録的文獻之外，尚有爲數不少的清代杜詩學文獻未被發現和收録，這些文獻散見於諸多零星的文獻記載之中，亦亟需進行整理。因此，對清代杜詩學文獻進行一次更爲全面細緻的梳理，力争早日編纂出一部能够全面反映清代杜詩學文獻整體狀況的書目，已經越來越成爲學界的迫切需要。

孫微博士的《清代杜詩學文獻考》一書是目前爲止對清代杜詩學文獻搜羅最爲全面豐富的著作。全書共收清代杜詩學文獻 410 餘種，這個數字大大超過了前人。著者通過更爲細緻深入的鈎稽考索，補充了很多前人遺漏失載的文獻，並且訂正了前人的許多疏失，重新釐定出一個相對完備、翔實的清代杜詩學文獻的書目，其嘉惠學林之功可謂大矣。我注意到有許多杜詩學文獻都是本書第一次著録，如陸鉽《杜詩注證謬》、沈起《測杜少陵詩》、劉佑《杜詩録最》、程琦《集杜各體詩》、許之漸《次杜草》、徐禄宜《杜詩偶識》、陳浩《杜詩讀本》、王鄰德《睡美樓杜律五言》等，可以説正是由於本書著者的不懈努力，對清代杜詩學文獻的調查，目前已經基本上做到了摸清家底，這就爲進一步研究清代杜詩學的演進和發展，奠定了一個堅實的文獻基礎。

　　本書在側重著録文獻的同時，還儘量對清代杜詩學文獻的版本、收藏、著録以及今人的研究情況等予以介紹，這就爲研究者進一步考索提供了很大便利。因爲有了這些信息就可以使讀者基本明瞭哪些文獻尚存，都保存在哪些單位，存在什麽不同的版本和鈔本；哪些文獻已經散佚，因何原因，大致散佚於什麽時間；哪些文獻雖然已經散佚，但是通過輯佚工作能够予以最大限度地恢復原貌等情況。另外，本書對散佚杜詩學文獻儘量搜檢輯録其書序跋，著録杜詩學文獻名稱時儘量對文獻的異稱進行介紹，並標明所據，這些工作也都爲進一步研究打下了良好的基礎。

　　此外，對文獻著者生平情況的考證也是本書用力較多的地方。著者通過廣泛的考證，充分利用方志、年譜、書目、碑傳、選集、別集及出土文物等大量原始文獻資料，對諸多失考的杜詩學文獻著者的生平情況進行了較爲充分的鈎稽，很多歷來以爲無從稽考的人物及其生平事迹也有了明確答案。本書就文獻著者的名號、生卒年、仕履、著述等方面情況，花費了很大精力進行梳理考證，澄清了很多模糊認識，對前人的某些失誤進行了詳細辨正，從而最大限度地爲研究者提供了文獻著者準確、翔實的生平資料。例如《集杜詩詞》二卷的著者徐鵬，周采泉《杜集書録》稱其爲“順治時武進上”，本書根據《（同治）上江兩縣志》之《科貢》與《耆舊中》提供的資料,指出其應爲康熙四十二年(1703)癸未科武進士。這樣的考證工作費時費力,不少人視爲畏途,甚或以零散瑣碎而忽之,但正是這些看似瑣碎的考證,爲宏觀研究奠定了堅實的基礎,其價值是不容置疑的。

孫微博士曾從我攻讀唐宋文學,其博士論文即爲《清代杜詩學史》,修改後已由齊魯書社於 2004 年出版。其後,他一直以清代杜詩學文獻爲學術主攻方向,孜孜矻矻,鍥而不捨,對繁瑣的資料考證,人多不屑爲之,他却樂此不疲,樂在其中。在當前物欲橫流、金錢至上、學術急功近利的時代氛圍中,他的這種以學術爲生命的堅韌精神尤爲難能可貴。我主編的集大成式的《杜甫大辭典》,其中"版本著作"與"研究學者"兩類之清代部分,就是由他個人負責編撰的,並任編委。最近幾年,他在杜詩學文獻研究方面所取得的突出成就,令我異常欣喜。他的又一部專著《清代杜詩學文獻考》即將付梓,索序於我,我欣然應命,遂作序於上云。

張忠綱

公元 2007 年 2 月於美國舊金山

# 序　二

　　清代是杜詩學史上第二次研究高潮期，著述繁富，成果顯赫，具有重要的承前啓後意義。從文獻學角度整理這個時期的研究成果，無疑是必要的。然而學界至今尚無一部這個時段的專門著述。

　　此前，學界同人在杜集書目的整理上已經付出過巨大的努力，如馬同儀等編撰的《杜詩版本目錄》、鄭慶篤等編撰的《杜集書目提要》、周采泉編撰的《杜集書錄》，以及某些文化部門和個人編撰的杜集書目等，篳路藍縷，功不可沒。這些著述是對杜詩學史全過程文獻的整體性觀照，或因限於時間和人力，對清代杜詩學文獻的整理尚未做到盡善盡美，諸如在書目的搜集、作者的考訂、文獻的存佚調查、版本的研究等方面，尚存在若干失誤或缺陷。

　　孫微博士近年來致力於清代杜詩學史研究，對清代杜詩學文獻作出細緻的梳理和考證，立志摸清家底，取得了許多新成果。概括起來，主要有以下幾個方面：一是通過認真的訪求、搜檢，整理出一部較爲詳盡的清代杜詩學文獻總目。前人所著的杜詩學文獻目錄，收集清代書目不過200多種，孫微則收集410種以上。如汪樞《愛吟軒注杜工部集》、陸鉞《杜詩注證謬》、鄭光時《杜詩心解》、史紀事《摘杜詩襯》等多種著述，均未見錄於前人。文獻收集是學術研究的前提，孫微的勞動成果較爲完整地顯示了清代杜詩研究的整體面貌，爲人們認識這個時段的研杜成果、學術精神、研究方法與角度，提供了新的材料綫索。當然，現在還不可以説對清代杜詩學文獻囊括已盡，這是個艱巨的工作，需要假以更多的時日。二是對清代杜詩學文獻著者的生平作出補述或新的考證。前人所著的幾種杜詩文獻目録,于文獻著者的生平方面多有失考,留下許多空白。孫微潛心鈎稽,細緻考索,對若干著者的生平作出補述。例如,對於《杜詩字評》的著者董文涣、《紅蕚軒杜詩匯二種》的著者孔傳鐸、《杜詩培風讀本》的著者席樹馨等等或知名或不知名的學人生平,均通過鈎稽史料,作出明確的補述。據筆者統計,補述著者生平空白者多達 120 多人。此外,對於前人所著的幾種杜詩文獻目録中已經作出的著者生平介紹,孫微亦未輕易放過,通過廣覽群書,對若干著者的生卒年、名號等作出新的考證,收穫爲豐。據我統計,這類糾失内容多達 70 餘處。三是對清代杜詩學文獻的存佚情況作出了全面調查和清理。對於前人所著的杜詩文獻目録中的"見存書目",盡一切可能找到書籍,目睹其貌,據孫微自言,他已經把絶大多數現存書籍看過了;對於前人所著的杜詩文獻目録中的"散佚書目",亦能詳加追蹤、搜尋,從而能够發現一些並未散佚的書籍,如應時《李杜詩緯》一書,《杜集書目提要》將其歸入"已佚或存佚不明"一類,而實際上該書並未散佚,成都杜甫草堂紀念館和清華大學圖書館均有收藏。此外,孫微還對確已散佚的文獻,通過輯佚而基本恢復其原貌,如申涵光《説杜》一書確實早已散佚,而其書内容却爲清代諸家廣爲徵引,孫微把仇兆鰲《杜詩詳注》、張溍《讀書堂杜工部詩集注解》、楊倫《杜詩鏡銓》、劉濬《杜詩集評》等書所引用語進行摘録,加以互校,使《説杜》一書基本復原。孫微所下工力,可謂深矣細矣。四是對清代杜詩學版本源流情況作出細緻的研究,糾正了前人在這個方面的若干失誤。如對張篤行《杜律注例》一書初刻本時間的考訂,較之《杜集書目提要》所述提前了一百年。其他如對沈寅、朱崑《杜詩直解》一書初刻時間的考訂,對朱鶴齡《杜工部詩集輯注》一書初刻時間的考訂,等等,均能注重理據,精審推敲,起到正本清源的作用。

　　孫微博士將其上述研究成果理成書稿,該書以時間爲序將清代杜詩學文獻分爲四卷進行排列,每卷按照存、佚兩部加以分述,

每種文獻之下均有著者生平介紹、版本源流述說。資料翔實,文字
嚴謹,行文流暢。是一部具有創新意義的、整體面貌更爲清晰的清
代杜詩學文獻著述。文獻學是治學的根基,相信這部著述會爲杜
詩學界的同人提供很大的便利,在推動杜詩學史的研究上、對杜詩
的研究上,將會產生重要的作用。

　　歲月如流。1996 年,孫微考取了碩士研究生,作爲我的開門
弟子,他按照我的佈置認真解讀了杜詩的全部文本,對杜詩的多數
作品能够背誦,進而對杜甫的思想精神和藝術風貌有了整體性的
把握。其後,他考取了張忠綱先生的博士研究生,對杜詩文獻學有
了清晰的認識,其博士學位論文《清代杜詩學史》獲得專家的贊
評,也爲這部書稿的成功撰寫打下較爲堅實的資料基礎。余也老
矣,心力不足,看到杜詩研究後繼有人,則欣慰有加,在此書即將付
梓之際,寫出上面的話權以爲序,並寄熱誠希望於撰者。

韓成武

2007 年 2 月 2 日

於河北大學紫園

# 前　言

　　清代是杜詩學史上繼宋代以後的第二次研杜高潮，也是杜詩學發展的集大成時代。這個時期許多重要杜詩評注本陸續刊刻，呈現出空前的盛況。其中學術價值較高、影響較大的略有：錢謙益《錢注杜詩》、朱鶴齡《杜工部詩集輯注》、張溍《讀書堂杜工部詩集注解》、盧元昌《杜詩闡》、黄生《杜詩説》、仇兆鰲《杜詩詳注》、浦起龍《讀杜心解》等。清代杜詩學文獻呈現出廣泛化、多樣化的特點，除了繼承宋以來傳統的編年、分門、分體、分韻、李杜和刻等選注方式之外，又開拓出譜釋、考據、類比、證選等多種全新的箋釋方式，從理解、闡釋、分析、量化等多個方面進行了有益的嘗試，極大地豐富了杜詩學文獻的形式，使得杜詩學研究的百花園内姹紫嫣紅、爭奇鬥豔。那麽清代作爲整個杜詩學史上最爲興盛的階段，杜詩學文獻的總體情況如何？ 其中哪些尚存，哪些已經散佚？ 目前學界對這些文獻的研究現狀怎樣？ 這些問題都需要我們進行充分的歸納、整理及反思。目前清代杜詩學文獻的整理與研究情況，可以從以下幾個方面進行簡要概括。

## 一、清代杜詩學文獻目録的釐定整理

　　當今學界對清代杜詩學文獻的瞭解，主要是援據以下幾種書目，即鄭慶篤等編《杜集書目提要》（齊魯書社 1986 年版）、周采泉《杜集書録》（上海古籍出版社 1986 年版）、馬同儼、姜炳炘編《杜詩版本目録》（《杜甫研究論文集三輯》，中華書局 1963 年版),此外還有一些文化部門或個人自行編輯的杜集書目,如《成都杜甫紀念館館藏杜集目錄》、《南京圖書館館藏李白杜甫詩文集及研究兩家的著作善本臨時書目》、賀昌群《收藏杜詩書目》等。這些書目都對杜集的搜羅考證甚詳,其篳路藍縷之功,於杜學居功至偉。不過以上這些書目中所收清代杜詩學文獻數字不一,互有異同,檢索起來頗有不便。而且它們或多或少地都存在一些失誤,因而需要進行更爲細緻的甄別、考訂和整理。據筆者統計,鄭慶篤等編《杜集書目提要》中收錄現存清代杜詩版本142種,散佚注本92種,集杜書目23種,共計257種。不過該書中存在誤收現象,比如有將明人著作誤爲清人的情況,例如鄭日強《杜詩注》、賴進德《李杜詩解》、陳懋仁《李杜志林》、楊光溥《杜詩集吟》等。另外,也有將清人著作誤入明人名下者,如馬駿、黄之翰《杜詩分韻》、阮旻錫《杜詩三評》等。而且《杜集書目提要》中還有重複收錄的現象,如該書《知見書目》部分有龔書宸評注《賞音閣杜詩問津》,《著錄存目》部分又予收錄,書名作《杜詩問津》,二者實爲一書。又如該書《著錄存目》中著錄的《杜詩蕞評》,實即《知見書目》中所著錄的劉濬《杜詩集評》。如此,除去重收、誤收的,《杜集書目提要》實際所收清代杜詩學文獻約爲240餘種。馬同儼、姜炳炘編《杜詩版本目錄》相對較爲簡略,且所著錄的都是見存文獻。此目將同一版本中的不同名家批校本都另立一條予以著錄,另外該書目中還存在一些同書異名的情況,如果除去這些,該目錄實際收錄清代杜詩學文獻77種,這個數字遠不足以反映現存清代杜詩學文獻的整體情況。周采泉《杜集書錄》一書巨細不遺,收錄宏富,其中收錄存佚清代杜詩學文獻多達330餘種。不過《杜集書錄》中亦存在重收、誤收現象,而且330這個數字當中還包括80餘種名家批校本。現在看來,這些杜詩批校本並不能算作嚴格的著作,雖然這些杜詩批校本中不乏精彩絕倫的妙解和勝見,也構成了清代杜詩學的重要組成部分之一。那麽若以較爲嚴格的標準來統計，則《杜集書録》實際所收清代杜集著作有 230 餘種。當然，以上這些書目並未將清代杜詩學文獻悉數囊括，在筆者長期的搜檢過程中，就不斷發現上述書目均未予收録的大量清代杜詩學文獻，如汪樞《愛吟軒注杜工部集》、陸鉞《杜詩注證謬》、鄭光時《杜詩心解》、史紀事《摘杜詩襯》等。當代學者對此也有發現，如蔣寅《清詩話考》中，就著録了酸尼瓜爾嘉·額爾登諤《一草堂説詩》、鄭同旬《評杜詩》等。這些被遺漏、忽略的杜詩學文獻還需要我們進一步搜采。

總之，以上這些書目只是大體上反映了清代杜詩學文獻的一些基本情況，並且所收文獻在數目上互有出入，亦存在許多失誤，其中每一種書目都不能全面反映清代杜詩學文獻的整體情況。也就是説，目前學界還缺乏一個相對完整、令人完全滿意的書目，故極有必要全面整理研究這些存佚的杜詩學文獻，先整理出一個相對完備的書目，做到摸清家底，爲進一步研究清代杜詩學演進、發展的歷史過程，提供一個可資借鑒的文獻基礎。然後才能進行考證文獻産生時間和歸屬以及流傳影響情況等方面的工作。

## 二、清代杜詩學文獻著者生平情況的考證

在上述權威的杜集書目中，一些清代杜詩學文獻的著者生平情況並未得到深入的研究，有許多著者的生平我們目前還不甚瞭解。對這些著者缺乏瞭解的原因，當然主要是由於資料匱乏，文獻無徵，其中很多著者的生平已經難以稽考，但還有不少是由於我們投入的研究力量不夠造成的。比如鄭慶篤《杜集書目提要》、周采泉《杜集書録》等書在文獻著者生平考證方面，就存在很多不足，兹舉幾類如下：

## （一）著者生平失考

《杜集書目提要》、《杜集書録》中有許多杜詩注本的著者，編者都稱生平事迹不詳，其實這其中有許多著者的生平是可以考知的，甚至這些撰者中有好多還是當時的名人。如《杜集書目提要》中著録《杜詩字評》的著者董文涣，稱其"生平未考"。據考，董文涣（1833—1877），原名文焕，字堯章，號研秋，一號研樵，亦作峴樵，山西洪洞人。咸豐六年（1856）進士，改庶吉士。散館，授翰林院檢討，充武英殿、國史館協修等。同治四年（1865）補甘肅甘涼兵備道。途經陝西，爲布政使林壽圖奏留委辦山西米捐局事。十一年，調甘肅鞏秦階道，主釐金局。著有《峴樵山房詩集》十二卷、《藐姑射山房詩集》二卷、《孟郊詩評點》二卷、《杜詩字評》十八卷、《聲調四譜圖説》十二卷、《集韻編雅》十卷，輯《秋懷八首和韻》二卷。又如《紅蕚軒杜詩匯二種》的著者孔傳鐸，《提要》稱其"生平不詳"。據考，孔傳鐸（1673—1732），字牖民，號振路，山東曲阜人。雍正元年襲衍聖公。工詩，著有《申椒》、《盟鷗》二集。亦善詞，著有《紅蕚詞》二卷。生平事迹見《清史稿》卷四八三、張維屛《國朝詩人徵略》卷一三、《晚晴簃詩匯》卷五〇、《全清詞鈔》卷九等。又如《杜詩培風讀本》的著者、《杜解通元》的校録者席樹馨，《提要》亦失考，《杜集書録》將著者誤作"葉樹馨"，稱"始末待考"。據考，席樹馨，字枝山，又字鶴如，懷來（今屬河北）人。道光十七年拔貢，中咸豐三年（1853）吳鳳藻榜進士，歷任四川長寧知縣。在任修書院，設文學，請名師，教士子，人文俱興，爲諸邑之冠。著有《代箋録》、《古文文筆》、《金丹選注》。生平事迹見《懷來縣志·科第》。這樣的例子還有一些，此不備舉。

## （二）著者生卒年考證之失

《杜集書目提要》、《杜集書録》對清代一些杜詩學者的生卒年問題考證也存在許多問題,亟需加以訂正修改,兹作辨正如下。《辟疆園杜詩注解》的作者顧宸,《提要》稱其"生卒年不詳"。據《錫山書目考》卷四,顧宸生於萬曆三十五年(1607),卒於康熙十三年(1674),年六十八,當可據。《樂句》及《杜詩律》的作者俞瑒,《提要》中亦不詳其生卒年。而據《歷代人物年里碑傳綜表》載,吳江俞瑒(犀月)生於明崇禎十七年(1644)。另據《秀野草堂詩集》卷五載,俞瑒卒於康熙三十三年(1694),年五十一。又如《杜詩論文》的著者吳見思,《提要》稱其生於明天啟初年(1622)左右,未載其卒年。《杜集書録》闕載。許總稱其生卒年爲"(1622—1685)",不知何據。而據《毘陵名人疑年録》載:"天啟元年(1621),武進吳見思(齊賢)生。"又同書卷一稱:"康熙十九年(1680),吳見思死,年六十。"則吳見思之生卒年,似當以是爲準。《杜詩闡》的著者盧元昌,《提要》稱"其生平事迹不詳",而《東柯鼓離草》載:"萬曆四十四年(1616),華亭盧元昌(文子)生。"同書又稱,康熙三十二年(1693)盧元昌尚在世,是年作《元日遣興》詩,年七十八。則其卒年,當晚於是年。《杜詩義法》的著者喬億,《提要》稱其"約生活於清康熙、雍正時期",《杜集書録》據《廣陵詩事》稱其生卒年爲(1692—?)。而據喬億《三晉遊草自序》稱,其生於康熙四十一年(1702);又據《遊道堂自序》卷四,乾隆五十三年(1788)喬億卒,年八十七,當以爲據。再如《杜詩瑣證》的著者史炳,《提要》稱其"生卒年不詳",《杜集書録》闕載。據史炳《句儉堂集》卷二自稱,其生於乾隆二十八年(1763)。其卒年至少應在道光十年(1830)以後,因爲據《句儉堂集》卷四載,是年史炳年六十九,曾作《重修涇城碑記》。《杜詩箋》的著者湯啓祚,《提要》稱其"生卒無考",《杜集書録》據《重修寶應縣志・文苑傳》稱其爲"康雍間人"。而《疑年録彙編》卷九稱湯啓祚生於明崇禎八年(1635),卒於清康熙四十九年(1710),年七十六,當可爲據。這樣的例子還有很多,此不一一。

## （三）名號之誤

《杜集書目提要》中還存在一些將著者的名號顛倒混淆的失誤。如《杜園説詩》（書名應爲《杜園説杜》）的著者署名爲"江田"，實應爲梁運昌，因其號江田，故致誤。嚴虞惇，號思庵，誤作"思巷"。范廷謀，字周路，號省庵，誤作"字省庵"。張雝敬，字珩珮，號簡庵，誤作"一字簡庵"。江浩然，號孟亭，誤作"字孟亭"。莊詠，字廣唐，誤作"字六峰"。《杜詩補注彙》的著者沈元滄，誤爲"沈名滄"。《杜詩心會》著者署爲"毛西原"，應爲毛文翰。文翰，字彦祥，號西垣，又號西原。《尊道堂集杜詩》的著者署名"王子重"，應爲王材任（1652—1739），材任，字子重。周采泉《杜集書録》一書中人名、字號出現舛誤的情況也比較多。如《杜詩評林》的著者方駕，號鶴仙，誤作"字鶴仙"；《杜詩考注》的著者凌廣臣，字以成，誤作"字以末"；《少陵詩選》的著者田國文，字荆陽，誤作"字荆揚"；《集杜詩》的著者陳光龍，誤作"陳龍光"；《杜詩疏義》的著者王家瓚，字端臣，誤作"字瑞臣"；《杜詩正》的著者邵志謙，誤作"姚志謙"；《讀杜慎言》的著者趙沺，誤作"趙佃"，蔣寅《清詩話考》又誤作"趙田"；《杜律含英》的著者任夢乾，誤作"顧夢乾"；《集杜詩鈔》的著者齊圖南，誤署爲其兄"齊召南"，等等。著者名號失誤乃至文獻名稱致誤的情形所在多是，兹不備舉。

以上這些情況都説明，目前對清代杜詩學文獻著者生平情況的研究還遠未臻於完備，不僅存在大量錯誤，甚至還存在着研究的真空和盲點，亟需學者們着力進行考證，細緻準確地理清著者的基本情況。

# 三、清代杜詩學文獻存佚
# 情況的整理研究

清代雖然去今未遠，但是由於天災、戰爭、動亂等原因，大量清代杜詩學文獻已經散佚。而現存的文獻也有許多只能見於藏書家著録，它們或塵封於國內外各圖書館及一些文化單位，或收藏於私人藏書家手中，隨着個人藏書的輾轉遷移，直至不知所終。所以要全面系統地梳理清代杜詩學文獻的整體概況，首先要清查文獻的存佚情況。目前搶救性地保護整理一些面臨散佚危險的文獻，已經是迫在眉睫的一項首要任務。例如清初蕭雲從《杜律細》一書，至民初傅增湘《藏園群書經眼録》尚著録有劉喜海道光鈔本，然沅叔故後，藏園所收此鈔本今已不知去向。方文的《杜詩舉隅》一書，近人汪汝瑮《江蘇書徵初稿》尚有著録，今也片羽難求。類似的情況還有很多。另外，還有些清代杜詩學文獻並未散佚，只是由於多係寫本、鈔本，流傳絶少，或者雖曾刊刻，却流布甚罕，致使經多方稽訪難睹其面的學者們誤以爲其書已經散佚。如應時《李杜詩緯》一書，《杜集書目提要》將其歸入"已佚或存佚不明"一類。其實該書並未散佚，成都杜甫草堂博物館和清華大學圖書館均有收藏。這一部分杜詩學文獻，還有待於我們進一步搜採和訪稽。另一方面，目前除了對存佚未明的清代杜詩學文獻進一步查訪搜集之外，筆者認爲，通過現存杜詩學文獻的徵引，對散佚文獻進行輯佚，亦不失爲杜詩文獻蒐集的另一可行途徑。也就是說，即使有的清代杜詩學文獻已經散佚，但是可以通過後代其他文獻的轉引進行輯佚，通過這種方法，有些文獻甚至可以基本恢復原貌。比如清初申涵光《説杜》一卷，約在嘉慶朝以後就已經散佚了，不過仇兆鰲《杜詩詳注》、張溍《讀書堂杜詩注解》、楊倫《杜詩鏡銓》、劉濬《杜詩集評》等書徵引頗多，近年杜詩學界又發現《説杜》的韓菼過録本，雖非全帙，却與上述文獻具有極大的互補性。若對僅爲一卷的申涵光《説杜》進行輯佚，那麼依據以上文獻，採用細緻的校勘方法，恢復該書的大略，當不是難事。再如清初李因篤的《杜律評語》一書，成都杜甫草堂曾將此書列入 1959 年第二次《徵集書目》，書名作《杜詩評》，迄今未見，可能已經散佚。然李因篤論杜

之語散見於張溍《讀書堂杜工部詩集注解》、楊倫《杜詩鏡銓》、劉
濬輯《杜詩集評》、時中書局石印本《諸名家評定本錢牧齋箋注杜
詩》、朱彝尊《曝書亭集》等書,若能對上述文獻進行詳細的甄別校
輯,則亦可約略恢復李因篤《杜律評語》一書的概貌。

# 四、清代杜詩學文獻版本的整理研究

　　當今學界對清代杜詩學文獻版本的研究用力最勤,成果卓著,
許多杜詩注本都陸續得到研究和關注。然而這些研究還存在一些
問題,諸如研究對象過於單一,研究只是局限於某個注本本身,而
較少注意同時前後杜詩學文獻之間的承繼關係,等等。即使對杜
詩注本本身的研究也未臻完備,所得的一些結論還有待商榷。如
清初張篤行《杜律注例》一書,《杜集書目提要》認為張篤行生前未
曾刻印,所據為該書卷四末張篤行玄孫張道存跋文:

　　　　是編予童時即得見之,不解讀也。久藏篋中,迄今二十餘
　　年,始知先高祖一生精力苦心具見於此。幸逢盛世,詩學昌
　　明,四方相與力追風雅。則是編也,或不宜私之一家云。　乾
　　隆己卯季夏月中浣,元孫道存謹書。

"乾隆己卯",即乾隆二十四年(1759),《提要》編寫者據此認為該
書實刻於是年。其實此書在篤行生前即已刻印,只是由於係家刻
本,流布未廣,才讓後人生此疑竇。《杜律注例》前有張篤行《題
詞》,署為"順治己亥荷月",即順治十六年(1659)。孫殿起《販書
偶記》、《北京圖書館杜集書目》、王紹曾《清史稿藝文志拾遺》都著
錄有順治己亥刻本。可見確有《杜律注例》順治己亥的原刊本,而
乾隆己卯為重刊本。《提要》據重刊本判斷該書的刊刻年代,比初
刻本整整晚了一百年。又如沈寅、朱崑補輯《杜詩直解》,有乾隆
四十七年(1782)鳳樓巾箱本。該本書名頁誤標作"乾隆乙未年新
鐫",以後各家書目多沿其誤。如《販書偶記》著錄:"乾隆乙未鳳

樓精刊巾箱本,與《李杜直解》合刻。"《中國古籍善本書目》亦誤標"清沈寅、朱崑輯,清乾隆四十年鳳樓刻本"。《杜集書録》則誤標"清乾隆丁未(1787)來鳳樓刻",《杜集書目提要》則誤作"朱鳳樓藏板,乾隆乙未(1775)刊"。另如徐樹丕《杜詩執鞭録》稿本,《杜集書目提要》的編寫者將其歸入明代,所據當係該書末明人姜垓跋,其實該稿本的寫定年代,應爲入清以後。王頌蔚《古書經眼録》著録的《杜詩執鞭録》,在第十四卷收録朱鶴齡《秋日讀書寓園成杜詩辨注述懷一百韻》詩,該詩作於崇禎十六年秋,則該稿本的成書時間,應在入清之後。而且姜垓爲姜埰之弟,和徐樹丕一樣都是由明入清的人物。故該書的著録,應歸入清代。再如清初朱鶴齡《杜工部詩集輯注》一書,本與錢謙益《錢注杜詩》共爲清代杜詩注本的奠基之作,然而作爲一部對清代杜詩學影響深遠的巨著,該本爲學界所關注的程度遠遠遜色於《錢注杜詩》,甚至關於該書初刻本的刊刻時間,現在學術界尚未能確定。我們現在所能見到的該書的最早刻本是康熙間葉永茹萬卷樓刻本,該本卷後附《杜詩補注》五十餘條,其中朱鶴齡屢引顧炎武《日知録》之"杜詩注",而《日知録》初刻本刊於康熙十一年(1672),洪業先生據之推斷,朱注成書當在此之後。後來的一些杜詩學書目,遂定該本爲康熙十一年刻。其實《日知録》本身的成書也是有一個過程的。朱鶴齡與顧炎武過從甚密,他當有機會於《日知録》刊刻前閱讀過顧炎武的手稿。當時顧炎武的許多友人都曾在《日知録》未刊前抄借此書,顧炎武自己稱《日知録》在刻印前炙手可熱的情況,竟達到"友人多欲鈔寫,患不能給"(《初刻〈日知録〉自序》)的地步。可見,不宜以《日知録》的初刻時間來定朱注的刊刻時間。筆者通過考辨後認爲,該本最早的刊刻時間應是康熙九年。由上述論析可見,當今學界在對清代杜詩學文獻版本的研究中還存在很多不足之處,而這些問題的最終澄清,都需要學者們作出更多的努力。

　　總之,對清代杜詩學文獻的整理與研究還有大量的基礎性工作要做,由於有了前賢時修所奠定的相當堅實的基礎,徹底釐清有清一代杜詩學文獻的條件可以説已經完全成熟。目前我們需要解決的問題是:一方面將前修未密之處補充訂正,全面細緻地考索增補清代杜詩學文獻目録。另一方面盡最大限度地搜訪相關文獻,將其版本情況、流傳遞藏過程,注釋特色,產生的影響及其在杜詩學史上的地位等多個方面進行詳細介紹;對已經散佚的杜詩學文獻著述則提供著録綫索,以備進一步訪稽。本書的主要內容即是對清代杜詩學文獻的整體情況作全面梳理,包括清代杜詩學書目的重新釐定、杜詩學文獻著者生平的詳細考訂等方面。在以上諸書目的基礎上,通過更爲廣泛的查閱、鈎稽和甄別,初步整理出清代杜詩學文獻的一個總體框架。本書目前收録存佚清代杜詩學文獻總數已達 520 餘種,相信假以時日,這個數字還會不斷增加。現將這些文獻按時代先後次序別爲四卷進行排列,每卷又按照存佚情況分別編排。之所以采用時間順序排列,而不用分類或其他排列法,是考慮到按時代先後順序,最能够體現出杜詩學發展的實際面貌,以便學者瞭解清代各個時段內杜詩學發展的基本情況。將存佚文獻分別編排,也是考慮到讀者查閱和研究的方便。至於那些仍存於天壤間,只是由於文獻難徵,暫時編入散佚書目的文獻,我仍然期待着它們面世的機緣,以後在修訂增補本書時再將其歸入相應部分。筆者才疏學淺,所賴崇杜愛杜之心日進,故願爲少陵胥吏,茲將這些纂輯之文獻整理成帙,以饗讀者。希望通過個人的菲薄努力,爲清代杜詩學文獻研究奠定一個相對完善的基礎和框架,也爲研究清代杜詩學的詳細發展脈絡乃至整個杜詩學史的最終構建提供可資依憑的文獻材料,從而促進杜詩學研究的進一步發展。限於水平和聞見,疏漏之處在所難免,希請讀者不吝指正!

孫 微

2017 歲末於山東大學

# 凡　例

一、本書著録文獻一般按著者生年或成書時間順序先後排列。對於著者生卒年不詳者,根據其進士及第或中舉時間先後排列。成書時間和著者生卒年均不詳者,則按照著者生活的大致時代,排列於相應卷末。生平事迹難以考證者,則排列於最末卷。

二、有些文獻的著者生年較早,而其著述則於後代刊刻,對於這種情況,依然按照著者生年次序進行編排。

三、有些文獻之間的關係較爲緊密,成書於同時,但或存或佚,對於這種情況,則打破常例,將其編排在一起,以便查檢。

四、有些文獻係後人對前代著述進行增補參定後刊刻,則仍以最早著者的時代進行編排;清人對前代杜詩學文獻進行增補參定者,則正常列目。

五、對存佚情況不明的文獻,爲慎重起見,仍歸入"散佚書目"之中備考。

六、疑爲同書異名的文獻,爲使讀者便於比較研究,將其編排在一起,不再單獨列目。

七、著有兩種以上文獻的著者,小傳同前,不再重複。

八、對於明末清初或清末民初的某些杜詩學文獻,本書視情況酌情收録,並未作過分嚴格的限定。

九、限於篇幅,本書涉及的杜集序跋多未全部徵引,讀者若需要檢核原文,可參考拙著《清代杜集序跋彙録》。

十、業師韓成武、張忠綱二位先生爲本書初版所作之序,本次增訂再版,仍冠於卷首,以存其舊。

# 目　録

# 一、順治、康熙、雍正卷

## （一）見存書目

### 1. 錢謙益《錢注杜詩》二十卷

錢謙益（1582—1664），字受之，號牧齋，晚年自稱蒙叟、虞鄉老民、東澗遺老、牧齋老人、絳雲老人等，世稱牧翁、虞山先生，常熟（今屬江蘇）人。其父錢世揚與東林黨人交游，故錢謙益於未第之前便已身繫東林。至萬曆三十八年（1610）高中探花，歷任翰林院編修、太子中允、詹事、禮部右侍郎、翰林院侍讀學士等職。崇禎帝即位後，錢謙益本有望入閣，因遭温體仁誣陷，革職後歸里。南明福王立，起爲禮部尚書。順治二年（1645）降清，任禮部右侍郎管秘書院事，充修《明史》副總裁。六個月後即南歸，不復出仕。晚年與鄭成功暗通聲氣，秘密進行反清復明活動。錢謙益爲明末清初的文壇領袖，與吳偉業、龔鼎孳合稱"江左三大家"。著有《初學集》、《有學集》、《投筆集》等。生平事迹見《清史列傳·貳臣傳乙》、《清史稿·文苑傳一》、金鶴翀《錢牧齋先生年譜》。

錢謙益注杜始於崇禎六年（1633），時好友盧世㴁成《杜詩胥鈔》，請錢氏爲之作序，錢氏便將平日所得集成《讀杜小箋》寄與盧世㴁，卷前自識有"注詩之難，陸放翁言之詳矣。放翁尚不敢注蘇，予敢注杜哉"之語，並對學杜、評杜之流弊大加撻伐。次年又撰成《讀杜二箋》，卷末附《注杜詩略例》，進一步抨擊了杜詩舊注之謬。崇禎十六年，錢謙益門生瞿式耜將《讀杜小箋》、《讀杜二箋》合刻於《初學集》末，是爲小、二箋之初刻。撰成《讀杜小箋》、《讀杜二箋》後，錢謙益尚無意注全本杜詩，但亦以爲缺憾。直至順治十二年，錢謙益遇到吳江朱鶴齡（字長孺），方起意使朱氏爲其補足全書。錢氏當時未見朱氏之成書便爲之作序，至康熙元年（1662）閲朱氏書稿後，方有大出所料之感。其時，錢謙益並未即刻與朱鶴齡反目，要兩刻其書，而是將朱氏書中自認爲不妥之處標出，希望朱鶴齡能遵其意改之。朱氏對此却十分反感，認爲乃錢謙益門人所爲，便只敷衍了事，稍作改易，即刻書樣呈於錢謙益。錢氏愈加惱怒，堅辭署名其上，二人反目，錢方生出使其族孫錢曾（字遵王）別刊所著之念。《錢注杜詩》於錢謙益生前未能完成，後由錢曾補輯校勘，至康熙六年（1667）方得以完成，由泰興季振宜刊刻行世。

　　《錢注杜詩》有康熙六年季振宜静思堂初刻本，書名作《錢牧齋先生箋註杜工部集》，卷前有錢謙益自序、季振宜序，次附録志傳集序，依次爲元稹《墓係銘》、《舊唐書·杜甫傳》、樊晃序、孫僅序、王洙序、王琪後記、胡宗愈序、吳若後記，次爲《注杜詩略例》、《少陵先生年譜》、唱酬題詠、諸家詩話，次爲總目録，各卷目有收詩數。共收杜詩 1472 首，以絳雲樓所藏宋吳若本《杜工部集》爲底本，具有彌足珍貴的版本價值。除了康熙六年静思堂初刻本之外，該書的版本衆多，目前以 1979 年上海古籍出版社斷句整理本最爲通行。錢謙益箋注杜詩，特別注重闡發杜詩與唐史之間的聯繫，側重以史證詩，詩史互證，力求通過對歷史事實之鈎稽考核，進一步闡明杜詩之内容大旨，的確在杜詩學史上取得了許多突破性的成就。這在他自詡爲“鑿開鴻蒙，手洗日月”的《冬日洛城北謁玄元皇帝廟》、《洗兵馬》、《承聞河北諸道節度入朝歡喜口號絶句十二首》、《諸將五首》諸箋中表現得尤爲明顯。錢氏的箋注中關注的焦點乃是玄、肅之際的關係，即金聖嘆所謂“玄肅最微詞”（《長夏讀杜詩有懷明人法師却寄二十四韻》），然因其有時過於求深，不免陷於深文周納、穿鑿附會。特別是圍繞錢氏對《洗兵馬》的箋注，學

界的批評較多。朱鶴齡《與李太史□□論杜注書》(《愚庵小集》卷
十)中已指出一些,其於《杜工部詩集輯注》中曰:"若玄、肅父子之
間,公爾時不應遽加譏切。"沈壽民在爲朱鶴齡《杜工部詩集輯注》
所作《後序》中曰:"試平心論之,兩京克復,上皇還宮,臣子爾時當
若何歡忭? 乃逆探移仗之舉,遽出誹刺之辭,子美胸中不應峭刻若
此。"後之論者,多附和朱氏和沈氏此説,如潘耒《遂初堂文集·書
杜詩錢箋後》曰:"《洗兵馬》一詩,乃初聞恢復之報,不勝歡喜而
作,寧有暗含譏刺之理? 上皇初歸,肅宗未失子道,豈得預探後事
以責之? 詩人以忠厚爲本,少陵一飯不忘君,即貶謫後,終其身無
一言怨懟,而錢氏乃謂其立朝之時即多諷刺之語,何浮薄至是! 
噫! 此其所以爲牧齋歟?"又曰:"天子之孝,在乎安國家,保宗社。
明皇既失天下,肅宗起兵朔方,收復兩京,再造唐室,其孝亦大矣。
晚節牽於婦寺,省覲闊疏,子道誠有未盡。若謂其猜忌上皇,並忌
其父之臣,有意翦鋤,則深文矣。"張世煒《讀杜管窺自序》曰:"虞
山之箋暢而肆,其失之也戾。長孺之注贍而密,其失之也拘。虞山
于玄、肅父子之間,深文曲説,若羅織其罪案者,失少陵忠厚之旨。"
浦起龍《讀杜心解·發凡》曰:"老杜天姿惇厚,倫理最篤。詩凡涉
君臣、父子、兄弟、夫婦、朋友之間,都從一副血誠流出,而語及君臣
者尤多。虞山輕薄人,每及明皇晚節、肅宗内蔽、廣平居儲諸事迹,
率以私智結習,揣量周内,因之編次失倫,指斥過當。繼有作者,或
附之以揚其波,或糾之而不足關其口。使藹然忠厚之本心,千年負
疚,得罪此老不少。"楊倫《杜詩鏡銓·凡例》曰:"詩教主于温柔敦
厚,況杜公一飯不忘,忠誠出於天性。後人好以臆度,遂乃動涉刺
譏,深文周内,幾陷子美爲輕薄人,于詩教大有關係,如是者概從刊
削。"上述諸人對錢注的批評和指摘,持論雖有迂腐之處,然亦有切
中肯綮之見。關於錢氏在箋注中如此關注玄、肅父子關係之原因,
沈壽民在朱注《後序》中指出:"往方爾止嘗語余云:'虞山箋杜詩,
蓋閣訟之後,中有指斥,特借杜詩發之。'"方文(字爾止),是錢謙

益友人,他認爲這《錢注杜詩》中的這種箋注傾向與錢氏在崇禎朝的個人經歷有關,此論極具啓發性。今人綦維曾以史實考察爲基礎,歸納了錢氏在注杜中所抒發隱衷的三個方面:借挖掘杜詩對帝王的諷喻抒發對崇禎帝的不滿;借房琯抒寫自己在"閣訟"案中的不幸遭遇;入清後暗中參與復明活動企望人知的種種複雜心態。指出這些隱衷的抒發使《錢注杜詩》既有新警深刻、功不可没之處,又有借題發揮、牽強附會的地方。① 臺灣學者彭毅《錢牧齋箋注杜詩補》一書(臺灣精印書館股份有限公司 1964 年版),對錢注有關唐代史實之處作了全面補正,對錢氏箋注之穿鑿附會、錯援史實、證據不足、誤引略漏、時日錯誤之處一一進行補充修正,學者亦可參考。陳衍《石遺室詩話》曰:"錢牧齋之箋杜,雖警之者謂非君子之言,然十已得七八,何可厚非?"陳寅恪《柳如是別傳》第五章《復明運動》曰:"牧齋之注杜,尤注意詩史一點,在此之前,能以杜詩與唐史互相參證,如牧齋所爲之詳盡者,尚未之見也。"② 日人吉川幸次郎《讀杜札記》曰:"錢謙益的功績不僅是空前的,或許也是絕後的。"李爽《〈錢注杜詩〉研究》(上海古籍出版社 2016 年版),對《錢注杜詩》學術創見核心體系進行了詳細考釋,此外還對《錢注杜詩》的版本流傳以及錢注與錢詩之關係亦作了較爲深入的考察。

## 2. 汪樞《愛吟軒注杜工部集》二十卷

汪樞,字伯機,號石子,室名愛吟軒,明末清初鄞縣(今屬浙江寧波)人,《浙江通志》將其歸爲明人,列於王嗣奭之後。汪樞生於世禄之家,大父鏜,曾官禮部尚書。家多賜書,復嗜讀。爲人性蕭散,工詩,不樂仕進,治別業曰"泡園",賦《園居詩》六十首,閩人徐

---

① 綦維《孝子忠臣看異代,杜陵詩史汗青垂——試析〈錢注杜詩〉中錢氏隱衷之抒發》,《杜甫研究學刊》2001 年第 4 期。

② 陳寅恪《柳如是別傳》下册,上海古籍出版社 1980 年版,第 993 頁。

興公(爆)極稱之。晚年合其前後詩爲《存俟篇》行世。另有《朝雨軒詩集》五卷，明刻本，内收《五君詠》、《月湖竹枝詞》、《漫興》、《雷山八詠》、《病懷》各一卷，别宥齋舊藏，今歸天一閣。尚有《存虞編》十卷。《愛吟軒注杜工部集》前有佚名短跋云"其對錢謙益自稱後學，蓋與錢氏同時之晚輩耳"，姑列於錢謙益之後。生平見《浙江通志・人物志六・文苑三》、《甬上耆舊詩》卷二四、全祖望《甬上望族表》、朱彝尊《静志居詩話》卷十八。

《愛吟軒注杜工部集》，康熙間汪樞愛吟軒稿本，四册，半頁十二行，行二十四字，無格，無邊框。下口書"愛吟軒"三字，書前扉頁有"愛吟軒注杜工部集稿本"字樣。有佚名短跋云："清初汪樞輯撰，其對錢謙益自稱後學，蓋與錢氏同時之晚輩耳。書中于'胡'、'虜'等字多空闕不書，蓋清初入關時之忌避也。其注約取衆説而衷於己意，亦讀杜之善本也。所引廢翁董采之評解甚精，今董書亦不見傳本矣。"卷首過錄酬唱題詠，附錄元稹《墓係銘》、《文苑傳》、《讀杜提綱》及錢謙益箋杜序。此稿本目錄以一至二十别之，十九至二十爲文集，後有廢翁董采撰"評選杜詩序"。稿本小字楷書，有眉批旁注，朱筆圈識，卷端鈐有"南武王瀚珍藏"、"紅梨邨莊"朱印。此本現藏成都杜甫草堂博物館。《中國書店三十年所收善本書目》著錄，然署爲"選注杜工部集十五卷"，卷數、書名與成都杜甫草堂所藏均不同，下注"愛吟軒抄本，四册"。

### 3. 賈開宗《秋興八首偶論》一卷

賈開宗(1595—1661)，字静子，自號野鹿居士，又號遯園。先世太原人，明初始徙商丘(今屬河南)人。少落拓不羈，十四歲從其師學，慕司馬相如之爲人，好擊劍鼓琴，嗜遠遊，爲師所譏誚，即日除弟子籍，更去與里中少年伍，間讀書爲文詞，干遏當世。年二十餘舉茂才第一，益負才，不事生人產業，破家葬其妻，日共邑人張渭等約汗漫遊，嘗效阮籍大醉六十日。白晝射箭，中夜擊鼓。嘗於上元夜率其徒,服尨衣,駕鹿車,疾馳百餘里,漏下三鼓,抵睢陽。時睢陽巨族司馬氏,張銀瓢容酒數斗,約能勝飲者持瓢去,群少皆醉臥窘甚。賈開宗忽叱咤登階,舉滿一飲,即擲瓢付奴持之,不通姓名,坐賓駭散。後孫傳庭爲商丘令,重之,爲復田舍。崇禎十二年(1639)底,與同里侯方域、吳伯裔、吳伯胤、徐作霖、劉伯愚等組織"雪苑社",廣結名流雅士,因而有"雪苑六子"之稱(此爲雪苑前六子)。崇禎十五年三月,李自成破歸德府,雪苑社友皆死難,僅侯方域、賈開宗得脱。開宗乃舉家至淮陰,欲倚東平伯劉澤清爲用,澤清奏除其爲翰林院孔目掌書記,開宗察其有異趣,不就職,以白衣從軍。又往來大司馬史可法軍,多所計畫。久之,勸劉澤清連三藩、通左良玉以圖恢復,澤清不聽。順治二年(1645)四月,清兵入淮,破揚州,五月,劉澤清浮海去,旋降清被殺,開宗乃於順治三年攜家歸里。入清後,開宗凡七應舉不第,作長歌云:"自從廿載落拓餘,不信天上有奎宿。"遂大悟,潛心學問十餘年,於星象、占緯、兵食、圖籍各有論説,天下以純儒稱之。順治八年八月,與同里侯方域、徐作肅、徐鄰唐、徐世琛、宋犖等重修"雪苑六子社"。順治十六年,永城知縣程孔思聘請開宗纂修《永城縣志》。撰有《遡園詩集》一卷、《文集》四卷、《秋興八首偶論》一卷、《遡園語商》一卷、《賈静子詩説》一卷,均收入《遡園全集》。生平事迹見《國朝耆獻類徵初編》卷四二三侯方域《賈生傳》(亦見《壯悔堂文集》卷五)、《碑傳集補》卷四四徐作肅《賈静子墓誌銘》(亦見《偶更堂集》卷下)、抱陽生《甲申朝事小紀初編》卷八《賈開宗紀》等。

　　《秋興八首偶論》,有清初刻《遡園全集》本。單行則有賈開宗玄孫賈洪信康熙八年(1669)重刊本。該書前有何絜序。卷前題"睢陽賈開宗静子甫論","男發秀啓夕甫述",是知此編原是賈氏向其子及後生輩講授《秋興八首》之記録,後由其子發秀整理而成。是書先解題意,後逐首分論。其論以闡釋詩意、論析章法爲主,兼及詞語、典故注釋。注重探本溯源,究明杜詩繼承前人而有所創新之處。最後有一長篇"總論",詳析八首前後之章法結構。賈氏引據詳博,闡釋透徹,議論中肯,時有新見。八首中偶有其子發秀補述。書後附錄賈發秀著《推論杜律一則》,專論杜詩《登兗州城樓》。江蘇師範大學圖書館另藏有清乾隆刻本,不分卷,二冊,署"[明]賈開宗撰,[清]賈發秀述"。是書單行重刻本傳世極罕,亦未見公私書目著錄,連引據繁博的葉嘉瑩《杜甫秋興八首集說》都未能搜錄,故極有進一步研究的必要。其詳可參孫微《賈開宗〈秋興八首偶論〉考論》一文①。

**4. 徐樹丕《杜詩執鞭録》十七卷、《附録》二卷、《杜工部年譜》一卷**

徐樹丕(1596—1683,一説 1595 生),字武子,號牆東,長洲(今江蘇蘇州)人。明季諸生,屢試不利,益博覽群籍。善楷書,兼工八分。崇禎二年(1629)前後入復社。國變後,隱居不出。順治二年(1645)避居龍池山一雲寺,自號活埋庵道人(僧蒼雪《南來堂詩集》卷一)。九年,纂成《中興綱目》,周之嶼爲序,姚宗典爲書後(《緣督廬日記鈔》丁巳)。又有《識小録》四卷、《埋庵集》、《杜詩執鞭録》十七卷、《繪旅寶鑒》等。《傳經堂藏書目》卷四尚著錄其有《評點搜玉小集》、《評點國秀集》、《評點中興間氣集》、《評點極玄集》。生平事迹詳見徐鼎《小腆紀傳》、《〈識小録〉跋》。

《杜詩執鞭録》十七卷,南京圖書館藏稿本,索書號:115754。有姜垓、翁同龢、翁之繕跋。《(民國)吳縣志·藝文志》著錄,並注云:《道光府志》作《杜詩注》。此書爲白文本杜詩全集,分體編纂。王頌蔚《古書經眼録》著錄:"《杜詩執鞭録》十七卷,稿本,長洲牆東徐樹丕著。是書凡五册,分十七卷。一、二卷,五言古詩;三卷,七言古詩;四、五卷,五言律詩;六卷,七言律詩;七卷,五言排

---

律;八卷,七言排律;九卷,五言絕句;十卷,七言絕句;十一卷,五、
七言摘句;十二卷,《杜必簡詩集》,子美之祖審言詩也;十三卷,
《鶴林玉露》論杜詩;十四卷,志傳及虞鄉老民所訂《年譜》,並楊升
庵《丹鉛總錄》'李太白遊歷山處'一條,又附松陵朱鶴齡長孫《秋
日讀書寓園成杜詩辨注述懷一百韻》律詩,又附陳眉公《書杜詩
後》一則,佇石山人姜垓跋一篇;原注第十五卷無之,然玩首尾並不
闕,當是牆東繕稿時脫誤也;十六卷,《讀杜小箋》;十七卷,《讀杜
二箋》,後有牆東隸書跋語一首;最後附《丹鉛總錄》論杜詩。是書
皆係牆東手寫,每半葉十行,行二十字。"各種著錄之間有所差異,
參之姜垓跋云:"吾友徐武子誦讀之暇,獨取杜集手書數十通,服膺
不倦。"則該書寫本,或不僅一種。又該本卷十四中收錄朱鶴齡
《秋日讀書寓園成杜詩辨注述懷一百韻》詩,朱鶴齡此詩作於崇禎
十六年秋,則該稿本的成書時間,應爲入清之後不久。熊言安有
《徐樹丕〈杜詩執鞭錄〉考論》[①]、《徐樹丕〈杜詩執鞭錄〉作僞説辯
駁》[②]二文,可以參看。

### 5. 方拱乾《批注杜詩》

　　方拱乾(1596—1667),字肅之,號坦庵、甦齋、甦庵,安徽桐
城人。明崇禎元年(1628)進士,官翰林,至少詹事。清順治九年
(1652),薦補翰林學士,仍官詹事。順治十六年(1659),因受
"科場案"牽連,與子方孝標、方亨咸俱謫寧古塔,十八年捐貲贖
還。著有《白門集》、《鐵鞋集》、《裕齋集》、《出關集》、《入關
集》、《何陋齋集》,今人李興盛輯爲《方拱乾詩集》,另有《絕域紀
略》等。

　　方拱乾生前批注杜詩之本甚多,方亨咸《跋辟疆書杜詩》曰:

---

① 載《文獻》2013 年第 3 期。
② 載《圖書館雜誌》2013 年第 6 期。

"先大夫沈酣於少陵五十年,批註凡數十本,本各不同,每與巢民兄論析,輒相契合,顧知巢兄得於少陵者深也。"①今存之方拱乾杜詩批注,乃其子方育盛謄錄於吳見思《杜詩論文》之上者,原書五十六卷,殘存四十一卷,國家圖書館藏本,係用朱、墨二筆謄錄。前有方育盛《跋》及方拱乾《手錄杜少陵詩序》、《方膏茂批本序》、《方奕箴批本序》。方育盛《跋》曰:"先大人閱杜詩,凡數絕編矣。品題丹黄,無不精核,若神會少陵然。此則己丑春日批以訓小子者,書載行笥,廿餘年矣,拈簽時有脱落。今客芝山,公餘之閑,敬照底稿謄錄清册,以便時時翻誦云。壬子三月育盛拜書。"壬子,爲康熙十一年(1672)。張溍《讀書堂杜工部詩集注解》亦曾參考方拱乾批本,其《遺筆》曰:"癸丑十一月廿二日亥刻,對方甦庵《評閱杜詩》一過,兼採朱長孺《杜注》,疑難盡豁,此後但玩其妙境可也。"癸丑,即康熙十二年(1672)。沈德潛《清詩別裁集》卷一評方拱乾曰:"宫詹寢食杜陵,評點杜詩,分授學者,謂詩必從杜入,方有真性情;修飾辭華,不能登大雅之堂也。"

## 6. 丁耀亢《杜詩説略》

丁耀亢(1599—1669),字西生,號野鶴,別號紫陽道人,山東諸城人。少孤,負奇才,倜儻不羈。弱寇爲諸生,走江南,遊董其昌之門,與諸名士聯文社。既歸,鬱鬱不得志,作《天史》十卷。明末鄉國盜起,曾助所善王遵坦募兵數千,解安丘之圍。順治四年入京師,由順天籍拔貢,充鑲白旗教習。於華嚴寺築室,名曰陸舫,日與名公卿王鐸、傅掌雷、張坦公、劉正宗、龔鼎孳等賦詩其中,名大噪。後爲容城教諭,遷惠安知縣,以母老不赴。著有《丁野鶴全集》、《續金瓶梅》等。

---

① 翁方綱纂《翁方綱纂四庫提要稿》,上海科學技術文獻出版社2005年版,第1109頁。

《杜詩説略》一書,不見諸家書目著録,清初陳僖《燕山草堂集》中載有《杜詩説略序》曰:"吾友野鶴,傷大雅之淪亡,悼母音之凋弊,借杜説法,爲《説略》一書,以我注杜,復以杜注我。於前人所已及者,則暢其説;於前人所未及者,則抒其義。娓娓數萬言,覺他人蟲鳥之鳴,不堪復聽。庶千百世後,讀杜詩者曉然知其所以然,而詩道精微之旨,如日星河嶽之不没也。野鶴真詩之功臣哉!"後署"癸巳",即順治十年(1653),則該書約成於此時。另外,盧震亦有《杜詩説略》一書,與此書同名。丁耀亢于順治六年(1649)至順治八年(1651)間由拔貢充任鑲白旗教習,盧震正是其弟子,則《杜詩説略》乃斯時丁耀亢授予盧震的詩學講義。其後丁耀亢《續金瓶梅》因被人告發而遭到禁毁,導致其晚年著作均難以刊刻,弟子盧震遂將《杜詩説略》署以己名刊刻行世。因此《杜詩説略》的實際作者應爲丁耀亢,而非盧震。可參沈時蓉、詹杭倫《論盧震的〈杜詩説略〉》一文①,孫微、王新芳《丁耀亢佚著〈杜詩説略〉考辨》②。

### 7. 陶開虞《説杜》一卷

陶開虞,字爾禪,一字月嶠。南通州(今江蘇南通)人,一説合肥(今屬安徽)人。歲貢生,天啓七年(1627)舉人。康熙十五年(1676),以貢生到北京就試。三十二年,用各種字體書詩成卷,范國禄爲作題詞。工詩文,嗜飲,丐索者,咸置酒招之。著有《溯洄吟》、《唐詩説約》二卷、《説杜》一卷、《回文詩》一卷、《擬樂府》一卷。又編有《詩筏》八卷。生平事迹見阮元《廣陵詩事》卷五、《通州直隸州志》卷一三。

《説杜》一卷,仇兆鰲《杜詩詳注·凡例》中"近人注杜"稱陶開

---

① 載《杜甫研究學刊》2013 年第 3 期。
② 載《甘肅社會科學》2018 年第 3 期。

虞"別有論著";其書《附編·諸家論杜》引錄陶氏《説杜》,不知是否爲全帙。楊倫《杜詩鏡銓·附錄三》亦收錄,乃由《杜詩詳注》所引節錄。阮元《廣陵詩事》卷五云:"通州陶開虞,字爾禪,著有《説杜》一卷,言杜詩興會所及,往往在有心無心間,往者一切强符深揣,即夢中嘆息、病裏呻吟,必曰關係朝政,反令少陵鄰于險薄,不可不置辯也。"是書一名《少陵説》,《成都杜甫草堂收藏杜詩書目》著錄,稱其爲"手抄本,七册,見《詩筏》"。《詩筏》八卷,《成都古籍聯合目録·集部·詩文評》著録,稱"清陶月嶠撰"、"清鈔本,三册",版式爲:頁十行,行十八九字不等,行不標界。卷一版心記書名、卷次、葉次,下有"放眉天"三字。卷二版心有"披圖"二字。扉頁有"同學諸子評定陶月嶠先生《詩筏》,金閶擁萬堂梓行",次有程邑翼蒼序、同人引言、例言及自序,末爲詩筏詠箋。蔣寅《清詩話考》著錄有順治刊本,藏於日本尊經閣文庫①。

### 8. 陶汝鼐《若庵集杜》一卷

陶汝鼐(1601—1683),字仲調、爕友,號密庵,寧鄉(今屬湖南長沙)人。少奇慧,詩文書法,名動海内,有"楚陶三絕"之目。崇禎初,充拔貢生。會帝幸太學,群臣請復高皇積分法,祭酒顧錫疇奏薦汝鼐才,特賜第一,詔題名勒石太學,除五品官,不拜,乞留監肄業。癸酉(1633)舉於鄉,兩中會試副榜,選廣東新會教諭。南明朝,福王授以翰林院待詔。後唐王授以兵部職方郎中,五省監軍,復改檢討。桂王立,授以御史,未就。入清不仕,順治十年,罹叛案論死,陳名夏密屬洪承疇寬之,然猶羈繫年餘,至十二年始得脱。遂剃髮潙山,號忍頭陀。著有《廣西涯樂府》、《嚏古集》、《褐玉堂集》、《寄雲樓集》等,後編爲《榮木堂集》。生平事迹見《國朝耆獻類徵初編》卷四七〇、《清史稿·列傳二百八十八·遺逸二》。

---

① 蔣寅《清詩話考》,中華書局 2005 年版,第 42 頁。

《若庵集杜》一卷,收入《榮木堂集》,有康熙間梧岡刊本。《榮木堂集》凡三十六卷,其中文集十二卷、詩集十卷、詩續集六卷、樂府三卷、《憶京華曲》一卷、《若庵集杜》一卷、《律陶》一卷、《詩餘》一卷、《密翁聲律》一卷。

## 9. 朱鶴齡《杜工部詩集輯注》二十卷、附《文集》二卷、《集外詩》一卷

朱鶴齡(1606—1683),字長孺,自號愚庵,吳江松陵(今屬江蘇)人。明末諸生,入清後絕意仕進,屏居著述,晨夕不輟。與螯屋李中孚(顒)、餘姚黃太沖(宗羲)、崑山顧寧人(炎武)並稱海內"四大布衣"。他與錢謙益、顧炎武過從甚密,在經、史、子、集各方面都頗有造詣,長於箋疏之學。顧炎武對其著作及爲人都非常推許。錢謙益則贊他"詩道之端莊,經學之淵博,一時文士,罕有其偶",並兩度聘他入府做家塾教師,又向當時著名藏書家毛晉推薦他入館,使他得以盡覽絳雲樓、汲古閣兩處的豐富藏書。同時,朱鶴齡曾與顧炎武等一起參加明遺民組織的驚隱詩社。其詩文集《愚庵小集》,當時名流多有褒獎。朱鶴齡注釋杜詩,始於明末變革之時,兩度館於錢府,則是他完成《杜工部詩集輯注》的重要時期。第一次館錢府是乙未、丙申、丁酉(1655—1657)三年間,值錢謙益箋注杜詩未完,期其合作,共爲杜詩注,朱鶴齡欣然應允,二人互相切磋,極解頤之樂。第二次是壬寅年(1662),其時朱鶴齡已完成其合作之稿,錄呈錢謙益訂正。但由於意見大相徑庭,合作破裂,正如錢謙益《與錢曾書》所云:"不謂其學問繁富,心思周折,成書之後,絕非吾本來面目。"雖有潘檉章出面調停,亦未獲成功,朱注和錢注只好分刻兩行。《錢注杜詩》是在錢謙益去世以後,由季振宜協助其族孫錢曾刻成於康熙六年(1667)。朱氏《杜工部詩集輯注》則又經過加工,在康熙九年(1670)問世。朱鶴齡一生著述甚豐,有《尚書埤傳》、《禹貢長箋》、《詩經通義》、《春秋集説》、《讀

左日鈔》、《李義山詩集箋注》、《愚庵小集》等傳世。生平詳《清史稿·儒林傳一》。

朱鶴齡注杜,始於明崇禎十七年(1644),從徐樹丕《杜詩執鞭錄》卷十四所收朱鶴齡《秋日讀書寓園成杜詩辨注述懷一百韻敬呈同好諸公》一詩可知,是年秋朱鶴齡已經草成一部名曰《杜詩辨注》的注本。此外,明末清初周燦《澤畔吟》中有《讀朱長孺〈杜詩辨注〉》詩曰:"朱子讀杜詩,冥契入寐寤。心魂炯相對,百世若面晤。批導盡迎刃,詮釋破迷誤。寧惟集眾長,妙解繇獨悟。"亦可作爲朱氏曾著《杜詩辨注》之側證。此本應是其《杜工部詩集輯注》的最初藍本和雛形,此時距朱鶴齡於錢府傾力注杜尚有十四年。《杜工部詩集輯注》卷前有朱氏自識云:

> 愚素好讀杜,得蔡夢弼草堂本點校之,薈粹群書,參伍眾說,名爲輯注。乙未(順治十二年)館(錢謙益)先生家塾,出以就正。先生見而許可,遂檢所箋吳若本及九家注,命之合鈔,益廣搜羅,詳加考核,朝夕質疑,寸箋指授,丹鉛點定,手澤如新。卒業請序,篋藏而已。壬寅(康熙元年)復館先生家,更錄呈求益。先生謂所見頗有不同,不若兩行其書。

是知順治十二年(1655)《杜詩輯注》已成初稿,本欲與錢謙益稿合爲一書,後因二人觀點相左,遂各刻其書。是書今傳康熙間金陵葉永茹萬卷樓刻本,卷前有錢謙益序及手簡、朱鶴齡識語及自序;次爲附錄杜集舊序、跋、記,依次爲樊晃序、王洙序、王琪後記、胡宗愈序、王安石序、李綱序、吳若後記、郭知達序、蔡夢弼跋、元稹《唐故檢校工部員外郎杜君墓係銘》;附錄後又列"編注杜集姓氏",即宋諸家注杜詩者,共二十四人,各注明所撰書名;之後又依次爲杜工部年譜、輯注杜詩凡例、《舊唐書·杜甫傳》。是書無總目,詩目分置各卷前,二十卷後有"失編一首",即《晚秋長沙蔡五侍御飲筵送殷六參軍歸澧覲省》。之後有沈壽民《後序》。又文集二卷,文集後附"杜詩補注"五十餘條。又集外詩一卷。共收詩

1457 首，文賦 32 首。是書各卷前均列參訂者兩人，各卷均不同，多達四十餘人，中多名流大家，朱氏欲以此示其書編訂精審。朱鶴齡於《文集》後附"杜詩補注"中屢引顧炎武《日知録》之"杜詩注"，而《日知録》初刻八卷刻成於康熙十一年(1672)，洪業《杜詩引得序》據之推斷，朱注成書當在此之後。後來的一些杜詩學書目，遂定該本爲康熙十一年刻。其實《日知録》本身的成書也是有一個過程的。朱鶴齡與顧炎武過從甚密，他當有機會於《日知録》刊刻前閲讀過顧炎武的手稿。當時顧炎武的許多友人都曾在《日知録》未刊前抄借此書，顧炎武自己稱《日知録》在刻印前炙手可熱的情況，竟達到"友人多欲鈔寫，患不能給"(《初刻〈日知録〉自序》)的地步。可見，不宜以《日知録》的初刻時間來定朱注的刊刻時間。《日知録》的刊刻時間只能作爲判斷朱注刻印時間的一個參照系而已。中國科學院藏《杜工部詩集輯注》前有朱鶴齡同里學人計東序文一篇，署曰康熙九年。則該本極有可能就是原刻本。至少它透露出一個信息，即朱注原刻本的刻印時間，當距計東作序的時間不久。其詳可參拙作《朱鶴齡〈杜工部詩集輯注〉成書時間考辨》一文①。

　　朱注不以考據爲務，於考證史實處多依錢説，然朱注訓釋字句却較錢注詳備，並參諸家之長，而去蕪正謬，對清初注杜之影響甚大，實與錢注並稱於世。仇兆鰲評曰："近人注杜，如錢謙益、朱鶴齡兩家，互有同異。錢于《唐書》年月、釋典道藏，參考精詳；朱于經史典故及地里職官，考據分明。其刪汰猥雜，皆有廓清之功。"(《杜詩詳注·凡例》)今人蔡錦芳《朱鶴齡〈輯注杜工部集〉研究》認爲此書"是一個集大成的善本，它上承總結宋代杜詩學的蔡夢弼《草堂詩箋》，近補別開生面的錢牧齋《杜詩箋注》，下惠博採衆説的仇兆鰲《杜詩詳注》，遠啓最精簡的楊倫《杜詩鏡銓》，使杜詩學

---

① 載《圖書館雜誌》2007 第 3 期。

史上下貫通,一脉相承。"①是書除康熙間金陵葉永茹萬卷樓刻本
外,尚有清乾隆間金陵三多齋翻刻本,書名題《杜詩箋注》,乃是抽
去錢謙益序,將沈壽民後序移前,並利用一部分原刻重印而成。朱
注因有錢序,乾隆時被列爲禁書,此翻刻本便是坊賈爲回避禁網而
爲。另有1976年日本吉川幸次郎編輯《杜詩又叢》本,乃據葉永茹
萬卷樓刻本影印。又有韓成武等人點校整理本(河北大學出版社
2009年版)。

## 10. 傅山《傅青主手批杜詩》

　　傅山(1607—1684),初名鼎臣,字青竹,一字仁仲,改字青主。
別號甚多,如公之它(一作公佗)、朱衣道人、嗇廬、真山、濁翁、石
道人、隨厲、六持、丹崖翁、濁堂老人、青陽庵主、不夜庵老人、傅僑
山、僑黄山、僑黄老人、僑黄之人、酒道人、酒肉道人、太原高士等,
或徑稱居士。以喜苦酒,故稱老蘖禪。以受道法於龍池邊陽真人,
故一名真山,或署僑黄真山、五峰道人、龍池道人、龍池聞道下士、
觀化翁、大笑下士等。陽曲(今屬山西太原)人。傅山是明清之際
思想家,博通經史諸子和佛道之學,兼工詩文、書畫、金石,又精醫
學。少有異禀,過目成誦。明諸生,明亡不仕,隱於黄冠。穿朱衣,
居土穴以養母。天下初定,始稍稍出土穴與客接。康熙十七年
(1678),年七十餘,舉博學鴻詞,强徵至京,至後堅卧城西崇文門
外圓教寺,以死拒絕應試。次年,特放中書舍人,仍托老病辭歸。
文章書畫有盛名,善畫山水墨竹,家居以醫爲主。在哲學上自言:
"老夫學老莊者也,于世間諸仁義事,實薄道之;即强言之,亦不能
工。"(《霜紅龕集》卷十七)公開以"異端"自命。用佛學解釋《莊
子》,用訓詁詮注《墨子》和《公孫龍子》等,提倡"經子不分",打破
儒家正統之見,開清代子學研究的風氣。他反對宋明人注經的態

---

　　①　載《杜甫研究學刊》1990年第1期。

度和方法："只在注脚中討分曉,此之謂鑽故紙,此之謂蠹魚。"指摘道學家爲"奴儒",爲"風痹死屍"。著有《荀子評注》、《淮南子評注》、《左錦》、《管子批》、《二十一史批》、《性史》以及醫學著作《傅青主女科》和《傅青主男科》等。今存《霜紅龕集》四十卷。另存《杜遇餘論》,僅九則,乃對戴廷栻《杜遇》所作補論。傅氏還曾爲戴廷栻《杜遇》作序,戴氏自言讀杜詩出於傅山之指授。傅山論杜詩重質樸蘊藉,不重鍛煉。另有《傅青主手批杜詩》、《杜詩評點》、《續編杜詩》。生平事迹詳見《清史稿·隱逸傳二》、《清史列傳·文苑傳二》、《國朝耆獻類徵初編》卷四七三、《國朝先正事略》卷四六、全祖望《陽曲傅先生事略》(《鮚埼亭集》卷二六)、丁寶銓《傅山年譜》、郭鈜《徵君傅山先生傳》、嵇曾筠《明處士傅山傳》等。今人所撰傅山傳記有郝樹侯《傅山傳》(山西人民出版社 1981 年版)、魏宗禹《傅山評傳》(南京大學出版社 1995 年版)、侯文正《傅山傳》(山西古籍出版社 2002 年版)。

　　《傅青主手批杜詩》,現藏上海圖書館,係據胡震亨《杜詩通》(清順治七年朱茂時刻本),墨批在書眉或句旁,無傅山題識及署名。卷前有翁同龢題識云:"庚寅(1890)夏,得此本于西苑朝房,諦審,知爲青主先生評點。紙張絶脆,乃付潢匠褙之。壬辰(1892)秋日,排比舊籍,以畀斌孫。一笏齋中何減霜紅龕耶?瓶叟記。"有"常熟翁同龢印信長壽"、"紫芝白龜之室"兩印。卷末跋云:"杜詩四十卷,通體點定,傅青主先生筆也。紙斷爛,乃裱褙藏之。戊子十二月翁同龢記。"周采泉曾懷疑此本及翁氏跋之真僞(見《杜集書録》内編卷九《輯評考訂類二》)。熊言安則對周采泉之疑進行了辯駁,認爲不能輕易否定翁氏的鑒定結論,其詳可參《〈傅青主手批杜詩〉考辨》一文①。該本批語計 170 餘處,多係評語,且多標"神品"、"妙品"、"能品"等評騭,非首首有評語。其中

---

①　載《圖書館雜誌》2016 年第 4 期。

貶抑性批语有 100 餘條,批評杜詩之"套"、"陋"、"俗"、"凑"、
"平"、"粗"、"無味"以及格律不嚴等瑕疵,明顯帶有駁杜的傾向。
劉緯毅主編《山西文獻總目》(山西人民出版社 1998 年版)卷十三
《晉人批校》著録。

### 11. 傅山《杜詩摘句》

國家圖書館藏傅山手書《廣韻批註》共存其批注八千餘條,五
萬餘言,多係杜詩摘句。末存咸豐六年(1856)六月祁雋藻跋云:
"《廣韻》凡五卷,青主先生分注杜詩句于韻之上下方。每卷皆有
名印,並有傅眉印,別紙數條亦有名印……若仿其例分韻鈔之,便
成《杜詩摘句》一書,可存傅氏讀書之法,亦可見先輩隨手録記悉
有條理。"

### 12. 顧宸《辟疆園杜詩注解》十七卷

顧宸(1607—1674),字修遠,號荃宜,無錫(今屬江蘇)人。顧
嘉舜之子,因其所居名辟疆園,故人稱顧辟疆。少受知於鄭鄤及艾
南英。明崇禎十年(1637)在無錫結聽社,與錢陸燦、華時亨、黃家
舒、唐德亮等並稱"聽社十七子"。十一年,參與聲討阮大鋮之《留
都防亂公揭》。十二年中鄉舉,名聲日盛,"上公車,主壇坫,稱海
内文章玉尺"(黃家舒《辟疆園杜詩注解·七言律序》),"操文場選
柄數十年"(《無錫金匱縣志》卷二二),"性喜引進後學,凡經識拔
者,率取聲譽"(吳德旋《初月樓聞見續録》卷九),"負一世人倫冰
鏡之目"(畢忠吉《辟疆園杜詩注解·五言律序》)。順治七年
(1650),顧宸與太倉吳偉業、長洲宋實穎、尤侗、吳江計東、崑山徐
乾學、武進鄒祗謨等會浙江毛奇齡、陸圻、朱彝尊等在嘉興舉十郡
大社。在明末清初的這些黨社活動中,顧宸不僅躬逢其盛,而且是
積極的參與者,可謂交遊遍海内。顧宸入清後的仕履情況難以確
考,似乎仍做過地方官吏。其晚年因官場失意,又加之藏書毀於

火,遂頹唐悲觀而死。所剩殘籍,悉流入富豪之家。顧宸是個藏書家,在當時的藏書家中,以藏宋版書多聞名一時。黃家舒稱其藏書之富"幾與四部、七錄、宛委、嫏嬛等"。顧宸好學深思,珍本秘冊,鮮所不窺。補輯宋文三十卷,皆呂祖謙《宋文鑒》所未及。顧宸所爲詩文亦豐蔚典贍。據記載,每辟疆園新本出,一懸書林,不脛而遍海內。《無錫金匱縣志》即著錄其《辟疆園文集》四卷和《宋文選》三十卷,侯方域《壯悔堂集》即存有《辟疆園文集序》。顧宸另外尚輯有《元文選》、《明文選》,均已佚。現存《辟疆園杜詩注解》十七卷。生平散見《無錫金匱縣志・文苑傳》、《錫山書目考》、顧光旭《梁谿詩鈔》、吳德旋《初月樓聞見續錄》。

顧宸於杜詩用力尤深,順治十八年(1661)即完成杜詩全注,其友山東海陽李贊元爲其刻印七律部分,山東濟寧李壯爲其刻印五律部分,其餘諸體,雖謀繼刻而未成,故行世之書僅五律七律注。今傳康熙二年(1663)吳門書林刊《辟疆園杜詩注解》十七卷,其中七律五卷,收詩 151 首;五律十二卷,收詩 627 首。《七律注解》前有順治辛丑(1661)李贊元序、嚴沆序、黃家舒序。下列五卷總目錄,目錄前署"辟疆園杜詩注解","梁谿顧宸修遠著,姪綵驥天閑、男綵麟天石較"。每卷次下均署"觀陽李贊元望石甫閱,梁谿顧宸修遠甫著,同里黃家舒漢臣評"。《五律注解》前有康熙癸卯(1663)李壯序、畢致中序及《杜子美年譜》。次十二卷總目錄,目錄前署"觀陽李贊元望石、禹航嚴沆顥亭、淮陰陸求可咸一全訂"。每卷下署"梁谿顧宸修遠甫著"及評者二人,計有李壯、畢忠吉、王養晦、程康莊、王士禎、劉壯國、毛漪秀、丁泰、周建鼎、陳泰和、張一鵠、李粹白、張熙岳、丘元武、李琯、錢陸燦十六人。每頁版心上署"杜詩注解",中署詩體卷次,下署"辟疆園"。此本注解爲杜甫全部律詩注本中較詳備的一種。每詩題後有解題,時、地可考者皆一一注明,間或解釋題意與命題之由。題解文字統低詩題一格。詩正文頂格,注解文字統低一格置於篇末。先注釋名物、詞語、典故,一般均

徵引出處，難字偶有注音；次釋詩意，兼析章法、句法，指明承接照
應關係。其注解，着意窮源追本，鈎稽隱微，所論多中詩旨。注中
屢引前人注，而於舊注之謬誤處時有辨正。注後間録其友人評語，
五律多李壯、畢忠吉評，七律前有黄家舒、李贊序，注中亦多二人評
語，其評頗有見地。顧注雖因詳備準確受人稱頌，然亦不免繁碎穿
鑿之處。正如仇兆鰲《杜詩詳注・凡例》所云："顧宸之《律注》，窮
極苦心，而不無意見穿鑿。"另外，明代黄文焕有《杜詩掣碧》一書，
黄文焕後人黄任《恭紀中允公遺集十六首》其十三曰："別類編年
集異同，珠聯璧合見宗工。浣花全幅春江景，碎剪邱遲一段中。"注
曰："中允公《杜詩全注》未登，獨五七言律爲人借刻，世所傳辟疆
園本也，惜全稿無力梓行。"[1]黄任所謂"借刻"者，有指斥顧宸《辟
疆園杜詩注解》剽竊《杜詩掣碧》之意，今檢顧注所引黄文焕（黄維
章）評有二十餘則，可見顧注確曾參考吸收了《杜詩掣碧》的部分
成果，然全部剽竊之説却並不成立。顧注對後世影響頗大，諸家注
本多所徵引。紀昀之父紀容舒之《杜律詳解》，實爲顧注之節鈔
本，書中較精核者多鈔自顧注而不標明。是書徐乾學《傳是樓書
目》、揚州吴氏《測海樓書目》、孫殿起《販書偶記》均予著録。可參
孫微《顧宸及其〈辟疆園杜詩注解〉》一文[2]。

### 13. 陳醇儒《書巢箋注杜工部七言律詩》四卷

　　陳醇儒，字蔚宗，號書巢，姑孰（今安徽當塗）人。重藩子，當
塗縣庠生。弱冠遊庠，有文名，暇墨精妙，工漢隸八分，尤善山水，
有白陽、仲醇家風。以增生入太學，卒。嘗於化城寺構書巢，牙籤
縹緗，足方清閟。曾建育嬰堂。康熙十二年（1673），與端肇震、喻

---

① 黄任撰，陳名實、黄曦點校《黄任集（外四種）》，方志出版社 2011 年版，第
218 頁。

② 載《杜甫研究學刊》2002 年第 1 期。

爾訓等同纂《太平府志》四十卷傳世。喜研讀杜詩，沉酣多年，曾
箋注全部杜詩，然僅有《書巢箋注杜工部七言律詩》四卷行世。生
平見《(乾隆)太平府志》卷二九《人物志·方技》、《(民國)當塗縣
志·人物志·藝術》)。

　　是書簡稱"書巢杜律注"，扉頁右上題"姑孰陳蔚宗纂"，中題
"杜詩箋注"，左下署"金陵兩衡堂梓"，書眉橫書"溫陵許雙峒批
釋"。卷前依次爲王澤溥序、許巖光(字雙峒)序、胡季瀛序、陳醇
儒自序、唐良序、醇儒弟醇士跋，"則言"九則。次分卷目錄。各卷
首頁，第一行書"書巢箋注杜工部七言律詩"卷次，二、三行署"溫
陵許巖光雙峒批釋"、"姑孰陳醇儒蔚宗集注"、"弟醇士漢良校
定"，書口題"書巢杜律注"。目次前及卷末又題作"唐杜文貞公七
言律詩"。因陳醇儒自序末署"康熙歲次壬寅中秋姑孰陳醇儒蔚
宗氏題於書巢小閣"，諸家書目遂多誤以壬寅爲康熙六十一年
(1722)之壬寅，實應爲康熙元年(1662)之壬寅，胡季瀛序即直署
"康熙元年菊月東海胡季瀛序並書"。對於該書的成書經過，陳醇
儒自序中言之甚詳：

　　　　辛丑冬，嚴寒閉戶，擁爐讀諸家注……不揣固陋，先取七
　　言律討論批駁……成八萬餘言。及仲夏，雙峒許先生避暑白
　　紵山，余擔簦問業，出稿折衷。先生曰："千年以來，老杜知己，
　　非子而誰!"更爲之點繁攬要，僅存六萬有奇言。

　　則該書初稿成于順治十八年(1661)，次年，即康熙元年夏，由
其友許巖光進行刪削後定稿，並爲之捐資刻印。許巖光，字雙峒，
福建惠安人，順治十五年(1658)進士，時爲太平府推官。該書四
卷，共收杜詩七律151首，按作年先後編次。詩題後多半有題解，
注明杜甫行蹤及該詩作年或題意。箋注置於詩末，乃擇諸家注之
善者以己意出之，不徑錄原注，亦不標姓名。一題數首之組詩，逐
首箋釋後，再統解該題之命意、結構、諸首間之承接關係。箋注後，
另起段落，或輯錄該詩之異解可供參考者，或集其同時代人之評

語,多至四十餘人。鄭慶篤等編《杜集書目提要》認爲:"諸評雖偶有所見,然以附和贊許陳氏箋注之語爲多。"其實不然。檢諸家評注語,除了其弟陳漢良和批釋者許雙峒對陳氏箋注偶有讚語之外,所引其他人的評語全部是關乎杜詩本身的,且多有見地。陳醇儒在《則言》其九中提到了選録諸家評注的原則:"僅于同聲把臂中,有疑義而晰者略附一二,以志弗諼。至吾鄉風雅,邇來不讓竟曆,嗣有《姑溪詩選》一集徐出問世,兹集未蒙惠教者,雖辱蘭譜,不敢濫及。"可見其選録的標準還是很嚴格的,並不是一味地爲了標榜該書的權威性而大造聲勢。《書巢杜律注》一書側重就律詩之章法結構、起承轉合、前後照應關係細加箋釋。陳醇儒在《則言》中云:"近體八句,總以二起二承二轉二合爲律。有起而後有承,有承而後有轉,有轉而後有合,次秩然之序也。若先得中聯而後得首尾,則起語必不出於自然,此最作詩大病……是集每詩專以起承轉合四字一一標明。"這種理論,其實正是秉承金聖嘆以八股論杜之説。雖然以此法論杜律有些機械,但陳醇儒在疏解詩意中,尤注意闡發其言外之旨,對諸注之穿鑿曲解處,多所駁正。其箋解能够從杜詩本身出發,貼近詩意進行闡釋,大膽闡發自己對詩句的理解。但是由於對杜詩理解不深,具體的解詩方法也有欠妥之處,特別是對於舊解的駁正,没能建立在翔實的考證之上,因而其得出的結論,大有可商榷之處。是書流傳極少,似僅此康熙元年刻本。坊間書目有作《杜文貞律詩選》者,僅題"温陵許雙峒評"。可參孫微《陳醇儒及其〈書巢杜律注〉》一文①。

## 14. 游藝《李杜詩選》二卷

游藝,字子六,號岱峰,建陽崇化里(今福建南平)人。宋儒游酢之後。少孤,事母孝。雖家境貧寒,不忘攻讀。曾到本鄉普覺寺

---

① 　載《杜甫研究學刊》2008 年第 1 期。

拜師求學，手不釋卷，卓有成效。他同明末進士方以智、清初江南布政使法若真、徽州府通判林雲銘等名流官宦交遊甚密。崇禎末年，政局動盪，尚書熊明遇從江西南昌回建陽祖籍避難，游藝因有機會向熊學習天文知識。當時西方文化科學知識正輸入中國，游藝專心致志，刻苦鑽研，吸取師傳的中西科技成果，撰成通俗讀物《天經或問》一書，很有獨特見解，後被收入《四庫全書》，並流傳到日本。游藝精天官之學，爲清初著名算學家。亦長於詩作，生平喜好詩律，經長期鑽研撰成《詩法入門》一書。所著還有《曆象成書》、《奇門超接》、《萬法歸宗》等。明禮部尚書黄道周對其潛隱著述的志向十分讚賞，在普覺禪寺題“此中世外”匾額。清順治初年，三藩之一的耿精忠駐閩，欽慕游藝才華，再三派人聘他入仕，均以母喪未葬而推辭。生平事迹見《（民國）福建通志·列傳》。

　　《李杜詩選》二卷，爲乾隆時刻本，乃李杜合刻選本，上卷爲“青蓮詩選”，下卷爲“少陵詩選”。卷次下署“閩潭游藝子六原輯，寶山朱綿生民初重訂”，下卷共選杜詩 82 首，先古體後近體。詩旁時加圈點，注釋極少，偶有小字評語，錯謬頗多，乃是坊間普及讀本。《成都杜甫紀念館館藏杜集目録》著録此書，名爲《杜集》，二卷。與《李集》合刻，稱《李杜合集》。署“建寧游藝子六原輯，寶山朱春生東發重訂”，爲乾隆時巾箱本，二册。另據馬同儼、姜炳炘所編《杜詩版本目録》中“待訪書目”載，日本《内閣文庫漢籍分類目録》著録該書，書名爲《李杜（詩）法精選》，二卷，前有佟本松序，爲日本文化三年（1806）刻本。

### 15. 金聖嘆《沉吟樓借杜詩》一卷

　　金聖嘆（1608—1661），明亡後改名人瑞，聖嘆乃其自號。一說名喟，字聖嘆。一說本姓張名綵，字若綵，後以應試，更名金人瑞。吳縣（今屬江蘇蘇州）人。自幼於“稗官野史，無所不窺”，獨不喜

“四書五經”的枯燥乏味,嘗自謂“自古至今,止我一人是大材”,其放誕不羈,溢於言表。初補長洲博士弟子員和吳縣庠生,因恃才傲物,譏諷考官,遊戲科場,被學使革去功名。後於其居貫華堂(又名唱經堂)招徒講經。入清後,絕意仕進,以讀書著述爲務,曾以《離騷》、《莊子》、《史記》、杜詩、《水滸傳》與《西廂記》爲“六才子書”,分別加以批點,並以批《水滸傳》、《西廂記》著稱於世。順治十八年(1661),因哭廟案被斬。著有《唱經堂杜詩解》四卷、《貫華堂評選杜詩》二卷及所批《第五才子書》(《水滸傳》)、《第六才子書》(《西廂記》)、《唐才子書》(《唐詩選批》),有單刻本行世,又有上海錦文堂石印本《金聖嘆全集》八卷。又能詩,著有《沉吟樓詩選》一卷。生平事迹見廖燕《金聖嘆先生傳》(《碑傳集補》卷四四)、蔡冠洛《清代七百名人傳》。

　　《沉吟樓借杜詩》,見《唱經堂集》,無單刻本。《中國叢書綜録》著録爲一卷,順治十六年(1659)刻本。沉吟樓,爲金聖嘆室名。金昌《敘第四才子書》云:“唱經於舞象之年便醉心斯集,因有《沉吟樓借杜詩》。”舞象之年是十五歲,看來金聖嘆是將《沉吟樓借杜詩》作爲其批解杜詩的第一步準備。清人亦有人認爲這些“借杜詩”實有所寓指,如狄葆賢《平等閣詩話》卷二曰:“《沈吟樓借杜詩》,見證鼂社所刻《聖嘆秘書》中,每詩皆用工部舊題,初閱之不解其用意,及細玩其詞句,乃知語有所指,當時不敢標題,特詭名以避禍耳。其詩語語清新,真堪寶愛。”並評金聖嘆《銅瓶》曰:“按此謂福王薨殂,世莫能詳。”又評《李監宅二首》曰:“按此謂烈皇帝女某公主下嫁事。”其論可參。周采泉《杜集書録》謂:“所謂‘借杜詩’,即係集杜,有時即用杜詩原題,令人有‘莫辨楮葉’之妙。”其實《沉吟樓借杜詩》並不全是集杜之作,如其中《燕子》、《聞笛》、《今春》等,都是金聖嘆模仿相關杜詩自擬的新題,這些詩歌在格調、遣詞、語氣等方面均模仿杜詩,借杜詩以諷世警世,但又善於生發新意,以抒其個人情懷。

### 16. 金聖嘆《唱經堂杜詩解》四卷

金聖嘆從兄金昌在《奉送蜀州柏二別駕》詩後批曰："余廿年前,讀此詩解。"時聖嘆約三十五歲,可見金聖嘆斯時已開始批解杜詩。另《辛丑紀聞》曰："亥(己亥,順治十六年)、子(庚子,順治十七年)間,方從事于杜詩,未卒業而難作。"則順治十六至十七年間應爲金聖嘆集中批解杜詩之時。金昌《敘第四才子書》亦云:

> 不數年所批殆已過半,以爲計日可奏成事也,而竟不果。悲夫! 臨命寄一絕,有"且喜唐詩略分解,莊騷馬杜待何如"句,余感之,欲盡刻遺稿,首以杜詩從事,已刻若干首,公之同好矣。玆泝上歸,多方蒐緝,補刻又若干首,而後第四才子之面目略備,讀者直作全牛觀可乎!

可知哭廟案發生時,金聖嘆的批解杜詩尚未最終完成。《唱經堂杜詩解》四卷,是由其親友彙輯刻印之未竟遺稿。是書卷前有順治十六年金昌撰《才子書小引》、《敘第四才子書》、《唱經堂內外書》總目、《杜詩解》目錄。詩編次不分體,約略編年,共收杜詩 185 首。金聖嘆在《唱經堂杜詩解》中以解八股的方法解析杜律,他認爲"除起承轉合,亦更無詩法也。"(《示顧祖頌、孫聞、韓寶昶、魏雲》,《魚庭聞貫》)至於具體的解詩方法,金聖嘆由起承轉合進而把律詩分爲前後兩解,前解爲起爲承,後解爲轉爲合。金聖嘆這種標新立異的方法在當時就受到了許多批評,人們對此法指摘最多的還是"割裂",認爲以解八股的方法套用到解律詩上來是"腰斬唐詩"(尤侗《艮齋雜說》)。金聖嘆在《葭秋堂詩序》中辯解道:"即如弟《解疏》一書,實推原《三百篇》兩句爲一聯、四句爲一截之體,儂父動云'割裂',真坐不讀書耳。"《四庫全書總目》之《說唐詩》提要評云:"以分解之說施於律詩,穿鑿附會,尤失古人之意。"其實金聖嘆並不是完全死板地用解數及起承轉合生搬硬套,而是能根據實際情況加以變化,並非不重全詩的章法結構,總的來看,時文批點法確實存在機械割裂之弊,但大多時候亦能切合杜律的結構形式，其優缺點都頗爲鮮明。金聖嘆在批解杜詩時，還往往借題發揮，"借文生事"，借他人之酒杯，澆自己之塊壘，貌似穿鑿附會之甚，不過這種有意誤讀與真正穿鑿還是有很大區別的。由于其批解靈活，新見迭出，能夠較爲深刻地把握杜詩本旨，從而爲杜詩批解開創了全新局面。此書對清代杜詩學界產生了較大影響，徐增《而庵説唐詩》、張羽《杜還七言律》、陳式《問齋杜意》、佚名《杜詩言志》、吳見思《杜詩論文》、仇兆鰲《杜詩詳注》等都或多或少受其影響。是書除金昌康熙初年刻《聖嘆外書》本外，尚有趙時揖輯《貫華堂評選杜詩》二卷，其刻印時間要早於《唱經堂杜詩解》，今存乾隆二十四年（1759）桐陰書屋刊本。該本共收詩 61 首，均爲《唱經堂杜詩解》所有者，評解亦全同。金氏此書在有清一代被列爲禁書，至清季文網鬆弛，方湧現出大量翻刻本，如宣統二年（1910）讀易堂刻本；民國八年（1919）上海震華書局石印本，書名作《才子杜詩解》，有王大錯序；民國間上海錦文堂石印《金聖嘆全集・外書》本；1974 年臺灣大通書局據宣統二年順德鄧氏依讀易堂原版重刻本影印《杜詩叢刊》本。1983 年 9 月成都古籍書店排印本，書名作《金聖嘆選批杜詩——四才子書》；1984 年上海古籍出版社出版鍾來因整理本，書名作《杜詩解》，該本爲目前學界之通行本。

### 17. 金聖嘆撰，趙時揖輯《貫華堂評選杜詩》二卷、附刻許之溥《庶庵説杜》

趙時揖，字聲伯，號晴園，錢塘（今杭州）人。與李漁有交往。據王士禛《池北偶談》卷二《常參》條載，趙時揖於康熙二十一年（1682）任大理寺司務，餘不詳。

是書有乾隆二十四年（1759）桐陰書屋刻本，扉頁雙行並題"吳門金聖嘆原評"、"西泠趙聲伯重訂"，書口題"杜少陵詩選"，版心上題"第四才子書"、下署"貫華堂真本"。卷前首爲趙時揖序；

次爲"貫華堂評選杜詩總識"十一則,題"晴園趙時揖拜手";又次爲目錄,分上、下兩卷,收詩 61 首,均爲《唱經堂杜詩解》所有者,評解亦全同。下卷末附刻許庶庵"説杜詩"五則並趙時揖附記。趙時揖序云:

> 今歲客遊吳門,詢其故友,從邵悟非(名然)、蘭雪(名點)昆季暨長文(名昌)諸公處搜求遺稿,零星收輯得若干篇,懼其久而湮也,亟授之梓,天下於是得讀第四才子之書矣。

從序中語氣來看,趙時揖刻《貫華堂評選杜詩》的時間尚早於《唱經堂杜詩解》,然趙之原刻僅見於書目著錄,除乾隆新刊本外,未見原刻本。浙江圖書館藏有另一乾隆二十四年桐陰書屋刻本,"貫華堂評選杜詩總識"十一則和"説杜詩"五則並附卷末。

許之溥(1624?—?),字觀生,號庶庵,武進(今江蘇常州)人。鼎臣三子,之漸弟,鄭鄭壻。爲人倜儻,行純篤,邑諸生。弟早卒,撫兩孤侄過己子,教之成立。之溥歲試,學使責其字多古體,遂終生不搦管,輒口授人書。聞李自成陷京師,痛苦幾絶,自謂贅疣,佯狂詩酒間。後適秦,遊華嶽,自作祭文,醉飽而上,同遊不敢從。溥獨至昌黎慟哭處,無何,攀援而下,鼓掌笑曰:"諸君何怯也!"失足墮而卒。與金人瑞善,人瑞有句云:"庶庵死後原無病,聖嘆生前只有貧。"人以爲讖云。著有《賦閒樓詩》。生平事迹見吳定璋《七十二峰足徵集》卷四十一《許氏合編》、許梿《(光緒)重修馬迹山志》卷七《孝義》。

《庶庵説杜》,僅五則,分別爲評《蕭八明府實處覓桃栽》、《憑何十一少府邕覓榿木數百栽》、《憑韋少府覓松樹子栽》、《又於韋處乞大邑瓷盌》、《早起》,附錄於《貫華堂評選杜詩》之後,總題爲"庶庵説杜",下題小字"附刻"。前有趙時揖附記曰:

> 後五首,或亦以爲貫華先生所説。以後有"庶庵"字,訪之,始知爲許庶庵筆也。庶庵高才異致,登華山絶頂,墜崖而死。與貫華先生遊,情味特契,故議論往往相似。余不忍使其人文勿傳,因爲附刻于此。所説沉綿曠遠,置《才子書》中,幾

或無辨,讀者當亦共爲感惜耳。庶庵,常州武進人,諱之溥,侍
御青嶼先生諱之漸者之弟也。

又趙時揖《貫華堂評選杜詩總識》曰:

　　讀先生所説杜詩,令人躍躍皆欲説杜。許庶庵,其躍躍中
之先出者也。其人固奇人,其説亦由先生而悟入者。因爲附
刻,以爲後起之唱。

另《唱經堂杜詩解》卷二《早起》詩後金昌注:"或曰:此是晉
陵許庶庵筆,爲唱經所鑒定者。果有之,亦足想見庶庵。"亦可爲許
之溥曾評杜之側證。因《庶庵説杜》附刻於《貫華堂評選杜詩》之
後,故不單獨列目,姑繫於此。

### 18. 吳景旭《杜陵譜系》三卷

吳景旭(1611—1695),字又旦,一字旦生,號仁山,歸安(今浙
江湖州)人。入清棄諸生。早歲流離艱苦,晚年田園曠適,無噍殺
之音、不樂之事。亂後由前邱移城内之蓮花莊,築堂,名南山,即趙
孟頫別業舊址。景旭於此嘯詠終日,東南名流一時屢集遊宴,遂成
東南勝地,因以名集。著有《南山堂自訂詩》八卷、《樂府》一卷、
《詞》一卷、《續訂詩》五卷、《三訂詩》四卷。又有《歷代詩話》八十
卷。生平事迹見《(同治)湖州府志·人物傳·文學三》、《(光緒)
歸安縣志》卷三七、《清詩紀事初編》卷二。

吳氏編有《歷代詩話》八十卷,1960年中華書局上海編輯所據
吳興劉氏嘉業堂刊本出版,其中己集十二卷全是有關杜甫的,包括
《杜詩》九卷、《杜陵譜系》三卷。《杜陵譜系》含《杜陵世繫》、《杜陵
年譜》、《杜陵正傳》各一卷。年譜分三欄,上爲帝王紀年,中爲大
事記,下爲杜甫生平事迹。有《吳興叢書》本。

### 19. 杜濬《杜陵七歌》一卷

杜濬(1611—1687),本名紹先,字于皇,號茶村,湖北黄岡人。

崇禎時副貢生,明亡後絕意仕進,以詩酒自娛,有茶癖。流寓南京
雞鳴山四十餘年,家貧至不能舉火。因恥居官紳之列,堅決拒絕申
請免徵"房號銀"。又致書友人孫枝蔚,勸其勿仕清廷,"毋作兩截
人";錢謙益來訪,閉門拒不接見。老而益貧,貧而益狂。身後蕭
條,竟無以入殮,卒後數年,江寧知府陳鵬年才將其葬於鍾山。其
詩學杜甫,遒宕清逸中時有氣勢,五律尤佳,深爲吳偉業推許。著
有《變雅堂文集》。生平事迹見方苞《望溪先生文集》卷十三《杜茶
村先生墓碣》。

《杜陵七歌》一卷,無單行本,附見杜濬《變雅堂文集》,清康熙
刻本,中國科學院圖書館藏,《四庫禁燬書叢刊》集部 72 冊收錄該
本。《杜陵七歌》是模仿杜甫《同谷七歌》所作一組七言古詩,題目
分別是《一杯嘆》、《片席行》、《蕭生可賀行》、《謝夢行與吳公》、
《醉歌行呈高公》、《讌徐氏水亭談次酌酒與曹公歌》、《衡水梨歌柬
謝趙子》。詩前有杜濬序曰:"《七歌》各一題,以其爲旬朔間先後
所作,故輯合成卷,謂之《七歌》,非敢上同于子美先生也。癸亥新
秋日鍾離杜濬茶星識。"癸亥,即康熙二十二年(1683),可知《杜陵
七歌》作於其晚年。詩後有汪異三、汪我武二人之評。汪異三評
曰:"七言古,推少陵先生第一,今茶村先生豈可實第二? 世有具
眼,細讀此七歌自知之,無俟贅談也。"汪我武評曰:"淡處益見其
味厚,放處益見其法嚴,激切處益見其閒雅。無窮讚嘆,如以一毫
置於泰山耳。"

## 20. 李長祥、楊大鯤《杜詩編年》十八卷

李長祥(1612—1679),字子發,號研齋,晚號石井道士,達州
(今屬四川)人。明崇禎十六年(1643)進士,選庶吉士。明清交替
之際抗清志士。福王立,改監察御史,巡浙江鹽政。魯王監國,加
右僉都御史,督師西行。魯王江上之師潰敗後,長祥集殘部結寨上
虞東山繼續抗清,魯王監國五年(1648)晉兵部尚書,舟山兵敗後

被清所執。釋放後,乃居山陰澗谷中,尋遊錢塘,當道不安,置之江寧,總督馬陽禮疑之,長祥乃乘間脫身。由吳門渡秦郵,走河北,遍歷宣府、大同,復南下百粵,與屈大均處者久之。晚年隱居毗陵(今江蘇常州),築讀易堂以終老。著有《易經參伍錯綜圖》(已佚)、《天問閣集》,與楊大鯤同撰《杜詩編年》十八卷。生平事迹詳見《清史稿·遺逸一》、全祖望《前侍郎達州李公研齋行狀》、徐鼐《小腆紀傳》卷四七、《南疆繹史》,今人周采泉編有《李長祥年譜》。

楊大鯤,字陶雲,一字九搏、曉屏,毗陵(今江蘇常州)人。明修撰廷鑒子。順治十四年(1657)舉人,十六年(1659)進士,改庶吉士,遷新建丞,擢九江知府,官至山東按察使。晚年亦歸居毗陵。好學強記,才氣儻蕩。其父廷鑒爲崇禎癸未(1643)狀元,與李長祥同科,故爲同門友。李長祥被執出獄後曾寄居其家,楊大鯤遂與長祥合撰《杜詩編年》十八卷。《清代毗陵書目》卷八著録其《陶庵詩鈔》十二卷。事迹詳《(光緒)武進陽湖縣志·列傳》、張惟驤《清代毗陵名人小傳稿》卷一。

《杜詩編年》十八卷,由李、楊二人編於毗陵,有清初梧桐閣刻本。卷前載楊大鯤序、李長祥敘及凡例四則,次列總目録。李敘云:“近移毗陵,簡兒輩所藏書,得予舊閲剡溪單氏本間棄存原評語。陶雲楊氏好古方深,與余朝夕,書成讀之。”楊序云:“先生(指李長祥)於家嚴爲同門友,予得左右之,以觀其評閱諸書,因得其《杜詩編年》舊本,暇涉一過。”是知此編乃是整理李氏早年所閱單復《讀杜詩愚得》之評點批注而成。故其録詩序次、卷次悉據單本,以突出詩之編次繫年。據該書敘云:“自開元十五年至大曆五年,上下四十四年,凡詩一千一百八十一首(應作“題”),以卷一《望嶽》始,卷十八《過洞庭湖》終。”實際收録杜詩 1445 首,大多爲白文,或僅有圈點,間有簡略之評語,多爲闡發杜詩立意,而罕事詞章訓詁,與歷代注杜之作風格不同。關於該本的刊刻時間,孫殿起《販書偶記》稱其“無刊刻年月,約崇禎間梧桐閣刊”。周采泉已辨

其非,云:"此刻當始于清順治末,成于康熙初。書中十五卷以前
'玄燁'等字均不避。十五卷,'玄'字改用墨丁,但'胡'、'虜'等
字均不避。故知其爲清初刻本。孫殿起以爲崇禎刻,失考。"①周
采泉另有《李長祥〈杜詩編年〉簡介》一文②,可以參看。

### 21. 顧炎武《杜子美詩注》

顧炎武(1613—1682),本名繼紳,更名絳,字忠清。清兵南下
後改名炎武,字寧人,號亭林,崑山(今屬江蘇)人。明末清初著名
思想家、民族志士、開一代風氣的學者、傑出詩人。少年時曾參加
復社,弘光朝以貢生薦授兵部司農,致力於反清復明活動。失敗後
北上魯、冀、晉、秦,聯絡志士,圖謀恢復。晚年潛心著述,拒絕清政
府的徵辟。顧炎武在創作上能踵武少陵的"詩史"精神,並能在藝
術風格上主動效法杜甫,風格沉鬱頓挫。他作爲乾嘉學風的先驅
者,在清初確立了一種嚴謹求實的學風,對整個清代杜詩學的發展
亦影響深遠。在《日知錄》卷二十七中有"杜子美詩注",專門對杜
詩注解進行研討。仇兆鰲《杜詩詳注·凡例》云:"盧世㴶之《胥
鈔》,申涵光之《説杜》,顧炎武、計東、陶開虞、潘鴻、慈水姜氏別有
論著,亦足見生際盛時,好古攻詩者之衆也。"生平事迹見《清史
稿·儒林傳二》、全祖望《亭林先生神道表》、吳應奎《顧亭林先生
年譜》。

《杜子美詩注》,見《日知錄》卷二十七,未有單刻本。顧炎武
的杜詩學考證體現出"引據浩繁"的特點,但其中也存在疏失與舛
誤。顧炎武將博學的見聞與嚴謹精詳的考證相結合,有許多舊注
未發之覆。如考《喜聞官軍已臨賊境二十韻》"家家賣釵釧,準擬
獻香醪"云:"《南史·庾杲之傳》:杲之嘗兼主客郎,對魏使。使

---

① 周采泉《杜集書錄》,上海古籍出版社 1986 年版,第 172 頁。
② 周采泉《文史博議》,廣東人民出版社 1986 年版,第 130—132 頁。

問呆之曰:'百姓那得家家題門帖賣宅?'答曰:'朝廷既欲掃蕩京
洛,剋復神州,所以家家賣宅耳。'"此典字面雖有些不合,然卻正
切合唐軍收復西京長安前百姓的心理,正是杜甫詩意之所本。又
如《夔府書懷》"蒼生可察眉"句,顧炎武指出其原出《列子》:"晉
國苦盜,有郄雍者,能視盜之貌,察其眉睫之間而得其情。"這些出
典的考證大都爲首次考出,很見功力,故全爲仇兆鰲《杜詩詳注》
所采用,而仇氏卻並未注明所本。另外,顧炎武拘泥於宋以來"杜
詩無一字無來處"說,做了一些繁瑣無謂的考證。如釋《蜀相》"三
顧頻繁天下計"及《入衡州》"頻繁命屢及"之"頻繁",引《蜀志·
費禕傳》,《晉書·刑法志》、《山濤傳》、《文選》庾亮《讓中書令
表》、潘尼《贈張正治》、陸雲《夏府君誄》、《答兄平原詩》等,雖然
確實做到了"引據浩繁",卻於詩意的理解殊無關繫,就顯得沒有
什麼必要。其詳可參田小軍、孫微《顧炎武的杜詩學》一文①。

## 22. 陳式《問齋杜意》二十卷

　　陳式(1613—?),字二如,號問齋,桐城(今屬安徽)人。幼而
慧,强記好學。康熙元年(1662)以恩貢入太學,次年闈試不第,時
年已過五十,遂決意棄捨舉子業,亦絶口不言仕進,退而著書。一
生僅做過府署幕僚,或講學授徒。凤嗜杜詩,日咀月詠,寢食都捐。
居恒訥訥不出口,一言及杜詩,則掀髯撫臆,辯論縱橫,聞者莫不勃
然興,肅然敬。撰有《問齋杜意》二十卷。

　　《問齋杜意》二十卷,全名《陳問齋先生杜詩說意》,簡稱《杜
意》。命名之由,據陳式《讀杜漫述》云:

　　　　注杜而謂之爲意者何? 書言志,孔子言思,孟子言意。大
　　約詩之爲詩,志定而後有意,意定而後運之以思,三者合而後
　　詩成。至曰"以意逆志",是爲得之,則千古以來讀詩之第一

---

妙法也。……予蓋自今而後,乃以己之意還爲杜之意,幾幾乎
爲得矣。

又云:

注杜大旨則謂注意,止可發明詩人之意,不可過執己見,
一執己見,則鑿矣。

全書二十卷,詩以編年爲次,大體依許自昌《集千家注杜工部
詩集》爲序。卷前有徐秉義序、邵以發序、康熙二十二年張英序、方
畿序、方孝標序、潘江序、姚文焱序、康熙二十一年陳焯以詩代序、
吳子雲序、陳式自序。次列陳式自撰《讀杜漫述》四十八則,內容
包括注杜凡例和論杜瑣語,可補陳氏自序之不足。次列總目錄,每
卷不另列目。每卷次下署"桐山陳式問齋甫箋注"。詩正文大字
頂格,夾注雙行小字。避諱"胡"、"匈奴"等字,遇之均空闕。陳式
解意於詩後低一格,統署"問齋曰"。陳氏評語,不以細瑣考證爲
務,只以概述詩旨、傳達詩意爲主,頗類詩話,亦偶有長篇大論者。
陳氏雖自詡"予是編從不暗襲人片語隻字"(全書僅二三處提及劉
辰翁評語),却大量援引其友朋、鄉里及生徒評語,所錄者多達七十
餘人,然其評語多空泛之論,或僅爲揄揚陳氏之詞。陳氏《杜意》
在清初諸多杜詩評注本中可謂別具一格,但流傳甚罕,稍後之仇兆
鰲《杜詩詳注》竟未予徵引。究其原因,可能與爲該書作序的方孝
標以戴名世《南山集》文字獄案剉屍有關。是書諸家書目著錄多
云"清康熙二十一年陳氏側懷堂刻本",但觀卷前徐秉義序作於康
熙二十三年,刊刻當爲稍後。《販書偶記》卷十三著錄:"《問齋杜
意》二十卷、《溫(當爲"漫"之誤)述》一卷,桐山陳式撰,康熙間
刊。"允稱審慎。該書尚有一清初鈔本,不分卷,佚名批校,書名題
《杜意》。

## 23. 張羽《杜選七言律》二卷、《杜選刪存》一卷

張羽,字葛民,號響閣主人、長干踦客,新安(今安徽歙縣)人。

清初布衣,博雅能文,喜讀杜詩,與周亮工友善。

《杜還七言律》二卷,爲清康熙時張氏響閣刻本,選注七言律126首。首載《杜工部家世》,次周亮工《讀張葛民先生注杜》(此文亦載周亮工《賴古堂集》卷二十,題爲《與某》),後鈐"真意亭"陽文黑篆,次列《杜還讀約》及《杜還自述》三篇。首頁上署"周櫟園先生鑒定",行書大字題"杜還"二字,左鈐木戳紅記兩方,分別爲"從前諸注,考核精詳,典實有據,恐於工部之什,不無越路秦轅之謬。張葛民此注,達詞暢意,一展卷而杜陵活見矣"、"從前未有之書,絕不寄人籬下",右側鈐有篆文"江東布衣",又有楷體朱文"五言即出,全集嗣出"字樣。該書卷末附《杜還刪存》一卷,係張羽未注之杜甫七律。現藏南京圖書館,索書號:80137。成都杜甫草堂博物館另藏有據南京圖書館藏本鈔本一册。

### 24. 盧元昌《杜詩闡》三十三卷

盧元昌(1616—1693後),字文子,號觀堂,華亭(今上海松江)人。明諸生,爲幾社名士。崇禎十五年(1642)與彭賓、王廣心、顧大申等在華亭舉贈言社。康熙七年(1668),與顧景顯、周茂源、董含、董俞等會沈麟洞莖草堂。十九年遊武林還,作《年譜引》,自述家世。二十五年同里曹重召其作和會,有詩與吳綺等唱和。三十年與張彥之、錢毅等以高年作冬會。著有《半林詩集》三卷、《杜詩闡》三十三卷、《左傳分國纂略》十六卷、《明紀本末》、《半林詞》、《稀餘留稿》、《東柯鼓離草》、《思美廬删存詩》等,編有《唐宋八大家文選》。生平事迹見《國朝詩人徵略》卷五、張慧劍《明清江蘇文人年表》。

《杜詩闡》,又名《思美廬杜詩闡全集》。《清文獻通考》、《四庫全書總目》、《清史稿·藝文志四》、《(嘉慶)松江府志·藝文志》均予著録。有康熙二十五年(1686)書林刊本,是本首頁題"康熙二十五年盧文子著　思美廬杜詩闡全集　書林王萬育、孫敬南梓行"。卷前有魯超序、盧元昌康熙二十一年自序。各卷分列目録，各卷次下署"華亭盧元昌文子代述"，並標明作詩時、地。詩正文頂格，注文小字雙行。詩以編年爲次，共收詩1447首。盧氏注杜，始於康熙四年，成於康熙二十一年，經歷十八個寒暑。自序云：

> 以意逆志，既又發其言中之意，意中之言，使當年幽衷苦調，曲傳紙上。而又旁羅博採，凡注家所未及者，約千有餘條，名之曰《杜詩闡》。蓋自乙巳至壬戌，凡十八年矣，何朝夕，何寒暑，不手是編！

因用功甚勤，故頗多新見。是書句下有注有批，詩題下偶有説明。詩後釋詩爲文，有類串講，最後加以評論。詩後總評有長達千餘言者。其注、釋、評，均出以己語，概不據引前人舊注。其所闡發，確有發人所未發者，故頗爲注杜者推重。仇兆鰲《杜詩詳注·凡例》云："若盧元昌之《杜闡》，徵引時事，間有前人所未言。"仇注徵引盧氏此書頗多，但與原書互勘，大致均非原文，或經仇氏竄改，至有面目全非者。盧注之失，誠如《四庫全書總目》所評："其注如《四書》講章，其評亦如時文批語，説詩不當如是，説杜詩尤不當如是也。"是書又有1974年臺灣大通書局據康熙二十五年書林刊本影印《杜詩叢刊》本，1999年齊魯書社據吉林省圖書館藏清康熙刻本影印《四庫全書存目叢書》本，上海古籍出版社據清康熙刻本影印《續修四庫全書》本。

### 25. 張篤行《杜律注例》四卷

張篤行，字諟紳，號石只。一作字石如，誤。又號四藝山人。章丘（今屬山東）人。汝薀之孫。順治二年（1645）舉人，三年進士，官河南鄭縣知縣，遷禮部主事，歷員外郎，遷福建按察司僉事。工琴，善詩、書、畫。南京博物院現藏有張篤行所畫着色《山水釣臺圖》，爲金陵派畫法。《清史藝文志及補編》著録其有《九石居遺稿》。《（道光）章邱縣志·藝文志》著録其《一弦琴譜》、《杜詩張

注》。《杜詩張注》疑即《販書偶記》著録之《杜律注例》。生平散見
《(康熙)章邱縣志・選舉志》、《山左詩續鈔》、《清畫家詩史》、《榆
園畫志》、《國朝畫識》及《明清進士題名碑録》等。

張篤行《杜律注例》現存兩種版本，一種爲清順治十六年
(1659)家刻本，《北京圖書館杜集書目》著録，現藏國家圖書館善
本特藏部，書名作“杜詩七言律”，四卷，一册。索書號：文 244.48/
582.7。書號：J36697/t2131。該書封面署“石只先生杜律註”、“己
未孟冬”，下鈐“古今長在”朱文印章。卷前有張篤行《題詞》云：

> 杜工部云“晚節漸於詩律細”，又云“詩律群公問”，豈非
> 作律難，注律更難哉！古人云“句向夜深得，心從天外歸”，又
> 云“數篇吟可老，一字買堪貧”，此意唯可爲知者道。順治己
> 亥荷月，四藝山人書於韭花堂中。

卷四之後有佚名朱筆手書批語曰：“詩註繁簡得宜，正而不偏，
但少有沾滯處，其前之議論講究，則皆入于魔障矣。”此順治初刻本
存世極罕，疑國家圖書館所藏爲世間孤本。是書另有清乾隆二十
四年(1759)重刊本，書名作“杜律注例”，版式、卷數與順治初刻本
全同，只是書後多出張篤行玄孫道存之跋，文曰：

> 是編予童時即得見之，不解讀也。久藏篋中，迄今二十餘
> 年，始知先高祖一生精力苦心具見於此。幸逢盛世，詩學昌
> 明，四方相與力追風雅。則是編也，或不宜私之一家云。乾隆
> 己卯季夏月中浣，元(玄)孫道存謹書。

據此可知，此書原刊於順治己亥(十六年，1659)，重刊於乾隆
己卯(二十四年，1759)。因現所能見者多爲乾隆二十四年重刊
本，而順治原刻本十分罕見，故有學者認爲張道存所稱“童時即得
見之”之本，實係篤行稿本，其生前並未刻印。如鄭慶篤等編《杜
集書目提要》云：“《販書偶記》謂順治己亥(1659)刻，是據四藝山
人題詞之年而定，現有‘杜集書目’數種，亦均沿襲此説。實則刻
於乾隆間。”此説實誤，乃因未見順治己亥家刻本所致。是書卷前

爲四藝山人題詞；次爲“杜律注例”，依次分題、詩、句、字、心法、性
法、命法、立格、造句、對法、審韻、八病十二項，每項又分若干類，多
少不一。如“立格”一項，又分無極、太極、兩儀、四象四格。其中
無極格包括一字血脈、一意、句相照應、牙鎖、比興、藏頭等格；太極
格包括一字貫篇、一字造意、字相連序、接項、歸題、單拋等格；兩儀
格包括二字貫穿、二句立意、先問後答、纖腰、續腰、交股等格；四象
格包括雙拋、雙蹄、三字棟樑、鈎鎖連環、内剥、外剥等格。“造句”
一項，則詳分爲二十九種造句法。此非注解凡例，而是就詩藝方面
分論詩之作法，皆舉杜詩爲例。“注例”之後爲選詩總目錄，共録杜
詩七律 82 首，編次以年代先後爲序。正文之注散置於句下，隨文
釋義，引據不標出處，采前人注亦不標姓名。詩末另文就詩之起承
轉合、照應銜接，疏解全詩之篇章結構，並標明何格。全書頗嫌繁
瑣，而殊少新意。偶有辯駁舊注之謬者，尚有可取。山東省圖書館
尚藏有一稿本，書名作《杜詩七言律注例》。其詳可參孫微《張篤
行〈杜律注例〉考論》一文①。

### 26. 朱謹《朱雪鴻批杜詩》二卷

　　朱謹，字二陶，號雪鴻，江蘇崑山人。隆禧五世孫，少遭亂廢
學，及冠始從師，旋以病輟業。中年居郡城，與孫枝蔚、姜宸英、楊
賓等相切磨，學日益進。繼遊粵東，見聞益廣，詩亦獨抒心得。曾
官永康縣丞。纂有《(康熙)永康縣志》、《(康熙)普陀山志》、《(康
熙)馬鞍山志》等。日本國王欲迎修國史，以年老卻之，尋卒。著
有《中庸本旨》二卷、《敬補堂文集》，尚存；《孟子辨義》、《雪鴻
集》、《敬補堂集拾遺》、《陶詩述解》、《青蓮集評》、《古詩解》，已
佚。楊賓《晞髮堂詩集》卷七有《朱雪鴻》詩，記其生平。

　　《朱雪鴻批杜詩》二卷。首頁上署“朱雪鴻批杜詩卷上”，下署

---

① 載《圖書館雜誌》2008 年第 3 期。

"雲間朱顥英廥雲編録"。周采泉《杜集書録》中將朱雪鴻與朱顥英看作同一人："顥英,號雪鴻,松江人。"實誤。檢此書卷下評《八哀詩·贈左僕射鄭國公嚴公武》"開口取將相,小心事友生"句曰:昔雪鴻信其有此事,信之以杜公之詩;予辨其無此事,亦辨之以杜公之詩。並存其論於天地間可也。"從這這段話的語氣來看,乃是朱顥英所評,故朱雪鴻、朱顥英並非同一人,但爲同時人無疑。此書上卷選五言古詩 105 首,五言排律 14 首;下卷選七言古詩 30 首,凡 149 首。卷前無序跋,亦無目録。詩之編次不按作年,不依内容,雜亂無序。詩正文行間、詩後句下,時加批注,小字雙行,偶有圈點。注釋重在解析關鍵詩句和章法結構,間或總論詩旨,亦有合諸首作一評解者。多綜述前人舊説,無多新見。開卷數詩尚有眉批,多注明典故出處或援引前人詩文。是書爲手抄本,臺灣大通書局 1974 年印行之《杜詩叢刊》即據"手稿本"影印。孫殿起《販書偶記續編》著録,云"底稿本,約乾隆間鈔本",所論不確。該本卷上評《西枝村尋置草堂地夜宿贊公土室二首》曰:"往者常與孫溉堂論及此。"孫溉堂,即孫枝蔚,則作者無疑爲清初人。書中附記批解之時日,如:"丁亥四月廿日,閲秦州詩二十首,時正當空乏,故語及之。""丁亥小春下浣日,燈下書此。""丁亥"當是康熙四十六年(1707)。

## 27. 吳見思《杜詩論文》五十六卷

吳見思(1621—1680),字齊賢,武進(今江蘇常州)人。出身江南名門世家,其祖父吳中行,曾任大學士;其父吳襄,曾任南平令、滄州知州,爲官清廉鯁直。吳見思入清後,絶棄功名,一生布衣。吳氏幼承家學,穎智異常,潛心著述,頗多獨到之處。龔鼎孳曾説:"吾嘗與吳子齊賢尊酒論文,見其一目十行,過即成誦,胸藏慧珠,才擅武庫,拈毫作賦,俄頃千言,生平著作,實具史材。"(《杜詩論文序》)清代著名詞學家萬樹也稱:"吳齊賢先生爲吾郡名宿,多讀書論古,能自出手眼,識解獨高。與吳門金聖嘆齊名,亦相雅

善。"(《史記論文序》)可見吳氏曾得到龔鼎孳、萬樹、金聖嘆等文
壇名人的器重與推崇。其著述甚豐,但因一生"閉户著書,不赴銓
選"(龔鼎孳《杜詩論文序》),困窘清貧,故著作多未刊行,致頗多
散佚。著有《史記論文》一百三十卷、《杜詩論文》五十六卷、《杜詩
論事》。生平事迹見張惟驤《毗陵名人疑年録》卷一、《(光緒)武進
陽湖縣志》、張慧劍《明清江蘇文人年表》。

　　是書《四庫全書總目》、《清史稿·藝文志四》均予著録。有康
熙十一年(1672)常州岱淵堂刻本。卷前有龔鼎孳、吳興祚康熙十
一年序,陳玉璂序、董元愷序、潘眉序、吳見思序言,並有各氏鈐章。
次爲"凡例"若干則,包括總論、章法、句法、字法、餘論五部分。次
爲五十六卷總目録,以作詩時、地爲別,大致依高楚芳編《集千家
注》本編次,共録杜詩 1448 首,以《遊龍門奉先寺》始,《過洞庭湖》
終。每卷首行署"杜詩論文"卷次,二至四行署"吳興祚伯成定"、
"武進吳見思齊賢注"、"宜興潘眉元白評"、"武進董元愷舜民參",
只有卷二、十二、二十二、三十二、四十二、五十二署"武進吳九思道
賢參"。書尾有"康熙壬子年三月常州岱淵堂梓"牌記,並有"岱淵
堂印"鈐章。每頁版心上署"杜詩論文",下署作詩之地、卷次、頁
數。詩正文大字頂格,詩後解說小字,統低二格,旁有圈點,題下注
小字雙行,眉目清晰。書中凡遇"胡"、"胡虜"、"胡奴"、"胡羯"等
字均空闕,蓋避忌諱也。據該書"凡例"云,《杜詩論事》析正前人
舊注,注釋杜詩典故;《杜詩論文》則逐首串解詩意,段分句析,以
論文法,盡删舊注。《四庫全書總目·別集類存目一》云:

　　　　據其《凡例》,蓋擬舉杜詩典故別爲一書,名曰《杜詩論
　　事》。故此編但詮釋作意,謂之《杜詩論文》。夫箋注典故,所
　　以明文義也。論事自論事,論文自論文,是已兩無據矣。而所
　　論之文,又皆敷衍。

是書誠有此弊,然其不旁引曲證,不故作深求,又自有簡明平順、條
貫通達之佳處,且其解評時有發明,亦自成一家。後仇兆鰲注多援

引其説,稱爲"吳論"。是書又有寶翰樓刊本,1974 年臺灣大通書
局《杜詩叢刊》本即據之影印,書名頁署"杜詩論文　吳郡寶翰
樓",實即常州岱淵堂刻本之重印本,除卷首潘眉序移至陳玉璂序
前、總目録移至"凡例"前之外,餘均同岱淵堂刻本。又有天德堂
刻本,書名頁署"吳興祚先生評定　杜詩論文　天德堂藏板"。又
有 1999 年齊魯書社據中央民族大學圖書館藏康熙十一年常州岱
淵堂刻本影印《四庫全書存目叢書》本。今人許總有《論吳見思
〈杜詩論文〉的特色及其對杜詩學的貢獻》一文①,可以參看。

### 28. 張溍《讀書堂杜工部詩集注解》二十卷、《文集注解》二卷

　　張溍(1621—1678),字上若,一作尚若,直隸磁州(今河北磁
縣)人。自幼聰敏,年十三補博士弟子員,順治九年(1652)進士及
第,選翰林院庶吉士。淡於仕宦,性至孝,聞母病,即乞歸里,家居
二十餘年,不復出仕。不事交遊,曉起即静坐書齋,討究古詩文辭,
手不停披,恒深夜不寐,以著述自娛,尤嗜杜詩。《左傳》、《史記》、
《莊子》、《離騷》、前後《漢書》皆批注數過。窮究身心性命之理,與
孫奇逢筆札往復,論學無虛日。薈萃古人格言懿行,訓誨弟子,復
集其父張鏡心遺書,訂爲《雲隱堂集》三十卷。著有《讀書堂集》十
卷,《讀書堂杜工部詩集注解》二十二卷、《文集注解》二卷,《澹寧
集》十卷等。事迹見耿介撰《待贈文林郎翰林院編修張公溍暨孺
人劉氏墓表》、《張尚若傳》(均見《碑傳集》卷四三)。

　　是書爲康熙三十七年(1698)張氏讀書堂刻本。《四庫全書總
目》、《清史稿·藝文志四》均予著録。此本首頁題"滏陽張上若先
生遺書　杜詩注解　讀書堂藏板"。次列"文集注解"二卷目録,
録文賦二十八篇。"文集注解"後爲"杜工部編年詩史譜目",簡述
杜甫生平,詩、文篇目亦繫於年下。次列康熙三十七年宋犖序、康

熙三十六年張榕端所輯"先大夫批註杜集卷末遺筆"六則及榕端
附記。次録王洙序、王安石序、胡宗愈序、蔡夢弼跋、杜氏世繫考、
元稹《唐杜工部墓係銘》、《新唐書·杜甫傳》。次列"詩集注解"二
十卷總目録,不分體,編年排列,共收詩 1453 首。詩目之上有劃單
圈、雙圈、三圈者,組詩則於詩題下標出"一"、"二"、"三"等該詩首
數。每卷後署"潊陽張溍上若評注"、"男榕端樸園、椰璟子孚、橋
恒子久校訂"。詩正文大字頂格,小字雙行夾注,行間有圈點。

　　張溍注杜,始于順治六年(1649),迄於康熙十二年(1673),歷
二十四載,五易其稿,可見其用功之勤。是書以許自昌刻《集千家
注杜工部詩集》爲底本,稍删削其冗雜者,凡標以"原注"者,皆千
家注之原注。采明、清諸注皆標姓名,計有邵寶、胡震亨、顧宸等
人,而尤以錢謙益、朱鶴齡二家爲多。溍自評注不標姓名,或於句
下,或置篇末,尤着意於杜詩藝術性之評析,言簡意賅,頗爲恰切。
是書對後世影響頗大。道光間所刊范鏵雲《歲寒堂讀杜》二十卷,
即據張注略作改動而成。咸豐時顧淳慶之《杜詩注解節鈔》亦此
書之節選。洪業《杜詩引得序》謂德國人薩克譯杜詩爲德文,即據
此本。楊倫《杜詩鏡銓》所收杜甫文賦即照録張本。康熙三十七
年讀書堂刻本爲初刻,1974 年臺灣大通書局《杜詩叢刊》本即據此
本影印,書名題"讀書堂杜詩集(附)文集注解",而著者誤署"清張
溍評注"。1999 年齊魯書社亦據遼寧大學圖書館、北京大學圖書
館所藏此本影印《四庫全書存目叢書》本。後張溍玄孫張璿重加
校訂,張溍六世孫張錢於道光二十一年(1841)重刊。重刊本較初
刻本多閻若璩序、道光二年(1822)張璿識語、道光二十一年
(1841)張錢《重刻讀書堂杜詩注解序》。2014 年齊魯書社出版聶
巧平校點整理本。王新芳、孫微有《張溍〈讀書堂杜工部詩集注
解〉考論》一文①,可以參看。

————————
　　① 載《圖書館雜誌》2010 年第 5 期。

### 29. 黄生《杜詩説》十二卷

黄生(1622—1696後)，原名珀，又名起溟，字扶孟，自以爲鍾靈秀於黄山白嶽，故就己姓而號白山，又號虎耳山人，歙縣(今屬安徽)潭渡人。明末諸生，入清後，只在蔣超督學府中任二年幕僚，即隱居不仕。所交皆當時知名之士，如王煒、龔賢、屈大均等。江天一抗清兵敗被殺，黄生率先宣導集資撫恤其家。康熙三十一年(1694)，客揚州，同年還歙。黄生博學廣藝，詩筆雄駿，工於書畫，尤精小學，著述頗豐。所著《一木堂詩稿》十二卷、《一木堂文稿》十八卷，乾隆間遭禁毁。又有《唐詩摘鈔》四卷、《詩塵》、《三禮會篇》、《三傳會篇》、《葉書》、《内稿》、《外稿》等，亦佚而不傳。惟其《字詁》一卷、《義府》二卷，賴戴震訪求，列入《四庫全書》。曾訂閱同鄉洪仲所著《苦竹軒杜詩評律》，另有《杜詩説》十二卷行世。生平事迹見《清史列傳·儒林傳下一》、《(光緒)重修安徽通志·人物志·隱逸》、《(民國)續修歙縣志·人物志·儒林》。

《杜詩説》有康熙三十五年(1696)一木堂刻本，卷前有黄生康熙三十五年自序，次爲"凡例"三則，次爲"杜詩概説"十四則，次羅列訂刻姓氏，共計六十餘人。各卷分列目録，每卷首行署"杜工部詩説"卷次，二行署"天都後學黄生説"。該書編次體例，於分體之後再行編年，先古體後近體。所録評語則多采其友人吳瞻泰、汪幾希、曹次山諸人。黄生推崇孟子的"以意逆志"之説，主張"以我之意，逆杜之志，竊比於我孟子，兢兢免賓主相失之誚"，他批評前人注杜"不能通知作者之志，其爲論評注釋，非求之太深，則失之過淺。疏之而反以滯，抉之而反以翳，支離錯连，紛亂膠固，而不中窾會"。《四庫全書總目》評《杜詩説》云：

> 此書以杜甫詩分體注釋，於句法、字法皆逐一爲之剖别。大旨謂前人注杜求之太深，皆出於私臆，故著此以辟其謬。其説未嘗不是，然分章别段，一如評點時文之式，又不免失之太淺。中如謂《行經昭陵》詩非禄山亂後所作，《寄裴施州》詩據

《文苑英華》本增“遙憶書樓碧映池”七字於末，雖亦間有考
證，然視其《字詁》、《義府》，相去不止上下牀矣，蓋深於小學
而疏於詩法者也。

仇兆鰲《杜詩詳注》對黃生《杜詩説》頗爲服膺，引黃説多達三
百餘條。是書《四庫全書總目》、《清史稿·藝文志四》均予著錄，
然世傳極罕。1994 年 5 月黃山書社出版徐定祥點校本，與上本稍
有不同，收爲《安徽古籍叢書》之一，方廣其傳。又有 1999 年齊魯
書社據中國人民大學圖書館藏康熙三十五年一木堂刻本影印《四
庫全書存目叢書》本。

## 30. 洪仲《苦竹軒杜詩評律》六卷

洪仲，一名舫，字方舟，自署邗上羈人，室名苦竹軒，歙縣（今屬
安徽）洪源人。與黃生、屈大均、韓畕友善，常研討杜詩。著有《苦
竹軒詩》、《唐詩二字解》、《苦竹軒杜詩評律》。生平詳見《（民國）
歙縣志·遺逸傳》。

是書初刻於順治九年（1652）前後，書名爲《杜詩評律》，《販書
偶記續編》著錄曰：“《杜詩評律》二卷，明天都洪仲編，黃生閲，順
治間刊。”此本今已不存。是書二刻於康熙八年（1669），洪力行
《杜詩評律後記》曰：“此編乃族伯方舟先生昔館廣陵，偕黃白山老
人評選以授學徒者也。當時縷板，僅印數部，以贈所知，未廣其
傳。”可見康熙八年本因刊印數量過少而最終導致散佚不傳。是書
三刻於康熙二十四年（1685），名作《苦竹軒杜詩評律》，六卷，爲洪
仲族侄洪力行據原刻重印本。該本卷前依次爲黃生康熙八年秋撰
《苦竹軒杜詩評律敘》、順治九年洪仲撰《舊題選杜》、康熙二十四
年洪力行所作重印此書題跋。該書只收杜詩五、七言律，每卷分列
目錄，各卷目錄末均標明收詩數，全書共收五律 205 首，七律 76
首。每卷首頁首行題“苦竹軒杜詩評律”卷次，二、三行分署“天都
洪仲選編”、“同學黃生訂閲”。詩中遇“胡”字皆空闕。行間有圈

點及旁批,書眉亦偶有批注。洪氏評解則置於詩後。其評解大抵
先簡要總括詩意或標詩格,次則逐聯解析,句意亦稍作疏通,尤重
分析篇章結構。其於舊注之失當處,偶有駁正。多引黃生評解,亦
間引亡友韓喦評語。成都杜甫草堂所藏洪力行康熙二十四年重印
本,乃李一氓於 1957 年夏在安徽屯溪市上購得,書尾有李氏題跋
云:"右《杜詩評律》六卷,徽州洪仲撰,清康熙刻本。……此書世
不多見,想當時即流傳有限。"該書四刻於康熙三十六年(1697),
亦爲洪力行重印,上海圖書館有藏本,名爲《苦竹軒杜詩評律》,六
卷。此本前有康熙三十二年何焯《杜詩評律敍》、洪舫《舊題選
杜》、康熙三十六年洪力行《後記》,洪力行《後記》云:"伯父博極群
書,而最鄙訓詁。茲所選五、七言杜律,不鈎深,不搴異,第就本文
玩味,疏通其旨趣,指點其章程,眉目分明,首尾聯貫,俾讀者了然
得解於章句之中,自超然會心於章句之外。"此本無黃生《敍》。各
卷首題"天都洪舫方舟氏評,姪力行待臣氏重訂"。行間有圈點,
書眉有批語。另復旦大學圖書館藏有康熙三十六年本,書名作《杜
詩評律》,無"苦竹軒"三字,亦爲六卷,或即據康熙二十四年本《苦
竹軒杜詩評律》重刻者。

### 31. 李蕃《讀杜》一卷

李蕃(1622—1694),字錫徵,號懶庵,四川通江人。順治十四
年舉人,康熙初,官山東黃縣知縣九載,有惠政,上官惡其抗直,藉
故下獄論死,百姓哭送數十里,免死,流放山海關。著有《雪鴻堂文
集》十八卷。

《讀杜》一卷,見《雪鴻堂文集》卷九,中國科學院圖書館藏清
康熙刻本,收入《四庫全書存目補編》第 55 册,第 426—433 頁;又
收入《清代詩文集彙編》第 81 册,第 68—75 頁,卷前目録署曰"讀
杜六十二則"。共評論杜詩 61 首、嚴武贈詩一首。不録杜詩原文,
或揭示杜詩命意所在,或駁舊注之非,或串解詩意,解釋語詞,確爲

有得之言,亦偶有疏誤之處。黄越《雪鴻堂文集序》稱其有《杜林説杜》,當即《讀杜》之異名。

### 32. 林時對《杜詩選》一卷

林時對(1623—1713),字殿颺,號繭翁,一號繭庵,又自署明州野史拾遺氏,鄞縣(今屬浙江寧波)人。明崇禎十三年(1640)進士①,時年十八歲,釋褐官行人司行人。魯王監國,召爲兵科給事中,累遷都御史、總兵。王之仁請塞東錢湖,力持不可(此即"劃江之役")。馬士英、阮大鋮在方國安軍中,疏請誅之。諸鎮積怒,國安糾爲東林遺孽,遂歸,轉徙山海間。國變後,杜門不出,卒年九十一。著有《留補堂集》、《荷鍤叢談》、《纂杜詩略》、《杜詩選》、《詩史》四卷。事迹詳見全祖望《明太常寺卿晉秩右副都御史繭庵林公逸事狀》及《續甬上耆舊詩》卷二五小傳。

《杜詩選》一卷,上海圖書館藏清稿本,索書號:綫善800297—308。卷前有林時對《選杜詩小引》曰:

> 今人學詩競宗杜,然杜爲律,最爲擅場。律者,音律、法律,其格極嚴極整,有聲有韻,而杜抑揚頓挫,極音節之妙。子美亦云:"晚節漸於詩律細",得手全在一"細"字,此其長技也。自五言古,自言"精熟《文選》理",而選體高者,蘇李無論已,子建而下,如太沖、士衡、安仁、康樂、明遠、玄暉,俱清絶滔滔,芊綿流麗;而杜長篇至百韻者,曼衍拖遝,全無生動之趣,何於《文選》殊不類乎? 惟七言歌行,跌宕天矯,淋漓悲壯,令讀者飄飄欲仙,此於騷壇另闢一格,自是絶唱。若絶句,則自青蓮、龍標外,並鮮登峰造極者,今集中採數首,聊備杜之一體,讀者詳之。繭庵老人漫題。

---

① 《明清進士題名碑録》所載崇禎十三年進士中,有名作"林時封"者,應即林時對,"封"乃"對"字之誤。

《(民國)鄞縣通志·藝文志》著録爲二卷,一册。周采泉稱此書舊藏張之銘古驪室(見《杜集書録》內編卷七《選本律注類二》)。王燕飛《林時對〈杜詩選〉及其價值》對該本考論較詳,可以參看①。

### 33. 沈漢《杜律五言集》四卷

沈漢(1630—?),字天河,號書樵,東海(今江蘇連雲港)人,自名居室曰"聽秋閣"。順治五年(1648)舉於鄉,十五年(1658)在北京應清會試,中進士。所著有《聽秋閣詩集》、《臥園文集》、《杜律五言集》四卷。《(光緒)鹽城縣志》卷十六《藝文》於沈漢《聽秋閣詩集》、《臥園文集》下注曰:

> 程志《沈漢傳》、《乾隆府志》、《光緒府志》所載書目竝同沈志,云所著有《聽秋閣文集》、《杜律校評》,無《臥園文集》之名,又不云有詩集。考李福祚《昭陽述舊編》引沈天河《挽李廷尉》七律二首,亦云著有《聽秋閣詩集》、《臥園文集》,與程志合;沈志《藝文》亦録漢詩,是漢有詩集之稿,證沈志誤也。

另有《黄岳紀程》、《水利説略》、《鹽瀆耆舊詩》等。生平見《(光緒)鹽城縣志》、《(光緒)淮安府志》卷三十《鹽城縣人物》、《(乾隆)江蘇府志》卷二十二《人物志》。

是書前有沈漢《杜律五言序》云:

> 七言律舊有虞注、張注,皆考核甚精,已堪行世。至五言律,雖有趙注,茇葀至盡,十不得四焉。每閲是篇,輒以掛漏過多、去取無當爲恨,因不揣譾陋,遂手五言全帙並録之,訂其魯豕,別其門目,仿虞伯生編次七言律體,復遍搜古今名人之品騭,詳加校讎,有於片言隻字發揮領略者,悉彙輯而壽之梓,庶稍補趙氏之闕乎!

---

① 張伯偉、蔣寅主編《中國詩學》第十八輯,人民文學出版社 2014 年版,第 238—245 頁。

　　序後有杜律五言集評二十則。分四卷,每卷六類,共二十四類,如朝省、宴遊、閒適、述懷之類。卷前目錄不標篇名,只標各卷每類收詩數,共收錄杜詩五律 609 首。詩句下雙行輯前人評語,但不標姓名。每類詩後均有沈漢對該類詩之簡短評論。經查核後可以確認,《杜律五言集》卷内杜詩評語的主要來源大致有二:其一來自《集千家注杜工部詩集》中的劉辰翁評,同時亦有少量趙次公、師古等人之注評;其二則出自鍾惺、譚元春之《唐詩歸》,僅分類總評爲沈漢自撰。因此該本實係轉錄劉辰翁與鍾、譚評語之作,其意是對元明兩種舊評有取捨精簡,爲初學者提供一部簡明杜詩讀本。是書扉頁書名爲《杜律五言集》,下署“聽秋閣藏板”。聽秋閣乃沈漢居室名,是知乃沈氏自刻。沈漢自序寫於順治十八年(1661),書當刻於是年。此書流傳甚少,公私書目未見著錄。《(光緒)淮安府志·藝文志》著錄沈漢《杜律校評》一卷,並云“行世”。此書或爲《杜律五言集》之別稱,疑即同一書。孫微有《沈漢及其〈杜律五言集〉考論》一文①,可以參看。

### 34. 徐介《集陶杜詩》一卷

　　徐介(1627—1698),字堅石,又字孝先、竹友、規亭,號狷庵、澡雪老人,仁和(今浙江杭州)人。張履祥《楊園先生全集》卷三十四《言行見聞錄》曰:

> 　　徐堅石(名介,仁和),志行過人。世業故不薄,棄生產,寓居三吴。非同志,足不及其門。見許大辛爲人所訟,久不解,感憤弗已,前後貸數金以贈之。時堅石屢困亦甚,竭力經營,救善人于厄難,不易及也。

　　丁立中《西泠懷古詩》卷下有《竹廇懷徐堅石》詩,題下注曰:

> 　　堅石,名介,初名孝直,字孝先,號狷庵,復號狷次,又名

---

　　①　王承略主編《漢籍與漢學》,山東人民出版社 2017 年版,第 67—73 頁。

曠,號潀飲,仁和人。明季諸生,家塘棲落瓜堰。乙酉年二十,去田園壟墓,白衣冠垂五十年,妻死不娶,子死不嗣,轉徙無定所,後入河渚,寄施石農竹廎下。性豪於飲,大醉,取詩箋寸碎之,投水曰:"世安有能讀徐生文者!"又善哭,春間聞杜鵑啼聲,哭益哀,見者以爲狂生。曰:"我非狂,乃狷也。"因號狷庵。復以狷不敢希,易爲狷次。著有《貞白齋詩集》,集陶、杜詩各一卷。

詩曰:

> 先朝徐稚石同堅,垂白衣冠五十年。醉倚梅簷高士臥,寄居竹廎主人賢。詩成有意招林鶴,夢醒無端哭杜鵑。自信非狂稱狷次,手持碎稿付流泉。

生平亦見蔣炯《狷庵先生年譜》。

《集陶杜詩》一卷,《中國古籍善本書目》著錄,現藏南京圖書館。王士禎《池北偶談》卷十曰:"徐介,字孝先,陸圻景宣之甥也。食貧隱居,三十妻死,不更娶。一麻布頭巾,數十年不易。嘗集陶、杜詩各一卷。"當即《貞白齋詩集》。然今存《集陶杜詩》僅爲一卷,與《池北偶談》"集陶、杜詩各一卷"之記載有差異。

### 35. 徐介《梅花集杜詩》一卷

《梅花集杜詩》與施石農《渚中雜詩》合鈔一册,中國科學院圖書館藏。凡集詩七十二首,有《辛亥春日客施子贊伯村居》,則康熙十年所作。題下朱筆書:"按堅石先生有《詠梅詩》一卷,計一百四十四首,其七十二首在《集杜詩》卷中,故不重鈔。"蓋爲鈔者所書。《(乾隆)杭州府志》卷五十九著錄。

### 36. 盧震《杜詩說略》一卷

盧震(1628—1704),字亨一。奉天(今遼寧瀋陽)人,隸鑲白旗漢軍。先世江西樂平籍,後遷湖廣景陵(今湖北天門)。清順治八年（1651）補博士弟子員。九年，順治皇帝特試授内弘文院編修。從軍參畫平定李定國。旋京，加光禄寺少卿銜録西曹事。康熙皇帝登極，擢内弘文院侍讀學士，進内秘書院學士，纂修太宗、世祖實録副總裁。康熙八年（1669）秋，授湖南巡撫，撫湘五年。吴三桂反，兵犯長沙，盧震以失陷封疆罪下獄四年，後特釋歸家。閒居十年，起用管理烏喇船廠，任事七年，以衰老告歸，後卒於家。著有《説安堂集》、《撫偏檄草》、《撫偏疏草》等。其子盧詢，字舜從，康熙四十五年（1706）任雲南楚雄知府，清省徭役，建書院，置義田，復捐設科舉卷金，善政流佈。去之日，郡人閉城，罷市攀轅，上官知之，爲留一載。後累官至光禄寺卿、兵部尚書。陳士驥《楚雄郡伯盧公詢去思碑》云：“太先生亨一公，樹幟詞林，嘉謨讜論，顯爍人耳目。及巡撫湖南，清德著于當時，豐功垂于奕世。迄今讀長沙諸奏疏與《悦安堂詩草》，忠孝至情溢於言外，未嘗不慨然想見其爲人。”（《碑傳集》卷九六）生平詳見陳奕禧《春藹堂集》卷一五《盧中丞行狀》。

此書實爲盧震之師丁耀亢遺著，假托盧震之名行世。其詳請參本書“丁耀亢《杜詩説略》”條。是書前有王封溁序，末署“賜同進士出身、通奉大夫、經筵講官、禮部左侍郎兼翰林院學士加一級、前吏部右侍郎、内閣學士、日講起居注官、舊治年家眷侍生王封溁頓首拜譔”，下有“王封溁印”、“慎庵”兩方鈐記。據王封溁序署銜，王於康熙三十六年由禮部右侍郎轉爲禮部左侍郎，死於康熙四十二年，則是書當刊於康熙三十六年至四十二年（1697—1703）間。周采泉編《杜集書録》謂此書爲“明崇禎四年（一六三一）刻”，顯誤。“目次”前署“景陵盧震亨一著，胞弟豫順如，男訥慎於、詢舜徒、睿拙存，姪詡欽文、詩大雅校”。正文不録杜原詩，只分類評論。目次爲正派、變法、淵源、元氣、胎骨、體裁、品格、章法、聲律、詩眼、詩情、詩典、詩史、詩病、淺深、虛實、生熟、平奇、雅俗、大家、掃除、遊涉、參悟、神化等二十四則。評論尚稱簡明扼要，有的見解亦較深刻。如《變法》一則云："古文之變,莫備於《離騷》、《九歌》;杜詩之變,莫備於《秋興》八律、《北征》、秦中諸詩……蓋不變則筆無光芒,如土木神像,雖具生面而無氣,故下筆即舊;不正則文無根據,如泛駕破轅之牛馬,雖有其氣而無步驟,故成章不知所裁。此二者相合而不離之道也。故曰:變法,即在正派之內。"論述詩歌內容和形式的關係,不無可取之處。是書藏清華大學圖書館,二冊一函。《販書偶記》卷十三著錄。亦收入盧震《説安堂集》卷三、卷四,康熙五十四年刻本。

### 37. 閔麟嗣《閔賓連集杜》不分卷

閔麟嗣(1628—1704),字賓連,又字檀林,號橄庵,一作橄庵,又號鑄塵,徽州(今安徽歙縣)人。明末移家江都,爲揚州府學生,入清棄之。與魏禧、王猷定、吳嘉紀、雷士俊諸遺民友善。工詩文,精書法。著有《古國都今郡縣合考》一卷、《周末列國有今郡縣考》一卷、《黃山志定本》七卷、《黃山松石譜》一卷、《閔賓連悟雪詩草輯佚》、《閔賓連集杜》等。

《閔賓連集杜》不分卷,清刊本,一冊,《安徽文獻書目》(安徽人民出版社1961年版)著錄,稱藏於安徽省博物館。

### 38. 張晉《戒庵集杜》一卷

張晉(1629—1659),字康侯,號戒庵、黍谷,狄道(今甘肅臨洮)人。順治八年(1651)舉人,次年聯捷成進士,十三年由刑部觀政出宰丹徒(今鎮江),有政聲。十四年充鄉試同考官,因牽連"江南科場案"被押解回京,入獄年餘後被處死,年僅三十一歲。其詩頗學李白,兼及李賀之體。著有《張康侯詩草》十一卷、《史見》。據李九如等《甘肅文獻錄》(稿本,藏甘肅省圖書館)載,尚有《九經解》、《十三經辨疑》,郭漢儒《隴右文獻錄》(抄本,藏甘肅省圖書館)著錄其《醫經》一卷。生平事迹見《(乾隆)狄道州志》。

　　《張康侯詩草》，又名《戒庵詩草》，其版本系統比較複雜，其詳可參趙逵夫《張晉詩的傳本與著錄考述》一文①。據《四庫全書總目·集部·別集類存目九》載，《張康侯詩草》第十卷爲《集杜》，第十一卷爲《集唐》，皆爲五言律。據後跋云，尚有七律集句，未經編入云。這個本子和《（乾隆）狄道州志·藝術》著錄的有些出入，後者除《集杜》外，還多出《琵琶十七變》一出》。《（乾隆）狄道州志》卷九稱張晉“詩才如雲蒸泉湧，嘗於獄中集杜作《琵琶十七變》，抑揚頓挫，感動人心，聞之者無不憐其才而悲其遇也”。《集杜》尚有單行本，名《戒庵集杜》，《成都杜甫紀念館館藏杜集目錄》著錄，稱其爲乾隆間陝西得樹齋單刻本，一册。集杜詩五律二十二首及集杜各體詩爲“胡笳十七變”，附刻其弟張謙著《得樹齋詩草》及張晉《律陶》於後，封面有李一氓跋語。“胡笳十七變”，疑即“琵琶十七變”。另成都杜甫草堂《增補一九五九年館藏杜詩書目》著錄有張謙《集杜詩及琵琶十七變》，疑即《戒庵集杜》。至於著者誤爲張謙，可能是因張晉《戒庵集杜》後附其弟張謙《得樹齋詩草》（一作《得樹齋詩鈔》），故將著者訛誤爲“張謙”。張謙（1641—？），字牧公，狄道（今甘肅臨洮）人，張晉弟，貢生。著有《得樹齋詩鈔》、《葭露齋詩》。生平見《狄道新志》、《二南遺音》、徐世昌《晚晴簃詩匯》卷五十三小傳。今存《得樹齋詩鈔》鈔本、《得樹齋詩草》刻本，在書後均附張晉《律陶》、《集杜》、《琵琶十七變》，刻本封面“得樹齋詩草”下，小字雙行注“戒庵律陶集杜琵琶十七變附”，乃是張謙詩集與張晉三種集句的合集。又趙逵夫《張晉詩的傳本與著錄考述》一文云：“張晉死十年之後，劍門何振集杜作《補十八變》爲《琵琶十七變》之續，以表示對張晉的哀悼。”何振《補十八變序》曰：“《琵琶十七變》流離惝怳，平分少陵一席，至末而餘音不絕如縷也，仍集杜補十八變以招魂。”

---

　　①　載《社科縱橫》1992 年第 2 期。

### 39. 朱彝尊《朱竹垞先生批杜詩》

朱彝尊(1629—1709),字錫鬯,號竹垞,晚號小長蘆釣魚師,又號金風亭長。行十,時稱朱十。秀水(今浙江嘉興)人。康熙十八年(1679)舉博學鴻詞科,授翰林院檢討,預修《明史》。二十年,充日講起居官。典試江南,稱得士,入值南書房。三十一年罷官歸里,殫心著述。彝尊博通群籍,綜貫經史,工詩詞古文。詞尊姜夔,爲浙西詞派的開創者。詩與王士禛齊名,時有"南朱北王"之稱。又與姜宸英、嚴繩孫稱"江南三布衣"。著有《曝書亭集》、《經義考》、《日下舊聞》等,輯有《詞綜》、《明詩綜》等。生平事迹見《清史列傳·文苑傳二》、《清史稿·文苑傳一》、陳廷敬《竹垞朱公墓誌銘》、楊謙《朱竹垞先生年譜》。

《朱竹垞先生批杜詩》,殘存稿本,僅餘《總評》部分。民國間出版的《東方雜誌》1916 年第八號卷十三《石遺室詩話續編》卷十曾刊載,《國學專刊》1926 年第 2 期亦曾刊載,後收入錢仲聯編《陳衍詩論合集》(福建人民出版社 1999 年版),題作《朱批杜詩一卷》。其内容與道光十一年陽湖莊魯駉刻本《朱竹垞先生杜詩評本》完全不同。稿本前載有陳衍所撰序曰:

> 《朱竹垞先生批杜詩》,舊藏小瑯嬛館,未經刻本也。吾鄉鄭虞臣先生曾手鈔副本,仲濂丈,先生姪也,復爲楊雪滄舍人重鈔一過。楊歿,傳聞此本鬻在京師廠肆,沈之封提學見之,以告余,余告稚辛,以三十餅金購還。則卷首黏貼仲濂丈所鈔朱字《總評》而已,其卷中朱批,則他人效丈字體也。

稿本後還有陳衍之《案語》,詳細記載了此稿本輾轉流傳的過程,並通過稿本與莊魯駉刻本批點體例之異同,指出《朱竹垞先生杜詩評本》中有書商作僞的痕迹,從而最終認定刻本實乃僞托之本,並非朱彝尊所評。另外,郭曾炘《讀杜札記》(上海古籍出版社1983 年版)卷末附録有《竹垞論杜集各體詩》,將其與《石遺室詩話續編》所載稿本《朱竹垞先生批杜詩》相比較發現,除了論各體之次序及個別文字稍有不同之外,内容則與稿本之《總評》完全相同。郭曾炘亦爲福建侯官人,其所見當即陳衍之本。

## 40. 吕留良《天蓋樓杜詩評語》一卷

吕留良(1629—1683),字莊生,又字用晦,號晚村,別號耻齋老人、南陽布衣,浙江崇德縣(今屬浙江桐鄉)人。國變時,散萬金以結客,與侄宣忠入吴易義軍,兵敗後竄迹湖山,至順治五年始歸里。順治十年,爲時所迫,不得已易名光輪,應試爲邑諸生,後隱居不出。康熙十七年固辭應博學鴻詞之徵,十九年,清廷徵聘山林隱逸,嘉興府復欲薦之,乃削髮爲僧,易名耐可,字不昧,號何求老人,隱居吴興妙山,越二年卒。死後,於雍正十年受曾静案牽連,被剖棺戮屍,子孫及門人均受株連,罹難之酷烈,爲清代文字獄之首。著述甚豐,今人俞國林編有《吕留良全集》。

《天蓋樓杜詩評語》,見俞國林編《吕留良全集》第二册《吕晚村先生文集補遺卷七》①,係據浙江大學西溪校區圖書館藏明劉世教萬曆四十年(1612)刻本《杜工部分體全集》六十六卷之吕留良評語輯録,末有吕葆中《吕晚村手批杜工部全集跋》,此跋收入該書《附録·序跋彙編》(950頁)。

## 41. 吴興祚《杜少陵詩選》二卷

吴興祚(1632—1697),字伯成,號留村。原籍山陰(今浙江紹興),入漢軍正紅旗。以貢生官江西萍鄉知縣,歷山西大寧知縣,遷忻州知州。康熙二年(1663),降補無錫知縣,遷行人司行人,仍留任。十五年擢福建按察使,歷福建巡撫,以平耿精忠之叛,進兵部尚書。二十一年遷兩廣總督,除尚之信及其餘黨之禍。二十八年以事降副都統,鎮大同右衛。旋謫沙克所坐臺,三十六年卒。吴興

---

① 俞國林編《吕留良全集》,中華書局 2015 年版,第 631—779 頁。

祚風致俊爽,喜與文士遊,一時名士,多共唱酬。頗能沾溉寒士,故人望歸之。其詩吐屬清雅,氣度蕭散,有《留村詩鈔》一卷。另撰有《宋元詩聲律選》、《史遷句解》、《粵東輿圖》等書。生平事迹見《清史稿·列傳四七》、魯曾煜《兩廣總督吳公興祚傳》(《碑傳集》卷六十四)、《國朝耆獻類徵初編》卷一五三。

　　《杜少陵詩選》二卷,有民國十一年(1922)上海中華新教育社石印本,一冊。題潘元寅訂。首載年譜。選詩古近體兼收,編年不分體。有圈點,有眉批、旁批,無注釋,共選詩約 200 首。

### 42. 車萬育《懷園集杜詩》八卷

　　車萬育(1632—1705),字與三,一説字雙亭,號鶴田,又號雲崖,邵陽(今屬湖南)人。少家貧,與兄萬備、萬有每燃松讀書,皆刻苦過人。康熙二年(1663)鄉試中舉,三年與兄萬備同登進士第,選庶吉士,改户科給事中,轉兵科掌印。平生任諫官三十年,正直不苟,敢論朝政得失,聲震天下。罷官後,值三藩亂起,奉母僑居金陵,卜築懷園,頗有林亭之勝。又與曹禾、汪懋麟、曹貞吉、丁煒等名士遊。康熙南巡,特召見萬育,問以治河方略,不日病逝。子鼎晉、鼎豐、鼎賁皆有文名。雍正五年,鼎豐、鼎賁因受曾靜案牽連入獄,雍正十年(1732)同被處死。受此影響,車萬育著作亦多遭禁毀。所撰《聲律啓蒙》一書,爲清代家喻户曉之啓蒙讀物,至今仍在流行。此外尚有《春秋易簡》六卷、《車都諫集》二卷、《懷園集杜詩》八卷、《懷園集李詩》八卷、《懷園集唐詩》二卷、《歷代君臣交儆録》一百卷、《讀餘集》、《螢照堂明代法書石刻》十卷等。生平事迹見《國朝耆獻類徵初編》卷一三四。

　　《懷園集杜詩》八卷,國家圖書館藏康熙二十八年(1689)刻本,三冊,善本號 10962。半頁八行,行十八字,雙邊,單魚尾,版心刻書名、卷次、頁數。署“南楚車萬育集”。卷首有車萬育序、何采序、吳嵩序、熊賜履序。該書共十六卷,前八卷集李詩,後八卷集杜

詩。《成都杜甫紀念館館藏杜集目録》著録。《(光緒)黄州府志·藝
文志》著録"《集杜詩》八卷","前有金陵何采省齋序",當即此本。
因《懷園集杜詩》與《懷園集李詩》合刻,故又名"李杜詩集合選",
國家圖書館藏清康熙三十三年(1694)刻本六册。《梁氏飲冰室藏
書目録·集部·總集類》著録《李杜詩合選》十六卷,康熙二十七
年(1688)刻本六册,當即此書。

### 43. 朱瀚、李燧《杜詩解意七言律》四卷

　　朱瀚(1620—1701),字霍臨,號南詢,上海人。諸生,屢試不
第,遂致力於古學,博通經史,善詩詞。詩、古文汪洋浩瀚,動筆千
言,一題或成數百首,而法律仍極精細。曾評《左傳》、《史記》,箋
《莊子》、《離騷》及唐宋文。僑居嘉定(今屬上海市)之江橋,以經
學授徒東林僧社二十餘年,門下多以古學知名。晚從方外遊,悟
《楞嚴》妙旨。作《中庸懸談》、《周易玩詞》。有與李燧合撰《杜詩
解意七言律》四卷行世,另有《寒香詩集》五十二卷、《文集》四卷、
《莊騷合評》一卷、《韓柳歐蘇箋注》四卷、《詩話》二卷。生平事迹
見張承先《南翔鎮志·流寓傳》。

　　李燧,字先五,號陶莊,嘉定(今屬上海市)南翔鎮人。與兄焕
結社槎溪,同人唱和成帙,梓以行世。前輩張忍庵、陸菊隱稱其詩
清和妍雅。陸隴其有序,載《三魚堂集》。著有《陶莊詩草》五卷、
《吳山詩草》二卷,與朱瀚合撰《杜詩七言律解意》四卷。生平事迹
附見《南翔鎮志·李焕傳》及《(光緒)嘉定縣志·文學傳》。

　　《杜詩解意七言律》四卷,有康熙十四年(1675)蒼雪樓刻本。
該本卷前有康熙十四年朱瀚序、李燧序。次列"七言律總例",分
初聯、頷聯、腹聯、結聯論述律詩起承轉合之章法結構。次"杜詩辨
贋",謂"僞體在所必汰"。次列詩四卷,(七律)辨贋、排律辨贋總
目録。每卷首行題"杜詩解意",次行署"七言律"卷次及該卷收詩
數,三、四行署"上海朱瀚南詢、嘉定李燧陶莊全述"。版心上署

“杜詩解意”，中署“七言律”、頁數，下署“蒼雪樓”。共收杜詩七律133首，後附“七言律辨贋”，共18首；“七言排律辨贋”，共5首。詩之編次約略以時間先後爲序。其解詩以闡繹詩意爲主，兼論作法。詮釋詞語、典故極簡略，然於某句某語，往往徵引前人詩句以示杜詩之所本。所解頗爲細緻，闡隱發微，多能道出作者之意，對舊注之辯駁，亦多言之有據。仇兆鰲《杜詩詳注》徵引同時人著作，尤以王嗣奭、朱瀚兩家爲多，可見此書價值。是書另有一全鈔本，體例與刻本有異。鈔本書名作《杜詩七言律解意》，不分卷。卷前有朱瀚康熙十四年所撰《杜詩七言律解意小引》，文字與刻本自序全不同，而敘述成書過程尤詳。卷前無李燧序，亦無“杜詩辨贋”一則，更無總目錄或分卷目錄。行間、眉端有朱、墨、綠三色圈點、批註及評語，偶有缺文。評語中多處引及仇注，則鈔本當出於刻本之後。據《南翔鎮志》載錄，此書尚有清鳳翥樓精校本，刻年不詳。《南翔鎮志・藝文志・書目》著錄書名作《杜詩解意辨贋》。《(嘉慶)嘉定縣志・藝文志》著錄書名爲《杜詩解意》二十二卷、《辨贋》一卷、《闕疑》二卷。《(光緒)嘉定縣志・藝文志》著錄書名作《杜律解意》四卷、《辨贋》一卷、《闕疑》二卷。可見朱瀚此書原爲杜詩全集之解，今只餘《杜律解意》部分，其所附之《闕疑》二卷亦已散佚不傳。此外，《(同治)上海縣志・藝文志》、《販書偶記續編》等均予著錄。王娜、孫微撰有《朱瀚〈杜詩七言律解意〉考論》一文①，可以參看。

### 44. 鄧鉽《北征集杜詩》

鄧鉽，字田功，號栲岑、小巓，合肥（今屬安徽）人。廣森子，順治間貢生，康熙二十三年官唐山（今河北隆堯）知縣，以循卓聞。著有《北山集》、《集杜詩》、《强恕堂集》等。張英《存戒堂詩集》有

---

① 載《東亞文獻研究》第十八輯，2016年6月版。

《送鄧田功下第歸里》、《送鄧田功之任唐山》。生平見馬其昶《桐城耆舊傳》卷六鄧顛崖傳附。

《北征集杜詩》一卷,共集杜 120 首,前有馬教思、毛端士、何永紹序,其中馬教思序署爲"康熙己未夏",即康熙十八年(1679),其刊刻當即其時或稍後。現藏南京圖書館,索書號: 87946。

### 45. 張遠《杜詩會稡》二十四卷

張遠(1632—?),字邁可,號梅莊,又號雲嶠,蕭山(今屬浙江杭州)人。於毛奇齡爲同里後進。潦倒諸生三十年,康熙二十一年(1682)五十一歲,方以貢生赴廷試,十二年後始選縉雲縣教諭。朱彝尊《曝書亭集》有詩《送遠之桂林》,即送張遠也。其詩格得法於毛奇齡,故風格相似,著有《張邁可集》(含《雲嶠集》一卷、《蕉園集》一卷、《梅莊詩文集》二卷)以及《敬一録箋》、《大易原始》、《詩經析疑》、《文選會箋》、《杜詩會稡》、《李太白詩箋》、《唐詩存》、《詩韻存古》、《北曲司南》等。與侯官張遠同時同姓名,同以詩文著稱。生平事迹見《(康熙)蕭山縣志》卷十八《人物志·理學》、鄧之誠《清詩紀事初編》卷七、錢仲聯主編《清詩紀事》康熙朝卷。

《杜詩會稡》,有康熙二十七年(1688)有文堂刊本。是本首頁署"蕭山張邁可注　甬上仇滄柱選　杜詩會稡箋注　有文堂梓行"。卷前有王掞康熙二十四年序、張遠康熙二十七年自敘,次列"凡例"數則、杜甫世繫、《舊唐書·杜甫傳》、年譜、元稹《墓誌銘并叙》,又列校閲姓氏,凡二十三人,而以顧宸爲首。全書二十四卷,計詩二十三卷,賦一卷。收詩 1432 首,附他人唱酬詩 11 首,賦 6 篇。卷前無總目,各卷分列目録,各卷端先標出作詩時地,次列詩目。詩正文大字頂格,注文小字雙行。詩以編年爲序,正如其"凡例"所云:"詩集必尚編年,使人知其居何地,值何時,歷何職,其情其事,瞭若指掌。"其編年"悉從《草堂詩會箋》,間有不合,稍爲訂正"。是書"名曰《會稡》,蓋取兼綜諸書之義,其原則本《爾雅·

序》"(張遠《自序》)。雖曰"兼綜諸書",實以錢箋、朱注爲主。其編纂特點,則在於長篇分段,略述大意於各段之後,最後對全詩稍作總説及簡評,使讀者一覽了然,眉目清晰。是書一出,頗得時譽。毛奇齡贊"此書出,詩説爲一正矣"(《西河詩話》卷六"子規夜啼山竹裂"條)。仇注徵引頗多,並在《杜詩詳注·凡例》中云:"張遠之《會粹》,搜尋故實,能補舊注所未見。"而《四庫全書總目》則謂:"是書采諸家之注而成,故曰《會粹》。其分析段落,訓釋文意,頗便初學,然不免尋行數墨。詩依年譜編次,與諸本互有異同,考核亦未爲詳審。"是書《四庫全書總目》、《清史稿·藝文志四》、《販書偶記續編》均予著録。又有 1999 年齊魯書社據北京大學圖書館藏清康熙刻本影印《四庫全書存目叢書》本。

### 46. 陳之壎《杜工部七言律詩注》五卷

　　陳之壎,字伯吹,又字孟樸,號樸庵,海寧(今屬浙江)人。明巡撫陳祖苞之子,陳之遴(1605—1666)之弟。邑庠生,弱冠工舉子業,後棄去,閉户著書,自甘石隱。以孫峋貴,贈文林郎。與黄宗羲、萬履安、張考夫等理學名家爲莫逆之交。其兄陳之遴初爲復社名士,順治二年降清,爲媚主求榮,曾請洪承疇盡伐明孝陵松柏以盡泄明朝秀氣,爲當時貳臣之冠。與其兄諂事新朝相比,陳之壎入清後家居未仕,並與遺民吕留良友善,其氣節可見一斑。著有《杜律評注》十卷、《樸庵詩集》。

　　陳敬璋《海寧渤海陳氏著録》於陳之壎《杜律詩注》十卷下注云:"存。璋案:是書爲先五世祖贈公所著。《七律詩注》五卷已刊行,其《五律詩注》五卷寫本藏於家。"《(民國)海寧州志稿·藝文志·典籍六》著録云:"陳之壎《杜律詳注》十卷,見《渤海著録》,云存。所著《七律注》五卷,已刊行;其《五律注》五卷,寫本藏於家。"《販書偶記續編》著録:"《杜工部七言律詩注》五卷,清海寧陳之壎撰,康熙癸亥精刊。"《清史稿·藝文志四》著録:"《杜工部詩注》五卷,陳之壎撰。"殆即刊行之陳之壎《杜工部七言律詩注》五卷。該本爲康熙二十二年(1683)刻印,卷前有康熙二十二年陳之壎表侄沈珩"杜律陳注序",次列"凡例"十一則,次列五卷總目録,收杜詩全部七律,計151首。書後有其侄陳訏跋。是書又有近人張宗祥鐵如意館鈔本,現藏於浙江省圖書館,係據舊鈔本録出。張氏題識云:"此書據其侄陳訏跋云:'世父評杜向有全帙,散佚止存近體,祇齋三兄不忍湮没,因令來雕、丹聲兩侄校正付梓。'是已刻行,且近體均全。書首沈珩序亦云'所注五七律,不落窠臼,不墮穿穴'云云,尤可證明。今所存僅七律五卷,知其所佚多矣。且刊本久不可見,此五卷亦出舊鈔也。"後查弘道、金集補注《趙虞選注杜律》曾引及陳氏之語。陳之壎的釋文多以己語出之,然詳考後可以發現,此本其實參考了幾種杜詩舊注,如趙汸注、僞虞注、顧宸注等。陳氏認爲意與法是闡釋杜詩時的兩個基本準繩,"得意可以合法,持法可以測意",若解詩時與意、法相違背,必然會出現錯誤,因此他對許多不合意法的舊解進行了駁正。然陳之壎在解詩中時有疏誤,這些失誤之處從某種程度上降低了該書的學術價值。陳之壎此本在杜詩的文字校勘方面下了很大功夫,其《注杜律凡例》曰:"集中歷經諸家校正,訛字尚多,某一作某,除顯然謬者不載外,其兩可者,或存或正之。至有一字沿訛日久,而大乖詩意者,照古本改正。"陳之壎未言其所據"古本"究爲何本,今據存世之諸種宋本杜集予以校核,發現陳之壎之校勘大都確實無誤,改正了不少俗本之文字訛誤,實屬難能可貴。

### 47. 王士禛撰,翁方綱輯《漁洋杜詩話》一卷、《漁洋評杜摘記》

王士禛(1634—1711),小字豫孫,字子真,又字貽上,號阮亭,自號漁洋山人。卒後因避清世宗胤禛諱,追改名士正。乾隆四十二年(1777),又改名士禛,補謚文簡。原籍山東諸城,祖上遷居新城(今山東桓臺),遂爲新城人。順治十五年(1658)進士。次年,授揚州府推官。康熙三年(1664)入爲禮部主事,十五年由户部郎中改爲翰林院侍講,入值南書房,後官至刑部尚書。四十三年罷官歸里。士禛爲一代宗匠,早歲在濟南、揚州、南京所作《秋柳詩》、《冶春絶句》、《秦淮雜詩》等,名揚海内,又受知於當時詩壇領袖錢謙益。後學殖日富,聲威日高,主盟詩壇數十年。詩與朱彝尊齊名,時稱“南朱北王”。論詩主“神韻説”,影響頗大。著作宏富,版本繁多,有《帶經堂全集》九十二卷、《漁洋山人精華録》十卷、《漁洋詩話》三卷、《五代詩話》十二卷、《池北偶談》二十六卷、《居易録》三十四卷、《香祖筆記》十二卷、《古夫于亭雜録》六卷、《分甘餘話》四卷等,編選有《古詩選》三十二卷、《唐賢三昧集》三卷、《唐人萬首絶句選》七卷、《十種唐詩選》十七卷等。

《漁洋杜詩話》,有乾隆三十二年(1767)大興翁氏刻本,一册。翁氏於乾隆二十二年輯是書於蠡縣。全書凡一百四十七條,其中總論九條,論古體三十六條,論近體十七條,雜論二十條,論學人三十二條,評論家七條,語資二十六條。書端有翁方綱序云:“爰讀先生遺書,次其談杜者,得百四十餘條,録而志之。”書末有翁氏跋語,記是書於丁亥(乾隆三十二年)付梓。漁洋有關杜甫的論述頗多,翁氏所輯頗多遺漏,另張宗柟輯《帶經堂詩話》第三十卷輯有《帶經堂評杜》一卷,亦頗爲簡略。張忠綱先生據漁洋傳世作品及他人所引漁洋有關言論重加輯録,共得二百四十餘條,加以校注,成《新編漁洋杜詩話》一種①,可以參看。

《漁洋評杜摘記》,見翁方綱《石洲詩話》卷六,有郭紹虞《清詩話續編》本。卷前有翁方綱《序》曰:“曩輯《漁洋杜詩話》一卷,不盡評騭語也。而外間所傳漁洋評本,又多雜以僞作,今就海鹽張氏刻本摘記。”卷後有翁方綱《跋》曰:“海鹽張氏刻有《帶經堂詩話》一編,於漁洋論次古今詩具得其概,學者頗皆問詩學於此書。而其

---

① 張忠綱《杜甫詩話六種校注》,齊魯書社 2002 年 9 月版。

末附有《評杜》一卷,細審之,則真贋混淆,有不得不辨析者,故因
張刻此卷爲略記如右。"

### 48. 王士禛撰,張宗柟輯《帶經堂評杜》一卷

　　張宗柟(1704—1765),字如棟,號吟廬,別號含廣,晚號花津圃
人,海鹽(今屬浙江)人。累應鄉試不第,五十後棄舉業,肆力於著
述。著有《吟廬小稿》一卷、《度香詞》一卷。生平見陸以謙撰《含
廣先生墓志銘》(《帶經堂詩話》卷末)。

　　《帶經堂評杜》一卷,見《帶經堂詩話》第三十卷,頗爲簡略。
欲全面瞭解漁洋論杜情況,可參張忠綱先生《新編漁洋杜詩話》。

### 49. 張雝敬《杜詩評點》十八卷、附《杜詩遺珠》二卷

　　張雝敬,初名珩,字珩珮,號簡庵,秀水(今浙江嘉興)人。世
居新塍白鶴灘,築有靈鵲軒,以布衣讀書、著述終身。與梅文鼎
(1633—1721)、王寅旭友善。博學多才,詩風豪俊,有《閑留集》、
《環愁草》等詩集。又善填曲,金石書畫,靡不精曉,尤精天文曆
算。著有《定曆玉衡》十八卷,朱彝尊作序謂書中"博綜曆法五十
六家,正古今曆術之謬四十四",推重備至。又著有《宣城遊學
記》,係與當時自然科學家梅文鼎研究天文學的心得,潘耒爲之序,
甚有學術價值。此書抗日戰爭中被日僞劫掠,下落不明,近年天文
學界猶在追尋其蹤迹。還著有《蓋天演算法》、《閑道編》、《恒星
考》、《春秋長曆考》、《西術推步法》、《弦矢立成》等。關於經學的
著作有《書經參注》、《左傳平》、《春秋義》等。尚著有《三分案》、
《千秋恨》、《再生緣》、《昭君怨》、《碧桃花》、《塵寰夢》、《仙筵投
李》、《賈郎續夢》八種雜劇,及傳奇《祝英臺》、《醉高歌》、《十二奇
蹤記》,還有《雞冠花譜》一卷等,只有《醉高歌》尚存,餘皆佚。生
平見《碑傳集》卷一三二《梅文鼎傳》附、《國朝書畫家筆錄》卷二、
《國朝畫識》卷五。

《杜詩評點》十八卷附《杜詩遺珠》二卷,四冊,係雍正十二年(1734)楊岐昌鈔本,有"楊岐昌印"、"岐昌"、"弘周"鈐章。無序跋,亦不列目録。此書係依錢箋杜詩選評,故分十八卷,前八卷爲古體詩,選詩 130 首;後十卷爲近體詩,選詩 218 首。詩正文大字,詩句旁加朱墨圈點,圈有單圈、雙圈。原注與釋文均以雙行小字置於相應詩句之下。題解文字則大字單行,偶有眉批,多標異體字,如《高都護驄馬行》欄上有"蹄古作蹏"之類。第八卷末附有作者簡短識語:"右一卷之八卷,選古詩一百三十首。詩之有靖節、子美,猶四子之有《孔叢》、《家語》、《尚書》、《春秋》之有《左》、《國》、《公》、《穀》,非他書之比,故於文體亦須校正。兹特改其尤甚者,其餘俗字、破體可推此而正之。古體原稿圈點詳備,復用朱者,蓋參之鄙見。近體因原稿所無而補之,未審其有合否也。"附《杜詩遺珠》二卷,上卷録詩 30 首(與前重者 2 首),下卷 24 首,共 54 首。白文無注,僅有圈點。

### 50. 宋犖《杜工部詩鈔》六冊

宋犖(1634—1713,《清史列傳》謂卒於康熙五十三年,1714),字牧仲,號漫堂,又號西陂、綿津山人,商丘(今屬河南)人。順治四年(1647)應詔以大臣子列侍衛。康熙三年(1664)授黄州通判,歷官理藩院院判、刑部員外郎、郎中、直隷通永道、山東按察使、江蘇布政使、江西巡撫、江蘇巡撫,累擢吏部尚書,加太子少師。著有《西陂類稿》、《筠廊偶筆》、《滄浪小志》、《漫堂墨品》、《綿津山人詩稿》、《漫堂説詩》及《江左十五子詩選》等。生平見《清史列傳》卷九、《清史稿》卷二七四、《國朝先正事略》卷九、湯右曾《光禄大夫太子少師吏部尚書宋公犖墓誌銘》、顧棟高《宋漫堂傳》及《西陂類稿》卷四七自訂《漫堂年譜》。

《杜工部詩鈔》爲北京大學圖書館藏康熙年間鈔本,署"商邱宋犖牧仲鈔",有"犖"、"牧仲"鈐印,無序跋,批語及圈點皆朱筆。

是書不分卷，一至三冊爲古詩，計 292 首，四至六冊爲近體詩，計
489 首，共選詩 781 首。評語極少，多爲眉批，間有旁批，偶於詩後
附尾評。書中評語絶大部分爲邵長蘅之評，宋犖本人之評語極少。
書中還引了不少其他人評語，其中王深父之評，多稱"王云"，乃出
自宋方深道輯《諸家老杜詩評》卷一"《王深父集》十三事"；書中所
謂"舊評"，乃劉辰翁之評；間或有"方虚谷""楊升庵""錢虞山"等
人的少量評語。今經檢核，那些不標評者的評語，亦不一定爲宋犖
所評，大多數仍是邵長蘅之評，只是未加標注而已。盧坤"五家評
本"《杜工部集》所采邵、宋二家評語，多與此本同。

### 51. 湯啓祚《杜詩箋》十二卷

湯啓祚（1635—1710），字迪宗，一字滋人，寶應（今屬江蘇）
人。諸生。卒年七十六。著有《春秋不傳》十二卷、《杜詩箋》十二
卷、《删賸文稿》二十卷、《删賸詩稿》二十四卷、《删賸詩文續稿》十
六卷。生平見《重修寶應縣志·文苑傳》、張惟驤《疑年録彙編》
卷九。

該書係舊抄本，無序跋，無凡例。卷前有"總目"，分列每卷詩
體、收詩數。各卷分列目録，分體後又以編年爲序，計收五古 258
首，七古 143 首，五律 629 首，七律 151 首，五排 131 首，附聯句 1
首，七排 6 首，五絶 31 首，七絶 107 首，共箋杜詩 1457 首。每卷次
下署"寶應湯啓祚滋人氏著"。詩正文後即湯氏之箋語，統低一
格，均標"箋曰"。是編一大特點，即箋語通篇以四字爲句，連綴成
文，撮述全詩大意，間或評論。如《聞官軍收河南河北》，湯氏箋
曰："薊北之復，望眼幾穿。劍外忽聞，喜極先痛。還看妻子，隨卷
詩書。即想還鄉，放歌縱酒。巴巫穿出，襄洛經過。預擬程途，無
非志喜。"每篇箋語詳略不等，最略者僅四句，最詳者如《秋日夔府
詠懷》，原詩五言 100 韻，200 句，1000 字，而湯氏之概括復述則長
達 318 句，1272 字，堪稱巨製。雖不無警語，但形式板滯，且時有曲

解原意處。是書未曾刊梓,《販書偶記續編》著錄。以作者生卒年考之,此箋當成於康熙四十八年(1710)以前,比仇注略早。又有臺灣大通書局 1974 年據舊抄本影印之《杜詩叢刊》本。

## 52. 邵長蘅《邵長蘅評杜詩鈔》二冊

邵長蘅(1637—1704),一名衡,字子湘,別號青門山人,武進(今江蘇常州)人。順治諸生,入太學試,拔第一,授州同,不就。後客宋犖幕最久。長蘅束髮即能詩,弱冠則以古文詞鳴,才華瞻敏,於公卿間得名甚盛,一時名士如施閏章、王士禎、陳維崧、朱彝尊、姜宸英、宋犖等均與之交。其詩以七古、七律見勝,取材廣泛,格高氣道。詠明季樂府,頗有事實。其古文繼承唐順之、歸有光的傳統,取法於唐宋八大家,有蒼秀簡潔、合乎法度之特點,紀滄桑間事,亦足資參考。撰有《青門簏稿》十六卷、《青門旅稿》六卷、《青門剩稿》八卷,總名曰《邵子湘全集》。此外尚有《刪補施注蘇詩》、《古詩鈔》、《古樂府鈔》、《明四家詩鈔》、《明十家文鈔》等。事迹見《清史列傳·文苑傳二》、《清史稿·文苑傳一》馮景傳附、陳玉琪《邵山人長蘅傳》、宋犖《青門山人墓誌銘》、《(光緒)武進陽湖縣志·人物傳》、李元度《國朝先正事略·文苑傳》。

該書爲抄本,上下二冊,約二百頁。白文錄詩,偶有眉批,且多集中於上冊前半部分,下冊無一批語,眉批亦極簡略。鄭慶篤等編《杜集書目提要》著錄。另《杜甫研究學刊》1996 年第 1、第 3 期分別刊登了沈時蓉《韓菼批校〈錢箋杜詩〉輯考》之文,對四川師範大學圖書館藏善本“長洲有懷堂韓菼硃墨筆批校”的康熙原刻本《錢箋杜詩》作了較爲詳細的介紹。沈氏在輯錄了全部批語之後指出,此批校本中的硃墨筆批語並非出自韓菼手筆,其中硃批當係引自申涵光《說杜》,墨批則是邵長蘅的批語。則所謂“韓菼批校本”,實應爲韓菼過錄申涵光、邵長蘅論杜的批校本。這是邵長蘅論杜評語的較早過錄本,可以參看。

### 53. 龍科寶《杜詩顧注輯要五言律》十二卷

龍科寶,字子重,號囡莽,永新(今屬江西)人。幼承母教,下筆空靈淡宕,名流爲之折服。康熙八年(1669)舉人。工書法,楷仿歐陽。慷慨好義,因捐資致家道中落,弗少悔。晚爲上虞縣令,多善政,越二年,以老病乞歸。杜門著書,家徒四壁,怡然也。卒年八十七。著有《杜詩顧注輯要五言律》,又有《龍溪草堂初集》、《龍溪草堂二集》,陳鵬年爲之序。生平見《(同治)永新縣志·人物志》。

《杜詩顧注輯要五言律》,前有王若鰲《刻杜詩顧注輯要序》、龍科寶《杜詩顧注輯要自序》,爲康熙六十年(1721)王若鰲刻本。半頁八行,行十六字,白口,四周單邊。北京大學圖書館藏。此書爲顧宸《辟疆園杜詩注解》的删節本,所輯均爲五律。《(光緒)吉安府志·藝文志》著録,書名作《杜詩輯注》。

### 54. 毛彰《闇齋和杜詩》三卷

毛彰,字焕文,一字闇齋,鄞縣(今屬浙江寧波)人。順治時太學生,晚年結同里耆英爲詩酒社。著有《編年稿》二十卷、《集杜詩》、《和杜詩》、《集唐詩》、《闇齋近稿》、《三補耆舊詩》。全祖望《續甬上耆舊詩》卷一〇三收其詩50首。生平略見《(同治)鄞縣志》卷五十八《藝文七》。

《闇齋和杜詩》三卷,現藏于寧波大學圖書館,康熙四十年(1701)刻本,一册。卷前有仇兆鰲《闇齋和杜詩序》、靳治荆《闇齋和杜詩序》及毛彰《闇齋和杜詩自敘》,和杜詩現存約270首(因卷尾數頁有較大破損,故不能統計確切數字)。其詳可參李霆、張如安《清初毛彰及其〈闇齋和杜詩〉考論》一文①。

---

① 載《寧波大學學報》2015年第1期。

### 55. 仇兆鰲《杜詩詳注》二十五卷

仇兆鰲(1638—1717),原名從魚,字滄柱,晚號知幾子、章溪老叟,人稱甬上先生,或稱仇少宰,鄞縣(今屬浙江寧波)人。六歲入私塾,先後從學於駱寶權、陸可前等,二十二歲在横涇等地開館課童。康熙八年(1669)在杭州城南雲居山上方寺開館教學,十四年預鄉薦。二十四年(1685)中進士,選庶吉士,散館授編修,然一直未獲重用。三十三年冬,乞假還鄉爲其亡父遷葬。四十三年,仇氏已六十七歲,以呈進所撰《杜詩詳注》而受知康熙帝,遂命總裁纂修《方輿程考》。四十四年,授翰林院檢討,不數年即歷任侍講學士、侍讀學士、内閣學士、禮部侍郎、吏部侍郎、翰林學士等職。五十年以疾乞休,五十六年卒於家,葬於鄞縣東九曲河。仇兆鰲少從黄宗羲遊,論學以蕺山爲宗。及貴,李光地、陳廷敬、張玉書皆在内廷,相與講貫,益以理學自任。所著《杜詩詳注》二十五卷、附編二卷外,尚有《通鑑論斷》、《四書約説》、《綱鑑會纂全編》、《天童寺志》、《參同契集注》、《悟真編集注》等。生平事迹詳《國朝耆獻類徵初編》卷六二小傳、仇氏自編《尚友堂年譜》。

《杜詩詳注》,又名《杜少陵集詳注》,是一部篇帙浩繁、資料繁富、帶有集注集評性質的杜詩注本。仇氏"自識"曰:

> 注杜,始於己巳歲(康熙二十八年,1689),迨乙亥(康熙三十四年,1695)還鄉,數經考訂。癸未(康熙四十二年,1703)春日,刊本告竣。甲申(康熙四十三年,1704)冬,仍上金臺。復得數家新注,如前輩吳志伊、閻百史(詩)、年友張石虹、同鄉張遹可,各有發明。辛卯(康熙五十年,1711),致政南歸,舟次輯成,聊補前書之疏略,時年七十有四矣。

可見此書乃仇氏殫二十餘年之精力,廣搜博取,數次增補而成。是書詩文分列,卷一至卷二十三爲詩,凡 1439 首;卷二十四爲杜賦詳注,共 10 篇;卷二十五爲杜文集注,共 18 篇。詩之編年以朱鶴齡所編《年譜》爲依據,略有損益。其注詩體例爲"内注解意”、“外注引古”。每首詩題之下有解題,詩正文後,先串解字句,釋其大意,詩後詞語注釋,務求出處由來,廣徵博引,盡力輯録各家評論,其中對趙次公、黄鶴、王嗣奭、錢謙益、朱鶴齡諸家援引數量最多。詩之長篇則分段注解,至詩末總述,其分析多周詳深細,足資參考。如遇詞語有歧義者,間或加“附考”,列舉諸説之異同,以廣見聞。仇注是一部集大成的杜詩注本,其對前代文獻資料的徵引極其豐富完備,書中僅引釋典道藏即多達一二百種,有些散佚杜詩注本僅賴仇注的徵引方得以保存。然而由於秉持宋代注家“杜詩無一字無來處”的陳腐觀念,仇注對杜詩語詞出處的鈎稽不厭其詳,使得該書有繁瑣冗遝之弊,穿鑿附會之處亦時有之。援引他書時誤記錯引、舛謬疏略之處尤多。《四庫全書總目·集部·別集類二》評論此書云:“援據繁富,而無千家諸注僞撰故實之陋習,核其大局,可資考證者爲多。”浦起龍《讀杜心解》、楊倫《杜詩鏡銓》等對仇注均作過補充和糾正,施鴻保《讀杜詩説》對仇注之駁難最爲用力,其《自序》云:

> 初讀之,覺援引繁博,考證詳晰,勝於前所見錢、朱兩家。讀之既久,乃覺穿鑿附會、冗贅處甚多。且分章畫句,務仿朱子注《詩經》之例,裁配雖勻,而渾灝流轉之氣轉致扞格;訓釋字句,又多儱侗不晰語,詩意並爲之晦。間附評論,亦未盡允,甚有若全未解者。蓋先生本工時文,殆以説時文之法説杜詩也。

今人李壽松《略論〈杜少陵集詳注〉中的問題》指出,仇注有援引失實、當注不注、自相矛盾、曲解牽合、注釋籠統、錯解詞義等六類缺點;蔣寅《〈杜詩詳注〉與古典詩歌注釋學之得失》也指出,仇注中存在畫蛇添足、附會典故、隔靴搔癢、不明出處、引而不釋、注語不注典、誤指典故、引而不斷、該注不注、割裂原文等多種失誤。是書《四庫全書總目》、《清史稿·藝文志四》、《續文獻通考》、《邵亭知見傳本書目》等均予著録,版本甚多:有康熙三十二年(1693)

進呈本,康熙四十二年(1703)初刻本,康熙五十二年(1713)增補重刻本等等,其詳可參劉重喜《〈杜詩詳注〉版本考辨》①與佐藤浩一《〈杜詩詳注〉傳本研究——抄本、刻本、排印本》②。1979 年,中華書局據康熙五十二年增補重刻本出版了整理標點本,是目前學界最爲通行之本。

### 56. 閔奕仕《李杜詩選》四卷

閔奕仕(1640—1693),字義行,號影嵐,天都(今安徽歙縣)人。父敘,字鶴朧,占籍江都,順治乙未(1655)進士,官廣西提督,工詩,《(民國)歙縣志·人物志·詩林》有小傳。閔奕仕著有《載雲舫詩畊》,爲鈔本,不分卷,現藏浙江省圖書館,孫琴安《唐詩選本六百種提要》著録。生平事迹見費錫璜《閔義行先生誄辭》(《道貫堂文集》卷四)、《廣陵詩事》卷五。

《李杜詩選》四卷,爲康熙二十年(1681)寫本,有許之漸、查士標序及自述,均作於康熙二十三年。此本舊藏李氏墨海樓,現藏浙江省圖書館。周采泉《杜集書録》外編卷二《選本律注類存目》著録。

### 57. 陳廷敬《杜律詩話》二卷

陳廷敬(1640—1712),初名敬,字子端,號悦巖、午亭,澤州(今山西晉城)人。清順治十五年(1658)進士,選庶吉士,授檢討。康熙十四年(1675)擢內閣學士,兼禮部侍郎。四十二年拜文淵閣大學士,兼吏部尚書。五十一年卒,謚文貞。初著《尊聞堂集》八十卷,晚年手自删訂《午亭文編》五十卷,蓋以所居午亭山莊爲名

①　劉重喜《〈杜詩詳注〉版本考辨》,蔣寅、張伯偉主編《中國詩學》第十輯,人民文學出版社 2005 年版,第 27—33 頁。

②　佐藤浩一《〈杜詩詳注〉傳本研究——抄本、刻本、排印本》,《唐代文學研究》第十一輯,廣西師範大學出版社 2006 年版,第 436—449 頁。

也。《四庫全書總目·集部·別集類二六》評云:"廷敬論詩宗杜甫,不爲流連光景之詞。"事迹見《清史列傳·文苑傳二》、蔡冠洛《清代七百名人傳》。

是書載《午亭文編》第四十九、第五十卷,只選杜詩七律,上卷選 27 首,下卷選 28 首,共 55 首,多係名篇。多録全詩,有的不録全詩,但録有關詩句。注釋文字附於詩後。作者於諸家之説,多所辯駁,獨抒己見,頗具新意。如釋《示獠奴阿段》詩之"曾驚陶侃胡奴異,怪爾常穿虎豹群"二句云:

> 陶侃之奴,偽蘇注及劉敬叔《異苑》,其不可信,人皆知之。然其事卒不知所出。愚舊有臆解:陶侃或是陶峴。峴,彭澤之孫,浮遊江湖,與孟彦深、孟雲卿、焦遂共載,人號水仙。有崑崙奴名摩訶,善泅水,後峴投劍西塞江水,命奴取,久之,奴支體磔裂,浮于水上。峴流涕回棹,賦詩自敘,不復遊江湖。峴既公同時人,其友又公之友,異事新聞,故公用之耳。陶奴入水,卒死蛟龍;公奴入山,宜防虎豹,事相類。"侃"、"峴"音相近。但峴事僻,人因改作侃也。

他如釋《諸將》、《秋興》等詩,辨疑駁難,分析章法,多出己意。故是書頗爲當時所推重,仇兆鰲《杜詩詳注》大量采録陳氏之説,達 26 首,幾占陳氏之書的一半。是書有康熙間刊刻之《午亭文編》載録本,據林佶《午亭文編·後序》中稱"剞劂之工亦將竣",署年爲康熙戊子(1708),則刊成當在此後不久。又有日本正德三年(即康熙五十二年,1713)京都翻刻本。詹杭倫《和刻本〈杜律詩話〉敘論》一文①,對此書之日本刻本考論甚詳,可以參看。

## 58. 王鄰德《睡美樓杜律五言》不分卷

王鄰德,字臣哉,別號東橋,高郵人。生平事迹不詳。據王鄰

---

① 載《杜甫研究學刊》1995 年第 1 期。

德《睡美樓杜律五言引》，王鄰德學杜曾得劉雪舫指授，則其爲清
初人。劉文炤（1630—?），號雪舫，宛平籍，海州人。崇禎帝之母
孝純皇太后之侄，新樂忠恪侯文炳弟。李自成陷京師，文炳闔家自
焚，文炤獨奉祖母逃匿，流落江淮間，寓高郵甓社湖二十年，其與王
鄰德之交遊，當於是時。劉文炤著有《攬蕙堂偶存》、《燕草集》、
《殉難紀略》。

　　《睡美樓杜律五言》，不分卷，稿本，二册。《北京師範大學圖書
館古籍善本書目·集部·別集類》著録，署“清王鄰德輯並評”。
書前有王鄰德《睡美樓杜律五言引》，稱於千家注本的基礎上，參
考了汪瑗、單復的注本，“每篇必先考其出處之歲月、地理、時事，以
著詩史之實録。次乃虛心玩味，必究旨意之所在，而于承接轉換照
應處，又必細加參考。至諸家注釋之當者取之，穿鑿傅會者徹置不
録”。是書七行十九字，白口，無格。鈐“東橋”、“臣鄰私印”、“高
郵王鄰德臣哉氏別號東橋圖書印記”、“王心潛”、“席三”、“張經印
章”、“春草亭”、“黃裳書屋”、“綠池居士”等印。

### 59. 周篆《杜工部詩集集解》四十卷、《附録》一卷

　　周篆（1642—1706），字籀書，號草亭，松江（今屬上海）人，後
徙南潯、華亭、吳江，最後僑居丹徒（今江蘇鎮江）。不樂仕進，一
生布衣。私淑顧炎武，曾以文字請益於顧，顧以務本導之，遂博究
經史。雅好遊歷，嘗北至燕趙，南到夜郎、滇沔、南粤，遍遊名山大
川，考察天文、輿地、河渠、鹽鐵、兵農、禮樂等有用之學。鄧之誠在
《清詩紀事初編》中稱周篆“父子皆客遊於外，不慕榮利，苦志危
行，必有超乎尋常者，惜記載不詳”。著有《杜工部詩集集解》四十
卷，於康熙二十三年（1685）開始寫作，三十四年成書，歷時十二
年，未能刊刻，僅有抄本傳世。另有《蜀漢書》八十卷、《草亭詩文
集》等。王士禎謂其詩“取法唐人，而以沉鬱頓挫出之”。生平事
迹見周篆之子周廉、周勉編《草亭先生年譜》（《草亭先生集》卷

首)、袁景略《國朝松陵詩徵》、鄧之誠《清詩紀事初編》卷一小傳。

　　《杜工部詩集集解》爲清抄本,未見刊行。据《草亭先生年譜》載,該書成于康熙三十四年(1695)。是本卷前有周篆撰《杜工部集序》、《杜工部傳》、《杜工部年譜》、《集解杜工部集凡例》。附錄志傳集序,計有元稹《杜君墓係銘》、《舊唐書·杜甫傳》及樊晃、孫僅、王洙、王琪、胡宗愈、王安石、李綱、吳若、郭知達、蔡夢弼等人序跋。次列周篆《杜詩逸解》,總論評解杜詩之原則。又有惠棟乾隆十七年(1752)十月所書之跋語。各卷分列目錄,每卷次下署"周篆集解"。詩以編年爲次,四十卷末附僞托詩《送靈州李判官》等二十六首,又附誤收詩《哭長孫侍御》等四首。是書以解爲主,兼有注評。注評或置於句下,或置詩後。律詩及長篇歌行俱分段落,段落或兩句、數句不等,評解置於段落之後。其"凡例"云:"凡注中所引,苟非出自僻書,俱不載其引自何人。若獨出己見,闡發詩旨,雖單詞隻句,必標'某曰'二字,以別於蒭蕘焉。"故其書並不羅列他書他人之注評之語。其所引錄者,多爲黃鶴、錢謙益、朱鶴齡等人,亦偶有引其友人顧小謝語者。該書評解,尚稱簡明扼要,別具一格。仇兆鰲《杜詩詳注·凡例》稱"吳江周篆之《新注》",多有引及。惠棟跋語云:"本朝注杜者數十家,牧齋(錢謙益)而下,籀書(周篆字)次之,滄柱(仇兆鰲字)以高頭説約之法解詩,爲最下矣。"未免揄揚失實。該書《(光緒)青浦縣志·藝文志》著錄,但傳世極罕。今存傳鈔本,僅見於中國科學院圖書館,可謂海內孤本矣。王學太撰有《周篆和他的〈杜工部詩集集解〉》一文①,可以參看。

## 60. 翁大中《上杭公批杜詩》

　　翁大中(1642—1706),原名嗣廖,字林一,亦作麟一,常熟人。翁心存五世祖,康熙三十六年(1697)進士,四十年選爲福建上杭

---

① 載《學林漫録》十二集,中華書局 1988 年版。

知縣,有善政,卒於官。生平事迹見彭定求《南畇文稿》卷八《上杭縣知縣翁林一墓誌銘》<sup>①</sup>。

《上杭公批杜詩》,清康熙間手抄本,前有大中五世孫翁心存《跋》,見播寶藝術網圖書拍賣圖片。

### 61. 俞瑒《樂句》四卷

俞瑒(1644—1694),字犀月,號旅農,吳江(今屬江蘇蘇州)人。曾寄居汪氏華及堂,與徐崧、沈進、周篔、俞南史、顧文淵並稱"汪氏六客"。康熙十七年(1678)同吳江王錫闡、俞南史、上海李延昰會浙江金堡(《遍行堂集》)。二十七年與長洲徐昂發(大臨),吳縣金侃、惠周惕,及顧嗣協、顧嗣立集閶門,觀競渡(《寒廳詩話》)。三十二年與金侃助顧嗣立輯訂《元詩選》。瑒能詩,沈德潛《國朝詩別裁集》卷一四錄其《田居》五古一首,稱"犀月精心獵古,秀野顧太史(嗣立)選元詩詩集,兩人共商榷者也。評點《文選》、杜詩,流傳吳下。詩稿無從尋覓,故所收止此"。瑒亦能填詞,蔣景祁《瑤華集》卷二二錄其《東風第一枝》一首。可見其詩詞已多散佚。俞瑒爲清初杜詩研究專家,朱鶴齡《杜工部詩輯注》曾列名爲參校。著有《旅農詩略》六卷、《樂句》四卷、《杜詩律》七卷、《胥臺集》。生平事迹見沈德潛《國朝詩別裁集》卷一四、張慧劍《明清江蘇文人年表》。

《樂句》四卷,孫殿起《販書偶記續編》卷十三著錄:"康熙丙午(1666)刊。"《中國社科院圖書館藏中文古籍善本書目·集部·別集類》亦有著錄,稱"元虞集注,清俞瑒刪補",爲康熙友琴堂刻本,二冊一函。卷前有徐嗣旦序、韓洽序、俞瑒題辭、虞集注原序、楊士奇序、《唐書》杜甫本傳、俞瑒所撰凡例,署"友琴堂纂輯"。該書係據僞虞集注《杜工部七言律詩》刪補而成,分述懷、懷古、紀行、將相、宮省、

---

① 載《四庫全書存目叢書》集部第 246 册,齊魯書社 1997 年版,第 747—748 頁。

居室、宗族、隱逸、方外、天時、山水、花鳥、音樂、燕飲、尋訪、簡寄、送別、雜賦十八類。俞瑒題辭曰："注者，訓詁之謂也。而注詩之注，與他書訓詁亦不大同。注詩者，譬諸芭蕉展綠，愈展愈新，愈新愈空，愈空愈展，只是要引人得詩之情，盡詩之法，入詩之微。若徒爾咬嚼字句，核其故實，審其出載，猶爲得失半耳。喻此者才可與讀虞注，才可與讀杜律，才可與讀《樂句》。"南京圖書館亦有藏本。

## 62. 俞瑒原評，張學仁參定《杜詩律》七卷

張學仁，字也愚，別字冶虞，號寄槎，丹徒（今屬江蘇鎮江）人。年二十二以詞賦受知於沈初學使，旋食餼。嘗遊天台，拓其詩境。嘉慶十二年（1807）舉人，選教諭，以母老告養，館揚州。積二十餘年之力，搜羅本郡遺稿六百五十七家，選定爲《京江耆舊集》十三卷，於嘉慶二十三年刊行。又增訂《杜詩律》七卷，爲其輯俞瑒杜詩評語而成。曾與吳樸莊、應讓、鮑文逵、顧鶴慶、錢之鼎、王豫聯七子詩社，輯《京江七子詩鈔》行世。性純厚，詩初學中晚唐，既趨博厚，晚年專論法律。母享壽九十餘，服闋，授安徽宣城訓導，卒於官。尚著有《青苔館集》。生平事迹詳《（光緒）丹徒縣志·文苑傳》。

《杜詩律》七卷，有道光十六年（1836）懷風草閣刊本，六冊。署"無錫俞瑒犀月原評，丹徒張學仁冶虞參定"。卷首有張學仁所撰凡例及自序。共選詩 570 首，句旁及題上皆加圈以爲標識。張學仁《叙》云："爰兼采諸家，參以己意，互爲發明，名之曰'杜詩律'。幾于千家注外，獨得要領……願公諸同志，俾後來者知詩律之是求，庶幾可與讀杜也夫。"

## 63. 胡欽《外集集杜》三卷

胡欽，字表被，崑山人。甲桂孫，溶時子。少貧困績學，工文，補諸生，試輒冠軍。康熙二十三年（1684）中副車，七試京兆，皆不售。選授直隸清豐知縣，以經術節吏治，立秋山書院以課士。擢户

部員外郎,遷工部郎中,移疾歸,卒年六十九。著有《説敦堂詩文合編》二十卷、《賜奭閣集》四卷、《外集集李》二卷、《外集集杜》三卷。

《賜奭閣集·外集集杜》三卷,清光緒間鉛印本,吉林大學、東北師範大學圖書館藏,《東北地區古籍綫裝書聯合目錄二·集部·別集類》著錄。

### 64. 陳訏《讀杜隨筆》二卷

陳訏(1649—1732後),字言揚,號宋齋,又號焕吾,海寧(今屬浙江)人。康熙間貢生,官淳安教諭,一説官温州教諭。陳訏爲陳之壎之姪,黄宗羲門人,又與查慎行同里友善,工詩善文,精理學,並傳勾股法。爲文峭厲澹宕,詩喜韓愈、蘇軾而歸於少陵。著有《時用集》正續二編、《宋十五家詩選》十六卷、《勾股引蒙》五卷、《勾股述》二卷、《讀杜隨筆》二卷等。生平見《國朝耆獻類徵初編》卷二五二、《(民國)海寧州志稿·文苑傳》、《晚晴簃詩匯》卷三九。

《讀杜隨筆》,有雍正十年(1732)松柏堂刻本。卷首載雍正十年吴炯跋、陳訏“弁言”,次列總目錄。是書分上、下卷,每卷又分兩小卷。每卷首行署“讀杜隨筆”卷次,次行署“海昌陳訏”。每頁版心上署書名,中署卷次,下署頁數。詩之編排略依年代先後爲序,共收杜詩 260 餘首,古今體皆有,大多爲杜詩名篇。每詩先錄原文,後加述論,不注釋典故、字句,只大略闡釋詩意,論詩作法,議論前人注杜得失等。多參考王嗣奭、錢謙益、朱鶴齡、仇兆鰲、浦起龍諸家,偶有新見。是書《(光緒)杭州府志·藝文志》、《(民國)海寧州志稿·藝文志》、清陳敬璋《海寧渤海陳氏著錄》均予著錄。未見復刻本,故世所鮮見。另外,上海圖書館藏陳訏批點康熙刻本《杜詩詳注》,有張元濟跋。劉重喜撰有《陳訏批〈杜詩詳注〉》①、

---

① 程章燦編《中國古代文學文獻學國際學術研討會論文集》,鳳凰出版社 2006 年版,第 198—208 頁。

《陳訏〈杜詩詳注〉批語輯録》①,對該本進行了介紹。另據民國《海寧陳氏宗譜》:"訏尤服膺少陵,先選宋十五家詩,以矯世傌爲唐者;復選唐省試詩及杜詩,以救世之托爲宋者。"則陳訏亦有杜詩選本,今已不傳。

### 65. 方邁《和杜哀吟》一卷

方邁,字子向,一字日斯,閩縣(今福建閩侯)人。爲諸生,有才名。康熙三十二年(1693)成進士,知蕭山縣,調蘭溪。不善事長官,罷歸。在蕭山曾與毛奇齡往復問難。著有《九經衍義》一百卷、《經義考異》七卷、《四書講義》六卷、《春秋補傳》十二卷、《吕晚村駁義》一卷、《五燈摘謬》一卷、《文集》二卷、《詩集》一卷、《考證資治通鑑前編》十八卷、《古今通韻輯要》六卷。《中國古籍善本書目》著録其《方日斯先生詩稿》不分卷、《方日斯先生文稿》二卷、《和杜哀吟》一卷。生平事迹見《(民國)閩侯縣志・儒林傳》。

《和杜哀吟》一卷,《中國古籍善本書目・集部・清別集類》著録,稱有康熙方氏即石倉刻本。現藏國家圖書館。

### 66. 嚴虞惇《杜詩鈔》

嚴虞惇(1650—1713),字寶成,號思庵,別署無轍道人、草草亭主人、珠藏道者、石城玄揆、井庵揆頭陀、亮一道人等,常熟(今屬江蘇)人。幼能背誦九經、三史。康熙二十六年(1687)入京,館徐乾學家,助纂《明史》。三十六年(1697),以一甲二名進士及第,授編修。既官翰林,館閣文字多出其手。四十八年(1709)順天鄉試,以子侄皆得中式,有嫌鐫秩,奪職歸。再起官太僕寺少卿。五十二年典鄂試,顧陳垿從往校文(《敬亭文稿》)。年六十四卒於官。著

---

① 南京大學古典文獻研究所編《古典文獻研究》第十一輯,鳳凰出版社2008年版,第406—434頁。

有《嚴太僕先生集》十二卷、《讀詩質疑》二十卷（一作《詩經質疑》三十一卷）、《文獻通考詳節》二十四卷、《思庵閒筆》、《杜詩鈔》不分卷。生平事迹見《清史列傳·文苑傳二》、《清史稿·文苑傳一》、楊繩武《誥授中憲大夫太僕寺少卿嚴先生虞惇墓表》、《國朝詩人徵略》卷一七、張惟驤《疑年錄彙編》卷十。

《杜詩鈔》，清初抄本。半頁九行，行二十四字，無格。鄭慶篤等編《杜集書目提要》著錄。

### 67. 張潮《集杜梅花詩》一冊

張潮（1650—1709），字山來，號心齋、三在道人，別署心齋居士，江都（今屬江蘇）人，歙縣（今屬安徽）籍。康熙初歲貢，入貲授翰林院孔目。好學能文，交遊甚廣，著述豐富。有《聯莊》一卷、《聯騷》一卷、《飲中八仙令》、《集杜梅花詩》等。張潮工於詞，有《花影詞》傳世。尚著有《幽夢影》、《花鳥春秋》、《補花底拾遺》等。另輯有《虞初新志》二十卷，並編《昭代叢書》一百五十卷、《檀几叢書》五十卷。生平事迹見《（乾隆）歙縣志》卷一二、《（民國）歙縣志》卷七。

《集杜梅花詩》，爲清初詒清堂刻本，扉頁署“心齋別集”、“新安張山來著”、“詒清堂藏板”，前有洪嘉植《梅花集杜詩引》、余蘭碩《梅花集杜詩題辭》。余蘭碩在《題辭》中交代了張潮集杜梅花詩的緣起，譽其爲“絕世奇才”，贊其集杜“累珠璣而錯落，全無襞績之痕迹；冰雪以交加，竟少雕鏤之迹”。此書集杜詩以詠梅花，均爲五言律詩，多達四百首，現藏杜甫草堂博物館善本書庫，《成都杜甫紀念館館藏杜集目錄》著錄。許承堯《歙事閑譚》卷七、蔣元卿《皖人書錄》均未著錄，劉和文《張潮研究》（安徽大學出版社2011年版）、譚戈單《山人張潮研究》附錄一《張潮著述考》（湖南師範大學2012年碩士論文）亦未提及。尤侗《昭代叢書甲集序》曰：“張子有嗜痂之癖，時貽尺素，以所著書相質，如《丹笈》、《筆歌》、《亦禪錄》、《聯莊》、《聯騷》、《幽夢影》、《集李》、《集杜》之類,橫披側出,卷頁等身。"張潮《心齋雜俎》二十二種之中有《集杜詩》、《集杜雁字詩》二種,或即尤侗所言《集杜》之作,然其中亦未見收錄《集杜梅花詩》。張潮著述多爲詒清堂刻本,前亦多有洪嘉植序,這都顯示《集杜梅花詩》當係詒清堂刊刻的張潮系列著作之一,故此書實爲張潮未經著錄之佚著。

## 68. 張潮《飲中八仙令》

張潮《飲中八仙令》,《(乾隆)歙縣志》卷一二著錄,見《檀几叢書餘集》卷下①。是將杜詩《飲中八仙歌》製成酒令,令云:

知口一杯章騎口一杯,剔左轉馬似乘船口一杯,別右轉,眼花落口一杯,水半杯井水水半杯,鈎左轉底剔右轉眠。汝水半杯陽鈎左轉三斗斗半杯始口一杯朝天,道逢麴車口一杯流水半杯,別右轉涎水半杯,恨不移鈎左轉封向口一杯酒一大杯泉水半杯。左相日興口一杯費萬錢剔右轉,飲半杯如口一杯長鯨口一杯,鈎左轉吸口一杯百川,銜杯半杯樂聖口一杯稱避口一杯賢。宗之瀟水半杯灑水半杯,剔右轉美少年,舉觴半杯,鈎左轉白眼剔右轉望青鈎左轉天,皎如口一杯玉樹口一杯臨三口三杯風別右轉前鈎左轉。蘇晉長齋繡佛前,醉酉半杯中往往愛逃別右轉禪二口二杯。李鈎左轉白斗半杯酒一大杯詩口一杯百篇,長剔右轉安市上酒一大杯家鈎左轉眠剔右轉。天子鈎左轉呼口一杯來不上船口一杯,剔右轉,自稱鈎左轉臣是酒一大杯中仙。張剔右轉旭三杯半杯草聖口一杯傳鈎左轉,脫口一杯,剔右轉帽鈎左轉露二口二杯頂王公前,揮毫口一杯,剔右轉落口一杯,水半杯紙如口一杯雲煙。焦遂鈎左轉五斗半杯方卓然,高二口二杯談口一杯雄辯口一杯驚口一杯四筵。

酒令後注曰:"逢口則飲,逢鈎便轉,順行起令,口穿破者不

---

① 　王晫、張潮編纂《檀几叢書》,上海古籍出版社1992年版,第464頁。

算。"另外,《筆記小説大觀》所收清俞墩培輯《酒令叢鈔》卷二亦載有《飲中八仙令》,與張潮此令相同,注曰:"如有二鈎,則以後鈎爲主。凡可鈎者,俱從俗用鈎。""遇酒字者一巨杯。""凡二十二句,正酒共三十七杯又三大杯,在座賓朋未必盡記此詩,不妨以片紙寫每句首一字,共二十二字,存監令處,以免錯誤。""將歌順數,一人一字,遇'口'字一杯,遇'酒'字一大杯,遇'水'、'酉'偏旁,'杯'、'觴'、'飲'、'斗'等字半杯,遇鈎剔所向爲左右轉,遇轉不轉者罰一杯。"

### 69. 查慎行《杜詩鈔》不分卷

查慎行(1650—1727),初名嗣璉,字夏重,號他山,後更今名,字悔餘,號初白,又號查田,海寧(今屬浙江)人。少受學於黄宗羲,治經邃於《易》。性喜作詩,遊覽所至,輒有吟詠,名聞禁中。黄宗羲比之爲陸遊。康熙四十二年(1703),以舉人特賜進士,授編修。五十二年,乞休歸。雍正五年(1727),二弟嗣庭以誹謗罪入獄,慎行坐家長失教罪,被捕入京,世宗知其端謹,特放歸,未幾卒。所著有《敬業堂詩集》五十卷、《周易玩辭集解》十卷、《易説》一卷等。生平事迹見《清史稿·文苑傳一》、《清史列傳·文苑傳二》、方苞《翰林院編修查君墓誌銘》、全祖望《初白查先生墓表》、沈廷芳《查先生慎行行狀》、陳敬璋《查他山先生年譜》等。

《杜詩鈔》,爲清代手抄本,五册,書端有朱墨批注。鄭慶篤等編《杜集書目提要》著録。

### 70. 查慎行撰,張載華輯《初白庵詩評》三卷

張載華(1718—?),字佩兼,號芷齋,浙江海鹽人。貢生,師從許蒿廬。家世有藏書之習,曾祖父張奇齡,字符九,萬曆癸卯舉人,構讀書廬曰"涉園"。張載華藏書萬卷,遇有善本,必手自抄録。

《初白庵詩評》,書名一作《查初白十二種詩評》。有乾隆二十

四年(1759)蕭嘉植等校刻本,三册,卷上評杜少陵。署海寧查慎
行撰,海鹽張載華輯。又有乾隆四十二年張氏涉園觀樂堂刻本,與
許昂霄《詞綜偶評》一卷合刻。又有民國間上海六藝書局、掃葉山
房據原刻石印本。劉濬《杜詩集評·凡例》云:"初白先生評閲杜
詩凡五本,濬所見者不知何年閲本,但與海鹽刻張本既多異同,且
有張本所無者,故仍概載。"

### 71. 王材任《復村集杜詩》一卷

王材任(1652—1739),字子重,號西磵,黄岡(今屬湖北)人。
康熙十八年(1679)進士,由中書官至僉都御史,性清介,執法平
允,彈劾不避權貴,四十三年罷去。移居江蘇常熟虞山之西磵,因
自號西磵老人。晚歲坎坷,仍悠然自得,無一牢騷語,亦不仰求與
之交好而秉政煊赫之鄂爾泰,耿介清貧可知。材任爲澤弘仲子,居
常熟後,王應奎曾聽其述京中舊事,《柳南隨筆》有所記載。卒於
常熟,年八十七。著有《尊道堂詩鈔》八卷、《别集》六卷,其中包括
《望雲集》二卷、《南沙集》四卷、《劍外集》二卷、《疊韻詩》三卷、
《集杜詩》一卷,餘有《西磵詩鈔》等。生平事迹見《海虞詩苑》卷十
四、《(民國)湖北通志·人物志三十·文學傳三》。

《復村集杜詩》一卷,國家圖書館藏清初刻本,又名《尊道堂集
杜詩》,卷首有魏象樞題詩曰:"黄岡才子年英妙,一取科名官清
要。亥秋比士下三巴,爲訪浣花覓同調。歸來集成少陵詩,令我一
讀一大叫。杜耶王耶孰辨之,覿面問君只微笑。"下有朱日濬《復
村集杜詩序》。共集杜 102 首,乃其往返蜀地紀行詠懷之作。《成都
杜甫紀念館館藏杜集目録》、《(民國)湖北通志·藝文志》、《北京
圖書館善本書目》均予著録。

### 72. 顧施禎《杜工部七言律詩疏解》二卷

顧施禎,字林奇,號適園,吳江平望東乙圩(今屬蘇州)人,後

遷黎里。弱冠補諸生,博學好古,以詩酒爲樂,與叔顧有孝(1619—1689)倡和。康熙二十九年(1690)附監生,嘗應京兆試,不得志。精於選理,由諸生入太學,援例謁選,授浙江昌化縣令,未赴任,卒於京。著有《我真集》、《歲郵集》、《啜醨集》,長興臧眉錫、同邑董門、叔有孝序。纂有《文選疏解》、《古文茲程》、《杜律疏解》、《盛朝詩選》、《昭明文選六臣彙注疏解》十九卷。生平事迹見《黎里志》卷九《人物三》、《平望志》卷八《文苑傳》。

　　《杜工部七言律詩疏解》二卷,有康熙二十五年(1686)吳江顧氏心耕堂刻本。該本前有康熙二十五年二月顧施禎自序曰:“荏苒年華二十,苦心積慮,正欲彙諸名家詮注,爲杜公全集作一疏解,去駁而歸純。猶希浣花溪翁鑒余爲功臣、非罪人,是素志也。”各卷分列目錄,每卷首頁均有“吳江顧施禎適園輯”、“甬東仇兆鰲滄柱鑒定”字樣。是書爲杜甫七言律詩注疏本,共收詩 147 首。每首詩正文之後,均有“年地”、“典故”、“疏意”、“直解”四項。“年地”,説明詩之作年及地點;“典故”,略注出處,多徵引前人詩文;“疏意”,略論詩旨,分析起承轉合之章法結構;“直解”,則繹詩爲文,敷衍串解,並時時參之己見,頗爲詳盡。其書體例極爲明晰,疏解通俗曉暢,直“使樵夫牧豎共曉”。此編雖新見不多,講解却極透徹,眉目條貫,極便初學。是書又有雍正十一年(1733)吳江顧氏心耕堂重刻本,對前刻本“訂其舛訛,正其字畫,付諸剞劂,以公海內”。書末附顧施禎嫡孫顧施達跋語。因避雍正名諱,將“顧施禎”改作“顧施正”,餘則與初刻本基本相同。《(同治)蘇州府志・藝文志》著録此書,書名作《杜律疏解彙注》;《清史稿・藝文志四》亦予著録,書名則作《杜工部詩疏解》。這兩個書名與顧施禎《自序》中“欲彙諸名家詮注,爲杜公全集作一疏解”之語正好相合。梁成龍、孫微撰有《顧施禎〈杜工部七言律詩疏解〉考論》一文①,可以參看。

---

　　① 載《東亞文獻研究》第十九輯,2016 年 12 月版。

### 73. 李文煒《杜律通解》四卷

李文煒（1653？—1725後），字雪巖，慈水（今浙江慈溪）人。清順、康間幕僚。李爲甬東名士，博學多識，尤長於風雅，畢生未宦，或坐館於帷幕，或隱居於湖山。嘗作吳興寓公，康熙四十年（1701），客館於涿鹿知府趙恕庵家。四十八年，趙恕庵領郡筠州，仍延其課諸子。五十一年，纂輯前人評論，删繁補略，合成解說，撰成《杜律通解》四卷。生平見《國朝書畫家筆録》卷四。

《杜律通解》四卷，《清史稿·藝文志四》著録，但誤作《杜詩通解》。是書撰成於康熙五十一年（1712），雍正三年（1725）湖郡潘尚文鐫刻。書名頁署“慈水李雪巖先生箋注　杜律通解　各體嗣出”。但除杜律外，其餘各體詩未見梓行。是編卷前有李基和康熙五十一年序，湖州知府曹掄彬雍正三年序，李氏康熙六十年自序，並有“李基和印”、“梅崖”、“曹掄彬印”、“李文煒印”、“雪巖”等篆文鈐章。次列“訂正諸子姓氏”，計有趙世顯、李基和、姜宸英等八人，“受業校閱”及“參考”姓氏若干人。次門人趙弘訓撰“凡例”十則。次列四卷總目録。詩分體編年，卷一、二爲五律，選詩 120 首；卷三、四爲七律，選詩 80 首，共計 200 首。每卷首行署“杜律通解”卷次，下署“慈水李雪巖氏箋釋，錦州趙世錫恕庵氏考訂，及門趙弘訓伊言氏分校”。詩正文頂格，旁加圈批；詩後通解統低一格。該書爲一課讀杜律選本，重在内容串解，故注釋極簡，所附諸家評語亦“取其大合詩情詩理、簡捷切要者登之，其他穿鑿支蔓評解概不收輯”。因是書大致以顧宸《辟疆園杜詩注解》和黃生《杜詩說》爲基礎，故所引評語以顧宸、黃生爲最多。他如畢忠吉、嚴灝亭、黃維章、王翰孺、毛文濤、趙永公、秦留仙、李璁佩、顧聖猶、丘慎清等人，均係自顧注轉引者。李氏於杜律串解頗爲通達易曉，有便初學，但往往以時文作法說詩，無多發明。是書《中國善本古籍書目》著録有康熙六十年自刻本，又有乾隆七年（1742）萃華堂刻本及其他清刻本傳世。

### 74. 張世煒《讀杜管窺》一卷

張世煒(1653—1724),字煥文,號雪窗,室名秀野山房,吳江(今屬江蘇蘇州)人。一生未仕,家酷貧,以醫爲業。晚年肆力於學,著述甚富。有《讀杜管窺》、《歷朝詩選》、《唐人真賞集》、《松陵詩約》、《輯注讀素問鈔》、《雪窗文鈔》,稿本藏於家。另輯《傷寒彙參》四卷,張守堅訂補,見《若山居醫學讀本》第三帙,鈔本一冊。南京圖書館藏有《唐七律雋》稿本一卷。生平事迹見周廷諤撰《唐湖徵士張雪窗先生行狀》(見《秀野山房附集》)。

《讀杜管窺》一卷,稿本,南京圖書館藏,索書號:119180。卷前有周廷諤《雪窗杜注敘》、《敘二》,張世煒《讀杜管窺自序》。《中國善本古籍書目》著錄。周廷諤《雪窗杜注敘》曰:"吾友雪窗張氏篤于嗜杜,取錢、朱兩家書而讎正之。或錢是而朱非,則以錢爲斷;或朱伸而錢絀,則以朱爲歸;或兩家互爭其長,則平心以解之;互有其短,則博求以正之。去其誣,開其固,不翅兩造具備,而爲之質其成矣。"張世煒《自序》曰:"平兩家之偏,息異同之論,附以一得之愚,求少陵之心於千載之上。非敢謂二先生之功臣,蓋當局則難爲功,而傍觀則易爲力也。"可知該書主要是折衷錢、朱二家之注而成。周采泉《杜集書録》內編卷八《輯評考訂類一》稱,是書有康熙二十三年(1684)刊本,載《秀野山房全集》中,未見。清周廷諤《唐湖徵士張雪窗先生行狀》稱,張世煒撰有《雪窗杜注》,應即《讀杜管窺》。

### 75. 毛張健《杜詩譜釋》二卷

毛張健(1656—?),又名張毛健,字今培,號鶴汀,太倉(今屬江蘇)人。康熙十九年廩貢生,入國學,三爲學博,官至貴池訓導,後補安徽祁門縣訓導,不赴。喜獎引後進,晚年好填詞,格近南唐,又好選唐詩。著有《臥茨集》三卷、《鶴汀集》三卷、《杜詩譜釋》二卷、《唐體膚詮》、《唐體餘編》等。生平事迹見顧陳垿《顧賓楊先生文集》卷二《毛司訓傳》。

《杜詩譜釋》二卷,有康熙四十九年(1710)刻本。該本前有毛張健《自序》,後有目録,共收杜詩七律 149 首。每卷下署"太倉毛張健今培編"。詩正文大字,注文小字雙行。作者於卷一前曰:

> 詩旁圈點,蓋以明指其起伏承應之迹,故尖、圓各依其類。如前用〇起,後即以〇應;前用△破,後即以△承。其外尚有暗聯絡、小映帶處,則另以"、"之雙單記之。於是全篇之脈理、分股之主賓釐然逆露。乍閱雖似眩目,然細心尋繹之,其中條理井然,可一覽而知也。

又曰:

> 杜詩引用故寔,凡留心風雅者無不洞曉,且諸家箋釋頗多,查攷甚便,兹不復詳載。

可見該本之初衷並不是想爲杜詩作注,而是着重分析杜律中的起伏承接之迹,標識作詩格法,於詩句旁均標以圈點、三角等符號,以提示讀者加以體會和學習,從而指導詩歌創作。對《諸將五首》、《秋興八首》、《詠懷古迹五首》等組詩,除了逐篇提示章法外,於全詩之後以雙行小字詳論組詩的整體章法。毛氏雖完全以起承轉合之法解析杜律,但他反對金聖嘆機械地從第四句開始將杜律分爲上下兩截的做法,他説:"少陵雖多此體,然此第詩之一格,非諸詩皆然,金聖嘆妄以唐律俱劃作前後解,于是有五六本與上意相附者,必故爲曲説以岐之,私心硬斷,其誤人不淺。"其對杜律章法的分析細膩,頗具參考價值。

## 76. 吳瞻泰《杜詩提要》十四卷

吳瞻泰(1657—1735),字東巖,號艮齋,歙縣(今屬安徽)人。清順、康間諸生。少即留心經史,思爲世用,入省闈十五次終不遇,乃遨遊齊魯、燕冀及江漢、吳楚、閩越諸地。康熙三十五年(1696),授經揚州,後至京師,五十四年(1715)南歸,方苞爲之撰《送吳東巖序》。與同里黃生、汪洪度友善。所作詩文沖夷簡澹，不假修飾，妙合自然。於書無所不窺，而獨癖嗜杜，於注家無所不究，積數十年，丹鉛弗輟，屢經削稿，然後成《杜詩提要》十四卷。其著述還有《陶詩彙注》四卷、《循陔堂自訂詩集》二十六卷、《刪補文選詩注》二十三卷、《紫陽書院志附講義》五卷等。生平事迹見李果《在亭叢稿》卷七《二吳先生傳》、《國朝詩別裁》小傳、方苞《送吳東巖序》(《望溪先生文集》卷七)。

《杜詩提要》初名《杜詩則》，成稿當在康熙三十五年(1696)之前。吳氏《評杜詩略例》云：

> 初以《杜詩則》名書，丙子(康熙三十五年)秋，持以質吾師田山薑先生，先生曰：“子不聞韓子之言曰：‘記事者必提其要，纂言者必鈎其元(玄)。’子之評杜，兼斯二者，而簡帙不煩，片言析理。予以‘提要’易子書名，更有當焉。”遂從之。

又書中屢引仇注，仇兆鰲《杜詩詳注》初刻於康熙四十二年(1703)，是書最後定稿當在其後。又據吳氏《略例》所云：

> 友人羅東萬挺素嗜杜，一見茲編，袖歸示其弟需材掄、子立人本仁、友朔本倩，繕錄副本，日夕吟誦，遂代授剞氏焉。

則羅挺刻本當爲初刻，時約康熙末。是本扉頁右上署“新安吳東巖評選”，中署書名“杜詩提要”，左下署“山雨樓藏板”。卷首有汪洪度序、吳瞻泰自序；次《舊唐書·杜甫傳》，並引《新唐書·杜甫傳》及錢箋加注辨正；次“評杜詩略例”十則；次列十四卷總目録。分體編次，而各體之序次則大略依單復《讀杜詩愚得》編年之次：一至四卷爲五古，計104首；五、六卷爲七古，計50首；七至十卷爲五律，計180首；十一、十二兩卷爲七律，計72首；卷十三爲排律，計五排32首，七排2首；卷十四爲絕句，計五絕7首，七絕30首。共計選詩477首。每卷首行署書名、卷次，次行署“歙吳瞻泰東巖評選”，卷末有校字者姓名，多爲吳氏弟侄輩。全書末有羅挺後序，中云：“先生著述甚富，于杜詩研討尤力,積久成書,大指在示學者即法以通其意,殆於浣花詩叟有微契者。"吳氏論杜,專重詩法,《略例》所云:"此集一以論法爲歸。"《自序》亦云:"子美作詩之法可學者也。吾特抉剔其章法、句法、字法,使學者執要以求,以與史法相證,則有從入之門,而亦可漸窺其堂奧。"故其評注方式,詩旁有圈點,句下有簡評,詩後有詳評。長篇之詩則分段講解,句剖段析,概述詩意,並論及章法、句法、字法。旁采宋元以來諸家評釋,如黃鶴、單復、朱鶴齡、吳見思、張溍、張遠等人,而尤以錢箋爲多。並時引友人黃生、汪洪度、王棠、其弟瞻淇之説。"其隱晦者箋之,訛誤者析之,止求達意而止,弗敢博取以爲辨。"(吳瞻泰《評杜詩略例》)故其評論無多新見,但簡明平易,無穿鑿附會之弊,後之注杜者多所徵引。《杜詩提要》的缺陷在於用評八股文的方法解析杜詩,顯得機械呆板。張甄陶《杜詩詳注集成》蔣士銓序云:"歙人吳瞻泰之《杜詩提要》,又專以帖括八比之法曲爲解説,假使浣花復生,恐未許爲知己也。"(《忠雅堂文集》卷二)對其以八股之法解杜詩表示了不滿。是書尚有乾隆間刻本,較前本多一歙人江春於乾隆二十六年(1761)所撰之序;又有嘉慶二十五年(1820)在兹堂刻本;1974年臺灣大通書局據康熙間羅挺山雨樓刊本影印《杜詩叢刊》本,而誤署爲"清乾隆間羅挺刊"。又有一種鈔本,書名爲《杜詩典要》,僅存五言古詩二卷,與《杜詩提要》卷一至卷四選注者大同小異,中國科學院藏本。山東大學圖書館還藏有《杜詩明鏡》一書,内容、卷次、板式與《杜詩提要》全同,而書版作"折桂友竹山房梓",首頁版心改"杜詩提要"爲"杜詩明鏡",餘則剜去"提要"二字,僅存"杜詩",當係書賈作僞,另立書名,以售其奸。是書《清史稿・藝文志四》、清揚州吳氏《測海樓書目》、《(民國)歙縣志・藝文志》(但著録爲"八卷")、《販書偶記》等均予著録。黃山書社2015年出版了陳道貴校點本《杜詩提要》,是以康熙間羅挺山雨樓本作爲底本。

### 77. 汪灝《知本堂讀杜詩》二十四卷

汪灝(1658—?)，字紫滄，休寧(今屬安徽)人。康熙四十一年(1702)獻賦召入內廷。次年賜進士，授翰林院編修，總武英殿纂修事，與詩人查慎行同爲隨從詞臣。曾以侍讀督山西學政，素以清節著聞。後因累於戴名世《南山集》案被鐫秩，以纂書有功得免死，事見全祖望《江浙兩大獄記》。著有《知本堂集》、《隨鑾紀恩》、《知本堂讀杜詩》(道光重刻本名《樹人堂讀杜詩》)二十五卷等。生平見《(光緒)徽州府志·文苑傳》。

《知本堂讀杜詩》，有康熙家刻本。卷前汪灝自序述其名書之由云：

> 知本堂者何？今天子(指康熙皇帝)御書賜灝額也。讀杜詩而繫之知本堂者何？灝之讀杜，授自先大人，讀于里居，讀于山巔水涯，讀於舟車旅次，讀於直廬禁省，讀于扈從沙塞內外之間，而總歸之知本堂者，慕君恩爱以名集，匪直杜也。不箋且注，而只‘讀’之者何？杜陵去今九百餘年矣，名賢宿學，注之箋之者，既詳且精，灝於數者俱不能，且懼穿鑿附會，失作者之心，聊讀之云爾。灝以書生，獻賦行在所，蒙召試宮廷，屢試稱旨，因得與科名，備史館，兢兢勤職，業曰讀書，以仰答主眷。私衷竊欲於世所共尊衆好之書之詩，以次漸讀，而讀杜爲之先。

此本因灝累於戴名世《南山集》案，其後罕傳，國家圖書館、安徽省博物館尚有藏本。清代注杜者，除齊翀《杜詩本義》引及外，他家均未徵引。直至道光十二年(1832)，方有銀城麥浪園刻本，易名爲《樹人堂讀杜詩》。此本卷首無汪氏自序，依次載元稹《杜君墓係銘》、《舊唐書·杜甫傳》，樊晃、孫僅、王洙、王琪、胡宗愈、吳若等序記。次列“讀杜凡例”十則，其一云：“杜詩字畫，悉照《欽定全唐詩》內杜詩，暨寧波仇少宰(指仇兆鰲)進呈定本。”又云：“讀杜，必須編年。”“是書悉照舊編(指仇注)，而中間或有不合，則稍移易之。”次列總目録，並“合年譜於詩目中，庶讀者瞭然，易於貫徹”。故先列時、地，包括年號年代、杜甫年庚、行止，後依次列出詩目。前二十三卷爲正集，共收詩 1407 首，“讀法不同處，題上加圈以別之”。卷二十四爲附録，録别本增入或他集互見者計 48 首；並附表賦九篇。每卷首行署“樹人堂讀杜詩”卷次，二行署“休寧汪灝紫滄輯”，三行署“銀城胡履亨和軒讀”。詩正文大字頂格，題注、題解、句下注及詩後評解均小字雙行。此書體例，於諸家標新立異者頗多。凡自以爲新見者，均特予標出，分别名之曰“另眼”、“參權”、“著意”、“暗題”等。其“凡例”云：“與舊解全不相襲者，曰另眼；全詩中偶有數語别解者，曰參權；解亦猶人，而逐字體會虛神者，曰著意。”“詩題下，偶用‘暗題’，非敢蛇足，俱從本詩中涵詠而得。”“暗題”實類“解題”。汪氏論詩，頗受金聖嘆影響。核其内容，可取者多，不繁徵博取，多以己語出之，頗爲簡約明晰，亦是杜詩注本中之較佳者。此書《清史稿·藝文志四》、丁丙《八千卷樓書目》著録爲“《知本堂讀杜》二十四卷”；《販書偶記續編》著録爲“《樹人堂讀杜詩》二十四卷、文一卷，清休寧汪灝輯，銀城胡履亨讀，道光壬辰銀城麥浪園刊”。其詳可參邱瑰華《汪灝及其〈知本堂讀杜詩〉考述》一文。①

### 78. 汪文柏《杜韓詩句集韻》三卷

汪文柏(1659—1725)，字季青，號柯庭，一作柯廷，又號筧溪。桐鄉(今屬浙江)人，休寧(今屬安徽)籍。《四庫全書總目》則謂嘉興(今屬浙江)人。善畫墨蘭，尤工詩。監生，康熙中官北城兵馬司指揮使。與兄汪文桂、汪森號“汪氏三子”。汪氏之先，富於藏書刻書，文柏多所通習，爲學有本。其年方少，結交皆老蒼，品騭風

---

① 紀健生主編《安徽文獻研究集成》第二卷，黄山書社 2006 年版，第 116—124 頁。

雅,氣足奪人。海内稱詩者,相與訂交。魏禧稱其詩奥兀多風,黄宗羲以爲槎枒排戞,朱彝尊謂其詩"匪僅開宋、元竅奥,直欲造唐人之室,而嚌其胾"(《汪司城詩序》)。築有古香樓,收藏法書名畫,暇輒焚香啜茗,摩挲不厭。又築摛藻堂别業,讀書其中。著有《柯庭餘習》、《柯庭文藪》、《柯庭樂府》、《杜韓詩句集韻》、《古香樓吟稿》、《古香齋書畫題跋》等,輯有《汪柯庭彙刻賓朋詩》。生平事迹散見《全清詞鈔》卷六、《清詩紀事》康熙朝卷、《(光緒)桐鄉縣志·藝文志》。

《杜韓詩句集韻》三卷,《杜集書目提要》誤爲"二卷"。編成於康熙三十五年(1696),有康熙四十六年(1707)洞庭麟慶堂刻本。書名頁署"杜韓集韻　洞庭麟慶堂藏板"。卷前有汪氏康熙二十五年自敘云:

> 《杜韓集韻》者,閒窗無事,取少陵、昌黎詩句,編入四聲,備巾箱展玩也。余少而學吟,流覽唐百家詩家,斷以兩家爲指歸。蓋其格律天縱,不主故常,諸家卒莫出其範圍。……吾輯杜、韓韻以爲鵠,世有解人從此悟入,句法、章法漸可得矣。

次目録,目録二行署"古香樓訂本"五字。《集韻》分上、中、下三卷,卷上又分上、下兩小卷,卷中、卷下又各分上、中、下三小卷,實爲八卷。故《揚州吳氏測海樓藏書目録》卷五載録此書云:"《杜韓集韻》八卷,練江汪文柏輯,康熙丙戌刊。"卷上爲上平聲韻,卷中爲下平聲韻,卷下之上爲上聲韻,卷下之中爲去聲韻,卷下之下爲入聲韻。每小卷首行署"杜韓詩句集韻"卷次,二行署"練江汪文柏柯庭輯"。版心上刊"杜韓集韻"、卷次、頁碼,下刊刻工姓名。卷終刻"男兆鯨、兆鰲較字"。書尾有"康熙歲次丙戌(1706)中秋日開雕、丁亥(1707)立夏日告竣"牌記。是書把杜甫、韓愈詩句按平水韻摘出,編於字下,惜其所列詩句不標出詩題,頗不便檢閱。是書《四庫全書總目·類書類存目三》著録,1999年齊魯書社《四

庫全書存目叢書》即據此本影印。又有光緒八年(1882)姑蘇來青
閣刻本。

### 79. 應時《李杜詩緯》十一卷

應時,字泗源,慈溪(今屬浙江)人。生平事迹不詳。著有《李
杜詩緯》十一卷、《古詩緯》、《唐詩緯》。《(光緒)慈溪縣志》無傳,
僅在《藝文三·國朝一》中對其著述有簡要介紹,列名於沈謙之
後。據其《李杜詩緯敘》署"康熙戊午歲(十七年,1678)孟秋",則
其爲康熙間人。

丁谷雲,字龍友,歸安(今浙江湖州)人。據《李杜詩緯辯疑
序》末署"康熙戊午孟秋既望門人歸安丁谷雲龍友氏拜撰",則其
爲應時門人,生平事迹不詳。應時《李杜詩緯》中多附有其評語,
故孫殿起《販書偶記續編》卷十九著錄該書時稱"清慈溪應時刪
定,歸安丁谷雲辨疑";《菱湖鎮志·歷代著述目錄》著錄其有《寧
遠堂集》、《李杜詩緯》。

是書孫殿起《販書偶記續編》卷十九著錄:"清慈溪應時刪定,
歸安丁谷雲辨疑,康熙戊午(1678)刊,李集四卷,杜集七卷。"《(光
緒)慈溪縣志·藝文三·國朝一》錄其《李杜詩緯》自序,下注"坦
園藏本"。周采泉稱,坦園,爲王定祥別號。其書首列應時《李杜
詩緯敘》,次爲丁谷雲《李杜詩緯辯疑序》,以下爲丁谷雲編《李杜
詩緯凡例》,共十條。《凡例》後有《李杜詩緯總論》,收應時編寫的
《散論》九則。以下依次爲目次、傳記、詩歌。詹鍈《李白集版本源
流考》(《李白全集校注彙釋集評》,百花文藝出版社1996年版)稱
成都杜甫草堂藏有此書,爲康熙十七年(1678)刻本,與《販書偶記
續編》著錄一致。該本版式爲半葉九行,行二十字,小字雙行,白
口,四周雙邊。版口有"詩緯"二字,版心注"杜詩卷某"。孫琴安
《唐詩選本六百種提要》(陝西人民教育出版社1987年版)亦著錄
此書,稱有康熙四十一年(1702)刻本,現藏清華大學圖書館。

## 80. 沈善世《集杜詩》

沈善世,字爲久,浙江秀水(今浙江嘉興)人。沈德符族孫。工於集杜,著有集杜近體諸集,士林傳誦之。查慎行《查初白文集》有《沈爲久善世戌亥分歲集唐七律詩序》。所著《集句詩》三卷,有乾隆間沈氏刻本,四川省圖書館藏,《中國古籍總目·集部三》著録。《續檇李詩繫》卷十二有小傳。

《集杜詩》,《北京市文物局圖書資料中心藏古籍珍本叢刊》影印清康熙間沈氏刻本,北京燕山出版社 2012 年版。分爲"集杜詩"十首、"集杜詩"二十七首、"集杜詩二刻"二十五首,共計 62 首。先後有顧仲《序》、沈善世《自序》、陸奎勳《序》、沈善世《識》、毛奇齡《序》、陳佑《序》、沈善世《識》。

## 81. 佚名《杜詩正宗》

《杜詩正宗》,舊抄本,書名下書"信甫氏珍藏",《北京市文物局圖書資料中心藏古籍珍本叢刊》收録,北京燕山出版社 2012 年版。該本前後無序跋,書前首録仇兆鰲康熙三十二年《進書表》,次列《杜工部年譜》,次爲《諸家論杜》,後爲"杜詩詳注目録",共選抄杜詩285 題 350 首。目録後爲"注釋杜詩諸家姓氏"。書中的注釋解評,全係抄自仇注,内容稍有節略,故實爲仇兆鰲《杜詩詳注》之節抄本。然此本之編次與仇注不同,該抄本采用分體編次法,依次爲五言古詩、五言絶句、七言古詩、七言律詩、五言排律、七言絶句。

## 82. 王澍《杜詩五古選録》、《王箬林先生選鈔杜詩》四卷

王澍(1668—1739),字若林,一作箬林,號虛舟,又號竹雲,自署二泉寓客、聽松庵、良常山人、恭壽老人,因常款署"良常王澍",世遂稱"王良常",室名雙藤書屋,金壇(今屬江蘇)人,後徙無錫。康熙五十一年(1712)進士,改翰林院庶吉士,散館授編修,充《三朝國史》、《治河方略》、《御纂春秋》三館纂修官,六十年,考選戶科

給事中。以善書法,特命充五經篆文館總裁官,累遷户科掌印給事中,改吏部員外郎。澍精鑒賞,通金石,尤善書法,名播海内。著作甚多,有《虚舟文集》、《竹雲題跋》、《古今法帖考》、《淳化秘閣法帖考正》、《禹貢譜》、《大學困學録》、《中庸困學録》、《大學本文》、《大學古本文》、《中庸本文》、《集朱子讀書法》、《朱子白鹿洞規條目》、《論書賸語》、《杜詩五古選録》等。生平事迹見方苞《王處士墓表》、王步青《吏部員外郎族姪虚舟墓志銘》(《巳山先生文集》卷八)等。

《杜詩五古選録》爲康熙間王澍手寫本,共手抄杜詩五古 138 首。係白文本,無注評。前有無錫華湛恩記云:"《杜詩五古》,邑先賢王良常先生手筆也。書法精良,誠堪稱不愧出名家手也。"是書又有 1974 年臺灣大通書局據康熙間手稿本影印《杜詩叢刊》本。

《王篛林先生選鈔杜詩》四卷,分爲卷上之一、卷上之二、卷下之一、卷下之二,稿本,一函四册。正楷書寫,白口,左右雙邊,單魚尾,版心下鎸"則古樓"三字。各册封面有"王篛林先生選鈔杜詩"楷書題簽,下鈐白文"石蘭山房"印章。謝章鋌《課餘續録》卷四著録曰:"王澍良常手鈔。良常號篛林,書名震一時。此本旁評眉批亦皆勻整,字則'大珠小珠落玉盤',圈點則'珊瑚玉樹交枝柯',置之案頭,誠爲雅玩,況所選又爲杜詩乎!"北京李友林先生 2017 年於中國書店春季書刊資料文物拍賣會古籍善本專場上拍得。第一册封面有佚名題識曰:"鈔本精心選擇與有唐一代興衰治亂大有關係,細閱眉批,自悉不可作尋常讀本視之,篛林用心苦矣。"核其選篇情況,實不盡然。據李友林統計,該本共選鈔杜詩 296 題 408 首,有眉批 599 條,旁批 136 條。其所據底本爲許自昌《集千家注杜工部詩集》,並參校了仇兆鰲《杜詩詳注》。

## 83. 佚名《杜詩言志》十二卷

是書原是清代一部尚未刊行的手稿的鈔本,向未見各藏書家著録。鈔本未署作者姓名,亦未標撰成年月。1957 年揚州古舊書店從泰州市南門高橋書商沈本淵(世德)處購得。鈔本係用"斑竹"紙(竹紙中之最細者)鈔成,長 25 厘米,寬 17.5 厘米,裝成四册,每册三卷,共十二卷。每卷首頁均蓋有"沈世德印"鈐記①。1963 年揚州廣陵古籍刻印社雕版刊行,扉頁首行題"據(清)康熙佚名著者稿本校刊",綫裝八册;而周采泉《杜集書録》、《〈杜詩言志〉的評價和作者的探索》②,則斷爲乾隆間高安陳遠新撰,亦嫌證據不足。上海古籍出版社《續修四庫全書》本即據揚州廣陵古籍刻印社校刻本影印。1983 年 7 月江蘇人民出版社印行由譚佛雛、李坦整理校點之鉛印本,署"(清)佚名著",始廣爲流布。該本首列"《杜詩言志》總目",次列"出版説明",次作者自序及"例言"六則,次十二卷目録。十二卷後有"校勘記",係據商務印書館《四部叢刊》影印宋本《分門集注杜工部詩》、《古逸叢書》影印《杜工部草堂詩箋》參校。書末附録譚佛雛、李坦所撰《關於〈杜詩言志〉》一文,對《杜詩言志》的作者及成書年代作了考證,對該書在思想分析、藝術分析上的得失予以評論,並對校點的體例作了説明。此書共選杜詩 215 題,327 首,計五古 85 首,七古 32 首,五律 124 首,七律 66 首,五排 17 首,七排 3 首,而絶句一首未選。詩的排列大體以黄鶴編年爲次。詩正文後,詳加解説,重在知人論世以探詩人意旨。自序云:

> 説詩者必以意逆志。然古人之志,又各有在。苟不知其人之生平若何,與其所遭之時世若何,而漫欲以茫然之心,逆古人未明之志,是亦卒不可得矣。故欲知古人之志,又必須先論古人之世。

---

① 沈世德,字晉公,烏程人,康熙諸生,著有《杜詩注訂譌》,參見本書卷一"散佚書目"第 103 條。
② 見《書林》1980 年第 3 期。

故其"詮釋杜詩,惟以發明寓意爲主","至於直述其事,意盡言下者,自可勿爲多釋"。其解説雖重在闡意,但亦揭示詩法。長詩則分段論析,篇末再作總論。説詩雖有見解,然頗多偏、鑿、疏之失。

### 84. 黄之雋《飲中仙》雜劇四折

黄之雋(1668—1748),初名兆森,字若木、石牧,號唐堂,晚號石翁、老牧,華亭(今上海松江)人,原籍安徽休寧。康熙四十九年(1710),以同里范纘薦,到北京館浙江陳元龍(乾齋)家(《(嘉慶)松江府志》卷五八)。次年,隨陳元龍遊桂林。五十七年,自桂林還里,構唐堂,以陳元龍召,至北京。康熙六十年進士,改翰林院庶吉士。雍正元年(1723),授編修,充日講起居注官,奉命提督福建學政,旋遷中允。乾隆元年(1736),薦舉博學鴻詞,不就,罷歸。爲官清正,囊無餘貲,歸里時唯有書萬卷。著有雜劇《四才子》,包括《鬱輪袍》、《揚州夢》、《飲中仙》、《藍橋驛》;傳奇《忠孝福》。還有《唐堂集》五十卷《補遺》二卷、《續集》八卷、《冬録》一卷、《唐堂詞》二卷《補遺》一卷,又有《香屑集》十八卷、《左氏二傳參同》十五卷、《唐堂外集》。另有《鈔杜詩》一卷,爲康熙三十一年手抄本。生平事迹見《清史列傳・文苑傳二》、《國朝耆獻類徵初編》卷一二五、《國朝詩人徵略》卷二二等。

雜劇《飲中仙》出自杜甫《飲中八仙歌》,寫"酒顛"張旭與李白等聚集被封爲八仙之事。《飲中仙》與《鬱輪袍》、《揚州夢》、《藍橋驛》四種雜劇合稱《四才子(奇書)》,作於康熙四十三年(1704)或稍早,由陳元龍於康熙五十五年刊刻,後這四種雜劇又與《忠孝福》傳奇合爲《唐堂樂府》六卷。

### 85. 吳馮栻《青城説杜》

吳馮栻,號青城,晉陵(今江蘇常州)人。康熙五十年(1711)舉人,六十年進士,榜名吳栻,授翰林院檢討。康熙六十一年正月,康熙帝在暢春園舉行“千叟宴”，吳馮栻亦受邀與宴。著有《青城詩鈔》四卷、《青城説杜》。生平略見金武祥《粟香三筆》。

　　吳馮栻《青城説杜》，中國社會科學院文學研究所藏有鈔本一册，封面署“青城説杜”四字，有“江陰金武祥印”白文方印。作者自序前有“康熙鐫寶荆堂藏板”字樣，據此，是書當初刻於康熙年間。然《青城説杜》的康熙初刻本早已散佚不傳，今國家圖書館和南開大學圖書館均藏有道光十三年（1833）刻本，書名皆作《説杜》，國家圖書館藏本署名爲“馮栻”。孫殿起《販書偶記》著録曰：“《青城説杜》無卷數，晉陵吳馮栻撰，道光癸巳寶荆堂刊。”此書在解析杜詩時有論不厭細，解不厭詳的特點，注重詩歌整體上的脈絡貫穿和前後聯繫，對金聖嘆割裂鑿深的解析方法有所駁斥。吳馮栻特別强調個人感悟在解詩中的作用，故其於解評中貫注了極大的感情，這對於揭示杜詩的思想内涵具有獨特的作用。如評《贈衛八處士》云：“通首妙在一真，情真、事真、景真，故舊相遇，當歌此以侑酒。讀之覺翕翕然一股熱氣，自泥丸直達頂門出也。”是書在解釋詩意時主要採用了“隨文衍義”的解詩方式，即不釋詞語，不注典故出處，亦絶少引用他人評語，而重在闡發詩意，往往先簡括詩旨，後加以串講。然而該本對杜甫詠物詩的闡釋中時有穿鑿之處，體現了吳氏解詩的鑿深傾向，其闡釋方法和傾向，在杜詩學史上具有不可替代的警示意義，值得引起注杜者的深刻反思。其詳可參王新芳、孫微《稀見清初抄本吳馮栻〈青城説杜〉考論》一文①。

## 86. 趙汸、托名虞集撰，查弘道、金集補《趙虞選注杜律》六卷

　　查弘道，字書雲，號亦山，休寧（今屬安徽）人。康熙時邑庠歲貢，著有《東山詩鈔》，與金集補《趙虞選注杜律》六卷。另存《杜律

____

① 載《文獻》2013 年第 5 期。

箋注》六卷,疑即《趙虞選注杜律》。

金集,字鳳坡,桐鄉(今屬浙江)人。康熙時人,不詳仕履,與查弘道補《趙虞選注杜律》六卷。另著有《梧岡餘稿》,分爲《初學吟》、《川上吟》、《練江吟》、《海東吟》四集。生平事迹見《(光緒)桐鄉縣志·藝文志》。

《趙虞選注杜律》六卷,爲康熙五十六年(1717)敦本堂刻本。卷前有查弘道《重刻趙子常杜五言詩序》、金集《刻虞趙二注序》。是書又有嘉慶十四年(1809)澄江水心齋據敦本堂本翻刻本、同治十二年(1873)繡谷趙氏刻本。此書於趙、虞二注補正較多,徵引頗廣,所引清代注家有錢謙益、盧元昌、陳之壎、金聖嘆等人。北京大學圖書館又藏有查弘道《杜律箋注》六卷,康熙刻本,未署金集之名,疑即此書。《(光緒)嘉定縣志·藝文志》著錄書名作《增訂杜律趙虞注》。

## 87. 范廷謀《杜詩直解》五卷

范廷謀(1662—1728 後),字周路,號省庵,四明(今浙江寧波)人。監生,康熙三十一年捐光祿寺典簿,選福建漳州府通判。四十六年補授雲南府通判,四十八年升湖南郴州府知府,雍正二年(1724)改臺灣知府,七年授兩淮鹽運使,時已六十八。十年,再薦未任,乞休。光緒《鄞縣志》卷五十八著錄其有《赴滇集》、《病中集》、《步韻集》,今僅存《西征日紀詩》一卷,清稼石堂刻本,南京圖書館藏。生平事迹見《(民國)鄞縣通志·仕績傳》。

范廷謀平生酷嗜杜詩,殫心苦思,歷時三十餘年,於雍正六年(1728)撰成此書,時已七十歲。是書初名《杜詩醒疑》,刊刻時改爲今名。今有雍正六年范氏稼石堂刻本,卷前有雍正六年景考祥所撰"弁言"、范氏自序、李昌裔跋。次列《舊唐書·杜甫傳》、范氏自訂《杜工部年譜》。卷末有其侄范從律跋語。該書爲一杜律選本,有五律三卷,選詩 308 首;七律二卷,選詩 136 首。共計 444

首。目錄分列各體卷次之前。每卷首行署書名卷次,次行署"四明范廷謀省庵注釋"。每頁版心上署"杜詩直解",中署卷次、頁數,下署"稼石堂"。注釋體例,詩正文大字頂格,詩題和詩句下或有注文,小字雙行。評解附詩後,大字單行,統低一格。正如范氏自序所云:

> 每首則追溯作詩之意,復就其章法、句法、字法,一一抉剔無遺,加以評論……若一題至五首、八首、十首,則提出全詩綱領,並前後照應,脉絡貫通,再加總評於後。務期意法兼到,不背作者本旨。

有時注釋過於簡明,則失之疏淺,然後之注家援引頗多。是書《清史稿·藝文志四》、清揚州吳氏《測海樓書目》、《(民國)鄞縣通志·藝文志》均予著録。

### 88. 何焯《義門讀書記·杜工部集》六卷

何焯(1661—1722),字屺瞻,號義門先生,晚號茶仙,長洲(今江蘇蘇州)人。康熙四十一年(1702)由直隸巡撫李光地舉薦,召入南書房。明年賜舉人,試禮部下第,復賜進士,改翰林院庶吉士,仍直南書房,命侍皇八子府,兼武英殿纂修。焯聰慧過人,博學強識,通經史百家之學,又長於考訂。其所居名賚硯齋,藏書數萬卷,遇宋元舊槧,必手加讎校,參稽互證,名重吳中。有《義門讀書記》。生平事迹見《清史稿·文苑傳一》、沈彤《翰林院編修何先生焯行狀》、方楘如《翰林院編修贈侍讀學士義門何先生墓誌銘》。

《義門讀書記》是何焯讀書時有所感發,隨手筆録的心得筆記,共十八種,《杜工部集》六卷爲其中之一。是書以錢謙益箋注杜詩爲底本,其編次一仍錢本,而評論所及,約占杜詩十分之八。其論述極廣泛,正如序中所言:"其大在知人論世,而細不遺草木蟲魚。"不存目録,亦不録杜詩原文,詩題或詩句之下即評點文字,多則數十句,少則二三字,信筆記寫,不拘格式。雖言簡,却時有見解,於理解杜詩頗有助益。《義門讀書記》全書,是何焯謝世後,由他人搜集整理,刊刻成書,乾隆十六年(1751)初刻。又有光緒六年(1880)重修本,苕溪吳氏藏板,半頁十四行,行二十二字,左右雙欄,小黑口,單魚尾,是本流傳較廣。1987年中華書局出版崔高維點校本。

### 89. 蔣金式《批註杜詩輯注》

蔣金式(?—1722),字玉度,號弱六,陽湖(今江蘇常州)人。康熙二十三年(1684)舉人,考授内閣中書,任懷寧教諭,年已六十餘。諸生知其宿學,講業無虛日。縣試初僅數百人,後乃逾倍。工詩古文。辭歸後益事著述,無間寒暑。趙申喬與同學,臨没,以必得金式文志墓爲囑。著有《翠縷居説騷》、《菰米山房詩集》二卷。生平事迹見張惟驤《清代毗陵名人小傳稿》卷二、楊椿《孟鄰堂文鈔》卷十三《菰米山房詩鈔序》。

《批註杜詩輯注》,周采泉《杜集書録》内編卷九《輯評考訂類二》著録。是書以朱鶴齡《杜工部詩集輯注》爲底本,以墨筆細批。上題“毗陵蔣弱六先生原本,名金式,字玉度”。第二行題“後學楊倫西河參定”。有宗舜年跋曰:

> 西禾纂《杜詩鏡銓・敘例》云:“凡西樵、阮亭兄弟、李子德、邵子湘、蔣弱六、何義門、俞犀月、張愓庵諸家評本,未經刊佈者,悉行載入。”此書首題蔣氏評,西禾參定。所録諸家評語,旁午錯綜,細書彌滿,復有損益,則黏紙以繼之。先輩讀書,用力深至,殆非後生所及。其輯《鏡銓》,即以此爲底本,而小有删易。《鏡銓》所録,此本多有之;此本所録,則《鏡銓》不盡也。卷首標題,似當時即擬以此本付刊,《鏡銓》又後來之更名耳。甲寅七月十一日舜年跋記。

甲寅,當爲雍正十二年(1734)。此本現藏浙江大學圖書館。

### 90. 陳光緒《杜文貞詩集》十五卷

陳光緒,字爾實,號用拙居主人,光澤(今屬福建)人。《福建通志·職官八》稱其爲福建光澤人,舉人,曾任古田縣教諭。《福建通志·選舉九》又載其爲福建邵武府人,康熙五十九年(1720)舉人。光澤爲邵武府屬縣,故實爲同一人。著有《杜文貞詩集》十五卷。

《杜文貞詩集》,雍正二年(1724)手抄本,十五冊。卷首有陳光緒《敘》及《用拙居主人注杜凡例》十三則。共選詩 899 首,附逸詩二首,賦、贊各一篇。詩分體編次。全書俱用朱墨圈點。《成都杜甫紀念館館藏杜集目錄》著錄。而《中國古籍善本書目·集部》著錄爲《杜文貞公詩集》十八卷,亦係稿本,云藏天一閣文物保管所。

### 91. 孔傳鐸《紅蕚軒杜詩匯二種》六卷

孔傳鐸(1673—1732),字牖民,號振路,曲阜(今屬山東)人。康熙間賜二品冠服,雍正元年(1723)襲衍聖公。工詩,著有《申椒集》、《盟鷗集》,爲未襲封時所作。亦善詞,著有《紅蕚詞》二卷。另有《安懷堂文集》。生平事迹見《清史稿·儒林傳四》、張維屏《國朝詩人徵略》卷一三、《晚晴簃詩匯》卷五〇、《全清詞鈔》卷九。

《紅蕚軒杜詩匯二種》六卷,抄本,現藏湖北省圖書館,約成於雍正初年,封面有武昌徐恕題識曰:"書友于瑞臣自濟南得此寫本以見貽……因以十金致之,時辛酉孟月也。"有"鴻寶秘笈"、"武昌徐氏世家"、"曾歸徐氏彊邨"諸印。徐氏藏書於五十年代盡歸湖北省圖書館。版式爲半頁十行,行二十一字,無格。前有《紅蕚軒杜詩匯目錄》,載目"一集古詩分體"、"一集近體分韻",並於詩題下注韻名、體名。《杜詩分體》四卷,卷一五言古平韻、卷二五言古仄韻、卷三七言古、卷四長短句。《杜詩分韻》二卷,上平、下平各爲一卷。是書僅録原詩，不加箋注，將杜詩類編成書，便於讀者檢索。《中國古籍善本書目》著録。國家圖書館據湖北省圖書館藏抄本製作了縮微膠片。

## 92. 孔傳鐸《杜少陵詩鈔》四卷

《杜少陵詩鈔》四卷，《成都杜甫紀念館館藏杜集目録》著録："孔傳鐸藏精抄本二册。"孔傳鐸另有《紅蕚軒杜詩匯二種》，其中《杜詩分體》爲四卷，不知二者是否爲同一書。

## 93. 浦起龍《讀杜心解》六卷

浦起龍（1679—1762），字二田，一字起潛，號孩禪，自署東山外史，晚號三山傖父（叟），學者稱山傖先生，顏其居曰"寧我齋"。無錫（今屬江蘇）上福鄉（今厚橋鄉）前澗村人。幼時口訥，好讀書。康熙三十七年（1698）中秀才，翌年鄉試落第。此後屢試不中，困頓場屋三十餘年，在鄉坐館爲生。由於科場受挫，他對八股文漸感厭倦，轉而欣賞杜甫詩作，潛心研究。康熙六十年夏，積十多年的研究成果，開始撰寫《讀杜心解》，於雍正二年（1724）寫成。七年中舉，次年中進士（《四庫全書總目》誤爲雍正二年），三年後授揚州府學教授，但因父病故未能赴任。十二年，應邀赴雲南昆明擔任五華書院山長。乾隆二年（1737）回到家鄉無錫，四年出任蘇州府學教授，主紫陽書院。清代著名學者王昶、錢大昕、經史學家王鳴盛爲諸生時均受業其門下。十年，因年老辭職回家，着手校勘、研究唐劉知幾的《史通》，並寫作《史通通釋》，歷時七年，五易其稿，八次修改而成。十五年，應無錫知縣王鎬邀請，與同邑華希閔、顧棟高等共修《無錫縣志》。起龍肆力於古，於書靡不窺，從學者質問經史，輒舉某書某卷某頁以告，檢之無弗合，四方來學者日衆。卒祀惠山尊賢祠。撰有《讀杜心解》二十四卷、《史通通釋》二十卷、《三山老人不是集》一卷、《釀蜜集》四卷、《古文眉詮》七十九卷。生平見《國朝耆獻類徵初編》卷二五三、《清詩紀事》雍正朝卷、《明清江蘇文人年表》。

《讀杜心解》凡六卷,分體編排,先古體後近體,分爲六卷,每卷又分爲若干子卷,實爲二十四卷,共收詩 1458 首。文賦及他人唱酬詩則散附於有關各詩之後。是書有雍正二年至三年(1724—1725)浦氏寧我齋刻本。中華書局 1961 年即據該本出版標點鉛印本,共三册,書名由陳毅題署。書前有王志庚撰"點校説明"云:"我們用以重印的底本是雍正間浦氏寧我齋自刊本。原書分段處以符號標識,現在都空一格以求醒目,並把句下的注釋按順序移在每首詩之後。卷首的《編年詩目譜》,原書在每題之下注明卷次,現在改注爲頁數。"後爲浦氏所撰"發凡"、舊、新《唐書》杜甫本傳、元稹《杜君墓係銘》、"杜氏世系表略"、"少陵編年詩目譜"、"讀杜提綱"、"讀杜心解目録"。該書之體例,乃"寓編年於分體之中",即分體中又復編年。對於這種駁雜的體例,《四庫全書總目》批評曰:"自昔注杜詩者,或分體、或編年。起龍是編,則於分體之中又各自編年,殊爲繁碎。如《江頭五詠》,以二首編入五言古詩,三首編入五言律詩,尤割裂失倫。其賦及雜文,舊本皆繫卷末,起龍亦散附各詩之後。……自有別集以來,無此編次法也。"浦起龍於其《發凡》中云:

　　吾讀杜十年,索杜于杜,弗得;索杜於百氏詮釋之杜,愈益弗得。既乃攝吾之心印杜之心,吾之心悶悶然而往,杜之心活活然而來,邂逅於無何有之鄉,而吾之解出焉……吾還杜以詩,吾還杜之詩以心,吾敢謂信心之非師心與,第懸吾解焉,請自今與天下萬世之心乎杜者潔齋相見,命曰《讀杜心解》。

又曰:

　　杜未有解,杜自不亡;杜未有解,解猶可不作。吾嘗謂杜之禍一烈于宋人之注,再烈于近世之解。《心解》之所爲,不得已於作也。

　　浦氏强調還杜以詩，體察詩人之心，以注爲副，以解爲主；又注重歷史背景和杜甫生平經歷之考核，以史證詩但不作繁瑣之考證，故能糾正前人之疏舛，頗多新見。注釋尚稱簡明扼要，向爲杜詩之重要注本，乾隆時《御選唐宋詩醇》多采其語。洪業《杜詩引得序》則云：“起龍書中注解評論，與錢、朱、盧、仇輩立異之處甚多，雖未必處處的確可依，要是熟於考證者心得之作，未可嫌其編次體例之怪，而遽輕其書也。”堪爲公允之論。是書《四庫全書總目》、《清史稿·藝文志四》均予著録，除了雍正初年寧我齋刻本之外，尚有雍正十年(1732)静寄東軒刻本、道光間蘇州文淵堂刻本、道光間重慶善成堂刻本、1974 年臺灣大通書局據 1961 年中華書局點校本影印《杜詩叢刊》本，1999 年齊魯書社《四庫全書存目叢書》亦收録雍正二年至三年浦氏寧我齋刻本。

## 94. 沈炳巽《杜詩集解》三卷存一卷

　　沈炳巽(1680—?)，字繹旃，號權齋，別號雪漁，歸安(今浙江湖州)人。史學家沈炳震(1679—1737)從弟，諸生。炳巽爲精研《水經注》的地理學家，著有《水經注集釋訂訛》四十卷，是書據嘉靖間黄省曾所刊《水經注》本，而以己意校定之，多所釐正。《碑傳集》稱該書“凡從前篇簡脱漏、文字躓駁、首尾顛躓、句讀轉易者，一一正之，復還道元之舊”。工詩古文詞，著有《雪漁文存》四卷、《雪漁詩略》八卷、《權齋文稿》一卷、《權齋老人筆記》四卷，輯《續唐詩話》一百卷、《全宋詩話》一百卷。生平事迹詳《清史稿·文苑傳二》、《清史列傳·文苑傳二》。

　　《杜詩集解》三卷存一卷，稿本，劉承幹跋。半頁十一行，行二十五字。周子美《嘉業堂鈔校本目録》卷四著録。是書舊藏無暇堂，後藏吳興劉氏嘉業堂，1937 年《文瀾學報》第二卷《浙江省文獻展覽會專刊》亦曾著録。《中國古籍善本書目·集部·唐五代別集類》著録，未標卷數。現藏復旦大學圖書館。

## 95. 張爲儀《讀杜隨筆》一卷、《續》一卷

張爲儀,字耳儀,號存中、竟筠,海寧(今屬浙江)人。曾裕孫,思問子,定可嗣父。民國《杭州府志》稱其名"爲宜",字"可儀"。雍正十一年(1733)進士,官編修。充《一統志》館、《三禮》館纂修,後視學滇南,卒於途。著有《讀杜隨筆》一卷《續》一卷、《寓庸堂集》。生平事迹見《(民國)海寧州志稿·藝文志·典籍十》。

《讀杜隨筆》一卷、《續》一卷,錢泰吉《海昌備志》、《(民國)海寧州志稿·藝文志·典籍十》著録云:"寫本,有自序。"《(光緒)杭州府志·藝文十》亦著録,然作者署作"張爲宜"。是書前有自序及杭州周文傑序,現藏成都杜甫草堂博物館。

## 96. 酸尼瓜爾嘉·額爾登諤《一草堂説詩》一卷

酸尼瓜爾嘉·額爾登諤,字恩肯,號廢村,滿洲人。雍正間與卓奇圖(悟庵)、峻德(慎齋)、保禄(雨村)、胡星阿(紫峰)、伊麟(夢得)同官户部筆帖式,更迭唱和,有"農曹七子"之目。工詩善畫,與卓悟庵交契,筆墨亦相亞。悟庵殁,哭以詩,有"天妒奇才遇竟難"句,人謂其自爲寫意。著有《廢村詩稿》。

《一草堂説詩》一卷,國家圖書館藏稿本一册,無序跋,似爲殘本。蔣寅《清詩話考》著録云:"此書又名'詩聖心源',皆説杜詩,計有《望嶽》、《短歌行贈王司郎直》、《題張氏隱居二首》、《空囊》、《月》、《春日懷李白》、《奉酬李都督表丈早春作》、《客夜》、《發潭州》、《收京三首》、《江村》、《九日藍田崔氏莊》、《狂夫》、《蜀相》、《詠懷古迹五首》等二十二首,詩下先列小字注典故,頗略;而後講章法大意,極詳。其説詩字斟句酌,前後貫穿,至爲細膩。一詩或説至數百千言,爲古人書中罕見。如五律《空囊》即説至一千一百字,他可想見,謂當今鑒賞辭典之先聲可也。《空囊》詩説後有小字商榷語五行,署'男觀永識',筆迹不同於正文,疑爲其子讀父稿本

所識也。"①

### 97. 孫際泰《味古外集》一卷

孫際泰,字達軒,號隱仙,江蘇常熟人。弘鐸子,監生。著有《懷春集小草》、《味古外集》。《海虞藝文目録》著録其《挹秀堂集》,已佚。另《海虞藝文目録》著録其《味古金鍼》,或爲《味古外集》之前集。

《味古外集》,鈔本一册,常熟市圖書館藏。凡詩一百二十首,其中和李義山二十首,和杜少陵百首。鈔本《恬裕齋書目》著録。按,杜詩學史上以和杜詩單獨成集者並不多見,孫際泰此集和杜詩達百首,規模可觀。丁祖蔭《緗素樓題跋》曰:"際泰,字達軒,弘鐸子,所作名《挹秀堂集》,今無傳本。既從瞿氏録《紉蘭堂集》及《懷春小集》竟,爰並録之。《和杜百首》似闕其一。初我。"

### 98. 佚名《梨雲書屋選本杜詩》一卷

《梨雲書屋選本杜詩》一卷,周采泉《杜集書録》內編卷七《選本律注類二》著録,稱是書爲傳抄本,雙邊黑口,版心有"梨雲書屋讀本"字樣,選古近體詩 162 首。周氏云購自蘇州,疑爲道光、咸豐間寫本,已捐贈成都杜甫草堂。關於此書作者,周采泉曰:"就中有徐秋濤、柯南陔兩家,未見他書,而於柯氏獨稱'先生',疑此書與柯氏有關。"按:徐秋濤,即徐震,秋濤其字,秀水(今浙江嘉興)人,生活於明末清初,生平事迹不詳。著有《女才子書》十二卷,輯有《香艷叢書》八十卷等。柯南陔,即柯煜(1666—1736),字南陔,號丹丘生,浙江嘉善人。康熙六十年(1721)進士,以磨勘除名。雍正元年(1723)復成進士,官宜都知縣,改衢州府學教授。雍正十三年薦舉博學鴻詞,未及試,卒。陳增傑《唐詩志疑録》則稱此書

---

① 蔣寅《清詩話考》,中華書局 2005 年版,第 318 頁。

作者爲徐秋濤,似不確。此書既署"梨雲書屋"之名,亦可能爲徐秋濤後人所選,姑繫於此,以俟再考。

## （二）散佚書目

### 1. 陸鈫《杜詩注證謬》

陸鈫(1587—1654 後),字仲威,號巽庵,常熟(今屬江蘇)人。性好讀書,少羸疾,棄舉子業,與錢謙益等聯社吟詠,與兄銑齊名,人謂之"大小陸"。順治十一年(1654)尚在世。著有《穿山志》、《杜詩注證謬》、《鍾嶸詩品注釋》,以及《紀年詩集》、《紀年文集》、《詩餘》,共若干卷。又工於傳奇,著《曲譚》四卷,填詞家多宗其説。間取弋、昆二調中《三國》、《水滸》數十部,撰次而補綴之,都爲一大部,謂之《連錦漢中》、《翦綃水滸》,覽者皆嘆賞,以爲可匹馬東籬(致遠)、湯義仍(顯祖)。年五十五,忽盲廢,猶與吳梅村言樂府甚悉。從其兄遊粤西,賦詩百篇,號《南行三集》。晚年貧病,閉門謝客。生平見陳瑚撰《陸鈫傳》(《離憂集》卷上)、王應奎輯《海虞詩苑》卷三。

《杜詩注證謬》,陳瑚《離憂集》卷上《陸鈫傳》著錄。黄與堅《穿山志序》稱陸鈫"歿數年,詩文稿盡失"(《太倉州志》),則此書已佚。

### 2. 吳孝章《集杜詩》

吳孝章,字平子,嘉興人。吳源起(字準庵)從弟,明人。著有《昭代名臣志鈔》二十四卷。

《集杜詩》已佚,《梅里志》卷一八《詩話》引《梅里詩輯》曰:"吳孝章給諫,源起從弟,五言排律頗清穩,晚景顛連,頹然自放矣。亦能畫,自題盲子相打圖云:'寫得紛争絶可嗤,據何所見怒隨之。老拳毒手交加處,孰與分清某在斯。'嘗集杜詩成帙。"李繩遠《尋壄外言》卷三有《吳孝章杜詩集句序》。蒼雪《南來堂詩集》補編卷二《送沈煉師》詩注引《梅里詩輯》曰："吳孝章集杜詩,有《沈煉師蘅在避迹魯庵》之作。"

### 3. 魏柏祥《李杜蘇詩選》、《杜陵詩話》

魏柏祥(1593—1649),字元昌,號拙庵,柏鄉(今屬河北)人。大學士魏裔介之父。明天啓元年(1621)恩貢。任俠尚義,崇禎六年(1633),流寇自寧晉劫掠後西向,柏祥嘗卷金以募殺賊者。鼎革後,隱居不仕,築樸園柳莊,與諸弟觴詠其中,手不釋卷,杜門撰作。年五十七卒,祀鄉賢。著有《樸園文集》、《樸園詩集》、《讀史縶言》、《〈選〉詩選》四卷(順治十六年刊本)、《李杜蘇詩選》、《四書日録》、《魏氏家乘》、《柏鄉縣志稿》。生平見魏裔介《誥贈大學士拙庵公墓表》(《兼濟堂文集》卷一七)、《大清畿輔先哲傳》卷一、徐世昌《大清畿輔書徵》卷三八。

《李杜蘇詩選》,徐世昌《大清畿輔書徵》卷三八著録,魏裔介《誥贈大學士拙庵公墓表》著録爲"昭明李杜四家詩選"。已佚。此外,魏裔介《説杜序》曰:"先子拙菴公復喜讀杜詩,有《杜陵詩話》之集,談詩者以爲膾炙云。"(《兼濟堂文集》卷四)另《誥贈大學士拙庵公墓表》亦提及魏柏祥有《杜陵詩話》一書,當已佚。

### 4. 蕭雲從《杜律細》一卷

蕭雲從(1596—1673)①,字尺木,號默思,又號石人、江梅、無悶道人、于湖漁人、東海蕭生、夢履、梅主人、梅石道人等,五十五歲後別號鍾山老人。蕪湖(今屬安徽)人。崇禎己卯、壬午科副榜。崇禎十一年(1638)與其弟雲倩參加復社。清兵南下時避地高淳,

---

① 　關於蕭雲從的卒年,學界尚存争議,顧平《蕭雲從里籍及生卒年考》一文(載《新美術》1999年第1期)認爲,蕭雲從應卒於康熙八年(1669)。

入清不仕,閉門讀書、漫遊及創作詩文書畫度日。蕭雲從是清初著名畫家,"姑熟畫派"的始祖。所繪《閉門拒客圖》、《西臺慟哭圖》、《巖壑幽居圖》以及《九歌》、《天問》諸圖,均爲傳世名作。著有《易存》、《杜律細》。詩文集有《梅花堂遺稿》,未刊失傳。他與遺民詩人湯燕生朝夕相處,詩文唱和,黃鉞輯二人詩爲《蕭湯二老遺詩合編》(見《黃勤敏公全集》)。另有《韻通》一書,爲抄本,現藏國家圖書館。生平見《(乾隆)蕪湖縣志·人物志》、胡藝《蕭雲從年譜》①。

　　《杜律細》,除《四庫全書總目》在《易存》提要中附帶提及外,未見任何著録。《(康熙)蕪湖縣志·人物志》稱其"所爲書往往秘不示人,多致散失",故此書極有可能並未刊刻,而一直以抄本的形式輾轉流傳。至近人傅增湘《藏園群書經眼録》始有著録。其作者署爲"清鍾山梅下蕭雲從尺木箋讀"。有張九如、朱有章、張秀璧序,又自序、後跋各一首。凡杜詩之拗體各句皆考訂爲叶音,卷中朱〇者仄作平,朱●者平作仄。傅增湘所見爲劉喜海鈔本,有劉氏跋云:"道光元年(1821)夏日,假得大興朱氏椒花吟館藏舊鈔本,過録于都門黃華坊寓齋之嘉萌籙。東武劉喜海志。""大興朱氏",即朱筠。傅氏按語云:"王漁洋先生云:'蕭尺木嘗作《杜律細》一卷,以爲杜律無拗體,穿鑿可笑,而援據甚博。'即是書也。沉叔記。(戊辰)"此過録的蕭尺木《杜律細》鈔本,亦是得之於朱筠。傅氏死後,藏書捐入北京圖書館,而《杜律細》則不知所終。該書成書的具體時間已不可確考,《藏園群書經眼録》所著録的《杜律細》抄本,署名爲"清鍾山梅下蕭雲從尺木箋讀",考其年五十五後方別號鍾山老人,則《杜律細》的成書,至早應在清順治八年(1651)之後(據胡藝《蕭雲從年譜》)。王士禎在《池北偶談》卷十二中對《杜律細》進行了徹底的否定與批判,其云:"蕪湖蕭尺木

① 載《美術研究》1960年第1期。

（雲從）以畫擅名江左，嘗作《杜律細》一卷，以爲杜律無拗體，穿鑿可笑，而援據甚博。"受其影響，《杜律細》遂漸不爲學界所重。不過成書於康熙壬寅（1662）的陳醇儒《書巢箋注杜工部七言律》卷三《院中晚晴懷西郭茅舍》引"蕭尺木曰：風自西來則晴，杜五言《雨晴》，首二句'天際秋雲薄，從西萬里風'，則不但'鐘鼓報晴'也，其與'樓臺銜暮景'同一西向爾，則'懷西郭'之義也"。又卷四《詠懷古迹五首》其四"古廟杉松巢水鶴，歲時伏臘走村翁"，引"蕭尺木曰：'翁'，《説文》從羽公聲，老稱也。言頸白而體短如鳥也。雁之白頸者曰翁，白頭翁、信天翁，皆鳥名，借對'水鶴'甚巧"。又卷四《覃山人隱居》引"蕭尺木曰：此皆《北山移文》之意，諷刺慨嘆，宛在目前，而虞伯生以爲嘉美之詞，則失之矣"。可見《杜律細》不僅是對吳體拗句的叶音考辨，也有對杜詩思想内容與藝術手法的分析及對舊注的辨析。此書對杜詩"凡吳體拗句，俱强使協於平仄"，對於本不合格律的拗體，强使之協律的努力確實顯得枉費心機，是書的價值在於，它提醒後來的注杜者徹底放棄以叶音注杜的路徑，這無疑促進了人們對音注杜詩拗律認識的進一步深化。也正是從這一點來説，《杜律細》的失敗，在杜詩學史上具有不可替代的警示意義。孫微有《蕭雲從〈杜律細〉研究》一文①，對該本考論甚詳，可以參看。

## 5. 李實《杜詩注》

李實（1597—1674），字如石，號鏡庵，四川遂寧（今遂寧市船山區）人。早年在家課館從教，明崇禎九年（1636）中舉，崇禎十六年癸未科（1643）進士，授長洲令，有政聲。順治二年（1645）辭官，居長洲上清江，杜門著書，精研小學、易學及佛老雜學等。講學課業，陶淑甚夥，如陳謨、陳二酉、張翼經、管士俊、郏鼎輩皆及其門。

---

① 載《古籍整理研究學刊》2005 年第 3 期。

終年七十八歲,門人私諡曰"貞文"。《吳郡名賢圖傳贊》曰:"有蠹必去,濟人以仁。立剛陳紀,吏治歸淳。"長子李仙根,清順治十六年辛丑科(1661)榜眼。李實著述豐富,有《四書略解》、《春秋解》、《禮記疏》、《(崇禎)遂寧縣志稿》、《佛老家乘》、《杜詩注》、《蜀語》、《吳語》,輯有《席文襄公大禮奏議》等書。事迹見於《吳郡甫里志》、《蘇州府志》、《遂寧縣志》等。

《杜詩注》,《(嘉慶)四川通志》卷一八六《經籍志·集部》著錄,已佚。李實於朱鶴齡《杜工部詩集輯注》卷一列名參定,朱注徵引李實注六條。蔡錦芳撰有《李實小考》一文①,可以參看。

### 6. 鄭同甸《評杜詩》一卷

鄭同甸,安徽太平(今屬黃山市黃山區)人。陳淑聖之妻。施閏章《蠖齋詩話》云:"太平縣陳淑聖妻鄭氏,能詩,有才辨。其初蓋鐵工女。鄰有老學究授館,女喜聞讀書聲,遂往受學。及將笄,通曉書籍。嘗與其夫論詩文,夫不能答,詬曰:'鄭聲淫。'鄭應聲曰:'陳絕糧。'……先君子在廣陵見其寄夫詩:'北雁南來愁欲往,東流西去繫人思。一秋橘綠橙黃日,幾度天涯夢裏時。'"生平見《(嘉慶)寧國府志》卷三六。

《評杜詩》一卷,單士釐《清閨秀藝文略》著錄。施閏章《蠖齋詩話》稱:"其手評杜詩一冊,予兒時嘗見之,後爲友人擭去。"

### 7. 范光文《李杜詩鈔》一冊

范光文(1600—1672),字潞公,號友仲,鄞縣(今屬浙江寧波)人。范欽(1505—1585)曾孫。順治六年(1649)進士,授禮部主事,除吏部文選司。八年,爲陝西鄉試正考官。嘗值諸曹乏人,身綜四司事,案無滯牘。兢慎自持,始終一節。以勁直不獲乎上,罷

---

① 載《杜甫研究學刊》1993年第3期。

官歸。徜徉湖曲。曾爲"天一閣"增購前所未有之書。康熙十二年(1673),黄宗羲到鄞縣,光文破例允許其登閣,讀所未見之書,並取流通不廣之書籍,抄爲書目。後五年,黄宗羲作《天一閣藏書記》。光文著有《試秦詩記》二卷,編有稿本《李杜詩鈔》一册。生平事迹見《鄞縣通志人物編·文學》。

《李杜詩鈔》抄本,一册。鈐有"光文"朱文圓印、"風雅翰"白文長方印。原無書名。馮貞群《鄞范氏天一閣書目内編·范氏家著》、駱兆平《新編天一閣書目·天一閣遺存書目·集部·總集類》(中華書局 1996 年 7 月版)著録。未見。

## 8. 姚孫森《集杜詩》一卷

姚孫森(1601—1651)[①],字繩先,號珠樹,桐城人。天啓甲子(1624)副榜,崇禎乙亥(1635)舉賢良方正,後官龍泉訓導。入清後,以明經署浙江龍游縣學博。姚孫森博學有文名,尤工於詩,爲詩宗法少陵,而命意選詞,機杼仍由己出。著有《可處堂集》。生平事迹見張英《姚珠樹公傳》(《篤素堂文集》卷九)、徐璈《桐舊集》卷五小傳。

《集杜詩》一卷,已佚。《桐舊集》卷五收録姚孫森《中秋同許就五徐山谷泛舟》(集杜)曰:"湖南爲客動經春,花底山蜂遠趁人。看弄漁舟移白日,天涯風俗自相親。"後注曰:"《可處堂詩選》外,繩先另有《集杜詩》一卷。"則此詩爲姚孫森《集杜詩》佚存之作。

## 9. 葉承宗《少陵詩選》六卷

葉承宗(1602—1648),字奕繩,歷城(今山東濟南)人。承宗

---

① 關於姚孫森的生卒年,已參朱則傑《〈清人詩文集總目提要〉訂補——以姚孫森等十位安徽籍作家爲中心》,《古籍研究》總第 61 卷,鳳凰出版社 2015 年版,第 257—258 頁。

少嗜古,能文章,讀書雖元旦不廢。七上春官不第,益奮力於學問。明天啓七年(1627)舉進士。崇禎十三年(1640),知縣宋祖法屬輯縣志,縣新遭兵燹,文獻闕如,承宗彙羅佚聞,取劉敕舊編更正,補綴成十六卷,時以爲佳史。入清,登順治三年(1646)進士,授臨川縣知縣。值歲不禊,發廩賑饑,所活甚衆。五年冬,贛鎮金聲桓叛亂,攻撫州,承宗甫策防禦,而守將吳某已應敵,城遂破。承宗被執,逼授僞官,不屈,繫於獄。承宗仰天嘆曰:"死得所矣。"至夜自盡,年四十七。《山左詩鈔》稱其"閉門著書,里閈罕睹其面,一時學者翕然宗之,如遷社、郢社皆推盟主焉。工南北詞曲,號濼湄嘯史。《濼函集》第十卷,皆雜曲也"。《(乾隆)歷城縣志・藝文考四》著錄其有《濼函集》十卷、《少陵詩選》六卷、《記珠》卷不詳。《濼函集》包括《四嘯》,《十三娘笑擲神奸首》、《豬八戒幻結天仙偶》、《金玉奴棒打薄情郎》、《羊角哀死報知心友》、《後四嘯》、《狂柳郎風流爛醉》、《莽桓温英雄懼內》、《窮馬周旅邸奇緣》、《癡崔郊翠屏嘉會》,共八種;北曲有《狗咬呂洞賓》、《沈星娘花裹言詩》、《黑旋風壽張喬坐衙》三種;南曲有《百花洲》、《芙蓉劍》二種。而今存只有雜劇《孔方兄》、《賈閬仙》、《十三娘》、《狗咬呂洞賓》四種。生平見《(乾隆)歷城縣志・列傳七・忠烈》。

《少陵詩選》六卷,《乾隆歷城縣志・藝文考四》著錄。葉承宗自序云:

> 杜少陵冠冕當代,駕軼古今,遂使詩壇月旦,莫贊一詞,至推爲"姬公製作,不可擬議"。而近世王聖俞氏乃擬以"鐵樹花開,風骨嚴秀","空王獅吼,法力沉雄",是則然矣,若猶未也。然則少陵亦何道而幾此?將無庫發當陽,武繩膳部,家學有淵源歟?許身稷契,媲技楊曹,祈嚮有正鵠歟?壎篪青蓮,桴鼓摩詰,麗澤有沾溉歟?其或州有九,歷其七,岳有五,遊其三,山川映發其靈襟歟?一飯必念黎元,在險不忘君父,忠愛激勃其元音歟?抑亦登高則吹臺來萬里之風,履險則衡嶽阻

經旬之水,其豪襟逸氣,有以抒寫其天籟歟? 義激則房琯可捄,意忤則嚴武可瞋,其浩氣正性,有以披瀝其孤韻歟? 自非然者,則少陵又何道而幾此? 乃少陵則固嘗自言之矣,曰:"讀書破萬卷,下筆如有神。"蓋惟博綜群籍,傍攬眾長,優遊而求,厭飫而得,左無不宜,右無不有。是故岱華、洞庭可以揚其鉅麗矣,而鐵堂、石龕亦可以歌其險仄;宛馬、蒼鷹可以寫其神駿矣,而螢火、白燕亦可以體其形容;翠管銀罌可以詡其恩澤矣,而殘杯冷炙亦可以況其酸辛;曲江典衣可以抒其豪爽矣,而羌村秉燭亦可以繪其驚喜;《洗兵》、《出塞》可以發其奮揚矣,而《垂老》、《新婚》亦可以道其感苦;長安麗質可以贊其錦裀矣,而幽谷佳人亦可以憐其翠袖。良由性耽佳句,語必驚人,文足洽神,句堪愈病,光焰萬丈,衣被群英,豈偶然哉! 以故唐人選唐,李杜不與。沿及近代,厥有選家。大抵意主風格者,把其雄勁而略其俊逸;愛存韻度者,擷其新奇而棄其沉渾。余小子欣賞珍鈔,意無畸屬,刪三之一,都爲六卷。嗟夫! 作家匪易,尚論良難。一少陵也,或信以爲史,或尊以爲聖,乃亦有摘其句累,惜其意盡,譏其無韻之言未工,至有直目爲吾家莽夫子者。人各有心,吾從所好。余惟如金鑄賈島、絲繡平原,朝夕手一編而已。(載《濼函》卷六,順治十七年葉承桃友聲堂刻本)

此序《乾隆歷城縣志》卷二十二《藝文考四·集部三》引《濼函集》著錄,文字略有出入。葉承宗在序中探討了杜甫之所以取得如此輝煌成就的原因,並從家學、立志、交遊、遭際等方面共同造就了偉大詩人及其詩歌。另外,他還反對選家"意主風格者,把其雄勁而略其俊逸;愛存韻度者,擷其新奇而棄其沉渾"那樣的偏頗,而主張選杜詩要做到各種風格兼備,即所謂"意無畸屬"。可惜此書已佚,難窺概貌。

## 10. 方式玉《集杜律詩》

方式玉(1606? —1654),字玉如,歙縣(今屬安徽)巖鎮人。

穎敏善詩,尤長於畫。崇禎五年(1632),與江天一、洪常伯等結選社,後改名行社。順治九年(1652),以貢生授崑山訓導。時鹿城雅樂盡缺,式玉至,舉其廢墜,悉如闕里。且復精研考究,繪刻爲圖,以存古制。所著有《涉江草》、《醉翁石照詩》。生平見《江南通志·人物志·文苑三》、《(民國)歙縣志·人物志·方技》。

《集杜律詩》,已佚。今人許承堯《歙事閒談》卷二十三曰:“項復陽《崑山志稿》云:式玉性至孝,尤友愛其兄姪,善畫工詩。順治壬辰,授崑山訓導,見堂前古石,作《拜石詩》二章,名人和之成帙。力請祀歸太僕有光、蔡中丞懋德於鄉賢祠。著有《集杜律詩》一百二十首,妙出天然,爲世所稱。”

### 11. 傅山《杜詩評點》、《續編杜詩》

《杜詩評點》,劉霽《霜紅龕集·例言》稱傅山有《杜詩評點》、《唐詩評點》、《李詩評點》等。已佚。《續編杜詩》,侯文正《傅山傳》著録①。已佚。

### 12. 秦泭《杜詩注》

秦泭,字吉生,無錫人。君鄰長子,崇禎癸未(1643)進士,授兵部職方司主事。鼎革後,屏居碧山吟社五十年,鍵關著書,壽八十三。著有《尚書箋注》、《杜詩注》、《自問稿》,附祀碧山吟社,位在修敬、從川二公之次,今廢。生平見秦毓鈞《錫山秦氏文鈔》卷三小傳。

《杜詩注》,《錫山秦氏文鈔》卷三著録。已佚。

### 13. 馬世俊《李杜詩彙注》

馬世俊(1609—1666),字章民,號甸丞,《江南通志》作字甸

---

① 侯文正《傅山傳》,山西古籍出版社 2002 年版,第 141 頁。

臣,溧陽(今屬江蘇)人。幼年喪母,生活清貧,八歲能詩文而讀書
屢試第一,遠近聞名。少以制舉業與同縣陳名夏、宋之繩齊名;又
與其兄世傑同以文學馳名江左,時稱"二馬"。明崇禎九年
(1636),在故鄉與芮長恤、吳穎等結十三子社(《(嘉慶)溧陽縣志》
卷一三)。曾遊歷杭州、金陵,後入閩。前後鄉試七次方於順治十
四年(1657)中舉,十八年以一甲第一名及第,廷試對策稱:"王者
天下爲家,不宜示(滿漢)同異。"言論侃侃。授修撰,官至侍講。
性樸素,釋褐,策蹇驢,一老蒼頭攜宮袍隨後,士林傳爲佳話。在史
館朝夕一編,宴會送迎,多謝絶。康熙五年(1666)卒於官,其子馬
宥扶棺還鄉,隨身物品蕭然,唯圖書數卷而已。世俊博覽經史,兼
工書畫,鑒賞家稱其書法如王羲之,繪畫如王維,可見功力之深。
所著有《理學淵源録》、《李杜詩彙注》、《匡庵詩集》六卷、《文集》
十一卷、《華陽遊志》、《馬世俊佚稿》等,生平事迹見《大清一統志》
卷六三、《江南通志·人物志·文苑二》、《清史列傳·文苑傳一》
顧大申傳附。

《李杜詩彙注》,《(乾隆)江南通志·藝文志》著録。已佚。蔣
超《馬太史匡庵前集·敘》云:"旬臣之詩……諸體無所不備,而得
力尤在少陵、太白。所注李、杜二集,凡數易稿,其書憾未梓也。"可
見該書爲稿本,並未曾付梓。《匡庵文集》卷四有《杜詩序》曰:"余
獨惜少陵遊吳越之詩不傳,而晚年又未及手定其書,或有傳其俚字
率句而反以爲古樸神奇者。余故評注其全詩,而舊注之可存者亦
存之。"

### 14. 李騰蛟《讀杜小言》

李騰蛟(1609—1668),字力負,別號咸齋,寧都(今屬江西)
人。明季諸生,與臨川陳際泰、羅萬藻、寧化李世熊及同鄉丘維屏
等組織文會。明亡後,將名字從縣學名單上銷去,隱居於金精山翠
微峰,與魏禧兄弟和邱維屏等九人共隱易堂講學,世稱"易堂九

子"。入清後數十年間,身着舊衣,以示懷念故國,學者私諡貞惠先生。著有《咸齋文鈔》、《半廬文稿》、《周易贅言》。生平事迹見徐鼐《小腆紀傳補遺》卷四。

《讀杜小言》,已佚。今存李騰蛟《讀杜小言序》云:

> 三百一十篇而下,詩之可以怨者,楚屈子、唐杜甫而已。乃學士家于屈平獨推爲詞賦之祖,且推其忠;若甫則僅目爲詩人之雄,甫毋乃少没乎?唐以詩名一代,天寶之際,君臣將相,戲浪笑傲,黜雅頌之徽音,崇鄭衛之淫樂,海内人士,翕然向風,倡予和女,多效閨中燕昵。迨至范陽一變,二十四郡幾無一人,何其靡也!以妾婦多而丈夫少耳。少陵野老,毅然一男子,身遭安史之亂,悲家傷國,懷友念君,對城郭而唏噓,過山川而詠嘆,或增感於荒陵殘闕,或寄托於戍子征夫。哀緒危情,不至嘔出心肝不止,其于屈子行吟澤畔,無以異也。《小雅》怨誹不亂,屈大夫不得獨擅千古矣!間嘗取而讀之,如秋江夜月,風蕭冰寒,駕扁舟,凌萬頃,淒然簫聲,自遠而至;又如坐塞外,聽胡笳,令人魂銷肌栗。人知《騷》爲變《風》,孰知杜爲變《騷》?余閲其詩,得若干首,雖不足近少陵,而近盡也。今日之亂,甚于安史,而余才不逮少陵,雖欲怨而不可得。乃世卒無有能怨者,少陵其絶唱乎?(豫章叢書本《半廬文稿》卷二)

### 15. 李元植《集杜詩》二卷

李元植,明末嘉定(今屬上海)人,諸生。嘗集杜弔邑中殉節諸人,又爲和陶詩以自况。歷遊京師、齊魯、閩浙、楚豫等地,歸老蒲塘。有《集杜詩》二卷、《挺生遺稿》二卷。生平附見《(光緒)嘉定縣志》卷二七《藝文志四》"《挺生遺稿》二卷"條。

《集杜詩》二卷,爲弔邑中殉節諸人而作。《(光緒)嘉定縣志·藝文志四·集部上·別集類》著録。已佚。另,黄淳耀《陶庵集》

卷首附録有"李元植□□□□一則",爲《集杜哭黄陶庵進士》:"海内文章伯,如公復幾人。詞華傾後輩,得士契無鄰。感激張天步,騫飛報主身。脊令荒宿艸,金石瑩逾新。"當爲李元植《集杜詩》遺存之作。

### 16. 沈求《杜詩肆考》

沈求,字與可,上海人。沈白父。明末諸生,國變後隱居梅花源,以詩文自娱。年七十五卒,私諡貞懋先生。著有《箴言》、《杜詩肆考》、《梅花集句》。生平見王昶《青浦詩傳》。

《杜詩肆考》,《(嘉慶)松江府志》卷五六《藝文志》、《(民國)上海縣志·藝文志》著録。已佚。

### 17. 石朗《反竹居集杜》一卷

石朗(1611—?),字仲昭,陝西三原人。順治三年(1646)舉人,授安徽桐城知縣,左遷至潮州,桐民立祠樅陽山。著有《鑒影閣秋音》一卷、《桐山詩歷》一卷、《反竹居集杜》一卷、《桐音》一卷(《二南遺音》作《桐音集》一卷)、《華岳紀事》。生平見《續陝西通志稿》卷七六。

《反竹居集杜》一卷,乾隆四十八年《三原縣志》卷一八《著述》著録。已佚。

### 18. 冒襄《評注杜詩》

冒襄(1611—1693),字辟疆,號巢民、朴庵、樸巢,如皋(今屬江蘇)人。與方以智、陳真慧、侯方域並稱"四公子"。南明弘光朝,與諸名士及東林遺孤結社以抗阮大鋮,大鋮聞之而興甲申党獄,陳真慧被捕幾死,襄賴救僅免。入清後無意仕進,築水繪園以招四方名士。康熙中,當道以山林隱逸薦舉博學鴻詞,不就。卒,私諡潛孝先生。著有《巢民詩集》六卷、《巢民文集》七卷、《影梅庵憶語》一卷等。

陳維崧《跋巢民手書少陵發秦州紀行古詩册》曰:"巢民先生沉酣讀杜,歲輒評註一過,脫遇會心處,亦復欣然鈔撮,所録紀行詩二十五首,字字綺麗,而先生波礫縱橫,復與詩章相輝映,真雙絶也。清和廿日,晝館輕陰,先生命跋數語於後。"杜濬跋曰:"此編巍巍堂堂,一從少陵入手……觀者當另着眼矣。"方亨咸《跋辟疆書杜詩》:"先大夫沈酣於少陵,五十年批註凡數十本,本各不同,每與巢民兄論析,輒相契合,顧知巢兄得於少陵者深也。"(康熙冒氏水繪園刻本《同人集》卷三《詩跋》)因冒襄《手書少陵發秦州紀行古詩册》爲書法作品,故本書不予著録。然由陳維崧跋可知,冒襄對杜詩用力甚深,曾評注杜詩,其書稿未見傳世,當已散佚。另冒襄《王自牧集杜詩序》曰:"吾家世業詩,先大夫放棄林泉,惟耽吟詠,有《集陶》、《集杜》。余更有杜癖,自總角至白首,手披目誦,已竟數十過。"(《巢民文集》卷二)其自稱"有杜癖",正可與陳維崧所云"巢民先生沉酣讀杜,歲輒評註一過"互相印證。

### 19. 馬駿、黄之翰《杜詩分韻》

馬駿,號西樵,山陽(今江蘇淮安)人。康熙己酉舉人,晚薦博學鴻詞,未及試而卒。《山陽詩徵》卷十四注曰:"聽山堂在東溪之濱,爲西樵先生讀書處。先生天資敏秀,潛心學問,所作詩澄泓華净,静氣迎人。兼能鼓琴度曲,善行楷書,仿漢魏人作小印章,無不精妙。結廬湖上,兼葭秋水,映射書帙,日與同社及四方名士賦詩飲酒其中……所著《聽山堂集》,方坦庵、杜茶村序。先生與茶村合刻五律五十餘首,亦坦庵序,人稱爲《二西合稿》,以先生西樵、茶村一號西之也。"著有《聽山堂集》十卷、《二西山人合刻》(即《二西合稿》,與杜濬合著)、《杜詩分韻》。《山陽縣志·藝文志》稱其尚有"《蒿園》、《天山閣》、《西樵近藁》諸集"。

黄之翰,字大宗,山陽(今江蘇淮安)人。副使蘭巖先生次子,康熙中邑諸生。生平尚然諾，篤氣誼，與貧士交，推衣解食無倦容。
著有《曉秀閣集》、《止園詩集》、《止園燕集詩》、《岫閣詩》、《荊楚
草》；輯有《登高集》，魏叔子爲之序。評點《月湄詞》、《香嚴詞》、
《棠村詞》。毛奇齡在《杜詩分韻序》中稱黃大宗爲西樵門人，與西
樵合撰《杜詩分韻》一書。清初著名詞人吳綺《林蕙堂全集》卷三
有《黃大宗催粧詩序》，盛稱其詩賦。另徐釚《詞苑叢談》卷九載：
“庚戌秋，山陽黃大宗客西湖，九日爲登高會。”孫枝蔚《溉堂詩餘》
有《念奴嬌・題黃大宗小像》。丁澎《扶荔詞》卷二有《連理一枝
花・送黃大宗歸淮陰》。

　　《杜詩分韻》，《山陽縣志》卷十八《藝文志》、丁壽昌《睦州存
藁》卷八著錄。已佚。《山陽詩徵》卷十四注曰：“西樵纂《杜詩分
韻》，初覽之，似無甚深意；後覺唐人用韻，與後人有迥不同者，亦古
音之蛛絲馬迹也。乃知前人輯一書，皆具深意。”毛奇齡《〈杜詩分
韻〉序》云：

　　　　輯詩家有分時、分體、分類、分韻四則。杜詩本分時者，近
　　有刻分體名《杜詩通》，而至於分類、分韻，逮今無之。此西樵
　　《分韻》之所爲作也。古文無盡韻者，有之，《易》是也；詩無無
　　盡韻者，有之，《頌》之《桓》與《般》是也。是故漢以前文，間雜
　　韻句，而東方先生作《據地歌》、後漢靈帝中平中京都謠辭即
　　詩，而反無韻焉。自魏李左校始著《聲類》，齊中郎周顒作《四
　　聲韻譜》，而其後沈約、陸法言、孫恒輩各起爲韻學，而詩準於
　　韻。故三唐用韻較昔尤備，況甫精聲律，其爲押合，尤爲三唐
　　前後所觀而模之者乎？西樵，沈、陸之良者也。其書法工擅一
　　時，凡六書四體已極根柢，而韻則起收呼喻，變化通轉，輒能析
　　豪系而定幼眇，故與其及門黃大宗者，判甫集而聲區之。嘗
　　曰：韻本嚴也，而甫能以博爲嚴；韻本肆也，而甫能以拘爲肆。
　　旨哉言乎！獨予有未辯者。今之爲韻，不既分“佳”與“麻”
　　耶？“佳”無“嘉”音，而唐劉禹錫《送薪州李郎中赴任》詩以

"佳"間"麻",而公乘億《賦得秋菊有佳色》則"佳"倡而"麻"隨之,今少陵《柴門》一章,其爲"佳"、"麻"者且五組也,是豈"佳"即同"嘉",抑唐韻本"佳"、"麻"通歟?且唐韻"真"、"文"與"殷"分有三韻,而今即併"殷"于"文",夫不併則已爾,併即"殷"韻當在"真"而不當在"文",是何也?則以唐人之繫"殷"於"真"者,李山甫賦《秋》、戴叔倫詠《江干》、陸魯望《懷潤卿博士》諸律皆是也。少陵雖無律,而于《崔氏東山草堂》拗體與《贈王二十四侍御》長律,亦且雜"斤"之與"勤",則是"真"、"文"二韻在今與唐韻絕然不同,而第勿視之而不之察也。至若"東"韻,原與"蒸"通,故"翹翹車乘"之詩,"弓"、"朋"一押,而後乃不然;然而"東"轉爲"屋","蒸"轉爲"職",皆入韻也,今未知"東"之與"蒸",在唐韻能通與否?而集中《別贊上人》詩,以"職"通"屋",《三川觀水漲》詩,以"屋"通"職",其他若《南池》,若《客堂》,若《天邊行》、《桃竹杖引》,其通"屋"與"職"不更僕也。韻之可疑者甚夥,而吾之欲質於是集者,不止此數。而以吾所疑質甫所是,西樵、大宗必有起而剖晰之者,吾敢以細莛撞洪鐘哉!(《西河合集》卷七)

杜濬《〈杜詩分韻〉序》云:

自有杜詩以來,流傳天地間者,不知幾千億計,學者紬繹成書亦非一種,有編年,有分類,有分體,有專刻五言近體及排體,獨分韻無有;有之,自黃子大宗始……蓋杜詩諸美備臻,而其落韻之妙,尤不可以不深味。夫其啞韻能使之響,浮韻能使之沉,粗韻能使之細,板韻能使之活,庸韻能使之新,險韻能使之穩,俗韻能使之雅,遊韻能使之堅確,昏暗之韻能使之明白,氾濫之韻能使之有根據。是固有絕異之稟,有極博之學,然後別有爐韝,非他氏可幾者。學者誠能由編年以觀其閱歷先後、甘苦深淺以及世變升降、關係感切之全局;由分體以觀其兼工獨到、精微浩渺之極致；由五七近體以觀其既醇且肆，亦工亦淡，然工非近人之工，淡非今人之淡之絶詣；而又必好學深思，由黄子所輯是詩，逐韻以盡變，得其推門落臼、各得其所之原委，則其於少陵也，遂升堂入室可也，是黄子之功也。或曰：不憂割裂乎？不知杜詩猶精金然，有鉅鏮於此，分寸而割之，其所貴未嘗少減也，是在學者善觀之而已。（《變雅堂集》卷三）

由序可知，該書將杜詩分韻編排，似爲方便學者查檢之工具書。

### 20. 方文《杜詩舉隅》、《批杜詩》

方文（1612—1669），字爾止，號嵞山。又名一耒，字明農，別號淮西、忍冬。桐城（今屬安徽）人。明諸生，入清不仕，隱居金陵。明季以工詩著稱，三十年間以詩名家，其詩樸老真至灑脱，有少陵之風。著有《嵞山集》十二卷、《續集》四卷、《又續集》五卷。生平事迹見朱書《方嵞山先生傳》、鄭方坤《國朝名家詩鈔小傳》。

《杜詩舉隅》，近人汪汝變《江蘇書徵初稿》（載《江蘇省立圖書館第四年刊》）著録。未見。周采泉《杜集書録》卷九著録方文《批杜詩》鈔本，稱“丹徒吴眉孫庠先生曾手録一份，現歸何處不詳”。今人童岳敏據國家圖書館及上海圖書館藏錢陸燦批點《杜工部集》，輯録出其中的方文評語，并參校何焯《義門讀書記·杜工部集》所引方文評語，撰成《方文〈杜詩評點〉輯録》一文①，可以參看。

### 21. 彭大壽《杜詩益》

彭大壽（1612—1691），字松友，號魯岡，晚號蓮花居士，孝感（今屬湖北）人。貢生。幼端謹，及長，究心正學，博采先儒語録，參考經傳，寒暑注釋不輟，訂輯成書。又輯朱子《家禮》與丘浚所

---

① 載《古籍研究》總第 60 卷，安徽大學出版社 2013 年版，第 172—185 頁。

裁定者,斟酌時宜,取可通行曰《通禮》。嘗館於雲夢,遂家焉。遠
近問業者踵至。當事欲見之,以老辭。年七十九卒。無子,門人爲
卜葬建祠置墓田,墓在雲夢縣南四十里許家村。著有《魯岡或
問》、《杜詩益》等。生平事迹見《欽定大清一統志·漢陽府二》、
《湖廣通志·鄉賢志》。

《杜詩益》,《(民國)湖北通志·藝文志十四·集部六》著錄。
已佚。

## 22. 沈起《測杜少陵詩》一卷

沈起(1612—1682),初名方,字仲方,秀水(今浙江嘉興)人。
明末諸生。天資穎俊,筆力勁爽,與金聖嘆相善,故薰染亦深。嘗
評點《會真記》,終夜不眠,以求作者之意,頗多奇解,與金聖嘆《六
才子書》所批風格相近。明亡,入沙門,更名銘起,字墨庵,人呼爲
墨公。卒年七十一。起嘗擬撰《明書傳集》,更原禍始,絕筆於成
化十二年秋始設西廠。門人曾安世(曾王孫之子)編其詩文爲《學
園集》二卷、《續編》六卷。著有《測杜少陵詩》一卷、《評國語》八
卷、《宗門近錄》二卷、《詩存》一卷、《資暇錄》一卷。另有《墨庵經
學》五種,分別爲《大易測》、《春秋經傳》、《詩説》、《詩匡偶存》、
《四書慎思錄》,《四庫全書總目·經部·五經總義類存目》著錄。
生平事迹見曾王孫《清風堂文集》卷四《故明秀才墨庵沈公塔銘》、
黄容《明遺民錄》卷十、孫寰鏡《明遺民錄》卷二十四、《四庫全書總
目·集部三四·別集類存目八》)。

《測杜少陵詩》一卷,曾王孫《故明秀才墨庵沈公塔銘》稱,沈
起將此書授曾王孫之子曾安世。似未刊行,已佚。

## 23. 許之漸《次杜草》一卷

許之漸(1613—1700),字儀吉,號青嶼,常州(今屬江蘇)
人,寓居嘉定(今屬上海)。順治十二年(1655)進士,授户部主

事,十五年升任江西道監察御史,十七至十八年歷任甘陝巡茶御
史。遇事敢言,彈劾不避權貴。康熙初,爲李祖白《天學傳概》作
序,受楊光先劾西洋教士湯若望案波連,罷官歸里。與吳歷(字
漁山)爲忘年交,往還甚密。寓居嘉定西隱寺,法名濟霈,曾與侯
汸相互唱和①。著有《擊壤紀年箋》、《客嚠草》一卷、《次杜草》一
卷。生平事迹見吳定璋《七十二峰足徵集》卷四十一《許氏合編》、
《(光緒)嘉定縣志·藝文志》、張維驤《清代毗陵名人小傳稿》
卷一。

《次杜草》一卷,《(光緒)嘉定縣志·藝文志》著錄,疑爲和杜
之作。已佚。

## 24. 張彥士《杜詩旁訓》

張彥士(1614—1699),字龍弼,定陶(今屬山東)人。順治十
二年(1655)以歲貢爲黃縣訓導。康熙十八年(1679),監司舉博學
鴻詞,未赴,升貴州赤水衛經歷。時逾七旬,以疾乞歸,閉戶著書,
優遊林下十餘年。彥士肆力經史,家藏書甚富,丹黃所及,重複稠
疊,研精覃思,微文奧旨,靡不抉摘;旁及天文、地志、音律、術數之
學,雖專門無以過之。卒年八十六,鄉人私謚曰文康先生。著有
《文康詩集鈔》一卷、《讀史釁疑》、《孝經注解》、《忠經注解》、《小
學彙解》、《杜詩旁訓》等,詩集、文稿藏於家。另有《張氏藏書目
錄》。生平事迹見《(光緒)山東通志·藝文志》。

《杜詩旁訓》,《(光緒)山東通志·藝文志》著錄,有家鈔本。
已佚。《續修四庫全書總目·集部》提要曰:"是其于杜詩之見解,
有非他人所可比擬者。且其書於注家注解,一掃其謬,而于杜詩命
意所在,則豁然有披雲見月之概焉。"

---

① 侯汸(1614—1677),字記原,一字秬園,嘉定人。明崇禎壬午(1642)順天副
榜,未貢。入清,棄諸生,究心經術,學者稱潛確先生。

### 25. 戴宏閭《杜律分注》

戴宏閭,字式其,安慶(今屬安徽)人。耆顯子,崇禎間諸生。性淳謹,好古力學,不與聞外事。詩文博雅,左光斗重其才,以女妻之。數奇不遇,以諸生終。著有《紀元備考》、《感遇詩》、《清溪集》。徐璈《桐舊集》卷十九錄其《感遇》一首。生平見《(道光)重修桐城縣志》卷十六。

《杜律分注》,《光緒重修安徽通志·藝文志》著錄。已佚。

### 26. 宋曹《杜詩解》

宋曹(1619—1701),字彬臣,一字邠臣,號射陵,又號湯村逸史,江蘇鹽城人。南明弘光朝,由辟薦中書舍人,以忤馬士英辭歸。鼎革後,不樂仕進,歸隱鹽城南門外湯村,號耕海潛夫。康熙十七年薦舉博學鴻詞,以母老固辭不赴。著有《書法約言》、《杜詩解》、《會秋草堂詩文集》。

《杜詩解》,《光緒鹽城縣志》卷十《人物志》著錄。已佚。

### 27. 蔡璇允《分類杜詩選》

蔡璇允,一名璇孕,又作璿孕、璿胤,字彥政,晉江(今屬福建)人。鵬霄子。順治戊子(1648)貢生,授中行司理職。以親老,屢徵不起,家居養志承歡。庶弟未得遺業,以父贍田給二弟,自割己田百石充父祀。盡葬族中百餘年停棺。年八十,猶閉戶攻苦。著有《彙纂四書徵》、《五經摘要》、《分類杜詩選》、《萃園秘集》。生平見《(道光)晉江縣志》卷五十《孝友傳》。

《分類杜詩選》,《(道光)晉江縣志·藝文志》、《(道光)福建通志·經籍志》、《(民國)福建通志·藝文志》著錄。已佚。

### 28. 王載《杜詩箋注》十八卷

王載,字咸平,室名木瀆館,明末清初常熟(今屬江蘇)人。生平事迹不詳。著有《明列朝詩》一百卷、《杜詩箋注》十八卷、《明八大家文鈔》四十卷。與顧有孝同輯《五朝名家七律英華》。

《杜詩箋注》十八卷,《(乾隆)江南通志·藝文志》著錄。已佚。

## 29. 范逸《杜詩蠡得》三卷

范逸,初名述,字亦緒,松江府黃渡鎮(今屬上海嘉定)人。幼受學於同里龐瀚,生當鼎革,不樂仕進。既長,更今名,字遺民,號芥軒。與族兄超各以詩文相尚,而苦思沈詣過之,有"黃谿二范"之目。又與浦鷗、范超、顧荃有"黃谿四布衣"之稱。少時,父令守肆,挾書吟誦,或盜肆中物不覺也。年五十五,兩目忽瞽,嗣喪妻及長子,貧益甚,猶爲童子師,口授詩書無訛舛。胸儲釋部千餘卷,晚益研心笠典,閟中而肆,一歸真實,故能言言見諦。《和元僧山居詩》四十首,皆從性情流出,雖饑寒切身而自有悠然處也。所與交如虞陽唐瑀、由拳茅藩、玉峰徐杏輔、婁東李嬰、錫山王金孺、天都柯炘、雲間沈白、王顥,及同邑李燧、趙楫、汪楷、俞嘉客輩,皆安貧守賤之士。詩宗唐人,格律蒼老。所居有勷影樓,終日吟詠不輟。既自編《芥軒詩存初集》十卷、《二集》四卷,復屬友人編盲廢後所作,爲《四餘詩草》七卷。卒年七十二。子鈞。弟遏,字方曉。從子宗彪,字秉時;宗懿,字秉是。逸詩賴宗彪、宗懿收拾而存。生平見章樹福纂《(咸豐)黃渡鎮志》卷六《卓行》。

《杜詩蠡得》三卷,《(咸豐)黃渡鎮志》卷六《藝文·書目》、《(光緒)嘉定縣志·藝文志》著錄。已佚。

## 30. 朱世熙《集杜詩》

朱世熙,字克咸,號瑤岑,順天府宛平(今北京豐臺)人。順治十四年(1657)舉人,十八年(1661)進士,改庶吉士。康熙三年(1664),授翰林院編修,後官至右春坊右諭德。與黃與堅、龔鼎孳等人友善。以書法見長。

《集杜詩》已佚，黄與堅《願學齋文集》卷二十八有《朱瑶岑先生集杜序》曰："宛平朱瑶岑先生負異才，精詩學，而酷嗜於少陵。生平所寢食者惟是，所行吟而坐嘯者惟是，二十年浸淫不捨，乃一旦廢書而嘆曰：我何以詩爲哉？亦取其詩以爲我詩可爾。其始也，黯淡經營，將迎悦，忽若與杜其尚格格焉。久之而意匠所至，類有神焉相之，沖口而談、信手而書，皆杜也。今所集者，累累成帙。讀之者以爲少陵之句，不知其爲瑶岑之詩；以爲瑶岑之詩，而又不知其爲少陵之句。異矣哉！"

### 31. 侯方緩《鈔杜詩彙韻》

侯方緩，字虞服，商丘人。光禄勳澹軒公從孫，侯憹（字若思）長子。少長於富貴之家，以貲雄，矜豪愛客。後家破客散，悲憤無聊，因分體分韻彙鈔杜詩以消磨時光，貧病而卒。臨終，以稿授弟方揆，方揆爲其請序於田蘭芳。

《鈔杜詩彙韻》已佚，田蘭芳《逸德軒文集》上卷有《侯虞服鈔杜詩彙韻題詞》，紀其成書始末。

### 32. 許植《小宛居集杜百首》

許植，字天植，號葭水，高郵人。邑庠生，刻苦嗜學，屢困棘闈，乃肆力於詩歌。遊京師十餘年，有《詠雪吟》傳播都下，一時如王孟津、鄧孝威、杜茶村輩皆極獎許。王文簡稱爲陸廚、邊腹之亞。兄標、弟樗並庠生，能詩文。著有《小宛居集杜百首》、《嬴園手輯書測》二卷。

《小宛居集杜百首》，《（嘉慶）高郵州志》卷十之上《文苑》著録。已佚。

### 33. 王玉麟《杜詩箋注》

王玉麟，字伯玉，天津人。《大清畿輔書徵》作字孟遊，號致柔，滄州(今屬河北)人。明副貢,順治十六年(1659)任開封府林縣知縣,康熙八年(1669)任山西潞安府知府。王玉麟爲經學家,著有《周易三正》。

《杜詩箋注》,《(民國)河北通志稿·藝文志》、徐世昌《大清畿輔書徵》著録。已佚。

### 34. 戴廷栻《杜遇》

戴廷栻(1618—1691),字楓仲,一字維吉,又字補巖,號符公、嗇盧子。祖籍代州(今山西代縣),明初遷居祁縣(今屬山西)戴家堡村。曾祖戴寶爲直隸大名府通判。祖父戴光啓,歷任陝西按察使、河南右布政使等。父戴運昌,任河南尉氏知縣、户部員外郎,頗有政聲。廷栻少應童子試,三試皆第一。受知於督學使袁繼咸,補博士弟子員,屢擢高等。崇禎末,爲廖國遴薦舉於朝,甲申三月鼎革,遂寢。明亡後,隱居於祁縣麓臺山,不仕清廷。建丹楓閣,交結顧炎武、傅山等,以"反清復明"爲目的,一時名滿天下。好學不倦,丹楓閣藏版天下共知。當時人將丹楓閣與南方如皋冒辟疆之水繪園並稱。康熙十七年(1678),開博學鴻詞科。十八年,廷栻被强徵至京師應試,臨行賦詩自哀云:"讀書甚愛陶弘景,人事殊悲庾子山。"後任聞喜司訓,並署曲沃教諭。光緒間榆次常贊春在《半可集》的序言中指出:"先生晚年,見同志日稀,近則僅有青主,於是欲西南結關隴同志,又無故而出,懼觸時忌,微官自晦,其中殆具無限苦心乎!"道出其晚年仕清的隱情。卒後私諡文毅。有《半可集》傳世。另有《補巖集》、《楓林一枝》、《歲寒集》、《杜遇》等,多已散佚。尚編有《晉四人詩》六卷、《王太史集》(與傅山合編)等。事迹詳見張英撰《戴公墓誌銘》(見《半可集》)、傅山《戴先生傳》附。

《杜遇》,卷不詳,書名取《莊子》"知其解者,旦暮遇之"之意,又稱《丹楓閣鈔杜詩》,已佚。戴廷栻《半可集》中載有此書《小敘》云：

> 余舊遊燕，于陳百史架見李空同手批杜詩，草草過之，其後每讀杜詩，以不及手錄爲恨。因索解于公他先生(傅山)，先生拈一章，即一章上口，曰："第如此，正自不必索解。若得一解，當失一解；難一番，即易一番。因人作解，不惟空同之解不可得，即復工部，正當奈何。"余即退覓善本，日乙而讀之，始覺失一解乃得一解，易一番愈難一番。方其難也，若與杜近；以爲易也，復與杜遠。至於有得，若我信杜；忽復失之，若杜疑我。先生所云神遇果安在哉？其解猶在乎難易得失之間。復問之先生，先生曰："第讀，正自當解。"余且讀且疑，久而始信。以我喻杜，不若以杜喻我；以杜喻杜，不若使我忘我，猶□梗概。空同所解諸體固當，至謂五言古少遜漢魏，七言絕不及太白、龍標，斯言也，猶癡點各半之解也。余以爲不必以漢魏之詩論子美之五言古，亦不必以子美之七言絕與太白、龍標論。遂鈔集，朝夕怡悦，所遇于杜者凡若干首，謂之《杜遇》。莊生之言曰："知其解者，旦暮遇之。"昭餘戴生之所遇于杜者如此。若夫其解之知與否？吾猶不敢自信也。

張英《戴公墓誌銘》稱《杜遇》爲"楓仲編杜詩，青主批點"。傅山《霜紅龕文補遺》卷二有《丹楓閣鈔杜詩小敘》曰："杜詩雋止此耶？不也，丹楓閣鈔止此耳。丹楓閣之雋杜詩止此耶？不也，其始讀而鈔者止此耳。然則此丹楓閣之讀杜詩初地耳，初地實與十地不遠，而存此者，存其用功于杜詩也。故牛頭見四祖一案，參說甚多，吾獨取其不別下注腳者一案，曰：'牛頭未見四祖時，何故百鳥銜花？'曰：'未見四祖。'曰：'既見四祖時，百鳥何故不銜花？'曰：'既見四祖。'此鈔正百鳥銜花時事，若遂謫以不必百鳥銜花，則亦終無見四祖時，其初難知百鳥驚飛去矣。"[①]傅山另有《杜遇餘論》，可以

---

① 參勞伯林點校《霜紅龕文》，岳麓書社 1986 年 5 月版。

參看。另《霜紅龕集》卷二十四《書札》載傅山《與戴楓仲》云:"杜詩越看越輕弄手眼不得。不同他小集,不經多多少少人評論者。若急圖成書,恐遺後悔,慎重爲是。非顛倒數十百過不可,是以遲遲耳。曾妄以一時見解加之者,數日後又覺失言,往往如此。且從容何如? 草復。"此文與戴廷栻《小敍》對讀,可證二人在成《杜遇》一書的過程中確實常互相切磋驗證。此書爲戴廷栻丹楓閣刻本,丹楓閣爲戴廷栻明亡後在其家鄉祁縣所建。據戴廷栻《丹楓閣記》載,丹楓閣建成於"庚子九月",即順治十七年(1660)九月,則此書當成於順治末康熙初。劉霱《霜紅龕集備存小引》(咸豐三年刊《霜紅龕集備存》本)稱"楓仲刻書數百種,板存丹楓閣,再傳盡毁之",則是書刻成後不久,藏板就已被毁。

### 35. 傅山《杜遇餘論》

《杜遇餘論》,當是爲戴廷栻《杜遇》所作補論,共九則。其云:

> 既謂之遇,不必貪多。此老每於才名之間必三致意焉。吾雖遇之,以此未必遇也,庶幾遇之凡人家眷者。此以單點點之,但烗有黑圈者,再鈔一本來,好略加一二批語。良以此公詩何不可選? 若欲見博,自有全集在。

又云:

> 譬如以杜爲迦文佛,人想要做杜,斷無鈔襲杜字句而能爲杜者。即如僧學得經文中偈言,即可爲佛耶? 凡所内之領會,外之見聞,機緣之觸磕,莫非佛,莫非杜,莫非可以作佛、作杜者,靠學問不得,無學問不得,無知見不得,靠知見不得。如《楞嚴》之狂魔,由於凌率超越,而此中之狂魔,全非超越之病,與不劣易知足魔同耳。法本法無法,法尚應捨,何況非法? 非法非非法,如此知,如此見,如此信解,不生法相。一切詩文之妙,與求作佛者界境最相似。

又云:

　　高手畫畫作寫意人，無眼鼻而神情舉止生動可愛；寫影人從爾莊點刻畫，便有幾分死人氣矣。詩文之妙亦爾。若一七八尺體面大漢，但看其背後，豈不偉然？掉過臉來，糊糊模模，眼不成眼，鼻不成鼻，則拙塑匠一泥人耳。微七八尺，即十丈何爲？

又云：

　　韓文公五言，極力鍛煉，誦之易見其義。杜先生五言，全不是鍛煉，放手寫去，粗樸蕭散，極有令人不著意處，而卻難盡見其義。然予人神解，不在字句中，此處正是才之所關，文公必不能也。

又云：

　　曾有人謂我曰："君詩不合古法。"我曰："我亦不曾作詩，亦不知古法。即使知之，亦不用。"嗚呼！古是個甚？若如此言，杜老是頭一個不知法《三百篇》底。看宋葉氏論《八哀詩》，真令人噴飯。吾嘗謂古文、古書之不可測處，囫圇教宋儒胡亂鬧壞也。然本不可壞，解者至今在，終不隨不解者瞎圪塔去。近來覺得畢竟是劉須溪、楊用修、鍾伯敬們好些，他原慧，他原慧，董潯陽亦不甚差。

又云：

　　風雲雷電，林薄晦冥，驚駭膈臆。蓮蘇問："文章家有此氣象否？"余曰："《史記》中尋之，時有之也。至於杜工部五言七言古中，正自多爾。"眉曰："五言排律中尤多。"余頷之。文記事體，不得全無面目；詩寫胸臆間事，得以叱吒糾摯耳。然此亦僅見之工部，他詞客皆不能也。七言古中，晚唐如盧仝、馬異，亦自命雄奇矣，卻無風雲晦冥處。其所以然處，不無撐拳努肚之意，而卒非天地陰陽之轇轕也。若有老先生見吾此說，又要摘我說詩不得性情之正。吾亦知之，吾亦知之。因論文章中有此一要氣勢耳，豈非專云詩？俱當爾耶！

又云：

> 具隻眼人説，杜工部不會點景。我説，爾錯抬舉他了，他那會那個來，只不會點景？

又云：

> 我老盲摸揣，只覺好，却又醒不得。聽著又有説不好底，我又醒不得，奈何！奈何！

又云：

> 句有專學老杜者，却未必合；有不學老杜，愜合。此是何故？只是才情氣味在字句模擬之外，而内之所懷，外之所遇，直下拈出者便是。此義不但與外人説不得，即裏邊之外人，愈説不得。

（見《霜紅龕集》卷三十、《霜紅龕全集》卷三十三）傅山論杜詩往往涉及禪理，爲其對杜詩的興感體悟，有些令人費解。周采泉《杜集書録》將《杜遇餘論》之名誤作《杜還餘論》。

### 36. 申涵光《説杜》一卷

申涵光（1619—1677），字和孟，又作孚孟、孚盟，號鳧盟，又號聰山，晚號臥樗老人，永年（今屬河北）人。父佳胤，前明忠臣。涵光聞父殉難，悲慟欲絶者再，扶病往迎父柩。順治九年（1652）詔恤故明死節諸臣，諸司上佳胤名，或誤列爲自縊死，事中格。涵光徒跣行千里抵京師，爲其父疏白其事。後歸家奉母讀書，親教兩弟，累薦不就。與殷岳、張蓋稱“廣平三君”。其詩以少陵爲宗，而兼采高、岑、王、孟之長，河朔詩派實自涵光開之。順治十八年恩貢，康熙十六年（1677）卒。因享年與少陵同庚，人或疑爲其後身云。有《聰山文集》四卷、《聰山詩集》八卷、《荆園小語》、《説杜》一卷。事迹詳見《清史稿·文苑傳一》、魏裔介《申鳧盟傳》、申涵煜、申涵昐編《申鳧盟先生年譜略》。

魏裔介《申鳧盟傳》稱其有“《説杜》一卷”。《清史稿·文苑傳》、徐世昌《大清畿輔書徵》著録。《大清畿輔書徵》卷三〇載王崇簡序。王序未署時間，據申涵煜、申涵盼編《申鳬盟先生年譜略》（康熙十六年刻本）載，該書成於康熙六年（1667）夏秋之際，爲蘇州刻本。魏裔介《兼濟堂文集》卷四亦有《説杜序》。此書已佚，但申氏論杜多爲注家所采。仇兆鰲《杜詩詳注》即徵引頗多，其《凡例》云："盧世㴚之《胥鈔》，申涵光之《説杜》，顧炎武、計東、陶開虞、潘鴻、慈水姜氏別有論著，亦足見生際盛時，好古攻詩者之衆也。"另外，張溍《讀書堂杜詩注解》、楊倫《杜詩鏡銓》等書也多引申涵光論杜語。孫微撰有《申涵光〈説杜〉一卷輯佚》一文[1]，可以參看。

### 37. 左國材《杜詩解頤》

左國材（1620—1699），字子厚，號越巢，桐城（今屬安徽）人。光斗（1575—1625）次子。年十三補太學生，史可法奇其才。弱冠主盟文壇，有名於時，與金聲、陳子龍、方以智等友善。南明弘光朝，列名《留都防亂公揭》，聲討阮大鋮。明亡不仕，更名櫟，隱龍眠山，卒年八十。著有《越巢詩文集》二十卷、《易學》、《詩學》、《杜詩解頤》並雜著數百卷，藏於家。生平見《國朝耆獻類徵初編》卷四七九、《欽定大清一統志・安慶府二》、《江南通志・人物志・隱逸二》。

《杜詩解頤》，《（康熙）安慶府志》、《（乾隆）江南通志・藝文志》、《（光緒）安徽通志・藝文志》著録。周采泉云："書名《解頤》，蓋本諸'匡鼎解詩，令人解頤'，則此書當爲説詩之作。"（《杜集書録》內編卷八《輯評考訂類一》）已佚。

① 此文初載於《杜甫研究學刊》2005 年第 4 期，後經修訂增補，收入鄧子平、李世琦點校《聰山詩文集》，河北人民出版社 2011 年版。

### 38. 吳見思《杜詩論事》

吳見思,生平事迹見前。

是書《(光緒)武進陽湖縣志·藝文志》著録,云"佚"。吳見思《杜詩論文》之《凡例·總論》云:"千家之注,或自成一家,或各宗一說,莫不以人握隋珠,家藏荆玉。然其中舛謬亦多,是者存之,非者去之,未備者補之,共補一萬餘事,參古今之討論,另著《杜詩論事》一編。"可見他專門將對史事的考證,寫成一部史料性的著作《杜詩論事》。吳氏在《杜詩論文》中多有"詳見《論事》"語,即指此書,亦可見《杜詩論事》與《杜詩論文》本是相輔相成的杜詩研究的姊妹篇。可參本書卷一"見存書目""杜詩論文"條。

### 39. 李鄴嗣《杜工部詩選》四卷

李鄴嗣(1622—1680),本名文胤,以字行,號杲堂,鄞縣(今屬浙江寧波)人。明諸生。與徐振奇、王玉書、丘子章、林時躍、徐鳳垣、高斗權、錢光繡、高宇泰並稱爲"南湖九子"。父摑爲崇禎九年(1636)進士,禮部儀制司主事,入清家居,爲謝之賓告密,死於獄。李鄴嗣亦被縛置定海馬厩中七十日。事解後遂絶意仕進,寄竄草石,常在僧寮野廟,結忘年之契。嘗仿元好問《中州集》之例,以詩爲經,以傳爲緯,集《甬上耆舊詩》,凡四十人,詩三千餘首,搜集殘帙,心力俱枯。平生以著書爲能事,嘗問作文法於黃宗羲。著有《漢語》、《南朝續世説》、《杲堂詩鈔》七卷、《文鈔》六卷、《文續鈔》五卷。生平事迹見《清史列傳·文苑傳一》、黃宗羲《李杲堂先生墓誌銘》。

李鄴嗣《杲堂文鈔》卷一有《杜工部詩選序》,稱"余選杜工部詩,萬先生允誠手録爲四卷,請余序之"。是書爲其門生萬斯備手録①,無傳本。《(民國)鄞縣通志·藝文志》著録。馮貞群《杲堂著

---

① 萬斯備,字允誠,一字又庵,鄞縣人,爲李鄴嗣婿,"萬氏八龍"之一。善書法,精篆刻,又工詩,著有《深省堂集》、《又庵詩草》。

述考》(《杲堂詩文鈔》卷首)稱此書見於"文鈔外集"。

### 40. 林時對《纂杜詩略》一卷

林時對,生平事迹見前。

《纂杜詩略》一卷,《(民國)鄞縣通志·藝文志》著録:"僅知其所纂皆歷代杜詩評語,或爲集評一類。"今已不傳。仇兆鰲《杜詩詳注》於《戲簡鄭廣文兼呈蘇司業》、《同谷七歌》其四、《入奏行》、《小寒食舟中作》詩注引林時對論杜四條,署"四明林時對",所據或爲此書。蔣寅《清詩話考》云:"林氏編有《杜詩選》二卷,評略一卷或即詩選所附評論也。"

### 41. 全大鏞《杜詩綱目》、《杜詩彙解》

全大鏞,字聲遠,一字碩人,鄞縣四明人。著有《杜詩綱目》、《緑滿窗詩草》。全祖望《續甬上耆舊詩》稱其爲"先和州公孫也,盛德篤行,亦西明山人邵雲客一輩人"。《兩浙輶軒録》引袁鈞曰:"全大鏞爲少微孫,盛德篤行,亦林岳隆、邵瀚一輩人。"知大鏞爲全少微(字隱之,元立子,官泰州通判,和州同知)之孫、全元立(字汝德,嘉靖十四年進士,授修撰,官至南京工部侍郎)曾孫。與黄宗羲、仇兆鰲爲師友關係,以工書名當時。《(民國)鄞縣通志·文獻志甲編·人物·人物類表第二·仕績甲》全元立傳末只稱其"盛德篤行",並無其小傳。生平略見《兩浙輶軒録》卷四、全祖望《續甬上耆舊詩》卷六十八《諸遺民詩上》。

《杜詩綱目》,全祖望《續甬上耆舊詩》、《(民國)鄞縣通志·藝文志》著録。已佚。仇兆鰲《杜詩詳注·凡例》中"近人注杜"稱:"他如新安黄生之《杜説》……四明全大鏞之《彙解》,各有所長。"仇注中於《題張氏隱居二首》之二、《對雨書懷走邀許主簿》、《秋盡》徵引"全大鏞注"三條。不知《杜詩綱目》與《杜詩彙解》是否爲一書。

### 42. 倪會宣《杜詩獨斷》

倪會宣,字爾猶,號恒園,上虞(今屬浙江)人。會鼎從弟。明諸生,明亡不仕。性孝友,父元瓚病劇,刲股以療。年八十餘,猶手不停筆。善八分書,世推第一。著有《經史綱目》二百卷,《蘭亭備考》、《杜詩獨斷》、《恒園集》各若干卷。另有寫本《深柳堂史記鈔》一册,《天津圖書館古籍普查登記目録》著録。生平見《(光緒)上虞縣志》卷十一《人物》倪會鼎傳附。

《杜詩獨斷》,《(光緒)上虞縣志·藝文志》著録。已佚。

### 43. 李贊元《杜詩解》

李贊元(1624—1678),初名立,字望石,號公弼,登第後改今名,海陽(今屬山東)人。順治十二年(1655)進士,改庶吉士。十三年,授山東道御史。十四年,巡按湖北。十六年,巡視兩淮鹽政。康熙八年(1669),授户科給事中。十一年五月,授兵部督捕理事官。十二年,遷右通政,再遷大理寺卿,左副都御史。十三年,遷兵部督捕右侍郎。十七年卒。他在順治十六年巡視兩淮鹽政期間曾爲顧宸刻印《辟疆園杜詩七言律注解》。著有《信心齋疏稿》四卷、《兩淮奏議》四卷等。生平見李桓《國朝耆獻類徵初編》卷四九、張維屏《國朝詩人徵略》卷四。

《杜詩解》,《(光緒)山東通志·藝文志》著録。周采泉懷疑此書即顧宸《辟疆園杜詩七言律注解》,因李贊元曾爲顧宸《辟疆園杜詩注解》作序,後人遂將顧注誤爲李贊元所著(見《杜集書録》内編卷十一《其他雜著類》),所論正確。

### 44. 沙張白《杜詩專選》

沙張白(1625—1691),原名一卿,字介臣,號定峰,江陰(今屬江蘇)人。明崇禎十五年(1642)補諸生,有神童之稱。入清後,入京師太學,以布衣三上宰相書,得魏裔介相國手書三答之,由此聞名京師。康熙八年(1669)、十一年兩次應試未中,即絶意仕進,回鄉閉户讀書,著書終老。凡天文、地理、玄黄、壬遁之書,無不貫通。與當時詩壇耆宿名流錢謙益、吴偉業、龔鼎孳、杜濬、高珩、汪琬等皆有交往。著有《定峰樂府》十卷、《定峰詩鈔》、《定峰文選》、《讀史大略》。

《定峰文選》卷上《唐律晚細自序》曾提及有"杜詩專選",未見,姑列於此。

### 45. 潘檉章《杜詩博議》

潘檉章(1626—1663),字聖木,號力田,吴江(今屬江蘇蘇州)人。潘耒兄。生有異稟,穎悟絶人,年十五補桐鄉弟子員。亂後隱居韭溪,不仕,肆力於學,綜貫百家。已乃專精史事,與友人吴炎所見略同,遂同學。著《國史考異》,顧炎武推其精審。又仿《史記》體例著《明史記》,書未成,遭莊廷鑨《明史》案牽連,被株連論死。在錢謙益與朱鶴齡的注杜之争中,潘檉章作爲中間調停人,使兩行其書。遺稿多散佚,著有《今樂府》、《杜詩博議》、《松陵文獻》、《星名考》、《壬林韭溪集》、《觀復草廬剩稿》等。生平事迹見顧炎武《書吴潘二子事》、戴笠《潘力田傳》。

《杜詩博議》,檉章友人戴笠《潘力田傳》著録。《(光緒)蘇州府志·藝文志》著録云:"《乾隆志》此下(指吴炎、潘檉章撰《今樂府》)有潘檉章《國史考異》、《杜詩博議》,因前志奉例,禁不著録。"潘檉章因牽連於莊廷鑨《明史》案,與吴炎同磔於杭州弼教坊,其所著書,亦因之而被禁廢,故《杜詩博議》鮮見著録。朱鶴齡《杜工部詩輯注》、仇兆鰲《杜詩詳注》對該書多有徵引。鈕琇《觚賸》卷一"力田遺時"條載:"潘檉章著作甚富,悉于被繫時遺亡。間有留之故人家者,因其罹法甚酷,輒廢匿之。如《杜詩博議》一書,引據考證,糾訛辟舛,可謂少陵功臣。朱長孺箋詩,多所採取,竟諱而不著其姓氏矣。"此書僅因爲朱注所徵引而得以部分被保存,仇注稱其"發揮獨暢"(《杜詩詳注‧凡例》),而此後該書竟被嫁名於明王道俊、宋杜田等,以致撲朔迷離,直至當代,方真相大白。今人蔡錦芳有《〈杜詩博議〉質疑》①、孫微有《潘檉章〈杜詩博議〉輯考》②,可以參看。

### 46. 王宗《杜詩箋釋》

王宗,字秩宗,廣平(今河北永年)人。博學能詩,順治甲午(1654)以拔貢生官江南宿松縣丞。湖廣兵變,有守城功。著有《左傳一得》、《杜詩箋釋》、《敦好堂詩稿》、《江南課俊稿》。生平事迹見徐世昌《大清畿輔書徵》卷三一。

《杜詩箋釋》,《(民國)河北通志稿‧藝文志》、徐世昌《大清畿輔書徵》卷三一著錄。已佚。

### 47. 黃士光《李杜詩選》

黃士光,字旦上,號韜父(《(道光)宜黃縣志‧選舉志》作"韜文"),宜黃(今屬江西)人。順治十一年(1654)拔貢,將北上,會母疾,躬親湯藥,堅不忍離。家貧不恤,惟讀書自娛。工詩古文詞,善諸家書法,與臨川李來泰、傅占衡兩先生爲文字交。所著有《李杜詩選》、《青松閣文集》、《字義學辨正錄》。生平事迹見《(道光)宜黃縣志‧人物志》、《(光緒)撫州府志》卷六十。

《李杜詩選》,《(道光)宜黃縣志‧人物志》、《(光緒)撫州府志‧藝文志》著錄。已佚。

### 48. 姜志珏《杜詩纂注》

姜志珏,字公符,號靜宜,丹陽(今屬江蘇)人。明崇禎癸酉

---

① 載《杜甫研究學刊》1989 年第 2 期。
② 載《圖書館雜誌》2008 年第 9 期。

（1633）副榜。清順治十四年（1657）歲貢，謁選，廷試第一，授沭陽
縣教諭。著有《適我園詩稿》、《易説訂義》、《春秋内外傳訂義》、
《正史約參》、《杜詩纂注》。生平見汪鋆《硯山叢稿·京江耆舊
小傳》①。

《杜詩纂注》，《（光緒）丹陽縣志·藝文志》著録。已佚。

### 49. 朱昇《杜詩注》

朱昇，字子旦，號方庵，一號耐庵，海寧（今屬浙江）人。順治
十六年（1659）進士。授山東東昌府推官，時于七之獄，案連數
郡，朱昇悉心研鞫，矜釋甚衆。因裁缺，康熙十年（1671）改任四川
峨嵋知縣，有治績，旋引疾歸，《府志》入《循吏傳》。著有《蜀中草》
一卷、《杜詩注》。事迹見《國朝杭郡詩輯》卷一、《（民國）海寧州
志稿·人物志·文苑》與《藝文志·典籍六》。

《杜詩注》，《（光緒）杭州府志·藝文十》、《（民國）海寧州志
稿·藝文志·典籍六》、《（民國）浙江通志》（稿本）著録，稱該書
“見吳氏《備考》”，並引李氏良年曰：“方庵（朱昇號）嘗注杜詩，於
諸家紕繆，多所是正。”按，李良年此語，見《送朱方庵之官峨嵋序》
（《秋錦山房集》卷十六）。已佚。

### 50. 阮旻錫《杜詩三評》

阮旻錫（1627—1706），一作文錫，一説原名吳錫，字疇生，號夢
庵，同安（今屬福建廈門）人。父伯宗，世襲千户，裔世居海上。幼
孤，泛海學賈以養母。母没，躬負土石，與父合葬鷺門。甲申
（1644）國變，旻錫方弱冠，慨然謝舉子業，師事曾櫻，傳性理學，患
難與共。順治八年（1651）清兵攻破廈門時，曾櫻自盡殉節，旻錫

---

① 屈萬里、劉兆祐主編《明清未刊稿彙編》，臺北聯經出版事業公司1976年影印
本，第93頁。

冒死"出其屍",葬於金門。順治十二年(明永曆九年),鄭成功在
廈門設儲賢館、育胄館,以阮旻錫等充之(夏琳《閩海紀要》卷上)。
明亡後,棄家行遁,奔走四方,留滯燕雲二十餘載,覽遍名山大川。
約於康熙十年(1671)入武夷,遁於佛門,入天心寺爲茶僧,釋名超
全,自稱輪山遺衲。年八十卒。著有《四書測》、《談道録》、《讀易闕
疑》、《續佛法金湯》、《唐人雅音集》、《粵滇紀略》、《海上聞見録》、
《唐七言律式》、《杜詩三評》、《夢庵長短句》、《清源會詩篇》、《同和
東坡韻詩》、《幔亭遊稿》、《燕山紀遊》、《慧庵唱和》、《輪山詩稿》、
《韻選》、《夕陽寮詩稿》、《金剛經説》。蔣鑨、翁介眉《清詩初集》卷
二選録其《擬古》詩。生平事迹見《(民國)同安縣志·獨行傳》。

　　《杜詩三評》,《(道光)福建通志·經籍志》著録。《(道光)廈
門縣志》、《(民國)同安縣志·藝文志》亦著録,名作《杜詩三律》。
已佚。

### 51. 姜宸英《杜詩拾注》

　　姜宸英(1628—1699),字西溟,號湛園,又號葦間,慈溪(今屬
浙江)人。擅長詩古文,精書法,行草尤入妙。與朱彝尊、嚴繩孫號
稱"江南三布衣"。以諸生與修《明史》及《一統志》,《明史·刑法
志》即出其手,揭露明代廠衛之害。康熙三十六年(1697)舉進士,
年已七十,以殿試第三人授編修。三十八年,任順天府鄉試副主
考,因正主考李蟠撰有情弊,累及下獄,死於獄中。著有《湛園文
稿》、《葦間詩集》等,後人輯有《姜先生全集》。事迹詳見《清史
稿·文苑傳一》。

　　《杜詩拾注》,《(光緒)慈溪縣志·藝文志》引《亦有生齋集》著
録。趙懷玉《雜著手稿書後》(彙編本《姜先生全集》卷首)亦著録。
未見。仇兆鰲《杜詩詳注·凡例》云:"盧世㴁之《胥鈔》,申涵光之
《説杜》,顧炎武、計東、陶開虞、潘鴻、慈水姜氏別有論著,亦足見生
際盛時,好古攻詩者之衆也。"慈水姜氏,即指姜宸英。《杜詩詳注》中

引姜宸英所論杜詩數條，稱"慈水姜氏"或"姜氏《杜箋》"。姜宸英另於《湛園札記》卷四專論杜詩，見解精闢，考證翔實，於杜詩確有心得。今人周采泉通過對勘仇注所引與《湛園札記》後指出，仇注尚有引姜氏之論而未注明者十數條（見《杜集書錄·附録三》）。

### 52. 蔣楛《杜詩緒論》

蔣楛（1628—1697 後），字荆名、荆民，號天涯布衣，吳縣（今江蘇蘇州）人。明遺民。七歲失恃，育於外家，性喜吟詠。明末喪亂，乃流寓江淮三十餘年，與山陽丘如升友善。曾名列朱鶴齡《杜工部詩集輯注》參校者之一。著有《天涯詩鈔》四卷、《讀史》一卷、《詩餘鈔》一卷，有康熙三十三年丘如升刻本。生平事迹見丘如升《天涯詩鈔序》及蔣楛《天涯詩鈔自序》。

《杜詩緒論》，《精思軒藏書記》著録。已佚。

### 53. 杜首昌《杜陵選詩》

杜首昌（1628—1697 後），字湘草，山陽（今江蘇淮安）人。其別墅名縮秀園，中有揮塵亭、如如室、天心水面亭等幾十所樓臺亭館，爲西湖十園之最。明遺民，崇禎十七年（1644）曾傾資相助福王，入清不仕。清王晫《今世說》稱其"書法文詞卓絶一時，單車過武林，忽傳方伯、監司聯車到門，並謝不見，士論高之"。曾與周亮工等遊。康熙四年（1665），柳敬亭過淮安，持箋向其求詩索書，作《柳敬亭持箋索書口占贈之》七絶一首。九年，與江寧白夢鼐、如皋冒禾書、宜興陳維岳、江西曾傅燦等集北京，於黑窰廠作重九（《定山堂詩集》卷三二）。二十五年旅杭州，與毛奇齡、洪昇會，同泛湖（《山陽詩徵》卷一六）。三十年旅閩，與徐釚會。著有《杜稿編年》數十卷、《縮秀園詩選》二卷、《詞選》一卷。

《杜陵選詩》，杜首昌選，《精思軒藏書記》著録。已佚。

## 54. 劉佑《杜詩録最》五卷

劉佑(1629—?),字伯啓,鄢陵(今屬河南)人。順治十六年(1659)進士,授臨洮、慶陽府同知,裁缺改安南知縣。賦性明敏,才識練達,潛心學問。詩文稿若干卷,温陵周廷鑨序,梓以行世。有《燕遊詩稿》、《省侍草》、《鄰庵詩草》、《學益堂詩稿》十四卷、《學益堂文稿》六卷、《杜詩録最》五卷、《選詩鈔》三卷。生平事迹見《(民國)鄢陵縣志·人物志·文苑》、《中州先哲傳·文苑》。

《杜詩録最》五卷,《(民國)鄢陵縣志·經籍志》著録。已佚。劉佑《學益堂文稿初編》卷三有《杜詩録最自序》,稱有感于盧世㴗《杜詩胥鈔》"落於清逸一格",遂"録其最者二百二十有六首,析爲五卷,手自校録,間作評語。不敢求異於昔賢,亦不敢苟同於前哲,要以期於允當而已矣。"

## 55. 李澄中《漢魏李杜詩選》

李澄中(1629—1700),字渭清,號漁村,山東諸城人。康熙十八年(1679)應博學鴻詞試,授翰林院檢討,充任明史纂修官。康熙二十九年,充雲南鄉試正考官。官至翰林院侍讀。著有《卧象山房集》二十九卷、《艮齋筆記》八卷等。

《漢魏李杜詩選》,稿本。未見。《卧象山房文集》卷二載有李澄中《漢魏李杜詩選序》,稱"專力少陵者三十年,放之諸家,參伍之以辨其體格,窮其變化。今老矣,不能多有所涉獵,因檢平生心賞者輯爲帙。五言古取漢魏,七言古取李杜,五七言律取少陵,五言排律取四傑、沈宋、必簡,五七言絶句取太白,予平生嚮慕具是矣"。是書編於李澄中五十八歲時,即康熙二十五年(1686)。

## 56. 屈大均《李杜詩選》

屈大均(1630—1696),字介子,一字騷餘,又字翁山,號泠君、菜圃,番禺(今屬廣州)人。早年受業於陳邦彦門下,深受其思想的熏陶。南明桂王永曆元年（1647），從其師陳邦彥起義。其後，爲避免清廷的迫害，永曆四年出家爲僧，法名今種，字一靈。並將居所命名爲“死庵”，以示誓死不臣服清廷之意。後出遊大江南北，積極參與反清活動，至山陰，與祁理孫、班孫兄弟及其客魏耕等謀劃聯絡鄭成功舟師沿海路進攻南京。鄭敗後事泄，被清廷追捕，歸里隱居，蓄髮還俗。復遊陝西、山西，結識顧炎武、王弘、李因篤等人，康熙七年（1668）出雁門關，次年歸廣東。十二年，平西王吳三桂以蓄髮復衣冠爲號召反清，屈大均赴桂參與其事，被委爲廣西按察司副司，監督孫延齡軍。未久，他因洞悉吳三桂稱帝野心，謝病歸。晚年移志於對廣東文獻、方物、掌故的收集編纂，編成《廣東文集》、《廣東文選》、《廣東新語》、《皇明四朝成仁錄》。大均工詩，與陳恭尹、梁佩蘭稱“嶺南三大家”，還著有《道援堂集》、《翁山詩外》、《翁山文外》、《道援堂詞》、《翁山易外》、《翁山文鈔》等。生平事迹見《清史列傳・文苑傳一》、《清史稿・文苑一》、汪宗衍《屈翁山先生年譜》、曹溶《明人小傳》卷五、朱彝尊《明詩綜》卷八二、陳伯陶《勝朝粵東遺民錄》、徐鼐《小腆紀傳》卷五五、陳田《明詩紀事》辛集卷一一。

《李杜詩選》，蕭一山《清代學者著述表》著錄。已佚。

### 57. 李因篤《杜律評語》

李因篤（1631—1692），字天生，更字孔德，號子德，又號中南山人，富平（今屬陝西）人。明諸生，博學强記，性樸直，尚氣節，名重於時，人尊爲“關西夫子”，與朝邑李楷、郿縣李柏並稱“關中三李”。康熙十八年（1679）舉博學鴻詞科，授翰林院檢討，未逾月，以母病辭歸。他與顧炎武、朱彝尊、毛奇齡等人也都有較爲密切的交往，在清初學界佔據相當重要的地位。著有《受祺堂詩》三十五卷、《文》四卷、《續》四卷。嘗遊京師，仿杜甫作《秋興詩》八首，見者多擊節，長律則得少陵家法。生平事迹見《清史列傳・儒林傳上一》、《清史稿・儒林傳一》李顒附傳、《關中叢書・關中三李年譜》等。

《杜律評語》,周采泉《杜集書錄》内編卷九《輯評考訂類二》著錄,並引無名氏杜詩批校本《題記》云:"李氏有《杜律評語》,安溪李文貞公(光地)極賞之,欲刊刻而未果,惜流傳甚少。"成都杜甫草堂曾將此書列入 1959 年第二次《徵集書目》,書名作《杜詩評》。迄今未見。李因篤《續刻受祺堂文集》卷三《致許學憲書》曰:"杜詩五律、排體、絶句選本,俱友人持去四方。擬另事丹鉛,先成一種,如工竣,亦有肯梓者。"可知李因篤原有三種杜詩分體評本,均爲其友人借走,未曾授梓,李光地欲刻之《杜律評語》,或即其中之五律部分。李因篤之論杜語散見於楊倫《杜詩鏡銓》、劉濬輯《杜詩集評》、時中書局石印本《諸名家評定本錢牧齋箋注杜詩》、朱彝尊《曝書亭集》卷三十三等書。劉重喜撰有《李因篤的杜詩評語》一文①,可以參看。

### 58. 趙沺《讀杜慎言》

趙沺(1632—1674),字天來,平湖(今屬浙江)人。康熙庠生。與陸塏、陸菜、沈皡日、陸世栻、陸來章、沈隆峴稱"當湖七子"(沈季友《槜李詩繫》卷二九)。朱彝尊《經義考》卷九四著錄其《禹貢新書》,佚。另有《紅豆詞》。楊鍾羲《雪橋詩話續集》卷一:"平湖諸生趙沺天來,性狷介,不苟言笑。于詩刻意宗唐,韓石畊、屈翁山咸推重之。有《資真集》、《度嶺言》、《曠庵集》。"生平事迹見葉燮《己畦文集》卷十八。蔣寅《清詩話考》誤作"趙田"。

《讀杜慎言》,《(光緒)平湖縣志・藝文志》著錄,署名作"趙佃"。已佚。

### 59. 王延祚《病餘集杜詩》一卷

王延祚,字綿國,一字盤峙,蕭山(今屬浙江杭州)人。王余高

---

① 載《古典文獻研究》第十三輯,鳳凰出版社 2010 年版,第 175—198 頁。

之父。《（康熙）蕭山縣志》卷二十《人物志》載其妻黃氏小傳曰：

> 黃氏，應天府檢校王延祚妻也。檢校于崇禎季年奉京兆
> 檄，輦貢物抵夏津縣，兵陷夏津，夫婦皆被執。一卒擊檢校垂
> 斃，氏誑卒曰：“釋此，我有財寶在近寓，可取也。”群卒即釋檢
> 校，操南語，與氏抵寓。氏度夫已脫去，乃嘆曰：“我死矣。”他
> 卒先入寓舍者，以火灼主婦甚慘，因以脅氏，氏極詈之，遂被刺
> 死。後四年，氏子今高城守臨清，其婦亦黃氏也。城陷，赴井
> 死。錢宗伯謙益爲作《姑媳雙烈傳》。

《（乾隆）蕭山縣志》卷三十六《藝文三》載丁克振《旄頭行爲
智烈黃母作，有序》，詩序曰：“王君盤嶧，名延祚，檢校應天。京兆
才之，使給度支役，既脂既轄，言趨上京，止夏津而難及，厥配黃以
烈死。仲子全高，余友也，其事爲悉，歌以記之。”詩後有按語曰：
“黃母係應天府檢校王延祚妻，其事迹已載《王氏雙烈傳》，然未詳
核。全高字叔盧，爲母乞詩海内諸名宿不下數百家，後得克振作，
叔盧即盡焚向所乞詩，曰：‘只此足壽吾母矣。’”

《病餘集杜詩》一卷，清施再盛《世善堂書目》著録。已佚。
按，《（乾隆）蕭山縣志》於王余高小傳後注曰：“父號綿國，有《集唐
詩》、《病餘集》、《冒襄詩序》。”則《病餘集》與《集杜詩》或爲二書。
另《重修浙江通志稿·著述考》將《病餘集》作者誤署爲王同高。

## 60. 王余高《退庵集杜詩》一卷、《退庵北遊集杜詩》一卷

王余高，字自牧，號退庵，蕭山（今屬浙江杭州）人。崇禎末，
爲臨清守。能詩，喜集工部句，著有《退庵集杜詩》一卷、《退庵北
遊集杜詩》一卷，另有《退庵詩稿》。毛西河、蔡仲光有《飲自牧三
畝園詩》。爲張遠《杜詩會稡》校閱人之一。生平見《兩浙輶軒録》
卷三、《（乾隆）蕭山縣志》卷二十五《人物三》、《（民國）蕭山縣志
稿·文苑傳》、毛奇齡《王自牧集杜詩序》、趙時揖《貫華堂評選杜
詩總識》。

《退庵集杜詩》一卷,已佚。毛奇齡《王自牧集杜詩序》云:

> 向予孤遊無所遣也,曾創爲翻詩之法,取前人詩一章,碟其字,押起字中之可爲韻者,平陂而就之,輻轍相程,已連者勿再連,已偶者勿再偶也。不然,則又取前人長律,劃句上下,上者吾與應,下者吾與呼也。顧卒未嘗爲集詩者,以從來善遣心者多集前人詩,窮偶極儷,闔扇轆轤,各極其妙,不惟不能效也,即效之,必不能與肩並,因屏絕勿爲。及讀自牧所集詩,則嘆從來集詩者遜之遠矣。自牧遭逢類杜甫,故喜集杜甫詩。當其目有所接,意有所感,友朋有所況,臨山川、道途、園林、樓臺有所覽觀,吾所欲言,杜甫已言之矣。特慮其言之單也,從而復之,其已復者,又從而更復之。就其意而得其句,句在意間,就其句而亦得其意,則意並在句外,豈無時與地與人與往來眺望之相符者乎? 不必時與地與人與往來眺望之相符,而以彼媲此,以此儷彼。不知者嘆杜陵該博,人所應有,不必不有,而不知其篡裁之妙。譬之匠者,雜梗楠杞梓爲器,渥沐砥礱,並不聞求器者之仍歸工於山與澤也;紅女倚繡床,抽青黃而妃紫綠,串韠而五組之間,或規矩圓方,紆圖織字,窮天地之能,極知慮之巧,而猶謂躬桑之婦能經營,繭繰之御以可以壇譽,則非理也。第自牧雖遠遊,宜亦不必有所遣,而前人以遣心而爲之,今人不必有所遣而更上之。倘他日者,予所創翻詩法幸傳人間,則世豈無相勿更上如集詩者,然則予亦何遣矣。
>
> (載《西河合集》卷三)

冒襄《巢民文集》卷二有《王自牧集杜詩序》,題下署“甲辰”,即康熙三年(1664)。除《退庵集杜詩》外,王余高還有《退庵北遊集杜詩》,《(乾隆)蕭山縣志》稱“有《退庵集杜》、《退庵北遊集杜》二刻”,應爲《退庵集杜詩》的姊妹篇,已佚。《蕭山縣志稿‧文苑傳》著録爲《退庵北征集杜詩》。《(乾隆)蕭山縣志》卷三十四收録了王余高《浩然樓與西陵諸同學話別集杜》:“積年仍遠別,倚仗更徘徊。未解依依袂，愁徵處處杯。倒衣還命駕，披寫忽登臺。易下楊朱淚，親朋日暮回。”當係其集杜佚存之作。

王仝高，又作同高，字叔廬，亦號菽廬，浙江蕭山人。余高兄。曾爲諸生，生活困頓，遇亂早死。其弟王余高將其遺著輯爲《式齋遺稿》，尚著有《野寺飛磚》、《旗亭畫壁》傳奇二種，《（民國）蕭山縣志稿》著録，據《重修浙江通志稿·著述考》，有康熙合刊本一册。《（乾隆）蕭山縣志》卷二十五《人物三》介紹其生平曰：“王仝高，字叔廬，讀書窮上古，海内諸公樂與之遊，名噪壇坫，乃困頓諸生，遭亂而没，弟余高爲梓其《式齋遺稿》。嘗遊江淮間，同時如曹石霞、方密之輩稱友善。李衡撰《杜詩序》，按：仝高、余高父延祚，明應天檢校。母黄氏以烈死，仝高爲母乞詩，有丁克振《旄頭行》最佳。”王仝高這段生平事迹係據李衡所撰《杜詩序》轉引，而李衡此序極有可能是爲王仝高所著有關杜詩之書而作，則王仝高或有一種杜詩著作。因係存疑，故不另列目，姑附於其弟王余高之後。

**61. 鄧鋐《南州集杜詩》、《吴越集杜詩》、《江楚集杜詩》、《北山集杜詩》、《梣岑集杜詩》、《都門集杜詩》、《謁選集杜詩》、《次韻集杜詩》、《作吏集杜詩》、《閒居集杜詩》、《放吟集杜詩》、《浪遊集杜詩》、《寓成集杜詩》、《歸田集杜詩》**

鄧鋐，生平事迹見前。

鄧鋐在清人中集杜數量最多，似只存《北征集杜詩》，前已著録。何永紹《北征集杜詩序》曰：“其所集杜詩凡六種：有《南州集杜》、有《吴越集杜》、有《江楚集杜》、有《北山集杜》、有《梣岑集杜》，今《北征》其一也。其所集杜詩之體凡六種：有五言古、有七言古、有五言律、有七言律、有五言排律、有七言絶句，今《北征》其一也。”《北征集杜詩》約刻於康熙十八年，可見鄧鋐此時已完成了至少五種集杜之作。徐璈《桐舊集》卷三十於鄧鋐小傳中曰：“何序集杜六種外，又有《謁選》、《次韻》、《作吏》、《放吟》、《浪遊》、

《寓成》、《歸田》等集,劉深莊序曰:'小巓自唐山解組歸,出其所撰集杜數十種,于杜詩千四百首中,左之右之,離之合之,若裁五色之雲,成天孫之錦。'蓋其所刊行者,固不足盡其所撰輯也。"馬其昶《桐城耆舊傳》卷六亦稱其有《集杜詩》三十六卷。鄧鍾這些集杜之作,大多已經散佚。方中通《陪集·陪古》卷一有《北山集杜詩序》、《栲岑集杜詩序》。陳僖《燕山草堂集》卷二有《閒居集杜序》。方象瑛《健松齋集》卷二有《鄧唐山集杜詩序》,乃爲《都門集杜詩》所作之序。《桐舊集》卷三十選錄其集杜詩十六首。

### 62. 王維坤《杜詩臆評》

　　王維坤(1633—?),字幼輿,又字又愚、緱友,號鵝知,直隸長垣(今屬河南)人。家楨孫,元燦子。順治十八年(1661)進士,官梓潼知縣。越四年,滇、黔變起,維坤引退後未歸,率妻子轉徙播州蠻寨中,備極流離之苦。後歸里,隱邑西青岡,自稱青岡農父。生平嗜書,尤愛山水,所歷山川風土皆紀以詩文。詩學杜甫,著有《卧葛樓搜棄集》十二卷、《漸細齋詩文集》、《杜詩臆評》。事迹見《(咸豐)大名府志·列傳》、《大清畿輔書徵》卷三二、《國朝詩人徵略》卷六。

　　《杜詩臆評》,徐世昌《大清畿輔書徵》卷三十二著錄。邵長蘅《杜詩臆評序》云:

　　　　古今注杜詩者亡慮數百家,其弊大約有二:好博者謂杜詩用字必有依據,捃摭子傳稗史,務爲氾濫;至無可援證,則僞撰故事以實之,其弊也窒塞而難通。鈎新者謂杜詩一字一句皆有寄托,乃穿鑿其單辭片語,傅會時事而曲爲之説,其弊也支離而多妄。蓋杜詩之亡久矣!杜詩未嘗亡也,其真亡也!故愚以謂必盡焚杜注,然後取杜詩讀之,隨其人之性情所近,與其才分之偏全、淺深、工拙,而皆可以有得。長垣王又愚先生起家進士,令梓潼,遭亂棄官,流離滇黔,閱十餘年而後歸。

方其自秦入蜀，闖劍閣，下潼江，又以事數往來花溪錦水，其遊
迹適與子美合。及棄官以後，繫懷君父，眷念鄉邦，以至拾橡
隨狙，饑寒奔走之困，亦略相同。故其評杜也，不撫實，不鑿
空，情境偶會，輒隨手箋注，久之成帙，自題曰《杜詩臆評》。
其於古今注家不知誰如，要之，無二者之弊。余謂注杜如先
生，則杜不亡，惜也止於七律也。序之以告世之讀杜者。
(《青門簏稿》卷七)

由序可知，王維坤《杜詩臆評》是一部杜詩七律評本，可惜
已佚。

### 63. 袁佑《杜詩注駁》

袁佑(1633—1698)，字杜少，號霽軒，號隨園，直隸東明(今屬山
東)人。《(乾隆)東明縣志》卷八下有徐秉義撰《傳》，稱其生於崇禎
七年(1634)，卒於康熙三十八年(1699)。康熙十一年(1672)拔貢，
授中書舍人。十八年舉博學鴻詞，擢翰林院編修。乞養歸，闢小園
奉母。後遷中允，康熙三十五年充浙江鄉試正考官，稱得士。後二
年卒，年六十六。性至孝，母歿，居喪盡禮，服除，終不食肉。《國朝詩
別裁》錄其詩。著有《謦聞偶記》一卷、《圃說》五卷、《袁氏族譜》一
卷、《予省集》五卷、《史餘集》五卷、《補史集》四卷、《霽軒集》二卷、
《詩禮疑義》、《左氏(一作"史")後議》、《老子別注》、《離騷荀揚文中
子補注》、《莊子注論》、《杜詩注駁》。生平見《清史列傳·文苑傳
一》、《國朝耆獻類徵初編》卷一一八、《國朝先正事略》卷三九、《大
清畿輔先哲傳》卷二〇、徐世昌《大清畿輔書徵》卷三二。

《杜詩注駁》，徐世昌《大清畿輔書徵》卷三二著錄。已佚。

### 64. 鄭旼《杜詩箋注》

鄭旼(1633—1683)，原名旻，明清易代之後更名旼，寓無君之
痛。字慕倩，號遺甦，歙縣(今屬安徽)貞白里人。新安派著名畫

家,嗜畫蘭,有印曰"鄭所南後身"。嗜理學,工書,善山水。康熙十二年(1673)遊黄山,作《九龍潭圖》。二十一年臨程孟陽《登臺圖》,時年七十六。著有《拜經齋》、《致道堂》諸集。生平事迹見湯燕生《鄭慕倩先生象記》、曹宸《鄭慕倩先生小傳》。汪世清《藝苑疑年叢談》曾考其生卒年。

《杜詩箋注》,《(民國)歙縣志·藝文志》著録。已佚。

### 65. 陳光龍《集杜詩》一卷

陳光龍(周采泉《杜集書録》誤作"陳龍光"),字義臣,黄陂(今屬湖北武漢)人。清順治十六年(1659)進士。任南陽府推官,有獄,坐大辟者七人,光龍廉雪其冤。改平樂知縣,吳三桂叛,粵帥孫延齡謀應之,光龍密上書巡撫馬雄鎮。雄鎮疑懼,不敢先發,孫遂舉兵反,進逼平樂。光龍堅守孤城四十餘日,外援不至,守弁聶禄開門降,光龍乘間懷印奔梧州。久之,擢梧州府同知。事平,以父疾乞歸。有《集杜詩》一卷。生平事迹見《(民國)湖北通志·人物志十六·列傳六》。

《集杜詩》一卷,《(宣統)湖北通志·藝文志》著録。已佚。

### 66. 毛彰《集杜詩》一卷

毛彰,生平事迹見前。

《集杜詩》,《(民國)鄞縣通志·藝文志》著録。已佚。

### 67. 方中發《杜詩評注》

方中發(1639—1731),原名中泰,字有懷、輔伯,號鹿湖、遯叟。江寧人,桐城籍。以智侄,其義獨子。康熙間貢生,考授州同知。無意仕進,隱居白鹿山五十年,足不近城市。善真草書及畫,曾作《峨眉匡廬積雪圖》。著有《白鹿山房詩集》十五卷、《棲碧堂文稿》、《杜詩評注》。

《杜詩評注》,《(道光)續修桐城縣志·藝文志》著録。已佚。

## 68. 張謙宜《點注杜詩》

張謙宜(1639—1720),字稚松,號山農,膠州(今屬山東)人。戀煌子。少年落拓不羈,以詩名。中年折節讀書,尤沈酣程朱之書,多所心得。年逾六旬,舉康熙四十五年(1706)進士,不仕。閉門著書,終身不輟。著有《絸齋詩集》和《沉鬱集》,暮年於三千餘首詩中自選四百余篇,成《絸齋詩選》二卷。四庫館臣稱:"其詩出入於香山、劍南之間,一吟一詠,亦足自娛。起而抗衡古人,則力尚不逮也。"(《四庫全書總目·集部·別集類存目一一》)另有《絸齋論文》六卷、《絸齋詩談》八卷。縣志稱其"當未第時,嘗擬郊社策,設爲問答,其文宏衍淵深,能探經義而折其衷。"其別著有《尚書説略》、《四書廣注》、《質言疏義》三種,《州志別本》、《古文叢語》諸書皆爲時所重。

張謙宜極重杜詩,《絸齋詩談》八卷中論及杜甫的多達 180 餘條。其《絸齋詩集》中有《點注杜詩訖自嘲》曰:"自覺今年筆墨慵,天教孝子莫彫龍。依希細緻畫全脱,著意分疏墨已濃。旨趣看來心了了,商量才過恨重重。不如留待兒孫讀,繭紙新裁手自封。"① 知其編有《點注杜詩》一書。未見,當已佚。

## 69. 魏廔徵《杜詩評注》

魏廔徵(1644—1713),字蒼石,溧陽(今屬江蘇)人。避寇徙濟寧(今屬山東)。康熙六年(1667)進士,由中書督軍儲有功,出爲登州同知。官至兗州、杭州知府,所至有聲。因事罷官,後又起爲延安知府,不果,改邵武知府,推升監司,不就,謝病歸。年七十卒。著有《濂洛風雅選》、《杜詩評注》、《石屋詩鈔》等。生平見《濟寧

---

① 張謙宜著,魏學寶、尹强點校《絸齋詩集》,齊魯書社 2016 年版,第 196 頁。

直隸州志‧人物志》）。

《杜詩評注》，《濟寧直隸州志‧人物志》著録，稱“《杜詩評注》，駁正錢箋”；“著述尚多，皆散佚，《杜詩評注》墨迹存十之六七，濟人共寶之”。可見魏麕徵《杜詩評注》一書在其去世後不久就已殘缺不全，雖然“濟人共寶之”，但這部“駁正錢箋”的杜詩注本最終還是未能流傳下來。

## 70. 陳學夔《杜詩注解》

陳學夔，字解人，一字解庵，侯官（今福建閩侯）人。康熙八年（1669）舉人。耿精忠叛亂，抗節匿橘園三年，不受僞職。尋丁父艱，廬墓側。適詔徵博學宏詞，少司寇任克溥首薦學夔，謂“昔長安賣賦，洛陽之紙頓貴；今全節罵賊，睢陽之舌猶存”。時服未闋，郡縣逼迫，匍匐赴京，吁乞終喪，得請歸。二十四年（1685）授山東寧陽令，興利除弊。巡撫錢玨疏薦授兵部主事，督理大通橋倉務，又督廣東鈔關，清慎精明，不渝素守。以遷葬假歸，七年不入城市。著有《榕城景物略》、《性理全書》、《倦庵録》、《甲午以後集》、《杜詩注解》等書。生平見《（乾隆）福建通志‧選舉志》、《（民國）閩侯縣志‧儒行四下》。

《杜詩注解》，《（道光）福建通志‧經籍志》、《（民國）閩侯縣志‧藝文志》著録。已佚。

## 71. 魏荔彤《批杜詩》

魏荔彤，字賡虞，又字念庭，一作念荔，號淡庵，直隸柏鄉（今屬河北）人。魏裔介（1616—1686）之子。年十二補諸生，以資入爲内閣中書，歷官鳳陽同知、漳州知府、江蘇常鎮道臺、江蘇按察使。居官能守家法，有惠愛聲。後忤大吏去官。明天文，通醫學，嗜古學，勤著述。著有《大易通解》十卷《附録》一卷、《懷舫集》三十六卷、《四書通解》、《朱子四書全義》、《性理遵訓録》、《道德經注》、

《南華經注》、《鬼谷子陰符經注》、《靈樞經通解》、《素問通解》、《張醫聖全書注解本義》、《心經注解》、《批楚辭》、《批杜詩》。生平見《清史列傳》卷六八、徐世昌《大清畿輔書徵》卷三八。

《批杜詩》,《(民國)河北通志稿·藝文志》著録。已佚。

### 72. 劉肅《竹齋集杜》二卷

劉肅,字元敬,華州(今陝西華縣)人。康熙二十三年(1684)舉人,授内閣中書,官至亳州知州。著有《劉子藏稿》、《竹齋詩稿》、《竹齋集杜》。

《竹齋集杜》二卷,乾隆五十八年(1793)《再續華州志》卷六《人物》著録。已佚。

### 73. 王樟《李杜詩選》

王樟,字禮南,號牆東,寶應(今屬江蘇)人。倜儻自憙,勇於有爲。嘗赴都,期一官自效,不得,歸築小園於東郊,與劉師恕(康熙三十九年進士,《清史稿》有傳)、喬溍觴詠以終。著有《李杜詩選》、《徐庾賦選》、《文選揭要》等,今均不傳。生平見《(民國)寶應縣志》卷一六。

《李杜詩選》,《(道光)寶應縣志·藝文志·書目》著録。已佚。

### 74. 沈亦田《評選陶杜詩》

沈亦田,杭州人,與王晫(1646—1719)友善,生平事迹不詳。

《評選陶杜詩》已佚,王晫《御賜齊年堂文集》卷二有《武林沈亦田評選陶杜詩序》。

### 75. 釋大涵《評杜集》

釋大涵(1647—1713),俗姓潘,吳江(今屬江蘇蘇州)人。九歲出家,師事靈巖月函。遊雁蕩、黃山,愛其名勝,遂自號雁黃。曾住太湖洞庭山,又號洞庭癡。結茅黃山軒轅臺,斷糧則食雪,亦號喫雪子、江城喫雪。與潘耒、吳苑、釋雪莊交往唱和。晚住海寧安國寺,吏部侍郎陳元龍巡撫廣西,招之遊桂,寂於肇慶,元龍爲作塔銘,葬桂林棲霞寺旁。著有《黃山遊草》十二卷、《西湖草》二卷、《補陀南參集》二卷、《彈指集》一卷、《桂羅壯遊集》四卷、《鹽官剩草》一卷。生平事迹見黃之雋《釋大涵傳》(《唐堂集》卷十五)。

《評杜集》,黃之雋《唐堂集》卷二十一《雜著五·詹言下篇》曰:"僧雁黃嗜詩,予見其評杜集及徐文長、屈翁山等集,皆獨出妙義。"已佚。

### 76. 楊文言《杜詩鈔》

楊文言(1651—1711),字道聲,號南蘭,武進人。瑮子,與兄昌言皆以善文名。康熙十二年(1673),爲耿精忠聘爲上客。三藩之亂平定後,楊文言因牽累羈押京師,事平得出。後變易姓名,爲幕賓於四方,徐乾學、李光地、余國柱爭禮聘之。終隱於家。著有《南蘭紀事詩》十五卷、《楚江詞》一卷、《周易淺述圖》、《圖卦闡義》、《易俟》、《書象圖説》、《書象本要》、《據奇發微》等。

《杜詩鈔》已佚,其妻曹葶真《絡緯吟》有《題南蘭杜詩鈔並引》,文曰:"余操作貧苦,未暇事翰墨。屬南蘭間關憂患,途梗數千里,郵筒都絶者三年。形影相弔,無以自托。小兒女啁啾膝前,日課數字。用虞伯生注杜子美七言近體詩,簡而易曉;抑以子美遭世亂,飄零楚蜀,其辭多幽思愁苦之聲。孤幃寒夜,篝燈讀之,感人尤深焉。私以意略去取,別録爲一帙。南蘭歸,殊訝其不謬。乃復南走閩甌,北之燕趙,十餘年來,曾無寧晷,以爲攜之行篋甚便。而余方借爲寒閨之伴,弗肯與,因請而手鈔,許之。頃歸自玉山,宛然成帙,又別選五言詩足之。余深喜其業之勤,而欲其長毋忘此,以庶幾有成也,爲書其後。"又題詩一首:"花下斑騅拂柳絲,隱囊書簏到門遲。月斜擁髻才相問,便喚銀燈看杜詩。"

### 77. 方正瑒《杜詩淺説》

方正瑒(1651—1703),字玫士,號寓安,桐城(今屬安徽)人。方以智長子中德次子。康熙廩貢生,讀書日記數千言,所爲詩古文詞,雄俊絶倫。遊京師,名公卿皆折節與交。嘗客於紅蘭主人岳端,有《應教詩》成帙,後倦遊而歸,益博研書史,著有《義史題衣録》、《杜詩淺説》、《管見録》、《源莊詩集》、《百結懸鶉莊集》。生平見《(道光)桐城縣志·人物志·文苑》。

《杜詩淺説》,《(道光)續修桐城縣志·藝文志》、《(光緒)重修安徽通志·藝文志》著録。已佚。方中發《白鹿山房詩集》卷十一《病中追慟瑒姪六首》曰:"論定一編全史書,注殘十卷少陵詩。"

### 78. 唐仲濟《杜詩插句》

唐仲濟(1653—1717),字汝楫,號隨庵,會同(今屬湖南懷化)人。歲貢生,性孝友,讀書不希仕進。周急恤困,終身不倦。專攻醫理,醫術精湛,診治貧者,分文不取。中年後,勤於著述,有《四書集解》、《禮記啓蒙》、《杜詩插句》、《字學啓蒙》、《醫書集解》、《與善堂文集》、《都邑圖考》、《南華經注補》。生平見《(民國)湖南通志·國朝人物二十四》。

《杜詩插句》,書名一作《杜詩析句》,《(光緒)湖南通志·藝文志》、《(民國)湖南通志·藝文志十四·集部六》著録。已佚。

### 79. 汪森《輯杜韓詩》三卷

汪森(1653—1726),字晉賢,號玉峰,又號碧巢,原籍安徽休寧,徙居浙江桐鄉。康熙間拔貢,歷攝臨桂、永福、陽朔知縣,爲桂林通判,後轉太平。擢知鄭州,會丁母憂,未赴。服闋,補刑部山西司員外郎,遷户部江西司郎中,年六十一告歸。森少時即工詩詞,曾迎周篔至家，從之學詩，得以交接兩浙名士，既復與黃宗羲、朱彝尊、朱鶴齡、潘耒等名賢前輩商榷，藝業益進。在廣西時曾編《粵西詩載》二十四卷附《詞》一卷、《文載》七十五卷、《從語》三十卷。著有《小方壺存稿》十八卷。生平事迹見《清史列傳》卷七一、《國朝耆獻類徵》卷一四二。

《輯杜韓詩》三卷，《(道光)徽州府志》卷一一之四《人物志·文苑》著錄，稱汪森"輯有杜韓詩三卷"。已佚。

## 80. 王舟《古懷堂杜詩評注》

王舟，字友湄，別號恥齋，高郵人。康熙三十七年(1698)歲貢生。讀書好析古經疑義，年十七名聞鄉里。曾賣產償兄債；幼弟失明，割膏腴地與之。同邑孫宗彝之獄，諸生被械繫者十一人。當事知舟爲仇者所中，復遣歸，自是無意仕進。遭際坎坷，未嘗戚戚，而以不及古人爲恥，故自號恥齋。殁後，門弟子私謚曰"孝毅"。著有《閱史日鈔》、《古懷堂杜詩評注》。

《古懷堂杜詩評注》，光緒《再續高郵州志》卷四著錄。已佚。

## 81. 徐鵬《集杜詩詞》二卷

徐鵬，字鳴九，疑號雲程，江寧(今江蘇南京)人。本業儒，後成武進士。周采泉稱其爲順治時武進士(《杜集書錄》外編卷五《集杜和杜戲曲類》)，考《(同治)上江兩縣志·科貢》，徐鵬乃康熙四十二年(1703)癸未科武進士，則其應爲康熙時人。詩、古文、小令皆擅場，兼工書。爲人謙抑方潔，士林咸重之。兵部將選爲守備，以兩兄没、親老，辭不赴；終父母之世，而鵬年已老矣。衣粗食淡，舉止怡然。素善酒飲，可四五十器不改矩步。著有《虛白齋集》三十卷、《集杜詩詞》二卷。生平事迹見《(同治)上江兩縣志·耆舊中》。

《集杜詩詞》二卷，《(同治)上江兩縣志·藝文中》著錄。已佚。

### 82. 温睿臨《評選少陵集》一册

温睿臨,字鄰翼,一字令貽,號晒園,烏程(今浙江湖州)人。温體仁族孫。康熙四十四年(1705)舉人,以詩古文雄於時。性伉直,好面折人過,京師卿相皆敬禮之。與四明萬斯同交最善,會開《明史》局,徐元文延萬主任編纂,因常相過從,多所參論。著有《晒園文集》、《南疆逸史》、《山響樓集》。尚有《吾征録》、《均役全書》、《遊西山吟稿》若干卷,均不傳。生平事迹見《(同治)湖州府志·人物傳·文學三》。

《評選少陵集》一册,卷前載温濤序,《(民國)南潯志》著録。已佚。

### 83. 姜文燦《杜詩集注》

姜文燦,字我英,丹陽(今屬江蘇)人。康熙四十四年(1705)貢生。著有《詩經正解》三十卷,《四庫全書總目》著録。曾與修《(康熙)丹陽縣志》。

《杜詩集注》,《(光緒)丹陽縣志·藝文志》、《(民國)丹陽縣志·藝文志》著録。已佚。

### 84. 徐禄宜《杜詩偶識》

徐禄宜,字天益,武康(今浙江德清)人。康熙四十七年(1708)恩貢。生性敏捷,不外露。悉心濂、洛、關、閩諸書,有所得,爲文以紀其要,以明道爲主,雖淺近平淡,而意蘊自深。遇有學者,恒虛衷誠意與論是非。選太平訓導,造就多士。爲學至老不倦,卒年八十七。著有《存辨録》、《四子書義》、《偶存録》、《左傳列國分編》、《麗澤編》等。生平事迹見《(同治)湖州府志·人物傳·文學三》。

《杜詩偶識》,《(同治)湖州府志·藝文略》著録。已佚。

## 85. 管鳳苞《杜詩纂注》四卷

管鳳苞,字翔高、相南,號桐南,晚號長耐老人,海寧(今屬浙江)人。康熙四十八年(1709)進士,授高陽知縣,有善政。以事罷歸,里居鍵戶,益肆力於經書,其學以四子爲綱領,以諸經爲條目。卒年八十六。著有《讀經筆記》三十六卷、《續筆記》二十卷、《三禮纂要》二十卷、《平昌家乘略》一卷、《杜詩纂注》四卷、《塞外紀行草》二卷、《慎餘堂文集》十卷。生平事迹見《(民國)海寧州志稿·人物志·文苑》。

《杜詩纂注》四卷,《(光緒)杭州府志·藝文十》、《(民國)海寧縣志稿·藝文志·典籍九》著録。《(民國)海寧縣志稿》稱此書"寫本,纂虞山本及參以他書。前有《讀杜例言》十餘則,有武水周氏翼洙序"。

## 86. 鄭宏慶《少陵詩注》

鄭宏慶,字裕菴,南宮(今屬河北)人。御史維孜孫。康熙五十年(1711)舉人,官河間教諭,嚴考課,敦士習,聲重一時。好讀書,暮年猶手不釋卷,興至輒托諸詩以見志。注少陵詩,凡三易稿。采輯本邑事迹,分類編集,續前明邢子願邑志,簡嚴有法。年六十九致仕。著有《少陵詩注》、《南宮續志》。生平事迹見徐世昌《大清畿輔書徵》卷三七。

《少陵詩注》,徐世昌《大清畿輔書徵》卷三七著録,稱鄭弘慶"注少陵詩,凡三易稿"。已佚。

## 87. 富中琰《杜詩集解》

富中琰,一作中炎,字韜上,號鮮生,晉江(今屬福建)人。鴻基長子。自幼力學,凡經史諸子百家及山川輿圖方物之書,靡不淹貫。年十二爲諸生,旋食餼。奉母抵京,入成均教習,三年期滿,以親老不就職,居京六載,名籍一時,如黃樕園、翁鐵菴、韓慕廬、陳説巖、吳銅川諸公,皆以古人相推許。丁艱服除,謁銓得大姚令,報最,擢遼陽知州,後以病告歸。著有《杜詩集解》、《梟羹集》、《燕遊草》、《韻法指南》。生平事迹見《(道光)晉江縣志》卷五十六《人物志·文苑二》。

《杜詩集解》,《(道光)福建通志·經籍志》著録。《(乾隆)泉州府志·藝文志》著録,書名作《杜詩全集注解》。已佚。

### 88. 郭應元《杜詩選》

郭應元,字景仁,號蓼洲,永春(今屬福建)籍,晉江(今屬福建)人。康熙五十二年(1713)舉人,六十年(1721)進士,授邵武府教授。父病,嘗刲骨以進。兄暮年喪子,爲置妾。兄殁,撫侄如子。以先墳未葬,乞歸,未幾卒,年六十六。應元自爲諸生,腹中積書,能舉其詞者,尚數千卷。以時文教人,必原本先輩,故遊其門皆有軌範。嘗選評黃景昉、吳青嶽、鄭太白三先生制義,指點親切,如開生面。與江左儲六雅、江右馮夔颺交尤篤。張同江嘗云:"郭君古文超邁李習之,詩則大曆以上。"所著有《四書解》、《蓼洲詩文集》、《杜律解》。生平事迹見《(道光)晉江縣志》卷五六《人物志·文苑二》、《福建通志》卷二四二《國朝孝義》。

《杜詩選》,《(道光)福建通志·經籍志》、《(民國)福建通志·藝文志》著録。《(道光)晉江縣志·人物志·文苑二》著録,書名作《杜律解》。已佚。

### 89. 褚菊書《讀杜臆解》

褚菊書,字榮九,秀水(今浙江嘉興)人。康熙五十二年(1713)舉人,雍正七年(1729)任寶山縣知縣,十三年任上海縣知縣。乾隆元年(1736),舉博學鴻詞。三年知邳州,六年知滁州,後引疾歸。著有《易象數臆解》、《投筆齋集》等。生平見《(光緒)嘉興府志》卷五二。

《讀杜臆解》,《乾隆徵士記》、朱克敬《暝庵雜識》著録。《(光緒)嘉興府志》著録,書名作《讀杜臆説》。已佚。

## 90. 羅湛《杜詩注》五卷

羅湛,字定水,南海佛山人。羅顥子,諸生。工楷書,嚴謹工整,略有臺閣體意。著有《卷曲集》五卷、《杜詩注》五卷。扶父櫬返里,慟卒。生平見《(民國)佛山忠義鄉志》卷九《人物志》羅顥傳附。羅顥,字顥甫,爲康熙甲子(1684)副貢,仕石城教諭,以病卒於官。著有《四書講説》、《四方草堂集》、《天文歲鈔》。

《杜詩注》五卷,《(民國)佛山忠義鄉志》卷一一《藝文下》著録。已佚。

## 91. 陳克鬯《杜詩注》十卷

陳克鬯(1656—1732),初名克覺,小字芾,字震修,號雲怡、坐閑主人,海寧(今屬浙江)人。陳冀子,陳孝纘父。邑庠生,入北雍,考授州同知。著有《杜詩注》十卷、《古文百篇選評》二卷、《雲怡詩文集》等。生平見《(民國)海寧州志稿·藝文志·典籍十二》、陳賡生纂《海寧渤海陳氏總譜》卷十。

《杜詩注》十卷,陳敬璋《渤海陳氏著録》著録云:“存,寫本。”《(光緒)杭州府志·藝文十》、《(民國)海寧州志稿·藝文志·典籍十二》亦著録。錢泰吉《海昌備志·藝文志》載作者自序略云:“乙未(1715),坐閑主人屬批杜集,選而注之,閲五年而後成。”則成書於康熙五十八年(1719)。

## 92. 程琦《集杜各體詩》

程琦,字再韓,桐鄉(今屬浙江)人。康熙庠生,才氣奔放,作長律援筆立就。性喜杜,有《芳嶨詩稿》。生平事迹見《(光緒)桐鄉縣志·藝文志》。

《集杜各體詩》,《(光緒)桐鄉縣志·藝文志》著録。已佚。

### 93. 王鶴江《讀杜心知》

王鶴江,字岷始,朱涇(今屬上海金山區)人,一説涇縣(今屬安徽宣城)人。康熙五十八年(1719)充貢生。生性至孝,居父母喪,哭泣幾不欲生。族有不能葬親者,贈以地,復貸之費以葬之。凡族之墳糧祭掃,子孫不能承者,身任之,未嘗有德色。所著有《學庸撮要》、《粤遊草》、《讀杜心知》。生平見《(光緒)金山縣志·義行傳》。

《讀杜心知》,《(光緒)松江府續志·藝文志》、《(光緒)金山縣志·藝文志》、《涇縣志·藝文志》著録。已佚。

### 94. 楊治衢《杜詩彙箋》

楊治衢,雲夢(今屬湖北)人。康熙五十九年(1720)舉人,與夏力恕同榜(見《湖廣通志》卷三六《選舉》)。著有《毛詩施嬉集》、《杜詩彙箋》。

《杜詩彙箋》,《(民國)湖北通志·藝文志十四·集部六》引《雲夢志》著録。已佚。

### 95. 梅瑋《杜詩集注》

梅瑋,字葉鳴,安順(今屬貴州)人。梅廷楨長子。康熙末人。任博平知縣。性遲鈍,而爲學刻苦,久乃豁悟,詩古文皆工。著有《杜詩集注》。生平事迹見《(民國)貴州通志·人物志五·文學上》梅廷楨傳附。

《杜詩集注》,《(民國)貴州通志·藝文志十八》著録。已佚。

### 96. 顧宏《杜詩注解》十二卷

顧宏,生平不詳。周采泉《杜集書録》稱:"顧宏,字伯厚,崑山人,清初布衣。"

《杜詩注解》,《清史稿·藝文志四》著録。未見。疑即顧宸《辟疆園杜詩注解》之《五律注解》十二卷。"顧宏"乃"顧宸"之誤。

周采泉於《杜集書録》一書中稱："此本向未見各家著録,亦未見有
援引者。《清史稿·藝文志》録清人注杜評杜之作共二十二種,遺
漏者不少,而獨列此書于吳見思之後,江浩然之前,且具體説明爲
十二卷本,則當時必親見是書。《清史稿·藝文志》爲朱少濱先生
(師轍)所屬稿,惜當日未曾親叩之。現查各地公私藏家書目,均
未見此書,不知尚能蹤迹否?……又查《光緒崑新兩縣續修合
志》,不僅《藝文志》未録此書,《人物傳》及《選舉志》中亦無顧宏
其人,或里籍有誤,暫存於康熙朝末,容續考。"按:《光緒崑新兩縣
續修合志》中實無顧宏小傳,今檢其事迹附見《潘澄傳》,知其與潘
澄等十三人於崇禎末結畫社,各肖其像,曰"玉山高隱"。潘澄傳
亦收入《國朝耆獻類徵初編》卷四六三。周采泉指出《清史稿·藝
文志》的編者朱師轍曾親見是書,言外之意是説,該本可能目前已
經散佚。那麼難免會令人生疑:既然《清史稿·藝文志》收録的
22 種杜集文獻全部都是常見的注本,其中 21 種目前均能見到,那
麼爲什麼單單顧宏的《杜詩注解》一書會散佚呢?民國時期的《清
史稿·藝文志》的編纂者尚能得見的杜詩通行注本,怎麼到了現在
竟然在所有的公私著録中都找不到任何蛛絲馬迹呢?故該書極有
可能是《清史稿·藝文志》的編者在著録的時候發生了錯誤,將
"顧宸"訛爲"顧宏"。顧宸《辟疆園杜詩注解》的卷數是十七卷,
《清史稿·藝文志》著録的顧宏《杜詩注解》爲十二卷,這是因爲顧
宸《辟疆園杜詩注解》分爲《七律注解》五卷和《五律注解》十二卷
兩個部分,《清史稿·藝文志》的編者很可能是對《辟疆園杜詩注
解》沒有著録完全,只著録了其《五律注解》部分的十二卷,而將
《七律注解》五卷遺漏。其詳可參王新芳、孫微《〈清史稿·藝文
志〉著録顧宏〈杜詩注解〉辨正》一文①。

---

① 載《集美大學學報》(哲學社會科學版)2011 年第 2 期。

## 97. 楊世清《杜詩筏喻》一卷

楊世清,初名迥,字滄遠,一字西來,嘉定(今屬上海)南翔人。國子生,負才遊秦中,佐某中丞幕。好遊名山,足迹半天下。巡撫湯文正檄毀淫祠,世清請改建小學,時論稱之。著有《杜詩筏喻》一卷。生平事迹附見《(嘉慶)南翔鎮志・楊志達傳》,又見《(光緒)嘉定縣志・文學傳》。

《杜詩筏喻》一卷,《(嘉慶)南翔鎮志・藝文志》、《(光緒)嘉定縣志・藝文志》均著録。已佚。《(光緒)嘉定縣志・文學傳》中稱楊世清"博聞廣見,注杜詩糾正諸家訛舛",當即指此書。

## 98. 王家瓚《杜詩疏義》

王家瓚,字端臣(周采泉《杜集書録》誤作字"瑞臣"),一字緘齋,長洲(今江蘇蘇州)人。少歲多讀書,工晉唐人楷法。承先人志,不爲科第計。家有瘠田數畝,悉讓兩弟。父故名醫,年既老,倦於治病。端臣繼其業,賣藥爲活。務濟人,不計利,一如其父。遠道常帶星往還,得少值,奉其父母。見者識其藥囊,稱"小王孝子",別於"老王孝子"。年六十六卒。著有《杜詩疏義》。事迹詳見《國朝耆獻類徵初編・孝友八》沈德潛撰傳。

《杜詩疏義》,《(同治)蘇州府志・藝文志》著録。已佚。

## 99. 秦汝霖《杜律注》

秦汝霖,字臣溥,鎮江(今屬江蘇)人。生活於康熙時期。性疏宕,不事家人生産,惟讀書飲酒而已。所著《古處堂詩集》多名句可傳,嘗自書於斗室有云:"多情惟酒伴,餘事作詩人。"有《杜律注》、《古處堂詩集》。汝霖妻卜氏於汝霖死後,食貧苦節,撫二孤明材、明極,俱能孝養其母。門人顧心才而夭,遺詩百餘首,深得汝霖之傳。生平事迹見《(光緒)丹徒縣志・儒林傳》。

　　秦汝霖《杜律注》，《（光緒）丹徒縣志》卷四十六《書目》著錄。
已佚。

　　陳檀禧，字延喜，丹徒人。秦汝霖酒伴。精字學，工書法。順
治十一年，於滕王閣題詩，爲江西巡撫蔡世英所賞。《京江耆舊集》
曰："延喜性與汝霖同，詩宗杜老，書法尤工，後汝霖二十餘年以酒
病肺死。"著有《三知堂集》、《杜律注》及《五經音韻》、《四書音
釋》。生平見《京江耆舊集》卷三、《京江耆舊小傳》①、《（光緒）丹
徒縣志·儒林傳》秦汝霖傳附。《京江耆舊集》卷三錄其詩四首，錢
仲聯《清詩紀事》順治朝卷錄其《冷秋江寄詩》殘句曰："劉伶歲月
都憑酒，杜甫功名只在詩。"

　　陳檀禧《杜律注》，張學仁、王豫《京江耆舊集》卷三、《（光緒）
丹徒縣志·儒林傳》均著錄。按，陳檀禧與秦汝霖關係密切，二人
又均撰有《杜律注》，意其爲同一書。因《（光緒）丹徒縣志·書目》
僅著錄秦汝霖《杜律注》，並未著錄陳檀禧《杜律注》，故不另列目，
姑附秦汝霖《杜律注》條之後。


### 100. 胡捷《少陵詩話纂》

　　胡捷，字象三，大興（今屬北京）人。康熙初，因其父爲河西務
關掾，移居天津，遂居於津。室名讀書舫，一名讀書軒。幼與查爲
仁同學。生平風懷高雅，工書善畫，不慕浮榮，以諸生終老。年四
十三卒。查爲仁《蓮坡詩話》云："象三幼有神童名，十歲能詩文，
與余同硯席者三十年。其詩清潤和婉，時出性靈。"著有《讀書舫
文鈔》、《讀書軒集》、《歷代紀原》、《江上吟》等。

　　《少陵詩話纂》，《（民國）河北通志稿·藝文志》著錄。已佚。

---

　　① 屈萬里、劉兆祐《明清未刊稿彙編·硯山叢稿》，聯經出版事業公司1976年版，
第115頁。

### 101. 楊淮《李杜集旁注》

楊淮,字青岑,丹徒(今江蘇鎮江)人。生活於康熙時期。資性敏篤,少家貧,力學讀書,恒經夜不倦。未冠遊庠,旋食餼,授書月華山下。以經學、性學爲本,古文次之,時藝又次之。文法韓、蘇。鄉試十三薦不舉,怡如也。年四十貢成均,六十八授昭文訓導,教如平日。弟子先後數百,感其教,俱能勵行。昭文博士王家相、言本忠尤所賞識。時汪志伊巡糧常熟,董教增主講虞山,皆與莫逆,推爲老宿。年七十七卒於官所。著有《讀易一隅》、《史論集評》、《李杜集旁注》,藏於家。又孝義素著,凡叔伯兄弟輩仰食之,無難色。又嘗睦族修牒、焚券賑貧。不喜聞譽,或有感謝者,輒以不知辭。生平事迹詳《(光緒)丹徒縣志・儒林傳》。

《李杜集旁注》,《(光緒)丹徒縣志》卷四十六《書目》著録。已佚。

### 102. 羊光垜《杜詩恒言解義》四卷

羊光垜,字餘眉,號耐軒,海寧(今屬浙江)人。生活於康熙時期。

《杜詩恒言解義》四卷,《(民國)海寧州志稿・藝文志・典籍十》著録,並引《勝覽》云:"《恒言解義》者,合講章、傳奇體,讀之如聽平話,娓娓動人,且頗有發明焉。"《(光緒)杭州府志・藝文十》亦著録。《(民國)浙江通志稿・藝文志》作《杜詩恒言解蒙》。已佚。

### 103. 沈世德《杜詩注訂譌》

沈世德,字晉公,烏程(今浙江湖州)人。康熙時諸生,庠姓邱。隱居湖濱,詩文宗仰杜韓,餘不屑也。品詣孤介,厄窮以老。著有《杜詩注訂譌》、《左史韓柳文印》。生平見《(同治)湖州府志・人物傳・文學三》。

《杜詩注訂譌》,《(同治)湖州府志·藝文志》著錄。《重修浙江通志稿》第四十六册《著述考》著錄,書名爲《杜詩注訂訛》。已佚。

### 104. 馮秉榛《杜集疏解》

馮秉榛,字山有,烏程(今浙江湖州)人。康熙貢生。取朱子《四書》潛心玩索,發揮超詣。讀《毛詩》,以意逆志,采取風人微旨。以及陶詩、杜集,皆有疏解。晚年精於醫,所居曰留此莊,水木明瑟,良友至則焚香瀹茗,流連不去。著有《十畝詩集》。生平見《(同治)湖州府志·人物傳·文學三》。

是書《(同治)湖州府志·藝文志》並未著錄,《(同治)湖州府志·人物傳·文學三》稱馮秉榛"陶詩、杜集,皆有疏解",此姑列名曰《杜集疏解》。已佚。

### 105. 馬鑾《杜詩考證》十卷

馬鑾,字千仞,號髣山,桐城(今屬安徽)人。編修教思(1629—1702)次子。康熙時諸生。幼穎悟,八歲能詩,繼與兄霄齊名,有聲庠序。賦性清直,久困不得志,處之怡然。精篆隸,工鐫印章,蒼勁入古。有所寄托,輒見於詩歌,其蜀遊詩尤爲世所稱。著有《髣山詩文集》十卷、《杜詩考證》十卷。以子樸臣貴,贈文林郎、内閣中書舍人。生平見《(道光)桐城縣志·人物志·文苑》。

《杜詩考證》十卷,《(道光)桐城縣志·人物志·文苑》、《(光緒)重修安徽通志·藝文志》著錄。已佚。

### 106. 趙思植《小堂集杜》

趙思植,字培元,號竹窗、勿庵、廣文、磨嶺散人,山西太平趙康鎮人。愛日堂主人趙熟典之父。康熙貢生。雍正元年官襄垣教諭,適山右大饑,賑災有功。職滿,遷大同右衛教授,不就。著有

《四勿堂集》、《耐寒齋雜詩》、《竹窗詩草》、《小堂集杜》。生平事迹見王瑋《洗桐居士文集》卷三《趙廣文傳》、《國朝耆獻類徵初編》卷二五二《僚佐四》曹學閔撰《墓表》。

　　王瑋《趙廣文傳》稱趙思植"所著有《竹窗詩草》、《耐寒齋詩》、《小堂集杜》若干卷,藏於家"。瞿冕良《中國古籍版刻辭典》稱《四勿堂集》、《耐寒齋雜詩》、《竹窗詩草》、《小堂集杜》均有趙熟典愛日堂刻本。檢王旡曾《旭華堂文集》卷四《趙培元集李杜詩序》曰:"向聞談詩者,以七言倍難於五言。予非詩人,茫然不解也。近見趙子培元所爲《李杜集句詩》,乃亦止集其五言而不及七言,豈集句者亦難耶? 趙子自爲詩,五言七言俱有佳者,予不敢問,獨見所集句止五言也。使茫然不解者,亦從而怪之,豈其七言更無佳句可集耶? 予向者促人歸里,有'汾山桃柳如相待,花葉參差半未開'之句;又遊汾西,有'多情最是迎人鳥,青壁十尋叫樹梢'之句,其可否言詩? 都不敢以質詩人。但見趙子集句詩如此,予將俟春日寒却,抱李杜全集而走問之。"序後有趙熟典注曰:"先生此文,乃先教授府君居襄垣署所作《耐寒齋雜詩》序也。府君即世後,典久合《竹窗詩草》、《小堂集杜》諸刻問世。今校讎及此,感先型俱邈,不覺泫然淚下,因敬跋數語,以深銘佩。孫婿熟典敬識。"則《小堂集杜》一書確曾由趙熟典刊刻。未見。

## 107. 汪濟民《杜詩訂注》十卷

　　汪濟民,歙縣(今屬安徽)人。《江南通志・人物志・列女》稱:"汪濟民妻潘氏,歙縣人,早寡,守節,嘗刲股療姑疾。"並稱其爲康熙間人。

　　《杜詩訂注》十卷,《(光緒)徽州府志・藝文志》著録。已佚。

## 108. 董孫籥《和杜吟》一卷

　　董孫籥,字夏序,號逸田,鄞縣(今屬浙江寧波)人。道權少

子,約生活於康熙、雍正時。著有《和杜吟》一卷、《消暑吟》一卷、
《甬上薤露詞》一卷、《明詩選》二册。

《和杜吟》一卷,《(同治)鄞縣志》卷五十八《藝文七》著録。
已佚。《四明叢藁》前有同治間徐柳泉跋曰:"卷首所謂董逸田者,
名孫篇,與謝山友。前余得其殘稿及《和杜吟》及《擬甬上燕露詞》
及《消暑吟》各一卷,亦是手稿,亦叢殘蠹損,詩亦不甚工。以吾鄉
先輩,爲鄭重裝裱成册,亂後失去,未知鄞中尚有副本否也。(同治
七年)六月五夕,柳記。"①

### 109. 伊予先《杜詩参》

伊予先(1659—1731),字介耳,號簡庵,寧化(今屬福建)人。
康熙三十五年(1696)舉人,五十三年(1714)任湖廣桂東縣令。公
餘聚士子講授,文風丕振。在任七年,以病乞歸。著有《四書引
諺》、《讀詩引諺》,已刊行;未刊有《詩經説》、《左傳析疑》、《杜
詩参》、《論世略》、《制藝詩古文》、《宰桂存稿》凡若干卷。生平事
迹見雷鋐《伊介耳先生墓表》(《經笥堂文鈔》卷下)、《(民國)福建
通志·循吏傳》、《寧化縣志·獨行傳》。

《杜詩参》,《(道光)福建通志·經籍志》、《(民國)福建通
志·藝文志》著録,注云:《宰桂存稿》。則《杜詩参》似應附於《宰
桂存稿》之中,書或成於伊氏知桂東縣時。

### 110. 張涵《杜律近思》五卷

張涵,字浴青,苕東(今屬浙江湖州)人。生活於康熙時期,與
董浩友善。按:董浩,字扶摇,南潯人,董漢策(1622—1691)從孫,
康熙五十九年(1720)舉人。《吴興詩話》謂其"詩文負盛名",與"浙

---

① 湯蔓媛纂輯《傅斯年圖書館善本古籍題跋輯録》第一册,臺北"中研院"史語所
2008年版,第235頁。

西六家"之一的嚴遂成相唱和。著有《南谷詩集》。

《杜律近思》五卷,傅增湘《藏園群書經眼録》著録,署"清苕東張涵浴青撰",係稿本,有康熙六十年(1721)張涵自序、南潯董浩序。《古書流通處舊書目》亦著録。未見。

### 111. 盧生甫《杜詩説》三十六卷

盧生甫(1663—1729),字仲山,平湖(今屬浙江)人。四歲喪母,即解承志。康熙四十五年(1706)進士,授山東定陶知縣。時值羽書旁午,纖毫不以累民。尋擢知州。五十九年攝廣東臨高縣,戢奸剔弊,海島風教爲之肅清。再舉卓異,内升刑部郎中,進解律例,稱旨。出知貴州遵義府,有惠政。時值清丈,躬自履勘。歲餘以勞卒,年六十七。生平端謹清慎,家無儲蓄,蕭然若處士。著有《孝經注》、《左傳八評》、《漢書評林》、《讀律著疑》、《東湖乘》等。生平事迹見《(光緒)嘉興府志》卷五八、《(光緒)平湖縣志·列傳二》。

《杜詩説》三十六卷,抄本,《(光緒)平湖縣志》卷二十三《經籍志》著録:"路《志》,未刊。《自序》:夔州後詩錯誤甚多,峽中地少文人,當時傳寫失真,余抉剔釐正之。"孫殿起《販書偶記》著録云:"《杜詩説》二十八卷,約嘉慶間抄本。墨格,板心有'詒穀堂'三字。"項士元《浙人著述經眼録續編》(浙江圖書館藏稿本)著録云:"《杜詩説》二十八卷,乾、嘉間抄本。"陸惟鎏《平湖經籍志》卷三著録,並注云:"同邑孫氏映雪廬藏,稿本未刊。"並録盧生甫《自序》云:"憶其始事,以至於成,與之虚而委蛇者,已二十年於兹,而又得良友以正之。非必求甚解,亦庶幾逆少陵之志而已。因詮次卷帙,顔曰《杜詩説》,以俟他日付梓。"末署"清康熙壬寅(1722)冬日書于臨高署中之芝閣"。則是書成於康熙六十一年(1722)。盧生甫半生心血尤在《杜詩説》一編。據《東湖乘》陸惟鎏跋,民國二十五年(1936)夏,于北平某書肆見其稿,馳書購之,已爲人先得去,今不知尚存世否。①

### 112. 劉志圻《陶杜詩集注》

劉志圻(1664—1702),字禹甸,潁州(今安徽阜陽)人。康熙三十七年(1698)由鳳陽府學拔貢(見《江南通志·選舉志·薦舉二》)。手注《周易》、《春秋》、《性理》、《史記》、陶詩、杜詩。有詩文集,家藏。書得虞永興筆法。著有《史記注補》(《安徽通志·藝文志》作《史記補正》)、《陶杜詩集注》等。生平事迹見《(乾隆)潁州府志》卷八《人物志》。

《陶杜詩集注》,《(光緒)重修安徽通志·藝文志》著録。已佚。

### 113. 黃之雋《杜詩鈔》一卷

黃之雋,生平事迹見前。

《鈔杜詩》,爲康熙三十一年(1692)手抄本,已佚。黃之雋《杜詩鈔題辭》曰:“歲壬申夏,予鈔杜詩,帙成矣。有見於杜之天(大),念學杜者之非,不居然杜哉,而孰則遂杜視之也?”(見《唐堂集》卷二十三)

### 114. 胡慶豫《杜詩集注》十八卷

胡慶豫(？—1766),字雠來,號東坪,平湖(今屬浙江)人。歲貢生。少日攻今古文,遊江西時,與常州邵長蘅、南昌彭元叔交,始學爲詩。著有《東坪集》八卷,《四庫全書總目》著録。生平事迹見《(光緒)平湖縣志》卷十七《人物列傳三》。

《杜詩集注》十八卷,《(光緒)平湖縣志》卷二十三《經籍志》著録,稱“路《志》,未刊,十八卷。是書分類編次,小注旁採各家,

---

① 蔣寅《清詩話考》,中華書局 2005 年版,第 130 頁。

總注從仇本節略。《續詩繫》作十五卷。周儒亦有《杜詩集注》十八卷,仝見路《志》,未識異同否"。近人陸惟鎏《平湖經籍志》引《續槜李詩徵》、陸奎勳《東坪胡公傳》亦作十五卷。

### 115. 沈三秀《杜詩詳解》

沈三秀,字石塘,歸安(今浙江湖州)人。清初布衣,與同里沈懋華(字芝岡,號蓉卿,雍正元年進士,官御史)並有詩名。嘗客商丘宋犖幕,歸里與姚鏖結花月社,鄭遵佶《續湖州詩錄》,得其全集傳之。有《客遊草》二卷、《西坡酬唱集》、《求志堂詩文全集》、《雙溪唱和集》、《杜詩詳解》。其詩《兩浙輶軒錄》采錄頗多。生平事迹見《(同治)湖州府志·人物傳·文學三》。

《杜詩詳解》,《(同治)湖州府志·藝文略》著錄。已佚。

### 116. 蔣金式《杜詩編次》

蔣金式,生平事迹見前。

《杜詩編次》,《(光緒)武進陽湖縣志·藝文志》、張惟驤《清代毗陵書目》卷八著錄,均注:"已佚。"蔣金式另有《批註杜詩輯注》,可以參看。

### 117. 劉霈《杜詩解》

劉霈,字左瑛,南豐(今屬江西)人。康熙四十四年(1705)舉人。

《杜詩解》,《(民國)南豐縣志·藝文志》著錄。已佚。

### 118. 葉亮《集杜詩》

葉亮,字敬六,慈溪(今屬浙江寧波)人,仁和(今浙江杭州)籍。康熙四十八年(1709)進士。知山東定陶縣,初至,縣小祲,請賑,格於例,乃貸數百金爲倡,置廠分給,民德之。定陶爲濟水所經,故渠漸淤,爲疏鑿下流,以大湖爲瀦,遂無泛濫之患。善聽斷,屢奉檄讞旁縣疑獄。曹縣民甲殺人而誣乙,獄具矣,亮覆核,夢神示以鏡,曰:"殺人者,鏡中人。"亮曰:"鏡中人,即對鏡人,得非甲自殺乎?"鞫之,立服。設義學以課士,多所成就。調霑化縣,告歸。按:亮,慈溪縣鳴鶴場人,以仁和籍中式,故《杭州府志》載之有傳。著有《和陶詩》、《集杜詩》。生平事迹見尹元煒《溪上遺聞集録》卷八。

《集杜詩》,《(光緒)慈溪縣志・藝文志》著録。已佚。

### 119. 沈元滄《杜詩補注彙》

沈元滄(1666—1733),字麟洲,號東隅,又號晚聞翁,仁和(今浙江杭州)人。康熙四十四年(1705)、五十六年兩中副榜。六十年以教習授廣東文昌知縣,在職四年,有績。後以事被累劾免,編管寧夏,扶病而歸,不逾年卒,年六十八。乾隆間以子廷芳貴,贈翰林院庶吉士、編修、參議,階至朝議大夫。元滄著有《滋蘭堂詩集》二十卷(一作十卷)、《文集》六卷、《禮記類編》三十卷及《雲旅詞》、《念舊詞》、《奇姓編》、《充安齋雜著》、《今雨軒詩話》、《杜詩補注彙》、《黎岐雜記》、《平黎議》等。事迹詳見《清史列傳・文苑傳二》、顧棟高所撰《墓誌銘》(《萬卷樓文稿》卷七)、沈彤所撰《贈山東布政使司參議沈公墓表》(《果堂集》卷十)、儲大文所撰《墓表》(《存硯樓文集》卷十五)、鄭方坤《國朝名家詩鈔》卷四小傳。

《杜詩補注彙》,《(光緒)杭州府志・藝文十》著録,然署"仁和沈名滄輯"。錢泰吉《海昌備志》亦著録。一名《杜詩補注》,成都杜甫草堂1959年《第二次徵集書目》著録,稱有乾隆十七年(1752)寫刻《滋蘭堂全集》本。未見。

### 120. 曹五一《集李杜詩》

曹五一,生平不詳,五一疑乃其號,與張叔珽(1666—1734)

友善。

《集李杜詩》，已佚，張叔珽《剡嘯文集》卷下有《曹五一集李杜詩序》。

### 121. 屈復《杜工部詩評》十八卷

屈復（1668—1739後），字見心，號金粟，晚號悔翁，蒲城（今屬陝西）人。十九歲時童子試第一名。不久出遊晉、豫、蘇、浙各地，又歷經閩、粵等處，並四至京師。乾隆元年（1736）曾被舉博學鴻詞科，不肯應試。七十二歲時尚在北京蒲城會館撰書，終生未歸故鄉。屈復熟悉歷代興亡史實，自負有經世才略，曾說：“隨行一卷書黃石，爛在腹中三十年。”（鄧之誠《清詩紀事初編》卷八）屈復詩風格渾勁樸真，悲涼郁勃，現存五七言近體和古體2200多首，内容大多詠史記事，旅遊酬答，在不少作品裏表現了他的故國興亡感慨。著有《弱水集》二十二卷、《楚辭新注》九卷、《杜工部詩評》十八卷、《唐詩成法》八卷、《玉谿生詩意》（又名《李義山詩箋注》）八卷，皆爲乾隆刊本，後曾被列爲禁書。尚著有《南華通》。生平事迹見《清史列傳·文苑傳二》、劉紹攽《關中人文後傳》。

《杜工部詩評》十八卷，錢仲聯主編《中國文學家大辭典（清代卷）》著錄。但未見傳本。周采泉《杜集書錄》内編卷九《輯評考訂類二》著錄有屈復《批杜詩》，謂是“余重耀過批在時中書局石印《錢箋》本上”，並引余氏題云：“戊午五月，得鈔評杜詩于豫章，爲屈悔翁評本，向未見鋟版，可珍也。惜原書破損，雨窗多暇，遂過錄屈評於此帙。”余氏所云“屈評”，當係《杜工部詩評》耶？上海古籍出版社1998年版《中國古籍善本書目·集部》著錄清杭世駿鈔本《杜工部集》十八卷，謂“杭世駿錄清王士禎、屈復批”，並有葉德輝跋。《續修四庫全書總目》之杭世駿《杜工部集》提要曰：“世駿錄其評點杜詩，至與士禎相等。案此書前有世駿手跋云：並錄士禎、屈復兩家評點。旁鈐堇圃二字，朱文篆書方印。足見前輩虛心下氣，不以門户意見,没其是非之公。復于杜詩用功至深,故能指摘其疵纇,所謂不入虎穴,不得虎子也。舊有明王世貞、王慎中、國朝王士禎、宋犖、邵長蘅五家評本,早已刊行。此則僅此傳鈔秘迹,於五家外,又添一家,豈不多增一番眼界乎?"曾紹皇《屈復〈杜工部詩評〉十八卷輯考》①,根據余重耀過録屈復批點《錢注杜詩》、杭世駿《杜工部集》、吴朗過録吴士模等諸家批點《讀杜心解》三種文獻中的屈復評點,對已佚的屈復《杜工部詩評》十八卷進行了輯校,基本恢復了該本的面貌,可以參看。

### 122. 龔緱《讀杜志忘》十二卷

　　龔緱,字無濯,一字孝水。本江寧(今江蘇南京)人,因假館於成氏之家久之,遂籍大名(今屬河北)。康熙時人,學問賅博,爲當時所重。康熙二十五年(1686),與方苞、方舟、戴名世、張自超等在南京訂交(《方望溪年譜》)。三十八年,客湘南,序《湘南三客吟》(《東村詩鈔序》)。乾隆元年(1736),被舉博學鴻詞科,未與試。著有《周易象義》六十四卷、《讀杜志忘》十二卷。生平見《(民國)大名縣志·著述門》、徐世昌《大清畿輔書徵》卷三三。

　　《讀杜志忘》十二卷,《(民國)大名縣志》稱"是書集古今注杜諸家,按年編次,先文意,次典故,剖析詳明,援引該博,最稱善本"。朱鳴序高云:"是書折衷諸家,有因有創,有删有訂。要以神氣貫通,情景不隔,儼揭杜陵老人晤言一室,而快吐其胸臆之所注者然。蓋先生心細如髮,眼明於鏡,故能印合千古,顯微闡幽,不翅暗室一燈,直覺從前箋釋俱可盡廢。"徐世昌《大清畿輔書徵》卷三三著録。已佚。

### 123. 曾用璜《杜詩分體》

　　曾用璜(1670—?),初名世琮,字蟠巖,一字虹受,湘潭(今屬

---

①　載《中國文學研究(輯刊)》2011 年第 1 期。

湖南)人。少孤,母婁氏賢明。用璜敦厚好學,居父喪,鄰縣寇至,守柩不去,寇哀而去之。康熙三十五年(1696)中鄉舉第二,越十三年,中康熙四十八年進士,授内閣中書。康熙五十八年,任北新倉監督,潔己勤事,兵士感悦。五十九年,任廣東庚子科鄉試副考官,饋遺一無所受。雍正四年,總理水利營田事。五年,升刑部福建司主事。著有《唐詩選》、《廣麗句集》、《杜詩分體》等。生平事迹見《(光緒)湘潭縣志》卷八、《清代官員履歷檔案全編》卷十二。

《杜詩分體》,《(光緒)湖南通志·藝文志》、《(民國)湖南通志·藝文志十四·集部六》著録。已佚。

### 124. 李文炤《杜詩選》

李文炤(1672—1735),字元朗,一字朗軒,號恒齋,善化(今湖南長沙)人。年十四補博士弟子員,學士姚以可極賞之。康熙五十二年(1713)舉人,兩試進士不第,遂絶意仕進。選谷城教諭,不赴。杜門灑掃,以著述爲務。任岳麓書院山長,門下人才甚衆。著有《李氏成書》、《春秋集傳》十卷、《太極解拾遺》一卷、《大學講義》一卷、《正蒙集解》九卷、《學庸講義》一卷、《岳麓書院學規》一卷、《近思録集解》十四卷等。生平事迹見《國朝耆獻類徵初編》卷四〇八載周正撰《墓誌銘》、李元度撰《傳》、李芳華撰《行述》。

《杜詩選》,今人蕭一山《清代學者著述表》著録。已佚。

### 125. 高其倬《杜詩箋記》

高其倬(1676—1738),字章之,號芙沼,漢軍鑲黄旗人。康熙三十三年進士,授檢討兼佐領。遷廣西巡撫,鎮壓苗民起義。調閩浙總督,後移兩江總督,擢户部尚書,卒謐文良。著有《味和堂詩集》等。生平事迹見《清史稿》卷二百九十二《列傳七十九》、《清代七百名人傳》第一編。

劉聲木《續補彙刻書目》卷八著録《高文良公遺集》,注曰:"漢

軍高其俸章之著,家刊本。"其中包括《味和堂詩集》八卷、《奏疏》
十卷、《堪輿家言》四卷、《杜詩箋記》、《李義山詩箋記》。錢陳群
《玉谿生詩詳注序》曰:"曩者尚書高文良公善詩歌,愛少陵、玉谿
兩家,多所箋記,頗有得解處……曾出以相示,惜未成書。"未見。

### 126. 蔣肇《杜詩集解》

蔣肇(1674? 一?),字明五,一字石塘,全州(今屬廣西)人。
蔣蒂季弟。康熙四十二年(1703)進士,官翰林院檢討。康熙五十
三年,升侍講學士。性耿介,因醉罵權貴落職。歸鄉,築半畝田園,
杜門課孫。中丞李紱延爲宣城書院山長。著有《退食瑣談》、《林
下閒話》、《杜詩集解》、《書法指南》,詩有《近光》、《蛩鳴》、《歸真》
三集。生平見《(光緒)廣西通志·藝文略上三·子部》)。

《杜詩集解》,《(光緒)廣西通志·藝文略上三·子部》著録。
已佚。

### 127. 李若木《杜工部集》

民國《續纂泰州志》卷二十七《人物藝術》曰:"李善樹,字若
水,亦號夜識山人,善草隸,尤工山水,秀潔明净,時稱逸品。"稱其
字"若水",應係"若木"之誤。陶煊、張璨《國朝詩的》卷七有潘尚
仁《李若木招同諸友夜識軒賞牡丹即席分賦得來字》詩。《歷代珍
稀版本經眼圖録》著録之李若木《杜詩手鈔杜詩》版心下有"夜識
軒"三字,這與《國朝詩的》所記正相吻合。"夜識軒"應爲李若木室
名,出自杜詩《題張氏隱居二首》其一"不貪夜識金銀氣"。夏荃
《退庵筆記》卷二"論繪事"條曰:"李若木工山水小景,余曾得一便
面若木筆,秀潔明净,絶無點塵,真逸品也。"此李若木,應即爲李
善樹。

《杜工部集》,李若木手鈔本,見於吳希賢《歷代珍稀版本經眼
圖録》(中國書店 2003 年,第 422 頁)。僅餘一頁,爲李若木《手鈔

杜詩序》:"余嘗欲驅峨眉、洞庭於一隅,山高九萬仞,水寬八百里,朝而登,夕而泛焉,而地利不可强也。又欲開春蘭、秋菊於一時,而天時不可移也。更思以古人石破天驚之文章,不求於梨棗之間,得晉唐名家珠圓鐵勁之(下闕)"版心下刊"夜識軒"字樣。

### 128. 吳莊《杜詩讀本》

吳莊(1679—1750),原名定璋,字友篁,號半園,武山吳巷(今屬蘇州)人。著有《七十二峰足徵集》一百零四卷、《半園詩文遺稿》八卷、《豹留集》、《二十五弦集》、《太湖膡言》、《半園外集》、《太湖詩話》等。

《杜詩讀本》已佚,吳莊《豹留集》中有《杜詩讀本跋》,稱該本共選杜詩 430 餘首。跋文落款署"壬辰冬日",即康熙五十一年(1712)。

### 129. 王貽穀《杜詩注》

王貽穀,字武繩,號耕雲,長興(今屬浙江湖州)人。雍正二年(1724)歲貢,終困場屋,年五十絶意科名,鍵户著書,有《四書易解》、《飲緑樓詩稿》。生平見《(同治)長興縣志》卷二三。

《杜詩注》,《(同治)長興縣志·藝文志》、《(民國)福建通志·藝文志》、《(民國)湖州府志·藝文略》著録。已佚。

### 130. 羅國器《李杜詩解》

羅國器,字劍耀,號嶺南,順德(今屬廣東)人。羅應舉從兄。由南海(今屬廣東佛山)中雍正四年(1726)丙午科舉人,掌教河源。《(光緒)廣州府志·列傳二十六》稱其爲解元。曾重修《西樵山志》未竟,馬符録因其舊本,茸爲六卷。著有《李杜詩解》、《名媛詩歸》、《八索九邱解》、《五經通解》、《莊子注》、《離騷解》、《大小題文》、《劉蘭雪詩解》、《羅浮膡書》。

《李杜詩解》，《（光緒）廣州府志·藝文略七》著録。已佚。

### 131. 管汝錫《杜詩詳注》八卷

管汝錫，字幼安，一字又安，號又庵。海寧（今屬浙江）人，寄籍桐鄉。雍正二年（1724）補科舉人，候選知縣①。明達豪爽，有經濟才。與人懇摯，或就論曲直，以理曉諭，無賢愚悉悦服。於是親族里黨間化競平争，陰受其福。著有《杜詩詳注》八卷。生平事迹見《（民國）海寧州志稿·人物志·義行》。

《杜詩詳注》八卷，一作一册，一作十六卷，爲稿本。錢泰吉《海昌備志》、管鳳苞《平昌家乘》、《（民國）海寧州志稿·藝文志·典籍十》著録，並有管庭芬按云：“是書因患虞山《箋注》之失，仿查氏《補注蘇詩》例，思訂正之。引書至千一百餘種，單行密楷，遍注于上下左方，間參評語則以硃筆别之。今遺稿尚存於家。”《（光緒）杭州府志·藝文十》亦著録，然書名作《杜詩評注》。

### 132. 李芳華《杜詩選注》

李芳華，字實庵，善化（今湖南長沙）人。雍正七年（1729）舉人，絶意仕進，以授徒爲生。平日講求程朱之學，與族兄李文炤相互師友，質疑問難。著有《通鑑綱目集義》、《杜詩選注》、《澹園詩文集》等，多有新見。生平事迹詳《（光緒）湖南通志》卷一七六。

《杜詩選注》，已佚，《（民國）湖南通志·藝文志十四·集部六》著録，並引李文炤序曰：“詩以道性情。《三百篇》後，惟杜詩壓千古。豈僅以才力過人，亦其性情足以永之耳。自注杜者百喙争鳴，任情臆度，甚至以淺狹之衷，挽古人而從之。使忠孝至情，反爲怨懟之横議。是非以解之，實誣之耳！吾弟實庵，有感於此，爲注一編，胸詞綺語，悉從删削，惟有關於人倫、物理、國政、民風者，則

---

① 見張廷銀整理《管庭芬日記》第十册，中華書局 2013 年版，第 5 頁。

取之,不啻如陶淵明之自選其詩,而杜詩之真出矣。"序中所論"忠孝"、"怨懟"云云,似乎是針對錢箋而發。此序亦收入李文炤《恒齋文集》卷一,名爲《杜詩選注序》,見《清代詩文集彙編》第227册。

### 133. 廖貞《杜詩注釋》

廖貞,字廷幹,歸善(今屬廣東惠陽)人。雍正庚戌(1730)進士。達時務,富撰述,著有《易》、《禮》、《詩》、《書》及四子書講義,《離騷》、杜詩注釋,《擷秀樓詩》、《黔遊草》、《羅浮唾語》諸集。歷任貴州平越、錦屏兩縣,所至均徭役、撫洞獠。縣逼古州,時值苗警,鑿河通道,督餉清江,經畫詳盡,數以策佐幕府,特著軍功。以外艱歸,年六十三卒。生平事迹見阮元修《廣東通志》卷二九一。

《杜詩注釋》,《廣東通志》卷二九一著録。已佚。

### 134. 周思仁《杜詩編年》

周思仁,字恕三,號訒庵,邵陽(今屬湖南)人。雍正十二年(1734)拔貢。有文名,嘗主濂溪書院講席。著有《四書章句本義》、《楚詞詁》、《舊聞新語》、《詩話類長》、《杜詩編年》、《德馨齋詩文鈔》、《訒庵集》、《删詩》等。與席芬纂修《武岡州志》十卷、卷首一卷,有乾隆二十一年刻本。生平見《邵陽府志·文學傳》、《國朝耆獻類徵初編》卷四三二。

《杜詩編年》,《(光緒)湖南通志·藝文志》、《(民國)湖南通志·藝文志十四·集部六》、《(道光)寶慶府志·藝文志》著録。已佚。

### 135. 袁之升《纖批杜詩》

袁之升,字吉南,章丘(今屬山東)刁鎮張官村人。清初廩膳生。生而穎異,弱齡通《毛詩》、《左傳》、《史》、《漢》諸書。讀書

"白雪書院",一時名流皆嘆服其學識。縣志稱其晚年精於易學,預知歿期。著有《變卦説》、《纖批杜詩》、《纖批史記》、《南華平語》、《四書平語》等。

《纖批杜詩》,《(光緒)山東通志·藝文志》著録。已佚。

### 136. 楊廷英《杜詩注》

楊廷英(1683? —1749?),字耆侶,新建(今屬江西)人。縣學附生,康熙五十三年(1714)舉人。雍正元年,揀選知縣。二年,挑選五省效力,因人數已足,未果。又補國子監學正學録。雍正十一年(1733)進士,初任刑部額外主事,以事外調知縣,補尉氏縣令。嘗應乾隆博學鴻詞科。年六十七卒。著有《詩集》、《杜詩注》。生平見《(同治)南昌府志》卷四十五《人物·國朝文苑》、《清代官員履歷檔案全編》卷十五。

《杜詩注》,《(同治)南昌府志·藝文志》、《(民國)南昌縣志·藝文志》著録。已佚。

### 137. 繆曰芑《杜詩心解》

繆曰芑(1684—1756),字武子,號笠湖,吳縣(今屬江蘇蘇州)人。彤子。康熙五十六年(1717)舉人,雍正元年(1723)進士,官至翰林編修。康熙五十六年,據臨川晏氏本校刊景宋本《李太白集》三十卷成,爲世所珍。乾隆三年(1738),與兄曰藻序戴瀚所著《探梅集》。著有《六經要語》、《白石亭稿》、《半學庵稿》、《李集考異》、《杜詩心解》等。生平事迹見戴瀚《編年詩賸》(《金陵叢書》本)卷十、卷十一,陳宏謀《培遠堂偶存稿》卷九《編修繆笠湖傳》。

《杜詩心解》,《(同治)蘇州府志·藝文志》著録。已佚。

### 138. 陳世佶《杜詩集注》

陳世佶(1686—1749),字士常,號純齋,海寧(今屬浙江)人。

康熙五十二年（1713）恩科舉人。藏書萬卷，丹黃殆遍，得善本必手錄一過。著有《經説纂録》（寫本）、《通志堂經解纂》十卷、《左傳事類賦》一卷、《載道編》、《讀書録》二卷、《遊藝録》一卷、《少廣補遺發明》一卷、《勾股演法》一卷、《杜詩集注》、《詩苑英華》、《歷朝詩咀華》三卷、《種書田稿》一卷、《貽安堂集》等。生平見《（民國）海寧州志稿・人物志・文苑》、《海鹽縣志・人物・文苑》。

《杜詩集注》，陳敬璋《渤海陳氏著録》著録，下注“闕”。《（民國）海寧州志稿・藝文志・典籍九》亦著録。已佚。

### 139. 蔣大成《集杜詩》

蔣大成（1688—?），字展亭，仁和（今浙江杭州）人。康熙六十年進士。雍正元年，補授内閣中書。四年，任河南副考官。五年，揀補雲南永昌府同知。七年，丁母憂，回籍。雍正九年起復，改雲南大理府同知。乾隆二年，丁父憂，服滿，任山東青州府同知。七年，任寧國知府，以事降去。生平見《清代官員履歷檔案全編》卷十二。

《集杜詩》，已佚。趙青藜《漱芳居文鈔二集》卷三有《展亭集杜詩序》，文曰：“虎林蔣先生寄示《集杜詩》一册，蓋丙寅別我於都門，而出入蜀道之始末也。”

### 140. 魯師璡《杜詩意逆》

魯師璡，字希仲，號魯村，別號鶴汀，安徽當塗人。博通經史，長於詩文，尤工書法。時人以師璡與吳鈍人、王梅墩、史師逑稱爲“江上四詩人”。雍正乙巳（1725），以歲貢授旌德訓導，修學宫、勤督課，給貧士膏火。卒於官，櫬歸日，諸生悲號奔送。著有《魯村經解》、《魯村詩鈔》、《讀史摘疑》、《杜詩意逆》等集。生平尤崇信義，有執友高淳芮作舟僑居采石，舉室抱疾，爲延醫調治，歿後復爲棺歛，買地於魯甸村，葬其六棺，四方知名士莫不以得交魯村爲快云。生平事迹見《（民國）當塗縣志・人物志・文學》。

《杜詩意逆》,《(民國)當塗縣志‧人物志‧文學》著録,已佚。

### 141. 沈闓《杜詩箋注》

沈闓,字師閎,號立齋,震澤(今屬蘇州吳江)人。與沈彤(1688—1752)爲同時人。《江蘇府志》卷一〇二曰:"沈闓……博學好古,不屑治舉子業,善古文辭,嘗以韓文爲文章軌範,輯數十篇,詳明其義法,成《韓文論述》一編。沈彤極重之,謂近世善論古文之法者,惟桐城方藝與闓也。"沈彤作於雍正十二年(1734)的《沈師閎韓文論述序》云"師閎名不出鄉邦"(《果堂集》卷五),另於《贈沈師閎序》中曰:"吾兄師閎讀古書四十年,于左、屈、司馬、杜、韓之所爲用力尤多,沈潛反復,至於千周。"(《果堂集》卷六)沈闓乾隆時曾預修《大清一統志》。著作除《韓文論述》外,另有《杜詩箋注》。

《杜詩箋注》,《(光緒)蘇州府志‧藝文志》著録。已佚。

### 142. 吕方芸《杜詩不解解》

吕方芸,生平事迹不詳,似爲彭維新同里晚輩。彭維新(1680—1769),字石原、肇周,號餘山,茶陵(今屬湖南)人。康熙四十五年進士,改庶吉士,授檢討,先後充山西鄉試副考官、陝西鄉試正考官,後授山東學政、浙江學政,官至户部尚書、協辦大學士事。坐事免,起授左都御史。著有《墨香閣文集》十三卷。

《杜詩不解解》,已佚。彭維新《墨香閣文集》卷三《杜詩不解解序》曰:"解杜詩者衆矣,自宋迄今,無慮數十家。非不役心神、窮蒐討也,而或失之鑿,或失之纖,或失之枝,或失之執,四者有其一,不能傳作者之意,翻使誦詩者厭其解爲贅疣,解若是,不如其已。夫詩之爲物,其意在語言之外,而其神非訓詁所可通。故凡詩之可以句釋字疏而意無餘者,舉非其至者也。少陵破萬卷、細詩律,解而結之,而棼之,宜去之遠矣。孔子之釋《烝民》也,辭不費而其意躍然以出,是之謂神解。陶淵明得此意,讀書不求甚解,蓋

虞蹈夫四者之失耳。非竟置而弗省,不欲其譙然以解也。吕生方
芸註杜詩,曰《不解解》,夫其不解,有深於解者也。誦詩者知不解
之深於解,其於杜詩也,解過半矣。"

### 143. 陳浩《杜詩讀本》四卷

陳浩(1695—1781),字紫瀾,號未齋,又號生香,直隸昌平(今
屬北京)人。雍正二年(1724)進士,選庶吉士,授編修,遷少詹事。
乾隆六年典試福建,十八年視學湖北,二十二年辭官歸鄉,先後主
講河南大梁書院十餘年,後移席宛南。卒年八十七。著有《生香書
屋文集》四卷、《生香書屋詩集》七卷。生平事迹見《(光緒)順天府
志·人物志十一》。

《杜詩讀本》四卷,孔廣陶《三十有三萬卷堂書目略》著録,稱
有吳氏筠清館諸家印藏"陳學士生香書屋抄評本一函五本",包括
《杜詩讀本》四卷、《宋詩讀本》一卷,並注云:"書法酷類何義門再
校。"存佚不明。

## 二、乾隆、嘉慶卷

### （一）見存書目

#### 1. 沈德潛《杜詩偶評》四卷

沈德潛（1673—1769），字確士，號歸愚，長洲（今江蘇蘇州）人。乾隆元年（1736）舉博學鴻詞，試未入選。四年始成進士，時已六十七歲，乾隆皇帝以"江南老名士"稱之，授編修，遷內閣學士，擢禮部侍郎，後以老告歸。乾隆皇帝南巡，加尚書銜。還鄉後，曾在蘇州紫陽書院主講，以詩文啓迪後世，頗獲聲譽。三十四年卒於里第，謚文愨，贈太子太師。四十三年，因受文字獄牽連，被剖棺戮屍。德潛爲詩主嚴格律，著述甚多。有《杜詩偶評》四卷、《竹嘯軒詩鈔》、《歸愚詩文鈔》、《古詩源》、《西湖志纂》、《說詩晬語》等。沈德潛潛心詩學，很有造詣，爲清代格調派的代表人物。他編選的《五朝詩別裁》、《古詩源》等廣泛流傳，影響很大。他治學嚴謹，歷時三十年而編成《唐詩別裁集》，後又經四十五年的修訂補充才重刻刊行。所選詩作，着重分析源流，指陳各家得失，爲研究詩詞發展的重要著作。生平事迹見《清史稿·列傳九二》、錢陳群《贈太子太師大宗伯沈文愨公德潛神道碑》以及《自訂年譜》。

《杜詩偶評》四卷，有乾隆十二年（1747）潘承松賦閑草堂初刻本。扉頁右上署"沈歸愚先生點定"，中署"杜詩偶評"，左下署"賦閑草堂藏板"。卷前有沈德潛乾隆十二年自序，中述成書經過云："予少喜杜詩，而未能即通其義，嘗虛心順理、密詠恬吟以求之，不逞氾濫，不蹈鑿空，尤不敢束縛馳驟，惟於情境偶會傍通證入處隨手箋釋，日月既久，漸次貫穿……全集一千四百餘篇，今録三百餘篇，皆聚精會神、可續風雅者，學者深潛而熟復之，以次遍覽全集，雖頹然自放之作，皆成大家。知杜詩本無可選，並不藉評，則此本爲得魚得兔之筌蹄可也。同邑潘子森千，予忘年友也，素嗜杜，與予同癖，任剞劂之資，並爲發凡起例，不欲使此本之湮没也。"次列潘承松撰"凡例"十則。各卷分列目録，分體編年爲次，卷一五言古詩，計 59 首；卷二七言古詩，計 70 首；卷三五言律詩，計 110 首；卷四七言律詩 58 首，五言長律 19 首，五言絶句 4 首，七言絶句 9 首。共計選詩 349 首。每卷首行署書名卷次，次行署"長洲沈德潛確士纂，後學潘承松森千校閲"。詩正文大字頂格，評點文字置於行間、詩末，題上、詩旁有圈點，題下、詩後注評小字雙行。是書重選而不重評，評論簡略，而頗精到。沈氏後編《唐詩別裁集》，即以此選爲基礎。此書影響頗大，後之傳刻本甚多。有乾隆十七年蘇州掃葉山莊重刻本；嘉慶八年（1803）番禺桂阿石室刻本；民國間交通書館石印本。日本對此書頗爲推重，曾多次翻刻。道光間，顧湘（字翠嵐，號東巖）據沈氏原刻，過録汪琬、王士禄、王士禎三家批點，成《杜詩偶評彙批》一書，周采泉《杜集書録》內編卷九《輯評考訂類二》著録云："是書係據沈氏《杜詩偶評》原刻，過録汪琬等三家批，曾藏四明張壽鏞約園。"並引張氏《約園雜著三編》卷一《跋》云："首録《小石山房（顧湘室名）讀書記》，第三行題汪堯峰、王西樵、王漁洋三先生批點。甲申（道光四年，1824）東巖手録。汪批藍色，西樵黄色，漁洋紫色。既分寫於書眉，又分寫於書身。"又有臺北廣文書局 1976 年影印日本京都文求堂刻《杜詩評鈔》四卷本。該本封面右署"清沈德潛纂，大家合評"，中署"杜詩評鈔"，其上有"文學叢書"四字。扉頁中署"杜詩平鈔"，右署"清沈德潛確士撰、大家合評"，左署"京都　文求堂藏板"。該本不僅書名與《杜詩偶評》不同，内容亦有很大差異。卷前無沈德潛自序與潘承松所撰"凡例"。前二卷是一位未署名的杜詩研究者針對沈德潛選詩和評詩之得失所作的評語,後二卷則是過錄多家評語,計有王得臣、劉辰翁、方回、范梈、趙汸、楊慎、王嗣奭、李因篤、盧世㴶、顧宸、張溍、宋犖、吳瞻泰、黃生、仇兆鰲、王士禄、王士禛、浦起龍、楊倫等三十餘家。今人詹杭倫撰有《〈杜詩評鈔〉讀後記》一文①,可以參看。

### 2. 汪後來、吳恒孚《杜詩矩》四卷

汪後來(1678—1747後),字白岸,一字鹿岡,番禺(今屬廣州)人,祖籍安徽歙縣。汪氏文武雙全,康熙四十一年(1702)武舉人,授宣武將軍,官佛山千總。乾隆元年薦鴻博,托病不赴。曾倡辦汾江詩社,遠近名士紛至遝來。晚年閉門讀書、放浪山水,以詩畫自娛。能詩工畫,性高介,不輕以尺幅與人。師法新安畫派漸江,有水墨設色紙本立軸《秋山圖》存世,作於乾隆五年(1740)。著有《王右丞詩箋》、《鹿岡詩集》、《杜詩矩》。生平事迹見溫汝能纂《粤東詩海》卷七三小傳、《國朝耆獻類徵初編》卷三二八。

吳恒孚(1715—1786),字握文,號思九、玉堂,南海(今屬廣東佛山)人。貢生,議敘通判。以其孫吳榮光贈通議大夫、浙江按察使、通奉大夫、福建布政使。工詩,因宅院掘得寶玉,特建拜璧堂貯玉,並吟詠其中,又以玉堂爲號。著有《拜璧堂詩鈔》五卷、《玉耕堂詩稿》。

《杜詩矩》四卷,後附《杜工部年譜》一卷,駱偉主編《廣東文獻綜錄》著錄,稱藏廣東省圖書館,索書號 k/59/9.3。此書乃汪後來與吳恒孚同撰,卷首有吳恒孚《杜詩矩箋注序》及汪後來《箋注杜工部詩序》。汪兆鏞《澳門寓公咏八首》其五曰:"吾宗白岸本清才,畫品詩心有別裁。箋杜成書都散佚,只憑張(汝霖)印(光任)獲瓊瑰。"吳道鎔《廣東文徵作者考》著錄爲《杜詩注》四卷。

① 見《杜甫研究學刊》1998年第4期。

### 3. 王霖《弇山集杜詩鈔》四卷

王霖(1679—1754),字雨豐,一字雨楓,號弇山,山陰(今浙江紹興)東中坊人。康熙四十四年(1705)舉人,此後十一次試春闈不第。康熙四十八年(1709)考授内閣中書舍人,後應乾隆元年(1736)博學鴻詞科,被累罷歸。曾應聘纂修《浙江通志》。著有《弇山詩鈔》、《弇山集杜詩鈔》四卷、《弇山集陸詩鈔》四卷、《伏枕吟》一卷。生平見傅汝桂編、王蘅補注《山陰王弇山先生年譜》①。

《弇山集杜詩鈔》四卷,爲乾隆二十三年(1758)刻本,成都杜甫草堂博物館、吉林大學圖書館有藏本。據《年譜》載,卷前有乾隆戊寅(1758)余峥、胡浚、丁鶴、厲鶚、許景仁序,萬光泰、胡國楷題詞。厲鶚序亦見《樊樹山房文集》卷二,與刻本序文字小有出入。是書所集杜詩全部是五律,共計 667 首,是王霖一生集杜的總結集。《山陰王弇山先生年譜》載:王霖康熙己卯(1699)二十一歲始集杜,迄於七十歲。四十一歲前每年集杜數首不等,四十二歲集杜 32 首,五十四歲集杜 57 首,五十八歲集杜 124 首,次年集杜 126 首。乾隆辛未(1751),年七十三,手編《弇山集杜詩鈔》四卷。可見該書成於是年。又《年譜》載:是書乾隆二十三年秋刊刻,由沈星若捐資校刻,板存金閶。然乾隆二十三年刻本流傳甚少,今所見《清代詩文集彙編》中道光乙酉刻本《弇山詩鈔》,卷十九爲《集杜五律》,共計一百零二首,注曰:"起己卯,至丁卯。"據王霖之孫王蘅《弇山詩鈔發凡》:"集杜五律、集陸七律,聞刻板書林已毀於火,兹集所刻集杜,于原本僅七分之一;集陸,于原本不及五分之一。"則道光重刻本《集杜》已是爐餘。此書又名《杜工部詩集句》,清望江倪模《江上雲林閣書目》著録。

---

① 民國間朱絲欄鈔本,《北京圖書館藏珍本年譜叢刊》,北京圖書館出版社 1998 年版。

### 4. 張汝霖《杜詩金針》七卷

張汝霖,字達夫,一作達敷,疑號梅邨,永定(今屬福建)人。乾隆時庠生,"客宦河東垂二十年"(周文傑《杜詩金針序》)。善畫,細緻明晰,老而愈工。著有《杜詩金針》七卷、《詩法長源》四卷。生平見《(道光)永定縣志》卷二七《藝術傳》。

《杜詩金針》七卷,爲乾隆時張氏手稿本,署"閩永定梅邨張汝霖編述",十四册。前有乾隆九年(1744)杭州周文傑《序》、張汝霖《自序》、《凡例》、《各體總論》及《杜工部年譜》,末附諸家論杜。詩分歌、行、古、引、律排列,律詩又分上四下四、上二下六、上六下二、上一下七、上七下一、通章一氣等法。另分唱和、寄答、奉酬、追酬、變體等,變體又分偷春格、藏春格、扇對格、孤雁入群格、拗體、西漢柏梁體等。注則多采仇兆鰲《杜詩詳注》。

### 5. 紀容舒《杜律詳解》八卷

紀容舒(1684—1764),字遲叟,號竹厓,獻縣(今屬河北)人。紀昀之父。康熙五十二年(1713)舉人,官至姚安知府。博聞强記,尤精於考訂、音韻之學。撰有《唐韻考》五卷、《玉臺新詠考異》①、《杜律詳解》。

《杜律詳解》八卷,不見刻本,只見傳鈔本。鈔本書前、卷端均未署撰者名氏,只據卷前紀昀題識,知爲其父容舒所撰也。紀昀在題識中説明該編成書於乾隆十九年(1754),末署"壬辰(乾隆三十七年,1722)人日昀識"。此書實爲顧宸《辟疆園杜詩注解》之節鈔本,將顧注十七卷合爲八卷,其中五律六卷,解詩 433 首;七律二卷,解詩 124 首。其選詩序次悉依顧本。各卷分列目録,而疏解附

---

① 邵懿辰《增訂四庫簡明目録標注》指出:"此書實文達自撰,歸之於父也。"此論屬實。具體情況,可參雋雪艷《〈玉臺新詠考異〉爲紀昀所作》一文,載《文史》第 26 輯,中華書局 1986 年版。

於詩後,多就顧注删繁就簡,稍參己意,然較精核者皆顧注也。實以紀昀故而録於四庫存目也。《欽定皇朝文獻通考》、《四庫全書總目》均予著録,書名作《杜律疏》;而《清史稿·藝文志四》著録書名作《杜詩疏》。又有1999年齊魯書社據北京圖書館分館藏清鈔本影印《四庫全書存目叢書》本。其詳可參孫微《紀容舒〈杜律詳解〉考論》一文①。

### 6. 李鍇《鳶青山人集杜》一卷

李鍇(1686—1755),字眉山,一字鐵君,號蝶巢,又號鳶青、焦明子、後髯生、樵明子、幽求子、豸青仙人等。遼東鐵嶺(今屬遼寧)人,自署襄平(今遼寧遼陽)人,漢軍正黄旗籍。家世貴盛,一門高官。康熙四十一年(1702),議絶漠屯極邊,鍇自請興屯黑河,逾年歸。再使南河,賜七品冠帶。盡以先世産業讓於兩兄,移家潞河,潛心經史凡六七年。嘗遊盤山,樂其風土,乃築室盤山鳶青峰下,耽於吟詠,罕入城市。乾隆元年(1736),舉孝廉方正,親詣有司力辭。薦試博學鴻詞,報罷。十五年,詔舉經學,衆大臣薦之,以老病辭。著有《原易》三卷、《春秋通義》十八卷、《尚史》一百零七卷、《睫巢集》六卷《後集》三卷(一作一卷)、《含中集》五卷、《李鐵君先生文鈔》二卷、《鳶青山人集杜》一卷、《焦明詩文删》等。生平事迹見《清史稿·文苑傳二》、《清史列傳·文苑傳二》、陳梓《李眉山生壙志》、陳景元《李眉山先生傳》、方苞《二山人傳》。

《鳶青山人集杜》一卷,《八旗藝文編目四·集類·别集五》著録。《中國古籍善本書目·集部·清别集類》著録,爲清乾隆間石觀保刻本,中國國家圖書館藏有此本,索書號1903。前有李鍇自序曰:"箕山尚矣,蔑繼遐風;汧水悠然,微循末路。假天籟于萬竅,托倦翼於一枝。用不誨以括囊,務守中而塞兑。然而翳然林木,時

有會心;沃若巖花,間容饒舌。爰綴浣花老翁之語,略寫無終處士
之區。以無名名,是不作作。嗟乎! 瓢方更棄,矧有於它。錐也都
無,又何妨此。"共集杜詩三十首,其中五言排律 2 首,其餘皆爲
五律。

### 7. 鄧獻璋《藝蘭書屋精選杜詩評注》十一卷

鄧獻璋,字方侯,又字硯堂、念堂,祁陽(今屬湖南)人。博覽
群書,爲文峭拔有奇氣。以廩生由湖南巡撫鍾保薦舉,應乾隆元年
(1736)博學鴻詞試,報罷,留京師,後直武英殿。乾隆三年優貢,
十八年舉人,後授武陵教諭、四川渠縣知縣。著有《藕花書屋稿》
(一作《藕花書屋詩彙稿》)、《三經解》、《古今人鑒》、《古今名賢遺
韻》、《藝蘭書屋詩古文時藝》、《華麓堂雜著》、《藝蘭書屋精選杜詩
評注》等。生平見李富孫《鶴徵後録》卷十一。

《藝蘭書屋精選杜詩評注》十一卷,書名亦簡稱《杜詩精華》,
版心署"硯堂杜選評注",乾嘉間興立堂刻本,二册。是書由華亭
張仕遇、歸安吳大受、山陽阮學浩鑒定,獻璋弟獻璟、獻璪編次,獻
璋子學孔、奇齡、奇倬、奇鑒等校字,門人尹登龍、李學虞、胡山瑶、
廖萬華等録梓。卷前有作者自敘、凡例七則。詩旁加圈點,注釋文
字低一格,附詩後,亦加圈點。是書只收杜詩五律,共計 377 首。
作者以讀《史記》之法解杜詩,文字簡賅,不事穿鑿,但個人見解極
少。《成都杜甫紀念館館藏杜集書目》著録。

### 8. 夏力恕《杜文貞詩增注》二十卷、末一卷

夏力恕(1690—1754),字觀川,晚號澴農,自稱菜根老人,孝感
(今屬湖北)人。世代以文章傳家,且聞名遐邇。力恕少年聰慧,
無書不讀,尤長於詩。康熙六十年(1721)進士,改庶吉士,授編
修。雍正元年(1723)任順天鄉試同考官,次年任陝西正考官。旋
即告請歸里,奉養雙親,爲人至孝。受聘於湖北督撫,主修《湖廣通

志》。後主講於江漢書院。乾隆元年(1736)舉鴻博,十二年舉經學,皆固辭不就。年六十五無疾而終。他是清代中期著名的文學家、史學家與理學家。其學務在窮理,隨事體驗,以求自得。著有《易説》二卷、《四書札記》二卷、《菜根堂札記》十二卷、《古文》四卷、《菜根精舍詩草》十卷、《杜詩增注》二十卷、《讀杜筆記》一卷等。其《讀杜筆記》是與《杜詩增注》相輔相成之作,與《菜根堂論文》合訂刊行,收入《澴農遺書》第七。又《菜根精舍詩草》十卷、《續草》四卷、《菜根堂文集》十卷、《易論》二卷,合刻爲《菜根堂集》二十六卷。生平事迹見《(光緒)孝感縣志·人物志·理學傳》、程大中撰《夏先生力恕傳》(《碑傳集》卷四八)、《菜根堂集》卷十四夏扶黄撰《祭先府君》。

　　《杜詩增注》,又名《杜文貞詩增注》,凡二十卷,附末一卷。有乾隆十四年(1749)古泉精舍刻本。卷前有夏氏《杜文貞詩自序》,次列全書總目錄。每卷卷首或卷末列該卷收詩數及累計收詩數,前二十卷收詩 1409 首,末一卷録杜甫逸詩 48 首,總計 1457 首。詩題下均注明詩體。每卷首行署"杜文貞詩增注"卷次,次行署"孝昌夏力恕觀川",次列該卷詩作時、地。詩之序次悉依朱鶴齡本。此書注疏少而箋意多,但就全詩作串解或評點,往往側重一點各作發揮,或長或短,或詳或略,不拘一格,言簡意賅。其《自序》云:"余讀少陵詩,根柢出入老佛,而孔孟次之;語言俎豆《文選》,而六經次之。"可謂新穎之論,頗有不同於時者。是書《販書偶記續編》著録,又有清精鈔袖珍本。對該本的研究論文有:胡可先《夏力恕與〈杜詩增注〉》①、李爽《夏力恕〈杜詩增注〉與〈錢注杜詩〉關係述論》②。

---

① 載《首都師範大學學報》(社會科學版)2001 年第 5 期。
② 載《杜甫研究學刊》2009 年第 1 期。

## 9. 夏力恕《讀杜筆記》一卷

是書首頁署"讀杜筆記弍卷　劉作章題"。卷前首行署"讀杜筆記　澴農遺書第七"，次行署"孝感夏力恕譔"。次列夏氏自識云："古人語言行事，苟非擇而學之，未得其長，先墮其短矣。虛心別白，期於揣其本而不掩其真，豈無呵護苦衷，僭踰之罪，則又奚逃！頃年有《讀杜筆記》若干卷，姑檢二十餘則，書付兒輩。風塵偃息之暇，略悉梗概，斯亦窮理論世之一助云爾。甲戌立夏前五日菜根老人識。"甲戌，爲乾隆十九年（1754），則是書之成較《杜文貞詩增注》晚五年，當爲夏氏暮年之作。此書爲讀書筆記性質，不錄原詩，直書心得體會，不拘一格，不泥詩句，大致偏重在考證史實、闡發詩旨，而不在評騭文字。每則長短不等，少則數百字，多者如《八哀詩》、《秋興八首》等則長達數千言。其所論解，多有精見，但亦時有穿鑿附會、過於深求之弊。全書選論杜詩 26 題，61 首，多爲名篇。卷末有"六世孫正乾校字"七字。是書世鮮傳本，幾不見注家援引。

## 10. 江浩然《杜詩集說》二十卷、附卷末一卷

江浩然（1690—1750），字萬原，號孟亭，嘉興（今屬浙江）人。康熙時諸生。少壯時欲以功名自奮，屢試不遇，棄舉子業，一生未仕，客遊幕府，授館各地，門下士甚多。客居濟南最久，諸貴人爭延之。浩然家貧好讀書，工詩，廣搜博采，轉益多師，而最愛朱彝尊詩，嘗注《曝書亭集》，世推該洽。江氏積學種文，耽於吟詠，其詩"抒詞寄意，皆極深刻"（法式善《梧門詩話》）。著有《北田文略》一卷、《北田詩臆》一卷、《叢殘小語》一卷、《江湖客詞》一卷、《〈韻府群玉〉補遺》、《〈曝書亭詩〉箋注》、《〈鴛湖櫂歌〉箋注》等。江氏尤嗜杜詩，平生寢食，奉少陵爲衣缽，口不絕吟，手不停披，屢易寒暑，至其臨終，始成《杜詩集說》二十卷、卷末一卷。生平事迹見鄭方坤《國朝名家詩鈔小傳》、《（光緒）嘉興府志》卷五一。

《杜詩集説》,凡二十卷,又附卷末一卷。是編脱稿於乾隆十三年(1748),四十三年(1778)始得刊行,有嘉興江氏惇裕堂刻本。卷前有乾隆四十三年馮浩序,次録舊序,計有樊晃、王洙、王琪、胡宗愈、王安石、李綱、吴若、郭知達、蔡夢弼、元稹等人;《舊唐書·杜甫傳》,附《新唐書·杜甫傳贊》;次附朱鶴齡所訂《杜工部年譜》,江壎撰"例言";次列全書總目録,各卷不另立目。卷序次第,悉依朱鶴齡本。每卷首行署書名、卷次,次行署"嘉興江浩然孟亭氏纂輯",三行署"男壎聲先校",後標該卷作詩時、地。此書係杜詩集注集評本,薈輯衆説,間陳己見。其"例言"云:"兹編合衆論以參稽,期去非而存是,偶或附以己見,用備取資。標題'集説',亦不敢掠美前人云爾。"又云:"每篇於字疏句釋之後,即繼以各家論説,分載逐段之下,俾全詩首尾貫徹,脉絡分明。其總論全詩大旨者,統列各詩之後。差覺瞭若指掌,取便披吟。"其所輯諸家論説,自宋元以來不下三四十家,而尤以仇注爲多。其援引前人評注,甚爲簡當,總以闡明詩意爲主。是本扉頁右題"沈椒園、秦果亭兩先生鑒定",中題書名"杜詩集説",左題"嘉興江浩然孟亭編輯　惇裕堂藏板"。《販書偶記續編》著録此本。又有本立堂刻本,或謂該本亦乾隆四十三年刊。但該本較惇裕堂本多一張九鉞序,末署"乾隆癸卯(四十八年,1783)中秋湘潭張九鉞書",當爲重刻本。是書《清史稿·藝文志四》著録。

### 11. 盛元珍《杜詩約編》

盛元珍,字寶巖,號仲圭,海虞(今江蘇常熟)梅李人。舉孝廉方正。雍正五年,以歲貢生官蒙城訓導,兼主講鍾山書院,爲制府黄廷桂所器重。乾隆七年前後,黄移官川陝時,延聘其掌教甘肅蘭山書院,當地文風爲之一振,被尊稱爲"南方夫子"。以年老歸里,卒於家。著有《蘭山課業約編》十四種、《古文選》等。

《蘭山課業約編》爲盛元珍掌教甘肅蘭山書院時所輯,分《經訓約編》、《詩賦約編》等。《經訓約編》成書於乾隆五年（1740）；
《詩賦約編》成書於乾隆六年，包括古賦、律賦、古詩、應制詩、唐
詩、李白詩、杜甫詩等。《杜詩約編》，書內署《皋蘭課業·詩賦約
編·杜甫》。前有兩《唐書》杜甫傳論贊、韓愈《調張籍》詩，無序跋
目錄。共收詩271首，分古、近體，計古詩77首，近體194首（其中
五律117首，七律40首，五排37首）。詩正文大字，半頁10行，行
25字，詩旁加圈點，且有小字評語，題下、句下、詩後亦間有評語，
個別詩尚有眉批。評語皆極簡略，絕少新見。

### 12. 杭世駿《杜工部集》十八卷

杭世駿（1695—1772），字大宗，號堇浦，晚號秦亭老民，仁和
（今浙江杭州）人。博聞強記，於經史詞章之學無所不貫。雍正二
年（1724）舉人，乾隆元年（1736）召試博學鴻詞，授翰林院編修，校
勘武英殿《十三經》、《二十四史》，纂修《三禮義疏》。三十一年，主
講揚州安定書院，繼主廣東粵秀書院。有《禮例》、《續禮記集説》、
《石經考異》、《史記考異》、《經史質疑》、《續方言》、《榕城詩話》、
《道古堂詩文集》等多種著述。生平事迹見《清史列傳·文苑傳
二》、應澧《杭大宗墓誌銘》、龔自珍《杭大宗逸事狀》、汪曾唯《杭堇
浦軼事》等。

《杜工部集》十八卷，係杭世駿抄本，並録清王士禛、屈復批。
有葉德輝、葉啓發跋。半頁十五行，行二十字，無格。《中國古籍善
本書目·集部·唐五代別集類》著録。現藏湖南省圖書館。可參
本書卷一"屈復《杜工部詩評》十八卷"條。

### 13. 何化南、朱煜《杜詩選讀》六卷

何化南，字念棠，一作念堂，號憩亭，建城（今江西高安）伍橋
馬山人。約爲雍、乾時人。邑諸生，工制藝及詩。晚好爲方外遊，
精通內典，所至叢林，淄流倒屣。年九十餘卒。著有《憩亭制藝》、

《憩亭詩鈔》、《杜詩選讀》、《唐詩話》等。生平見《(同治)高安縣志》卷十六《文苑》。

朱煜,字志韜,號省齋,建城(今江西高安)人。約爲雍、乾時人。

《杜詩選讀》六卷,有乾隆二十四年(1759)逸園刻本。該本卷前有何化南所撰"弁言",朱煜所撰"凡例"九則;次載"杜工部本傳"。自云"從朱鶴齡定本"節選,但錯訛甚多,如云杜甫"永泰二年卒於來(當爲"耒"之誤)陽",杜甫"子武宗"之類。各卷分列目錄,詩分體編年。共選杜詩239首,附他人唱和詩6首。每卷詩前皆列諸家論各體詩作法,闡述杜詩淵源。詩正文大字,詩旁標以圈點。詩後分析文字小字雙行,均低一格。詞語注釋、典故出處,均以小字標於詩上欄中。是書乃爲家塾課讀之用,注釋解說悉依仇兆鰲《杜詩詳注》而略加删削,但於仇注所引諸家之說皆略去姓氏,以便閱讀,惟"至議論高卓、動關體要者,仍於本注下另標'某氏曰',以示胥鈔之意"。詩旁圈點一以沈德潛選本爲宗。每卷詩前所列諸家論各體詩作法,除照錄仇注所引外,惟增以沈德潛之評語。是書又有道光二年(1822)刻本。

### 14. 逍遥居士《杜詩評選》

逍遥居士,名不詳,約爲乾隆時人。

該書是以康熙六年季振宜静思堂初刻本《錢注杜詩》爲底本的評點本,共評點杜詩611首。卷首墨筆署"乾隆癸亥仲秋逍遥居士評選","乾隆癸亥",即乾隆八年(1743)。於《洗兵馬》後評曰:"錢箋謂'刺肅宗',吾家次耕駁之。"次耕爲潘耒之字,其《書杜詩錢箋後》對錢箋予以駁斥。從此條的語氣來看,評點者當爲潘耒親族中人。今人周藝將逍遥居士之批語予以編輯整理,命名爲《杜詩評選》,由中國社會出版社2004年5月出版。該書封面署"公元一九九三年孟春周藝編校",前有周藝《〈杜詩評選〉前言》,對該本的情況進行了較爲詳細的介紹,可以參看。

### 15. 孫人龍《杜工部詩選初學讀本》八卷

孫人龍,字端人,號約亭,一説字約亭,號端人,又號頤齋,烏程(今浙江湖州)人。雍正八年(1730)進士,明年,奉使西陲,授編修。十三年視學滇中,任雲南學政,凡六載,以振興文教爲己任。乾隆九年(1744)視學粵中,任肇高學政,秩滿入都,充《文獻通考》纂修官、甲辰會試同考官,所取皆知名士。二十二年乞歸,都人咸祖帳贈以詩,人争羨之。曾參與編纂《唐宋詩醇》,著有《四書遵旨講義》、《約亭未定稿》、《公餘日記》、《頤齋未定稿》、《杜工部詩選初學讀本》、《陶公詩評注初學讀本》等。生平事迹見《(同治)湖州府志・人物傳・文學三》。

《杜工部詩選初學讀本》八卷,有乾隆十二年(1747)五華書屋刻本。卷首有《御製杜子美詩序》,次列“總目”,列各卷分體收詩數;次各卷“目次”,目次前有孫氏乾隆十二年自記云:“余幼讀工部詩,竊見向來評注幾數百家,手自纂輯,不啻數四。然引證猥雜,揚抑紛繁。竊謂隨其所見,均不如密詠恬吟,熟讀深思,而自得其旨趣。厥後得長洲何義門先生所手批,簡當精切,嘗攜置行篋中,以便展玩。兹試事既竣,乃於公餘,復理舊業,特加選擇,以爲讀本。季弟文龍、兒子元禮遂編校付梓,蓋謂有裨於初學云。時乾隆丁卯百花生日壬申,苕上孫人龍記於端溪試院。”卷六目次前孫氏又記云:“工部詩合計諸本,凡一千四百四十七首,既從義門先生所選古今體五百有餘首,定爲讀本矣。顧有全篇未完美,而瑜與瑕不相掩者,向所誦法,不能割愛,且輯録評注,亦可使初學知所别擇,故爲續編如左。端午日甲午端人又記。”據此可知,此選本前五卷是以何焯之批選者爲底本,故所有批語,亦往往承襲何氏語;詩分體編年爲序,計收各體詩 502 首。卷六以下稱爲“補編”,係由孫人龍選評,亦分體編年排列,計收各體詩 411 首。全書共選杜詩 913

首。各卷首行署書名、卷次,二行署"苕上孫人龍端人輯評、弟文龍岳鍾、子元禮儀三編校"。詩間夾有小字評語及圈點,題下、句下亦有評語,小字雙行。是書只評不注,評語不拘一格,内容多樣。孫氏評語雖不及何焯精警,但持論尚屬平允,明白淺近。此書《(光緒)歸安縣志·藝文志》、《販書偶記續編》著録。

## 16. 劉大櫆《杜工部五七古》、《評點杜詩》、《評點錢箋杜詩》

劉大櫆(1698—1779),字才甫,一字耕南,號海峰,桐城(今屬安徽)人。累舉不第,年逾六十,乃得黟縣教諭。提倡古文,爲桐城派重要作家之一。著有《海峰文集》、《海峰詩集》、《歷朝詩約選》等。生平事迹見《清史稿·文苑傳二》、吳定《劉先生大櫆墓誌銘》、姚鼐《劉海峰先生傳》。

《杜工部五七古》,爲同治十一年(1872)悟雲氏抄本,一册,浙江圖書館藏。鄭慶篤等編《杜集書目提要》著録。成都杜甫草堂博物館藏一鈔本,係據浙江圖書館藏清同治鈔本重抄。劉大櫆另有《評點杜詩》、《評點錢箋杜詩》,劉聲木《桐城文學撰述考》卷一著録,未見。復旦大學圖書館藏《劉海峰先生圈點杜詩》不分卷,或即所謂《評點杜詩》。

## 17. 邊連寶《杜律啓蒙》十二卷

邊連寶(1700—1773),字趙珍,後改字肇畛,號隨園,晚號茗禪居士,任丘(今屬河北)人。康熙五十八年(1719)補博士弟子員,雍正十三年(1735)貢成均,廷試第一。乾隆元年(1736)薦試博學鴻詞科,不中。十四年復薦經學,辭不赴。遂絶意進取,益肆力於古學。一生著述頗豐,在清代文學與學術上具有重要的地位,時人把他與紀曉嵐、劉炳、戈岕、李中簡、邊繼祖、戈濤並稱爲"瀛州七子",又把他與江南才子袁枚並稱"南北兩隨園"。有詩集《隨園詩草》八卷、《古文》四卷、《古文病餘草》八卷、《三字無雙譜樂府》一卷、《評注管子腋》二卷、《五言正味集》六卷、《杜律啓蒙》十二卷、《考訂蘇詩施注》十卷、《禪家公案》一卷、《長語》等。生平事迹見《清史稿·文苑傳一》、《清史列傳·文苑傳一》、《國朝詩人徵略》卷二七。

《杜律啓蒙》十二卷,有乾隆四十二年(1777)初刻本。是本扉頁署"杜律啓蒙乾隆丁酉初刻"。卷前有戈濤敘,次列"校對"姓氏,多爲邊氏弟侄、弟侄輩,共十五人;次邊氏撰"凡例"十六則,元稹《杜工部墓係銘》、年譜(依顧宸本,而稍參仇本)、仇兆鰲《杜詩詳注序》。不列目錄。每卷首行上署書名,下署"任邱邊連寶集注";二行署分體卷次。前九卷爲五律,計 627 首;後三卷爲七律,計 151 首。編次悉依顧宸《辟疆園杜詩注解》。正如"凡例"云:"兹集次序,悉依顧本。其甚舛者,但注於下,曰此當入某年,顧誤入某年應改正而已,餘則悉從其舊。"詩正文大字頂格,詩旁有圈點,注解小字雙行。其注釋疏解,較之顧本簡明扼要,各有側重,有詳有略。其"凡例"云:"兹編注事從略,注意從詳,注時事稍詳,注古事倍略……總注在前,詳注在後,先挈綱領,後疏脉絡……易解則不爲詞費,難解則不厭文繁,總以明白洞達爲主。"時引前人評語,尤以仇兆鰲、浦起龍爲多,偶有發揮,參以作詩體會,不乏精見。是本《販書偶記》著錄。此書又有道光十四年(1834)墨稼齋重刻本。齊魯書社 2005 年出版韓成武等標點整理本,中華書局 2007 年出版劉崇德等編《邊隨園集》本。

## 18. 喬億《杜詩義法》二卷

喬億(1702—1788),字慕韓,號劍谿,別署實寘居士,寶應(今屬江蘇)人。萊孫,崇修子。少以詩名江淮間,與沈起元、方觀承、沈德潛交善。美鬚髯,善談論,乾隆中以國學生再試不售,輒棄置仕進,專肆力於詩。乾隆二十九年(1764)客遊山西太原,爲猗氏書院山長。卒年八十七歲。工五言詩,古體直追漢魏,近體宗法盛唐,不屑作大曆以後語。著有《小獨秀齋詩》二卷、《小獨秀齋近草》一卷、《素履堂稿》一卷、《窺園吟稿》二卷、《三晉遊草》一卷、《夕秀軒遺草》一卷、《惜餘存稿》一卷、《劍谿說詩》三卷、《杜詩義法》二卷、《劍谿文略》二卷、《燕石碎編》一卷、《大曆詩略》六卷、《古詩略》、《藝林雜錄》、《元祐黨籍傳略》、《蘭言集》等。生平事迹見《清史列傳·文苑傳一》、《重修寶應縣志·文苑傳》、朱彬《喬劍谿先生墓表》、《廣陵詩事》。

《杜詩義法》分上、下二卷,共論及杜詩約二百首。上卷選論五言古詩一百二十多首;下卷選論七言歌行五十餘首,五言排律十六首。無目錄。其編次,分體後大致以編年爲序。是書體例,不錄全詩,詩題之後,只就有關詩句略作論析評解,重在闡釋杜詩藝術,作詩義法,並注意與其他詩家相比較。尤爲可貴者,敢於對名家成說提出異議,獨抒己意,時有精見。是書《販書偶記》卷十三著錄,云"乾隆間精刊"。但今見刻本無刊刻年月,無序跋。每卷首行署"杜詩義法"卷次,二行署"寶應喬億著"。卷末附"校訂姓氏",均係喬氏之學生或兒孫輩。另有一鈔本,卷首錄有引自喬億《劍谿文略》之《書元稹李杜優劣論後》一文代序,次列"校訂姓氏",次錄《重修寶應縣志·文苑傳》喬億小傳及曹錫寶、邱謹寄答喬億詩各一首。

### 19. 齊召南《集杜詩》二卷

齊召南(1703—1768),字次風,號瓊臺,晚號息園,天台(今屬浙江)人。幼稱神童。雍正七年(1729)副貢生,乾隆元年(1736)召試博學鴻詞,改庶吉士,授檢討。遷內閣學士兼禮部侍郎,以博學能識爲高宗知。十四年夏墮馬,乞歸養。後因族子牽累,削職放歸,旋卒。精輿地之學,著《水道提綱》二十卷行世。天才敏捷,爲詩文援筆立就,與同時浙省名家厲鶚、杭世駿鼎足齊名。著有《寶綸堂文鈔》八卷、《寶綸堂詩鈔》六卷、《寶綸堂外集》十二卷、《寶綸堂續集》十八卷、《瓊臺文稿》二卷、《賜宴堂集》、《萬卷樓詩鈔》一

卷、《和陶百詠》一卷、《天音集》二卷、《瑞竹堂詩》。生平事迹見
《清史稿·列傳九二》、《清史列傳·文苑傳四》、袁枚《原任禮部侍
郎齊公召南墓誌銘》、秦瀛《禮部侍郎天台齊公墓表》。

　　《集杜詩》，見《寶綸堂外集》（《台州書目》作《寶綸堂集古
録》）卷七、卷八，未有單刻本，卷後有齊玉川跋。《台州經籍志》卷
三三著録，稱“有成邦幹、劉頌年、郭傳璞序，金文田、齊毓川後序，
宣統三年掃葉山房石印本”。這些序跋乃爲《寶綸堂外集》所作，
非專爲《集杜詩》而作。

### 20. 徐文弼《杜律蒙求》二册

　　徐文弼（1710—?），字勤右，號蓋山、鳴峰，又號超廬居士，江
西豐城人。乾隆六年（1741）舉人，與蔣士銓友善，曾任饒州府鄱
陽縣教諭、四川永川知縣、河南伊陽知縣。著有《壽世傳真》、《吏
治懸鏡》、《萍遊近草》、《詩法度針三集》。生平事迹見《（同治）南
昌府志》卷四三《文苑傳》。

　　《杜律蒙求》，署“徐勤右輯釋”，不分卷。武進瞿懷亭木刻本，
二册。上册選五律，下册選七律。《成都杜甫紀念館館藏杜集目
録》著録，現藏杜甫草堂博物館。按，徐文弼《詩法度針》中集亦收
録《杜詩》部分，正可與《杜律蒙求》對照，驗其異同，俟後再考。

### 21. 查岐昌《陶杜詩選》二卷

　　查岐昌（1712—1761），字藥師，又字石友，號巖門山樵，海寧
（今屬浙江）人。查慎行之孫。縣諸生，舉孝廉，官崇明縣令。工
詩文，書法甚佳。富藏書，藏書室名得樹樓。著有《巖門詩文集》、
《巖門詩話》、《巢經閣讀古記》、《吳趨集》、《江山集》等。與纂
《（乾隆）歸德府志》。生平事迹見王昶《湖海詩傳》卷一九、道光
《海寧查氏族譜》卷四《世次三集》之二十二。

　　《陶杜詩選》二卷，乾隆三年（1738）手抄本，有黃丕烈跋，見

《蕘圃藏書題識》卷十。亦有韓應陛跋。封面署"查藥師手鈔陶杜詩選"。清封文權《讀有用書齋古籍目錄》著錄。蔣寅《清詩話考》稱,該書"稿本今存臺灣中央圖書館"①。

### 22. 吳峻《杜律啟蒙》

　　吳峻,字一峰,無錫(今屬江蘇)人。吳鼐子。乾隆初副貢。資稟絕人,博通律吕、勾股之學,工詩及書畫,詩兼眾體,上溯漢魏,迄於三唐,無不窺其堂奧,尤以風格音調擅場,五律近王、孟。嘗偕寧遠知府入蜀,詩益奇,其友鮑汀輒取其句圖之。著有《寄淮草》、《遊蜀草》各二卷,《梁谿詩話》四卷、《杜律啟蒙》。生平見《(光緒)無錫金匱縣志·文苑傳》。

　　《杜律啟蒙》,乾隆戊辰(1748)稿本,不分卷,共選杜詩七律五十首,現藏安徽省博物館。前有吳峻《自序》曰:"集中如《秋興》八首,直接變風,《諸將》五章,並近變雅,故以之壓卷。其餘去其拗體,擇其諧音,共得五十首,以類相次。評解既訖,題曰《啟蒙》。"序後署"乾隆戊辰仲夏望日,吳峻書於敬和堂"。後有吳峻《跋》曰:"杜律有注,不下萬本,自吾鄉修遠先生出,而諸家遂廢。近又得虞山湘靈先生批本,覺有披沙揀金之功。是編取兩先生之長,而益以己意,標明筆法,庶於初學有補云。"可知該本是以顧宸《辟疆園杜詩注解》及錢陸燦杜詩批本爲基礎編纂而成。

### 23. 張甄陶《杜詩詳注集成》四十四卷、卷首一卷

　　張甄陶(1713—1780),字希周,一字惕庵,福清(今屬福建)人。乾隆十年(1745)進士,改庶吉士,散館授編修。歷任廣東鶴山、香山、新會、高要、揭陽五縣知縣,有政聲。以丁憂去官,服除,授雲南昆明知縣,因事罷官,專心著述。曾先後主講雲南五華書

---

　　①　蔣寅《清詩話考》,中華書局 2005 年版,第 151 頁。

院、貴州貴山書院，晚年病歸，主講福建鰲峰書院。著作頗富，有《學實政錄》四卷、《四書翼注論文》三十卷、《周易傳義拾遺》十五卷、《尚書蔡傳拾遺》十二卷、《詩經朱傳拾遺》十八卷、《禮記陳氏集說刪補》四十七卷、《春秋三傳定說》五十卷，稿藏於家，統稱《正學堂經解》。另有《杜詩詳注集成》四十四卷、《松翠堂文集》三十卷、《愓庵雜錄》十六卷、《澳門圖說》、《澳門形勢論》、《制馭澳夷論》等。生平事迹見《清史稿·循吏傳二》，孟超然《賜進士出身敕授文林郎廣東新會縣知縣前翰林院編修張公甄陶墓誌銘》（《碑傳集》卷一〇六），錢林、王藻《文獻徵存錄》卷八。

《杜詩詳注集成》四十四卷、卷首一卷，係乾隆三十八年（1773）傳抄本，計十六册，爲貴山書院藏書，現藏中國科學院圖書館。封裏署書名“杜詩詳注集成”，右書“甬上仇滄柱氏詳注原本，濟南王士祐西樵氏全選定本，王貽上阮亭氏精選讀本”，左書“安溪李光地厚庵氏原評，長洲何焯屺瞻氏詳評，各名家先輩偶評附錄”。卷首扉頁署乾隆十三年三月初十日清高宗爲杜甫祠堂所書“藎臣詩史”四字，背面簡述事情原委（文中將任城南池誤爲濟南府城南），次列清高宗御製詠杜詩十一首。次爲巡漕御史沈廷芳撰《請賜唐臣杜甫祠額札子》與《謝賜唐臣杜甫祠額札子》，張甄陶乾隆三十八年自序，凡例十一則。次則依仇注列新舊《唐書》杜甫本傳、杜氏世系、杜文貞公年譜。該書係以仇兆鰲《杜詩詳注》爲原本增删而成。張氏自述編撰過程云：

> 取仇滄柱先生《詳注》，删其繁複，盡錄李（李光地）、何（何焯）二公及國朝諸名公前輩評論于上方，其圈點、選次甲乙一依西樵（王士禄號，書中誤爲王士祐。而馬同儼、姜炳炘《杜詩版本目錄》則誤王士禄爲王貽上，意王士禛、王貽上爲二人，實則一人）、阮亭（王士禛號）二先生之舊，間有不愜，亦時附己見，以聽讀書人之論定。編次既成，命諸朋徒錄爲全書，留藏書院（指貴山書院），永爲學詩者先路之導。

故每卷之末都附署鈔録者姓名，計有四十餘人。是書各卷分列目録，共收詩 1449 首，依編年排列。所引諸家之評語，除仇兆鰲、王士禄、王士禎、何焯、浦起龍、李光地等常見者外，尚有蔡世遠、陳兆崙、方苞等人，搜羅頗廣，足資參考。張氏於諸家評論多所辨正和闡發。如關於杜甫之死，張氏痛駁死於耒陽與牛炙白酒説，而力主死於潭岳説。其説雖前有所本，但張氏辯駁亦頗有力。

### 24. 何明禮《浣花草堂志》八卷

何明禮（1715—1766 後），字希顏，號愚廬，崇慶（今四川崇州）人。少有異秉，讀書過目不忘。遊宜興儲氏門，深得古文之法。潦倒場屋三十餘年，乾隆二十四年（1759）舉人，次年會試落第，遂遍遊齊梁、燕趙，益以詩酒自豪。客山東禹城知縣周士孝署中，病卒。李調元《蜀雅》謂“其才博而肆，蜀中文獻，半貯腹笥……詩始學杜陵，既而倣太白，爲遊仙擊劍之學”。所著有《江原文獻録》、《浣花草堂志》、《斯邁草》、《心調草》、《愚廬正集》、《續集》、《太平春新曲》、《愚廬策論》等。生平事迹見李桓《國朝耆獻類徵初編》卷四三六、《（光緒）崇慶州志·文苑傳》、《（民國）崇慶縣志·文苑傳》、李調元《雨村詩話》卷一〇、《蜀雅》卷一九《何明禮小傳》等。今人詹杭倫有《〈浣花草堂志〉作者考略》一文①，可以參看。

《浣花草堂志》八卷，分爲十六門。前有乾隆十三年（1748）閩人鄭天錦序、同年何明禮自序。另有乾隆十六年儲掌文序、乾隆十八年彭肇洙序、乾隆二十八年閔鶚元序、乾隆二十九年彭端淑序。書首列鑒閲姓氏二十二人。據書後乾隆二十六年吳江周潤躬跋，稱作者與其相遇於濟南，屬其繕寫清本，則知是書完稿當於此時。是書有道光六年（1826）初刻本，又有民國十二年（1923）《壁經堂叢書》本。《（民國）崇慶縣志·文苑傳》稱，何氏同鄉後學謝攀雲曾

---

① 載《杜甫研究學刊》1997 年第 4 期。

補輯《浣花草堂志》爲十卷,未見刊本行世。今人王文才《讀〈浣花草堂志〉》一文①,對該本進行了簡要介紹,可以參看。

### 25. 朱琦《杜詩精華》六卷

朱琦(1716—?),字景韓,號復亭,又號箕谷居士,歷城(今山東濟南)人。幼爲濟南府歷城縣學附生,後中拔貢第七名,充鑲白旗教習。乾隆九年(1744),中順天副榜第五名;十二年順天鄉試,以第八名中舉。曾官彭縣、安岳知縣。家世以書法、詩學擅名,其所書楹聯,字圓潤秀美,人得之視爲珍寶。著有《杜詩精華》六卷、《倚華樓詩》四卷、《鐵峰集》一卷、《倚雲樓詩》四卷等。張鵬展《山左詩續鈔》載其《倚華樓集》及旰江魯鴻序,序云:"景韓生漁洋(王士禛)、秋谷(趙執信)兩先生之鄉,自其先世與兩人爲師友,飽見飫聞,故其詩風格深穩,興會高騫。"生平事迹見山東省圖書館藏《歷城朱氏歷科硃卷合訂》。

《杜詩精華》六卷,朱琦輯,署箕谷居士手抄。係乾隆時抄本,半頁九行,行二十一字,無格。選詩624題,840首。按體編次:卷一,五言古(101題,123首);卷二,七言古(89題,103首);卷三,五言律(293題,399首);卷四,七言律(87題,117首);卷五,五言長律(34題,42首);卷六上,五言絕句(6題,14首);卷六下,七言絕句(14題,42首)。各卷又約略以作年先後排列。有旁批,有眉批,個別名物有解釋。卷一五言古部分、卷二七言古前半部分批點較詳,七言古《韋諷錄事宅觀曹將軍畫馬圖歌》之後,只有圈點,沒有批語,不知是何原因。將該書中的杜詩評語與盧坤"五家評本"《杜工部集》等文獻進行對勘後可以發現,其中絕大部分評語乃清初邵長蘅所評,因此朱琦《杜詩精華》應是邵長蘅杜詩評本之過録本。其詳可參孫微、韓成武《朱琦〈杜詩精華〉與邵長蘅杜詩評語

---

① 載《杜甫研究學刊》1996年第4期。

的釐定與區分》①。《中國古籍善本書目》著録,山東省圖書館藏有此本。

### 26. 佚名《少陵詩録》六册

《少陵詩録》不分卷,抄本,六册。選詩先近體,後古體,有清光緒時貴陽唐炯批語。版式爲半頁十行,行二十一字。藍框,白口,單魚尾。《成都杜甫紀念館館藏杜集目録》著録。按,此書極有可能是乾隆時盛百二所著之《少陵詩録》。盛百二(1720—?),字秦川,號柚堂,浙江秀水(今屬嘉興)人。乾隆二十一年(1756)舉人,官山東淄川知縣。在官一年,以憂去,遂不仕。晚年主講山棗、藁城書院數十年。著有《柚堂文存》四卷等。梅花主人《柚堂居士著述序》(乾隆五十七年刻本)云:"其著述自《文存》之外,尚有《尚書釋天》、《周禮句解》、《柚堂筆談》、《續筆談》、《皆山樓吟稿》、《增訂教稼書》、《李播大象賦注》、《古文意宗》、《唐詩式》、《少陵詩録》、《劍南詩鈔》、《觀録》、《淄川硯銘譜》等十餘種。"嘉興市圖書館網站《嘉興名人著作檢索》中亦著録盛百二著《少陵詩録》,然稱其已佚。成都杜甫紀念館著録該書時佚名,故署"闕名選録"。另周采泉《杜集書録》卷九著録盛百二《批杜工部集輯注》,稱該書有盛氏墨筆跋語,藏成都杜甫草堂博物館。

### 27. 李炤禄《律杜》一卷

李炤禄,字乙閣,湖北江陵人。年十九貢成均,選授黄平州吏目,旋調貞豐。乾隆間在世。著有《雲巖叢書》。

《雲巖叢書》九卷,計有《琴劍集》、《鶴心偶寄》、《鴻爪留餘》、《律杜》、《律李》、《律選》、《賦草》、《律陶》、《律唐》各一卷,嘉慶間刻,中國科學院圖書館藏。

---

① 載《杜甫研究學刊》2014 年第 1 期。

### 28. 鄭王臣《集杜詩》一卷

鄭王臣，字慎人，號蘭陔，又號黃石山人，福建莆田人。乾隆六年（1741）拔貢，充武英殿校録。二十一年中順天鄉試副舉人，以州同分發四川，歷官銅梁、成都、井研知縣，遷蘭州知府，奉使西藏，年六十以弟喪棄官歸里。爲官清廉，有惠政，好遊歷。曾編選《莆風清籟集》六十卷，著有《蘭陔四六》、《蘭陔詩集》、《黃石山人集》、《蘭陔詩話》。生平見道光《重纂福建通志·福建文苑傳》。

《蘭陔詩集》二卷本，分爲《蓮雲草》一卷、《集杜詩》一卷，乾隆間刻本，福建省圖書館藏。按，柯愈春指出，諸家著録的《蘭陔詩集》共有五種①，福建省圖書館藏《蘭陔詩集》爲其中之一。

### 29. 陳本《集杜少陵詩》二卷

陳本，字汝立，號筠亭，仁和（今浙江杭州）人。生平事迹不詳。

《集杜少陵詩》二卷，有乾隆刻一卷本，現藏南京圖書館。是書成於乾隆十五年（1750），内編 730 首，外編 321 首，另剩五百餘聯。所集均爲五律，已刊者僅一百首。另《八千卷樓書目》卷十七《集部·別集類》著録陳本有《月詩集杜》一卷，刊本，疑即《集杜少陵詩》。潘衍桐《兩浙輶軒續録》卷六引潘氏自著《緝雅堂詩話》曰："汝立集杜句，爲月詩、雨詩各一百首。繁篇巧思，如無縫之衣，令人驚服。"是書選録陳本集杜詩兩首，稱"有極幽秀者，各擇一篇，以當片玉"。其中《詠月集杜》曰："神光照夜年，恣意向江天。月出人更静，春歸客未還。計疎疑翰墨，情在强詩篇。斟酌姮娥寡，何如穩醉眠。"《詠雨集杜》曰："流霞飛片片，寒雨下霏霏。初月麗復吐，浮雲薄未歸。佇鳴南嶽鳳，不厭北山薇。林僻來人少，其如儔侣稀。"

---

① 柯愈春《清人詩文集總目提要》卷二十七，北京古籍出版社 2001 年版，第 682 頁。

### 30. 楊天培《西巖集杜稿》一卷

楊天培(1721—1773),字孟瞻,號西巖,大埔(今屬廣東梅州)百侯侯南人。四歲而孤,自幼穎異,過目成誦。及長,文章詞賦,卓然名家。乾隆九年(1744)舉人。十三年(1748)進士,需次入都謁選,授貴州石阡府龍泉縣知縣。二十四年,任貴州省鄉試同考官,所得皆知名士。後辭官歸里,受聘主講龍湖書院。二十七年,補惠州府學教授。著有《西巖文稿》、《西巖詩鈔》十二卷、《西巖集唐稿》一卷、《西巖集杜稿》一卷、《奇姓録》、《方言録》、《楊氏譜系考》、《潮雅拾存》。

《西巖集杜稿》一卷,《(民國)大埔縣志·藝文志》著録。周采泉《杜集書録》將書名誤作《集杜詩》。柯愈春《清代詩文集總目提要》著録《西巖詩鈔》十二卷曰:"此集後附《集唐稿》、《集杜稿》各一卷,乾隆間刻,饒鍔等《潮州藝文志》著録,今存。存詩六百餘首,乾隆二十七年劉宗魏爲之序。"①

### 31. 梁同書《舊繡集》二卷

梁同書(1723—1815),字元穎,號山舟,晚自署不翁,九十歲後署新吾長翁,錢塘(今浙江杭州)人。大學士梁詩正之子。乾隆十二年(1747)舉人。十七年進士,改翰林院庶吉士,散館授編修。二十三年,官侍講,充日講起居注官。嘉慶十二年(1807),恩加侍讀學士銜。博學,善鑒賞,尤工書法。初學顏真卿、柳公權,中年以後又取法米芾,七十歲以後融彙貫通,純任自然。工於楷、行書,到晚年猶能寫蠅頭小楷,其書大字結體緊嚴,小楷秀逸,尤爲精到。與劉墉、翁方綱、王文治並稱清四大家。著有《頻羅庵遺集》。生平事迹見《清史稿·藝術傳二》、《清史列傳·文苑傳三》、許宗彦

①　柯愈春《清代詩文集總目提要》卷二十六,北京古籍出版社2001年版,第665頁。

《鑑止水齋集》卷一七《學士梁公家傳》。

《舊繡集》二卷,爲集杜之作。有乾隆二十一年(1756)寫刻本,一册,《成都杜甫紀念館館藏杜集目録》著録。又見《頻羅庵遺集》卷四、卷五,卷四前有乾隆丙子(1756)陳鴻壽序。卷四集杜詩57題151首,卷五集杜詩57題89首,共計240首。

### 32. 施學濂《耦堂集杜》一册

施學濂(？—1784),字大醇,號耦堂,錢塘(今浙江杭州)人。安子,學韓兄。乾隆三十一年(1766)進士,改庶吉士,授禮部員外。據陳康祺《郎潛紀聞三筆》卷十一載,乾隆三十九年(1774),與許寶善等人充順天鄉試同考官;四十一年,考選山東道御史,轉兵科給事中。工詩文,尤精鑒賞。著有《耦堂集杜》一卷、《耦堂詩鈔》二卷。生平見《兩浙輶軒録》卷三一小傳。

《耦堂集杜》一册,清寫刻本,署"錢塘施學濂集",《成都杜甫紀念館館藏杜集目録》著録。

### 33. 曹錫黼《四色石·同谷歌》雜劇

曹錫黼(1726—1754),字誕文,號荻圃,又號旦雯,松江府上海縣(今屬上海)人。炳曾孫。早歲登第,曾任行人司司副、太常寺員外郎等職,年二十八卒。與兄蓉圃並有才名,博學能詩,善填詞曲,遺作卷帙盈尺,多散佚。乾隆十四年(1749),刻所輯《石倉世纂》六種三十三卷。著有雜劇《桃花吟》、《四色石》,流傳至今。尚有《碧蘚齋詩集》二卷、《無町詩餘》一卷。生平事迹見曹浩修撰《上海曹氏續修族譜》卷二(民國十四年上海曹氏崇孝堂鉛印本)、《古典戲曲存目彙考》、《晚晴簃詩匯》卷一〇三、《海上墨林》。

《四色石》雜劇,乾隆戊寅(二十三年,1758)頤情閣原刊本,未見著録。鄭振鐸收入《清人雜劇初集》。此劇係仿徐渭《四聲猿》而作,包括四劇,其四爲《同谷歌》,正名《寓同谷老杜興歌》,寫杜甫因疏救房琯見放,西入秦州,寓居同谷賦《七歌》事。四劇大抵平鋪直敘,不甚適合於演出。

### 34. 夏秉衡《詩中聖》傳奇

夏秉衡(1726—?),字平千,號香閣、縠香子,華亭(今上海松江)人。乾隆十七年(1752)舉人,三十年起任陝西鳌屋知縣兩年。著有傳奇三種:《八寶箱》、《詩中聖》、《雙翠圓》,合稱《秋水堂三種》。沈德潛稱夏秉衡的傳奇"直欲與玉茗(湯顯祖)爭衡,非只奪昉思(洪昇)、東塘(孔尚任)之座。"(《清綺軒初集序》)另有文集《清綺軒初集》四卷、《歷朝名人詞選》十三卷。

《詩中聖》傳奇,《今樂考證》著錄,爲《秋水堂三種》之一。凡二卷三十二出,首載夏氏自序。據夏氏《詩中聖自序》,知此劇乃其乾隆三十九年(1774)寓居吳門秋水堂時所作。此劇現存,但相當罕見,有乾隆甲午(1774)秋水堂刊本,署"秋水堂詩中聖傳奇"。劇情主要寫杜甫憂國憂民及與李白等人的深厚友誼,從杜甫家居聞李白被召爲翰林學士開始,中述杜甫與房琯、嚴武的交往,寓居同谷的窮困等,最後以杜甫與李白一同飲酒贈詩作結。

### 35. 龔書宸《賞音閣杜詩問津》殘存二卷

龔書宸,字雲來,號紫峰,漢陽(今屬湖北武漢)人。《(光緒)漢陽縣志》於龔書禾小傳後曰:"書禾有昆仲行,曰書宸、書田,以詩名。宸有《蔗味集》,田有《渫堂草》。宸尤癖杜陵,著《杜詩問津》,獨抒心解,不拾人牙後慧者。"龔書禾,字雲階,乾隆十八年舉人,則龔書宸亦爲乾隆時人。徐世昌《晚晴簃詩匯》卷六十四收其詩一首,並有小傳。生平見《(光緒)漢陽縣志》卷三《人物略中》。

《賞音閣杜詩問津》,書名一作《杜詩問津》。《(民國)湖北通志·藝文志十四·集部六》引《漢陽志》著錄,稱"書宸酷好杜詩,能于拂水、德水外,別俱一解"。拂水,即拂水山莊,錢謙益晚年歸常熟所居室名。德水，爲盧世㴓字。現存清鈔本三册，不知卷數，僅存一、六兩卷，缺卷二至卷五。半頁八行，行二十四字，小字雙行同，無格。卷一後署："楚江後學龔書宸紫峰氏評選，江皋後學龔書宸雲來氏評纂。"河南省圖書館藏有該本，書號：4.2/153。國家圖書館藏有該本縮微膠片。

### 36. 鄭澐《杜工部集》二十卷

鄭澐（？—1795），字晴波，號楓人，歙縣（今屬安徽）長齡橋人，真州（今江蘇儀徵）籍。元勳玄孫。乾隆二十七年（1762）舉人，召試賜內閣中書。乾隆四十九年，曾任杭州知府，官至浙江督糧道。生平學杜詩最深，嘗編刻《杜工部集》二十卷，校勘精美。工詞，譚獻在《篋中詞》中對其詞有稱揚。著有《玉勾草堂詩集》二十卷、《夢餘集》一卷、《鷗矗集》一卷、《玉勾草堂詞》一卷，續修邵晉涵纂《杭州府志》。《揚州畫舫錄》卷八曰："（楓人）生平論詩，深於少陵，刻《杜詩全集》行於世。"《淮海英靈集》稱其"生平學杜詩最力，嘗刻《杜少陵全集》，勘校精美。"生平見《全清詞鈔》卷一一、阮元《淮海英靈集》丁四、王昶《湖海詩傳》卷二五、《（民國）歙縣志·人物志·詩林》。

《杜工部集》二十卷，白文無注，係據錢謙益《杜工部集箋注》而成，略去原書序言、略例及箋注文字，而正文、校語一仿錢本。此書初刻爲乾隆五十年（1785）玉勾草堂刊本，十册。首爲鄭澐乾隆四十九年序，其云："武林爲山水勝地，量移來此，因病得閒，稍理故業，取舊本之善者，刊爲袖珍版……箋注概從删削，以少陵一生不爲鈎章棘句，以意逆志，論世知人，聚訟紛如，蓋無取焉。"所謂"舊本之善者"，蓋指錢本，以錢氏之書，乾隆時遭禁毀，故不便明言也。卷一至卷八爲古體詩，計 415 首；卷九至卷十八爲近體詩，計 989 首，並附錄詩 48 首；卷十九收表賦記說贊述 15 首；卷二十收策問文狀表碑誌 17 首。附錄"諸家詩話"、"唱酬題詠"。該本因白文無注,編校精審,或許清代杜集白文本"以此爲最",故翻刻本甚多,先後有日本文化九年(1812)東京崇文堂仿玉勾草堂刊本,同治十一年(1872)致一齋校刊玉勾草堂本,同治十三年仿玉勾草堂袖珍本重刊本,光緒十三年(1887)重刻本。以後又有1927年上海中華書局依玉勾草堂本鉛字排印《四部備要》本;1936年上海廣益書局鉛印本;上海中央書局依玉勾草堂本鉛字排印《國學基本文庫》本,書名作《杜少陵全集》,僅存下册。1957年北京中華書局用《四部備要》本據玉勾草堂本排印紙型重印單行本,中華書局上海印刷廠印刷,書名《杜工部詩集》,全二册,首爲鄭澐序,卷前爲前人"志傳集序",次爲"諸家詩話"、"唱酬題詠",分卷列目錄,除原有標籤頁數外,又總編有總頁數序碼,頗便檢閱。

### 37. 周春《杜詩雙聲疊韻譜括略》八卷

周春(1729—1815),字芚兮,號松靄,晚號黍谷居士,海寧(今屬浙江)人。乾隆十九年(1754)進士,官廣西岑溪知縣,頗有惠政。丁父憂,後去官。周氏平生博學好古,所居插架環列,卧起其中者三十餘年,治學謹嚴,撰述甚多,尤工考證、文字、音韻之學。阮元撫浙時延爲安瀾書院院長。他淡泊宦情,潛心著述,有《十三經音略》十三卷、《杜詩雙聲疊韻譜括略》八卷、《佛爾雅》八卷、《爾雅補注》二卷、《小學餘論》二卷、《中文考經》一卷、《代北姓譜》二卷、《遼金元姓譜》一卷、《西夏書》十卷、《遼詩話》一卷、《南京古迹考》二卷、《選材録》一卷、《松靄詩鈔》、《古文尚書冤詞補正》、《海昌勝覽》等多種。生平事迹見《清史稿·文苑傳一》、《清史列傳·儒林傳下一》。

《杜詩雙聲疊韻譜括略》八卷,初名《杜詩雙聲疊韻譜》,始撰於乾隆二十五年(1760),凡五易其稿,歷經二十五年而成書。此書先是十六卷,後并爲十二卷,最後删定爲八卷,易名"杜詩雙聲疊韻譜括略","'括略'之名,本毛西河先生《古今通韻》體例也"(乾隆四十六年作者小記)。是書初刻於乾隆五十四年(1789),又有嘉慶元年(1796)刻本、《藝海珠塵》本,《叢書集成》初編本即據《藝海珠塵》本影印,日本吉川幸次郎編輯《杜詩又叢》本則據嘉慶元年本影印。其中以《叢書集成》本最爲通行。該本卷前有周春乾隆五十四年序,次爲八卷目録及周氏乾隆五十四年小記。是書前五卷(卷二又分爲上、下兩小卷)將杜詩之雙聲疊韻分爲十二格:雙聲正格、疊韻正格、雙聲同音通用格、疊韻平上去三聲通用格、雙聲借用格、疊韻借用格、雙聲廣通格、疊韻廣通格、雙聲對變格、疊韻對變格、散句不單用格、古詩四句内照應格。每格先下定義,次列舉杜甫律詩、古詩例證,繼舉他人律詩、古詩例證。他人詩例以唐宋諸名家爲多,古詩例證則兼取唐以前者。卷六爲"諸格摘論",綜論前十二格。卷七爲"論各書",列舉王充、許慎、沈約、劉勰、孫愐、李淑、沈括、楊萬里、嚴羽、李東陽、楊慎、王世貞、王士禛、朱彝尊、朱鶴齡、仇兆鰲等四十三人論音韻聲律者數十則。卷八又分上、下兩小卷,上卷附録二十二則,乃周氏雜論杜詩之語;下卷序例,依次爲周氏乾隆二十八年自序、凡例五則、乾隆四十四年删定凡例七則、乾隆四十六年小記。是書以杜詩之雙聲疊韻創爲一書,功不可没。以杜詩雙聲疊韻系統爲標準,考辨杜詩異文,頗有參考價值。然周氏於杜詩雙聲疊韻析爲十二格,時有界域重雜處,且失之過細,未免流於繁瑣。此書《清史稿·藝文志四》著録,今人許總《審音歸母,謹嚴細密——周春〈杜詩雙聲疊韻譜括略〉初探》一文①,對此本作了較爲詳細的介紹,可以參看。

## 38. 許寶善《杜詩注釋》二十四卷、卷首一卷

許寶善(1731—1803),字敩愚,號穆堂,青浦(今屬上海)人。乾隆二十五年(1760)進士,累官監察御史。丁憂歸,不復出,以詩

---

① 許總《杜詩學發微》,南京出版社 1989 年版,第 204—218 頁。

文自娛,尤工詞曲。曾協助于敏中增訂朱彝尊所著《日下舊聞》爲《日下舊聞考》。著有《自怡軒樂府》四卷、《自怡軒詞譜》六卷、《自怡軒詩》十二卷、《詩經揭要》四卷、《自怡軒古文選》十卷、《自怡軒詩續集》四卷、《和阮詩》一卷、《和陶詩》一卷、《春秋三傳揭要》六卷。輯有《杜詩注釋》二十四卷和《自怡軒詞選》八卷。生平事迹見《全清詞鈔》卷十、張慧劍《明清江蘇文人年表》。

《杜詩注釋》二十四卷、卷首一卷。初刻於嘉慶八年(1803),係自怡軒刻本。光緒三年(1877)吳縣朱氏補刻本,陽羨徐人驥題簽。卷首有嘉慶七年許氏自序、錢大昕序、新舊《唐書》杜甫本傳、元稹《墓係銘》、杜氏世譜表略、凡例十一則。每卷分列目錄,卷次下署"上海曹洪志士心氏參訂、雲間許寶善穆堂氏編輯、受業桂心堂一枝氏校",版心署"自怡軒"。二十四卷,詩二十三卷,計 1458 首;賦一卷,收賦表九篇。是書係參照張遠《杜詩會稡》與浦起龍《讀杜心解》編輯而成。詩之"紀年敘次悉照浦本",浦於杜詩各體分列,許氏以爲於閱者不便,則合併之;而"段落則悉照張本,其遺漏處則增之"。注文采集徵引各書,皆各標書名,其某人注解者,則各標姓氏於上。詩句下所綴小注,小字雙行,則多采自張、浦二書,惟更删繁就簡而已。許氏自言是書乃采張、浦"兩先生之所長而略參鄙意",己意則單標一"按"字以别之。但細檢其按語,亦多變化張、浦二家之語而成,有的則徑録原文,故洪業指出:"寶善潛心數十年于杜詩之所得,多在分解段落,領會篇意。詩後輒加案語,略述所見,間已取張、浦二氏之説以代之。稍檢讀其案語,動人之處甚少;姑舉其書於此,以見杜詩之學之衰也。"(《杜詩引得序》)

### 39. 翁方綱《杜詩附記》二卷

翁方綱(1733—1818),字正三,號覃溪,晚號蘇齋,大興(今屬北京)人。乾隆十七年(1752)中進士,選庶吉士。累官編修、文淵閣校理官、國子監司業、內閣學士。歷典江西、湖北、江南、順天鄉

試。先後督廣東、江西、山東學政。翁氏爲乾嘉時期著名書法家、
金石學家,論詩創肌理説。廣學博覽,著作頗富,有《復初齋詩集》
七十卷、《復初齋文集》三十五卷、《論語附記》二卷、《孟子附記》三
卷、《石洲詩話》八卷、《蘇軾詩補注》八卷、《米元年譜》二卷、《小
石帆亭著録》六卷、《蘭亭考》六卷、《粤東金石略》十二卷、《兩漢金
石記》二十二卷、《經義考補正》十二卷、《杜詩附記》二卷等。生平
事迹見《清史稿·文苑傳二》、《清史列傳·儒林傳下一》、《晚晴簃
詩匯》卷三四。

　　《杜詩附記》爲手鈔本,分上、下兩卷。卷前有翁氏自序,謂讀
宋人迄近時諸家杜詩注,少有所得,遂"手寫杜詩全本而咀詠之,束
諸家評注不觀,乃漸有所得","徐徐附以手記,此所手記者,又塗
乙删改,由散碎紙條積漸寫於一處","題曰'附記',以備自省自擇
爾"。無目録,選詩只録詩題,不録全詩。上卷選詩 279 題,下卷選
224 題,補遺 23 題,共選杜詩 526 題。卷末有梁章鉅道光三年
(1823)跋語云:"新城(指王士禛)論詩專求'神韻',先生則闡發
'肌理',研精覃思,前後三十年始成此册。嗣後意有所得,隨時
點定,又三十餘年,至晚歲重加裝池。章鉅曾借讀一過,其中爲
先生手寫者十之八,他人續寫者十之二。"翁氏附記實爲其數十
年治杜之心得札記,側重於探發杜甫作詩之宗旨原委,旁及詞語
典故、音韻格律、章法藝術等,時有精見。該本《販書偶記》著録。
國家圖書館尚藏有二十卷鈔本,有清吳嵩梁、李彦章題款。又有
上海古籍出版社據清宣統元年夏勤邦鈔本影印《續修四庫全
書》本。

### 40. 翁方綱《翁批杜詩》

　　《翁批杜詩》,爲翁方綱手批本,稿本十二册,前有胡義質《題
記》、陳時利《題識》、李在鈺《題識》,臺灣師範大學圖書館藏。今
人賴貴三對該本進行了校釋整理,2011 年於里仁書局出版《翁方

綱〈翁批杜詩〉稿本校釋》）。張之爲、戴偉華《新見〈翁批杜詩〉稿本
考論》一文對該本作了較爲詳細的介紹①，可以參看。

### 41. 劉肇虞《杜工部五言排律詩句解》二卷

劉肇虞，字唐德，號誠齋、廣文，宜黃（今屬江西）人。乾隆二
十四年（1759）前後執教於鳳崗書院。乾隆三十年（1765）舉人，任
安義教諭。四十八年（1783）任雩都縣訓導。品行端方，篤學不
倦。著有《劉廣文集》十九卷、《杜工部五言排律詩句解》二卷。據
《（道光）宜黃縣志》載，肇虞輯有《宋十家文鈔》、《元明八家古文
選》（一作《元明七大家文選》）十三卷。《元明八家古文選》乾隆間
被列目禁毀。尚輯有《揭曼碩文選》一卷，收入《四庫全書存目叢
書》。生平見《（道光）宜黃縣志·選舉志》。

《杜工部五言排律詩句解》二卷，係劉氏在鳳岡書院教授生徒
之講稿，有乾隆二十四年（1759）刻本。扉頁橫署“邑侯張筍亭鑒
定”，右署“宜黃劉肇虞纂注”，中署“杜工部五言排律詩句解”，左
署“全集嗣出”、“義學藏板”。卷前有乾隆二十四年張有泌（字筍
亭）序，稱劉氏“積數年之力，旁蒐博覽”，方纂成此書。次爲劉氏
自序，中云：“余比年掌教義學，授徒以詩，于杜悉有句解。或謂既
爲之解，須疏意旨、詳脉絡，不當徒以句爲目。杜注昔號千家，無解
不具。兹則彙合參考，準諸錢箋，去支删繁，纂而約之於句，句既
解，實無所不解。抑亦合舊注共爲一解中，而別爲一書也夫。”自序
後列總目録。各卷首行題“杜詩句解”，次行題“宜黃後學劉肇虞
纂注”。是書共收録杜詩五言排律 110 首加以句解，解甚簡略，多
熔裁前人注而成。僅《販書偶記續編》著録，《清史稿·藝文志》及
《清史稿藝文志補編》未予著録，可知流傳甚稀。

---

① 載《國家圖書館學刊》2012 年第 3 期。

### 42. 王廷和《李太白集杜工部集合鈔》

王廷和,字碧珊,號愛吾,華亭(今上海松江)人。祖鏐,號蔚軒。諸生。乾隆二十四年(1759)舉人,官海州學政。嘗舉錫朋、振雅諸社,延獎後進。晚年杜門著書,年八十二卒。性醇愨,著述不輟寒暑,嘗輯《峰泖志》、《婁縣志》、《華亭縣志》、《續松風餘韻》、《雲間遺事》等,今皆遺佚。《峰泖志》,《(光緒)華亭縣志·藝文志》著錄。所纂《華亭縣志稿》四十二卷,稿本已佚,《(光緒)松江府續志·藝文志》著錄。自著有《縹緲樓詩稿》。生平見《(光緒)重修華亭縣志·人物志五·列傳下》。

《李太白集杜工部集合鈔》,鈔本,不分卷。原藏重慶市圖書館,周采泉《杜集書錄》內編卷二《選本律注類存目》著錄。

### 43. 齊翀《杜詩本義》二卷

齊翀,字雨峰,一作羽峰,室名思補齋,婺源(今屬江西)人。乾隆二十八年(1763)進士。曾主講山西晉陽書院。三十七年後歷任廣東始興、電白、高要知縣。四十七年升任潮州府南澳同知,署嘉應州知州。工詩,同年進士李調元序其集,以爲"專主麗情"。著有《杜詩本義》二卷、《三晉見聞錄》一卷、《思補齋日錄》一卷、《南澳志》、《雨峰全集》等。生平見《清詩紀事》乾隆朝卷。

《杜詩本義》二卷,有乾隆四十七年(1782)雙溪草堂刻本,原刻入《雨峰全集》,後有廣州文林堂刻本。該本封裏左署"婺源齊翀注",中大字署"杜詩本義",右下署"宜興城南東撒珠巷齊公館雙溪草堂藏板"。卷前有齊氏於乾隆四十七年秋七月所撰自序,次列"例言"九則,附賦比興圖。卷前無目錄,書尾署"廣東省城西湖街文林堂刷印刻字"。是書分上、下卷,只收七律,因"杜詩七律,最爲變化,讀者更易眩惑,故特著七律以發其凡"。共計122題,149首。每首詩末以兩行小字夾注字音、校勘文字異同。正文後爲解釋文字,統低一格,皆標出賦、比、興字樣,簡釋詩意,詮釋詞語,訂正讀音;後選引諸家之説,所引出處以雙行小字夾注出之。是書義例分爲四類,紬繹章句,使詩語意分明,然後博採衆説:"一曰本義,乃直詁詩義,確然無疑者;二曰辨説,舊説之舛謬者駁正之;三曰旁證,雖非正解,而依附詩義,於事物之理有所推闡者,存之以資聞見;四曰存疑,各持一説,義亦可通者,姑兩存之,以備參考。"態度是審慎的,然多采自仇兆鰲《杜詩詳注》。

### 44. 陳明善《杜工部詩鈔》一卷

陳明善(1736—1803),字服旂、亦園,號野航,武進(今江蘇常州)北鄉徐墅人。沈德潛門人。乾隆時,官山西代、朔、吉三州知州,以養母乞歸。詳校四書,精刊之,名《亦園四書》。著有《亦園集》,輯有《唐六家詩鈔》。

《杜工部詩鈔》一卷,陳明善編選,見《唐六家詩鈔》本,爲乾隆三十四年(1769)刻本,共選杜詩 478 首。

### 45. 邵塈《集杜甫詩》一卷

邵塈(1736—?),又作邵墩,字安侯,號冶塘,鄞縣人。貢生。嘉慶元年,官四川嘉定通判。著有《冶塘詩鈔》十六卷附《詩餘》不分卷,輯有《詠古詩鈔》十八卷。

《冶塘詩鈔》十六卷,道光十年(1830)刻本,國家圖書館藏。前十卷爲詩,後六卷爲集句詩,卷十一《集漢魏六朝詩》,卷十二《集杜甫詩》,卷十三至十五《集唐詩》,卷十六《集宋元明詩》。

### 46. 朱宗大《杜詩識小》

朱宗大,字直方,號小射,寶應(今屬江蘇)人。性穎悟,幼有"神童"之目。九歲能詩,長爲喬億入室弟子。弱冠後,試輒高等。屢躓名場,遂肆力於詩,與曾都轉賓谷、王太守夢樓、朱布衣二亭諸人相唱和。乾隆五十年(1785)貢生。嘉慶初,舉孝廉方正,辭不就。晚年以歲貢選金山縣訓導,卒於官。著有《朱直方集》、《無盡藏書屋詩》。沈德潛序其集曰:“直方私淑邑之前賢,以開元、天寶爲指歸,故其爲詩格律高整,風神綿遠。”生平事迹見《(民國)寶應縣志》卷一六《人物志·文苑》、張慧劍《明清江蘇文人年表》。

朱宗大《朱直方集》包括《壽藤軒吟稿》、《冬榮館詩》、《杜詩識小》、《李詩臆説》四集,刊於乾隆二十五年(1760)。是書不録杜全詩,只摘評詩句,計評詩 32 首(包括附高適詩一首)。半頁九行,行十八字。評詩列詩題,摘引所評詩句,引詩頂格,評論文字低一格。評語多極簡略,較爲關注杜詩的篇法脈絡及詩句間的承接照應,偶有新見。

### 47. 范輦雲《歲寒堂讀杜》二十卷

范輦雲(1737—1789),字楞阿,號雲泉,嘉興(今屬浙江)人。幼而通敏,嗜讀書,有遠略。少偕其兄隨父客豫章,以試歸里,遭母憂,會父亦歿,家故貧,未葬之棺累累,乃輕經生業,就河南舞陽令宋君記室之聘,又偕宋至楚,別館江夏。暇讀律令,遂精申、韓之學,名噪江漢間,據諸侯上座者二十餘年。書法圓勁,得晉人筆法。著有《歲寒堂讀杜》。生平事迹見張井《二竹齋文集》卷上《范公墓誌銘》。

《歲寒堂讀杜》二十卷,爲道光二十四年(1844)蘇州范氏後樂堂刊本,由其子范玉琨刻印。卷前有武威張澍道光十一年(1831)序、儀徵吳廷颺道光二十四年序,次《新唐書·杜甫傳》。每卷前分列目録,卷次下署“嘉興范輦雲楞阿輯,男玉琨校”。詩正文大字頂格,注文小字雙行。書後有錢泳、范玉琨跋。卷末有“上元王鼎淳刊”字樣。據錢泳跋云,該書“採集東澗(錢謙益)、溢陽(張潯)二家之説居多,而間亦參以己意”。實則該本編次一仍張潯《讀書堂杜工部詩集注解》,只是張本總目録置之書前,范本則分卷列目而已。注釋文字亦照録張本,幾至一字不易。所不同者,只是較張本略有刪減。范本除照抄張本外,亦抄襲他人文字,而不注明。如《登兗州城樓》較張本僅多出"壯闊深厚,俯仰具足,此爲五律正鋒"一段文字,或以爲范某己見,實則一字不易照録許昂霄語。此類甚多,不勝枚舉。其書如此,其子范玉琨竟大言盛誇其父:"俾後之學者知先大夫學問淵博,有以補諸家箋注所未及,于杜詩亦多所發明。"故洪業譏評曰:"道光甲辰(1844),嘉興范玉琨吾山刻其父葦雲楞阿之遺稿《歲寒堂讀杜》二十卷,此只是張溍之書而更删去張氏所留許(自昌)本之原注;中間偶見數處微删改張氏評語,未見其佳。嗚呼! 著書如此,而有子刻之,豈足以爲其父榮哉?"(《杜詩引得序》)然張溍、吳廷颺等人却在此書序跋中不吝贊詞,如張溍序云:"今先生讀之萬遍,研以十年,鑿險縋幽,抉髓搯腎。神來筆下,妙到毫端,語乃驚人,句堪己瘧,苦吟髭斷,破卷筆神,萬丈光焰,名雄李杜,千秋膏馥,字掩黄金。可謂無義不搜,無房不發,豈非注家巧匠,詩史功臣也乎! 後之覽者,未可忽諸。"(《養素堂文集》卷三四)吳廷颺序云:"得逐句讀之,各本校之,乃知先生之存録舊注舊評之精也,增注增評之當也。凡所增者,皆舊注未有,而知先生史事之熟也,學問之博也;凡所評者,皆舊評所未及,而知先生論詩之嚴也,説詩之妙也。"這些評價,實屬過譽,説明張溍等人對該本的實際情況並不了解。該書《清史稿·藝文志四》、孫殿起《販書偶記續編》均予著録。又有 1974 年臺灣大通書局據道光二十四年蘇州范氏後樂堂原刊本影印《杜詩叢刊》本,該本誤署"清范葦雲編注、楞阿輯",而卷前張序、吳序次序顛倒,又書後多出道光丙午(二十六年,1846)閏夏山陰鄔鶴徵跋,則"叢刊本"似非道光甲辰之"原刊本",而是重刻本。

## 48. 史褒《學杜集》一卷

　　史褒,字善揚,號舒堂,陝西朝邑人。乾隆三十五年舉人,五十六年任雲南恩樂縣知縣,官至陝西、甘肅巡撫。喜吟詠,袁枚《隨園詩話》曾稱賞其詩。

《學杜集》一卷,乾隆五十四年(1789)延厚堂刻本,一册。半頁十行,行十九字,白口,四周雙邊。作者以爲,學諸名家詩後,"杜不可不學",遂仿杜甫五七律格調,賦詩二百餘首。陝西省圖書館藏,《陝西省圖書館古籍普查登記目錄》著錄,似存有兩部,編號分別爲:善 0020208、善 0005743。

### 49. 周作淵《杜詩約選五律串解》二卷

周作淵(1740—1797),字澄懷,號潛齋,光州商城(今屬河南)人。周祖培祖父。廩貢生,乾隆三十六年(1771)爲歸德府鹿邑縣儒學訓導。四十四年,擢安徽建平知縣,有政績。五十五年,擢爲廣東惠州府海防同知。五十七年因病歸里,疾稍愈,日與子侄講貫群書,督課舉業,後卒於家。著有《周易輯要》、《杜詩串解》、《郎川公事略》、《嶺南詩草》等。《光州志·善行》有傳。

《杜詩約選五律串解》二卷,又名《柏蔭軒約選杜詩五律串解》。始撰於乾隆二十九年(1764),有乾隆五十五年文鳥堂刻本。扉頁署"乾隆庚戌年鎸　杜詩約選五律串解　文鳥堂藏板"。卷首有乾隆五十四年許亦魯序、周作淵自序;次錄胡應麟、李夢陽、周珽、沈德潛有關五律評論數則;次載《杜工部本傳》,附錄唐庚、蘇軾、朱熹、元好問四家論杜四則。卷末有戴名駒跋。卷前列總目錄,卷目下標注收詩數。共選杜詩五律 133 首,按作年先後編次。每卷首行署"柏蔭軒約選杜詩五律串解"卷次,次行署"汹水周作淵潛齋氏解"及校字諸子侄姓名。版心上署"杜詩約選五律串解",中署卷次、頁數,下署"文鳥堂藏板"。下卷末署刻工姓名。詩正文大字頂格,詩末標明韻部;串解雙行小字附於詩後,統低一格;詩旁偶有圈劃。訓釋典故置於書眉,多刪改仇兆鰲《杜詩詳注》而成。附錄他人唱和詩,亦作串解。串解先解詩意,次論章法結構,間或引用前人評語,往往不標姓氏。周氏于前人諸注,尤推崇仇兆鰲。故疏解詩意，能承仇注之長，而又避仇注繁冗之弊，尚稱簡明。此書《販書偶記續編》著録。

### 50. 和寧《杜律精華》

和寧（1740—1821），爲避清宣宗諱改名和瑛，字潤平，號太庵、鐵園，額勒德特氏，蒙古鑲黄旗人。乾隆三十六年（1771）進士，授户部主事，歷員外郎。出爲安徽太平知府，調潁州。五十二年，擢廬鳳道，歷四川按察使，安徽、四川、陝西布政使。五十八年，予副都統銜，充西藏辦事大臣。尋授内閣學士，仍留藏辦事。和瑛在藏八年，著《西藏賦》一卷，博采地形、民俗、物産，自爲之注（王清源《遼寧省圖書館館藏清代八旗詩文集目録》著録）①。嘉慶五年（1800），召爲理藩院侍郎，歷工部、户部，出爲山東巡撫。十一年，召還京，爲吏部侍郎，調倉場。未幾，復出爲烏魯木齊都統。十四年，授陝甘總督。坐前在倉場失察盜米，降大理寺少卿。十六年，遷盛京刑部侍郎。二十一年，授工部尚書。二十二年，調兵部，加太子少保，歷禮部、兵部。二十三年，授軍機大臣、領侍衛内大臣，充上書房總諳達、文穎館總裁。逾一歲，調刑部，罷内直。道光元年卒，贈太子太保，諡簡勤。和瑛嫻習掌故，優於文學，著書多不傳。《八旗藝文編目》著録其有《讀易擬言内外篇》、《經史彙參上下編》、《杜律》等。生平事迹見《清史稿·列傳一百四十》。

《杜律精華》，清抄本，四册一函。八行二十字，小字雙行，白口，無行格。前有和寧《自序》，稱是書乃對邊連寶《杜律啓蒙》"慎加披揀，比依事類，列門十有六，得二百餘首"，成書於嘉慶四年（1799）。《清華大學圖書館藏善本書目·集部·別集類》著録。《八旗藝文編目》著録其有《杜律》，疑即此書。

① 載《滿族研究》2004年第2期。

### 51. 和瑛《草堂寱》雜劇

鄧之誠《桑園讀書記》"皇朝掌故備要"條曰："和瑛手稿《草堂寱填詞》、《臣道》……藏于燕京大學。"《草堂寱》收入《和瑛叢殘》，原係燕京大學藏書，現藏於北京大學圖書館，典藏號爲：NC/9117/2613。《和瑛叢殘》中收有兩種《草堂寱》鈔本，均爲一册裝，有朱筆圈點。一本爲朱格鈔本，八行二十字，小字雙行，單魚尾，書衣題"草堂寱"，内署"先高祖簡勤公遺著，孫成寯謹識"。一本無格鈔本，頁六行，小字雙行，書衣殘失，扉頁題"簡勤公遺著"、"草堂寱"等，字與朱格鈔本的題識不同。《草堂寱》共四折，分別爲《仙降》、《塵遊》、《感莊》、《應夢》。該劇隱括杜詩爲戲，大量化用杜詩入戲，是典型的文人劇。其詳可參嚴寅春《新發現蒙古族文學家和瑛〈草堂寱〉雜劇簡論》一文①。

### 52. 佚名撰，沈寅、朱崐補輯《杜詩直解》六卷

沈寅，字芝珊，一作支三，號笠陽，涇川(今安徽涇縣)岸前都人。擅書法。乾隆三十六年(1771)舉人，歷任河北望都、邯鄲縣令，升蔚州知州，年五十四卒於官。《杜集書録》誤爲明人，《杜集書目提要》稱其"約生活於清康熙時期"，均誤。與朱崐同窗，二人補輯《李詩直解》六卷、《杜詩直解》六卷，合稱《李杜直解》。生平見《(嘉慶)涇縣志》卷一七。

朱崐，字源一，號西崖，涇川(今安徽涇縣)人。與沈寅同窗，生平事迹不詳。

是書與《李詩直解》合刻，稱《李杜直解》。其書首列朱筠《杜詩直解序》，云："沈孝廉名寅者，宛涇好古士也。戊戌(乾隆四十三年，1778)春來京應禮闈試，謁余，因出《李杜直解》問序于余。余閲之，中無注詩人名字，詢之，云得之於市肆廢籠中者……今取

---

① 載《文化遺産》2014 年第 2 期。

是編細繹之,其訓詁則法之毛萇,而箋釋則仿乎孔、鄭。每出一解,必先提其宗旨,而其起伏層折、縱橫馳騁之妙,無不畢見……余深惜注詩者之姓氏不傳,而又深幸此書之賴沈君以傳也,是爲序。"次爲沈寅序,行書,略云:"余以公車滯留京師……偶遊市上,於廢書堆中翻得此本,原係繕稿,中多殘缺,兼以蟲侵鼠齧,字迹已多模糊。余攜歸邸舍,細心繹之,雖間有殘缺,尚可以意補之。見其援據之精,持論之正,真爲善本。擬其手筆,大抵國初鉅公所作,有明以來諸名手不及也。而卷首不著姓名……歸里後,同窗朱子源一見而悦之,與余同志,補其殘缺,增所未備……遂仍舊本,亟付開雕……時乾隆元(玄)黓攝提格(壬寅,乾隆四十七年,1782)竹秋上澣之吉,涇上後學笠陽沈寅芝珊氏書於存澤軒中。"以下爲朱崑序,行書,略云:"沈君支三得是解于長安市肆廢簏中,攜以示余。讀其注,則引經據史;讀其釋,則本諸毛氏,發揮其詩中之旨,次第縷析。間有感唐廷之時事,亦必明引喻之深文,俾作者忠愛之意,了然於卷端……而獨惜乎不克傳注釋之姓氏也,而又惜乎年遠蝕剝,篇章間有斷缺,字迹每多殘失也……爰與沈君意爲補輯……因不自揣補解之陋,授之梓人,庶膾炙李杜之詩者,亦膾炙李杜之忠愛也夫。時乾隆乙未年(四十年,1775),西崖後學朱崑謹識。"以下又有沈寅之叔沈曇序,内容略同。版式爲半頁八行,行十八字,注解小字雙行,白口,四周雙欄,單魚尾,無界行。共選各體詩202首,分體之後約略編年爲次。其注釋體例,正文之後,首先對有關詞語作簡要之注釋,再點明詩旨,釋詩爲文,自首至尾通篇加以復述,於中間有扼要之評點。如是平鋪直敍就詩解詩,雖無發明新見,却避免了過於深求牽强附會之病,極便初學。有乾隆四十七年(1782)鳳樓巾箱本。該本書名頁誤標作"乾隆乙未年新鐫",以後各家書目多沿其誤。如《販書偶記》著録:"乾隆乙未鳳樓精刊巾箱本,與《李詩直解》合刻。"《中國古籍善本書目》亦誤標:"清沈寅、朱崑輯,清乾隆四十年鳳樓刻本。"《杜集書録》則誤標:"清乾隆丁未(1787)來鳳樓刻。"《杜集書目提要》則誤作"朱鳳樓藏板，乾隆乙未(1775)刊"。另有斯雅堂刻本，扉頁上署"涇上沈寅、朱崑全補輯"，題作"李杜合刻直牋"，下署"金閶斯雅堂發兑"，刻年不詳，疑爲嘉慶重刻本。

### 53. 戚學標《鶴泉集杜詩》二卷

戚學標(1742—1825)，字翰芳，號鶴泉，別號南墅居士，太平(今浙江溫嶺)人。乾隆四十六年(1781)進士，歷官河南涉縣、林縣知縣，以忤上官罷。後改寧波府學教授，不久辭歸，著述以終。治學長於考證，於《説文》、《毛詩》研究有成。著有《毛詩證讀》、《詩聲辨定陰陽譜》四卷、《四書偶談內外編》、《鶴泉文鈔》二卷、《鶴泉文鈔續選》八卷、《景文堂詩集》十二卷、《三春日詠》、《綠香樓長律》、《溪西集》、《集杜正續集》五卷、《集李詩》二卷、《集唐初編》一卷、《續編》三卷、《百美集蘇》一卷、《集句叢鈔》四卷、《三台詩話》二卷、《風雅遺聞》四卷、《風雅逸音》四卷、《溪山講授》二卷。生平事迹見《清史稿·儒林傳二》、《清史列傳·儒林傳下一》、繆荃孫《戚學標傳》(《碑傳集補》卷三九)。

《鶴泉集杜詩》二卷，乾隆六十年(1795)刻本，四冊。半頁九行，行二十二字，雙邊，單魚尾，版心刻書名、卷次、頁數。巾箱本。前有蔡之定《序》、戚學標《自序》、崇士錦《題戚鶴泉明府文稿效集杜句》、《題戚明府集杜卷仍效作》、鄭大漠《和戚鶴泉明府集杜》。《成都杜甫紀念館館藏杜集目錄》著錄。《台州經籍志》卷三三引《(嘉慶)太平縣志·藝文志》著錄爲《集杜正續集》五卷，並云："《前集》一卷，皆五言律，末附《集韓文》三篇，阮培元、齊召南爲序。《續集》四卷，凡諸體詩七八百首，嘉慶丙辰(1796)蔡之定序，並有刻本。"《台州經籍志》尚引黃河清曰："吾友太平戚鶴泉進士有異稟，年未弱冠即受知于督學竇東皋、錢稼軒兩先生。其選擇時主者，即稼軒也。時從齊息園(齊召南)先生于萬松岡，刻有《集杜

百詠》、《集韓文》，藝林争先快睹。"則戚學標尚著有《集杜百詠》，
不知是否爲《鶴泉集杜詩》之别名。齊召南著有《和陶百詠》，戚學
標之《集杜百詠》抑或爲仿其師作而成，俟考。

### 54. 耿湋《集杜詩》一卷、《集杜詞》一卷

　　耿湋(1743—1801後)，字晴湘，號雪村，沭陽(今屬江蘇)人。
《雪村詩草摘刊》卷上《除夕》詩云："四十才餘九，居然鬢髮蒼。"詩
作於乾隆五十六年(1791)，則其生於乾隆八年(1743)，卒年不詳。
其詩斷於嘉慶六年(1801)。與同邑汪星源、吕昌齡、海州周崇勛、
山陽金悔餘等交遊，切磋義理，詩酒流連，號"松窗五友"。著有
《雪村詩草摘刊》、《集杜詩》一卷、《集杜詞》一卷。

　　《集杜詩》一卷，見於《雪村詩草》六卷後，前有汪星源《集杜詩
序》、耿湋《凡例》六則、周崇勛《集杜詩跋》。汪序作於乾隆五十七
年(1792)，周跋作於乾隆五十九年(1794)，當刻於是年之後，成志
堂刻本。《江蘇省立國學圖書館現存書目》卷一三著録，現藏南京
圖書館，索書號：88991。

　　《集杜詞》一卷，列於《雪村詩草》之《集杜詩》後，乃集杜甫詩
句爲詞，共三十首。首頁署"嘉慶辛酉鈔　集杜詞　成志堂待
鐫"，則其乃繼《集杜詩》後刻于嘉慶六年(1801)前後。前有李秉
鋭《集杜詞敍》，稱："杜詩中自具詞之一體，晴湘於千載後發其覆。
倘遇楚江巫峽，清簫疏簾，白日放歌，晴窗檢點，於以刻羽引商，彈
筝撫缶，悲壯蒼涼，曲應天上，試以詞論，詎出青蓮下哉！晴湘爲浣
花獨開生面，能使浣花無詞而有詞，浣花得晴湘，可謂無餘憾矣。
更千載後，即以是編補浣花之闕，亦無不可。"敍之落款署"嘉慶丁
巳季秋中浣"，即嘉慶二年(1797)。後有耿湋《集杜詞凡例》五則，
其自訂標準較嚴，提出集詞中已摒除與詩體較爲接近的《生查子》、
《玉樓春》、《採蓮子》等詞調；用韻則遵循杜詩平聲不用通轉之例。
《江蘇省立國學圖書館現存書目》卷一三著録，現藏南京圖書館。

### 55. 楊倫《杜詩鏡銓》二十卷

楊倫（1747—1803），字敦五，一字西河，一作西禾，號羅峰，陽湖（今江蘇常州）人。乾隆四十六年（1781）進士，官廣西荔浦知縣，創正誼書院，招邑之秀者課其中，捐俸獎其前列，士風丕變。與當時同里學人洪亮吉、孫星衍、趙懷玉、黄景仁、吕星垣、徐書受等人號爲"毗陵七子"。楊倫博極群書，生平論學，以不欺爲本，其詩得力於少陵。晚年主講武昌江漢書院七年之久，門下多尊信之。亦嘗主江西白鹿洞書院講席。在廣西三爲同考試官，所拔皆知名士。著有《杜詩鏡銓》二十卷、《九柏山房集》等。生平事迹見《清史稿·文苑傳二》、張惟驤《清代毗陵名人小傳稿》卷五。

《杜詩鏡銓》二十卷，成書於乾隆五十六年（1791），書名源於杜詩《秋日夔府詠懷奉寄鄭監李賓客一百韻》之"金篦空刮眼，鏡象未離銓"。正如作者《自序》云："今也年經月緯，句櫛字比，以求合乎作者之意，殆尚所云'鏡象未離銓'者。然一切椓釀叢脞之説，剪薙無餘，使淺學者皆曉然易見，則亦庶幾刮膜之金篦也夫。"又云："余自束髮後，即好誦少陵詩，二十年來，凡見有單詞隻字關於杜詩者，靡不采録，於舊説多所折衷。年來主講武昌，閒居無事，重加排纂，義有觝滯，至忘寢食，不覺豁然開明，若有神相之者。凡閲五寒暑，始獲成書。"是書共收杜詩 1451 首，以編年爲序。詞語注釋附於句下，章法字評置於行間或書眉。詩後則爲前人或楊氏評論全詩之語。長篇之詩則依仇兆鰲注本約略分段，詩旁間有圈點，體例極爲簡明。《杜詩鏡銓》博覽諸家，酌采衆長，平正通達，不矜奇逞博，不穿鑿附會，以簡明扼要著稱，堪稱乾嘉時期最好的注本，故在清代流播最廣，其初刊本爲乾隆五十七年（1792）陽湖楊氏九柏山房刻本，另有道光二十二年（1842）陝西澄城楊篯翻刻本、咸豐十一年（1861）廣東刻本、同治十一年（1872）成都四川節署吳棠刻本等，民國以後刻本亦有十多種。1962 年中華書局上海編輯所據九柏山房本重排標點鉛印本。此本卷前有郭紹虞前言、

乾隆五十七年(1792)畢沅序、乾隆五十六年朱珪序、周樽序、楊倫
自序。以下依次爲"凡例"、全書總目録,二十卷詩後附張溍《讀書
堂杜工部文集注解》二卷,書末附録傳志年譜及諸家評論。此本上
海古籍出版社 1980 年又出新一版標點排印本,於《再版説明》中
云:"一九六二年,中華書局上海編輯所曾用本書原刻本標點出版,
並請郭紹虞同志撰寫前言。現訂正了書中若干錯字和標點錯誤,
予以出版,供讀者研究參考。"

## 56. 石閭居士《藏雲山房杜律詳解》八卷

石閭居士,生平不詳,有評點《藏雲山房杜律詳解》八卷。據
其序所述,該書爲一正主人珍藏,石閭居士評點後刊行。序中云:
"名者,實之賓也。古人務實不務名。是人著是書,不書名氏,殆得
其實,而辭其名者乎? 今索其名而不可得,即以爲杜公自作自解,
似亦無乎不可。"故知其乃有意回避其真實姓名。另外,藏雲山房
主人還有《南華經大意解懸參注》,書中歷引郭象、陸德明、褚伯
秀、劉辰翁、何孟春、陸西星、陳治安、查伊璜、林雲銘、蔣金式諸家
之説,至清雍正八年進士徐廷槐之説而止,故方勇認爲,藏雲山房
主人當係乾隆間人[1]。

《藏雲山房杜律詳解》,有道光八年(1828)北京聚魁齋刻本,又
有光緒元年(1875)刻本。後本扉頁右上署"藏雲山房藏版",中署
"杜律詳解大全集",左上署"光緒乙亥年新鐫"。卷前有石閭居士
《藏雲山房杜律詳解序》,其後緊附《杜律詳解原題》,云:"是書典故,
本于仇滄柱《杜詩詳注》,只删繁補略而已。其詩次亦依仇本。其間
間有改訂者,惟注明於本詩題下,並不移易篇章,以便參考仇氏《杜
詩詳注》,易於翻閱耳。"次列總目録,凡八卷,其中五律六卷,録詩
626 首;七律分上、下卷,録詩 151 首。共計 777 首。次列"年譜",較

---

① 方勇《莊子學史》第三册,人民出版社 2008 年版,第 32 頁。

仇譜略有增益。每卷首行署書名分體卷次,二行署"一正主人珍藏　石閭居士評點"。詩正文大字頂格,注雙行小字附於題下、詩末;解置詩後,統低一格;石閭居士之評點則置於欄上書眉;詩旁、解旁有圈點。其解甚詳,於杜詩之內容主旨、章法結構等頗多闡釋,逐聯評解,雖不無有見,但稍嫌繁冗,且自詡太過,令人生厭。此書《販書偶記續編》著錄云:"藏雲山房杜律詳解八卷年譜一卷,清石閭居士評點,道光戊子刊,五律六卷,七律二卷。"戊子,即道光八年。

### 57. 佚名《杜工部詩鈔》六冊

《杜工部詩鈔》不分卷。據《成都杜甫紀念館館藏杜集目錄》載,該書鈔注者不詳,爲清乾、嘉間鈔本,六冊。詩依年編次,首錄《舊唐書·杜甫傳》,次杜詩總目,分六冊列目,後有"天生"、"健齋"按語:"杜詩取中秘藏本及舊家流傳者定取千四百有五篇,凡古詩三百九十有九,近體千有六,起太平時,終湖南所作。"於詩題前及各詩後簡要注釋,有朱色批圈,亦間有墨批。有"張氏丹霄"等印章。

### 58. 寧錡《杜詩註解摘參》二卷

寧錡,字湘維,會稽(今浙江紹興)人。乾隆末,曾官四川什邡知縣。嘉慶四年(1799),任四川開州知縣。與李調元友善。著有《伊蒿文集》八卷。

《杜詩註解摘參》,見乾隆六十年(1795)伊蒿草堂刊《伊蒿文集》卷五、卷六,下署"會稽寧錡湘維氏著",版心署"杜詩摘參"。收入《清代詩文集彙編》第390冊。該本不全錄杜詩原文,將諸家注解摘錄於詩句之後,所引注家中以仇兆鰲《杜詩詳注》和浦起龍《讀杜心解》最多。間或駁正舊注,加以按語。是書孫殿起《販書偶記》卷十五《伊蒿文集》條下著錄:"又有《杜詩摘參》四卷。"清華大學圖書館藏有此書鈔本,一函四冊,或即四卷本。羅晨、溫翹楚《寧錡〈杜詩注解摘參〉考論》一文對該本進行了介紹①,可以參看。

### 59. 韓天驥《雲皋集杜》一卷

　　韓天驥(1751—?),字雲皋,號逢伯,山東霑化黄升鄉帑棗園村人。作楨孫。生而穎異,年未十歲,過目成誦。以拔貢膺乾隆庚子(1780)鄉薦,學使錢擇石、典試趙鹿泉兩先生交譽之。己酉(1789)成進士,嘉慶五年選授江蘇沭陽知縣。著有《式穀堂制義》百篇、《浣花山吏存稿》不分卷、《雲皋集杜》一卷、《姓氏新編》五卷。生平事迹見民國《霑化縣志·人物志》。

　　《雲皋集杜》一卷,集杜二百十一首,阮元爲之序,余氏鈔本,《續修四庫全書提要》著録。《(民國)山東通志·藝文志》著録爲《集杜》二卷。《武定詩續鈔》引儀徵阮文達公序云:“君生平肆力於杜,並心儀其人,因自號浣花小吏,凡閲歷、贈答,無一不取之於杜。”按:《續鈔》“天驥”條云:“著《皖江》、《淮陽》、《雲皋》等草。”蓋即《集杜》之分目耳。

### 60. 李暘《集杜詩草》一卷

　　李暘(1759—1791),字賓谷,號禺山,衡陽(今屬湖南)人。發憤讀書,年十七,督學李賓幢拔置郡庠第一,次年補廩,考取古學,屢刊一等。五赴鄉闈而不售,旋應寧鄉周静君聘,佐理署內諸務數載,省親歸里,遽得疾卒,年三十三。著有《禺山雜著》四卷,其中有《集杜詩草》一卷。生平事迹見《禺山雜著》卷一。

　　《集杜詩草》一卷,有光緒間刻本,一册,署“衡陽李暘賓谷集”。《成都杜甫紀念館館藏杜集目録》著録,作者誤署爲“李腸”。又見《禺山雜著》卷二。《禺山雜著》共四卷,爲嘉慶庚辰(1820)刊本,其中卷一《名家題辭》,卷二《集杜詩草》,卷三《春吟回文》,卷

---

① 　載《樂山師範學院學報》2014年第4期。

四《璿璣碎錦》。卷二《集杜詩草》前署"禺山雜著詩詞回文圖説卷式",扉頁署大字"集杜",换行題"衡陽禺山李暘寳谷甫著",次爲"集杜詩草目録"。共116題151首,所集均爲五言詩,並於所集杜句下小字注明杜詩原題。《禺山雜著》卷一載有鄧奇逢《禺山集杜遺稿序言》①,記述了李暘集杜之原委。

### 61. 饒春田《卧南齋西行集杜》一卷

饒春田,字心畊,侯官(今屬福州)人。嘉慶歲貢生,卒年八十三。著有《卧南齋集》三卷,包括《卧南齋小草》二卷、《卧南齋西行集杜》一卷。

《卧南齋西行集杜集杜》一卷,見於《卧南齋集》,嘉慶八年(1803)刻本,福建師範大學圖書館藏,書號:131878。前有林志仁、孟超然、黄守儞、盧遂、朱仕琇、曹元俊之序及饒春田《自序》、高曰璉《跋》、周牧《序》、饒春田《識》。共集杜詩77首。《(道光)福建通志·藝文志》、《(民國)閩侯縣志·藝文志》均予著録。

### 62. 劉濬《杜詩集評》十五卷

劉濬,字質文,號寓槎,海寧(今屬浙江)人。監生。約生活於嘉慶前後。輯有《杜詩集評》十五卷。

《杜詩集評》十五卷,有嘉慶九年(1804)海寧劉氏藜照堂刻本,但此刻今傳各本稍有不同。成都杜甫草堂博物館藏本共六册,前有阮元序、陳鴻壽序、郭麐序、查初揆序、劉氏自序及"例言"。有朱墨筆過録《求闕齋筆記》、翁方綱考證、漁洋評杜語,並加朱墨圈點。總目後細字録杜甫年譜,每詩題上,大都標出年代。而1974年臺灣大通書局據嘉慶九年劉氏刻本影印《杜詩叢刊》本,則

---

① 鄧奇逢,字稼軒,祁陽人,鄧獻璋子,以優貢充正藍旗官學教習,歷官長沙府學訓導,遷江西南城縣縣丞,有《豳風堂詩集》、《豳風月令詩》、《聽彝堂試體詩賦選箋注》。

較前本多一錢沃臣嘉慶八年序,並無朱墨筆過録評語、朱墨圈點與
杜甫年譜,每詩題上,亦不標出年代。湖北省圖書館藏本則有清吳
廣霈批並跋。而山東大學圖書館藏本則無郭麐、錢沃臣序和吳廣
霈跋,諸序與"例言"、"評詩諸先生姓氏"次序亦稍有不同。該本
封裏鐫"兩浙阮大中丞鑒定　杜詩集評　海寧黎照堂藏板"字樣,
共八册。前有阮元嘉慶七年(1802)序、陳鴻壽嘉慶八年序、嘉慶
九年作者自序、查初揆序。與前諸本不同的是,在自序與查序之
間,尚有巨源於嘉慶十年寫的識語,係墨筆草書,顯然是在該書刻
印之後補識的。後有"例言"九則。所輯評詩諸先生姓氏均作簡
介,又附新、舊《唐書》杜甫本傳和元稹《杜工部墓係銘》。詩前列
總目録。與成都杜甫草堂博物館藏本不同,總目録後亦無杜甫年
譜,每詩題上,亦不標年代。每卷次下署"海寧劉濬質文輯,同懷弟
潮安瀾較"。詩按體分卷,一至四卷爲五古,計 265 首;五至六卷爲
七古,計 141 首;七至十卷爲五律,計 623 首;十一卷爲七律,計 151
首;十二至十四卷爲五排、七排,計五排 127 首,七排 8 首;十五卷
爲五絶、七絶,計五絶 31 首,七絶 106 首。共計收詩 1457 首。該
書只是輯録諸家評語,而"不參己見"。劉氏自云所收評詩者共十
五家,計有王士禄、王士禎、錢燦、朱彝尊、李因篤、潘耒、查慎行、何
焯、宋犖、陸嘉淑、申涵光、俞瑒、吳農祥、許昂霄、許燦。詩中録諸
家評語,但冠以"某云","蓋標其姓,即知其人",惟王士禄作"西樵
(士禄號)云",以别於王士禎;許昂霄作"蒿廬(昂霄號)云",以别
於許燦。集内稱"朱本"、"朱注"者,係指朱鶴齡注本,以别於朱彝
尊。另有無名氏評,則只標以"一云"。詩正文頂格,所引諸家評
語均小字雙行。諸家評語,有關某句者,則繫於該句下;有關全詩
者,則低一格分列於詩後。詩旁圈點及眉批係套色,計有朱、墨、
藍、黄等色,眉批多不標姓氏,細檢之,則朱筆多爲邵長蘅評語,但
劉氏自序及諸家序文皆未言及,不知何故。據劉氏自序,是許燦已
搜得王士禄、王士禎、朱彝尊、李因篤、吳農祥、查慎行諸家杜詩評

語,劉氏"借歸録而藏之",又益以陸嘉淑、錢燦、宋犖、潘耒、申涵光、俞瑒、何焯、許昂霄諸家評語,又附載許燦評語,"薈萃一編",始爲《杜詩集評》。又據巨源記云,他得讀同里朱友鶴所藏五色筆批本杜詩,"莫辨其果出何氏",而證之劉本,"始識黄筆爲西樵(王士禄)、漁洋(王士禛),藍筆爲初白(查慎行),墨筆天生(李因篤)居十之六,而竹垞(朱彝尊)評語即錯見於查、李中,朱筆惟漫堂(宋犖)十餘條,犀月(俞瑒)、蒿廬(許昂霄)二、三條,他皆無從證合"。他懷疑朱友鶴所見本或即許燦所藏本,那麽,邵長蘅朱筆評語,抑許燦所藏本或即抄録,只是劉濬忽略而未提及。後盧坤所集五家評本《杜工部集》,或據劉本增删而成,亦未可知。張鑒《冬青館乙集》卷五有《杜詩蕞評序》,即序此書,但云"十六卷",或是書初名《杜詩蕞評》。又張序與陳鴻壽序大略相同,僅後半段文字稍有出入。此書《(民國)海寧州志·藝文志》著録。

### 63. 萬俊《杜詩説膚》四卷

萬俊,字福村,豫章(今江西南昌)竹山人。道光間舉薦爲鄉飲耆賓。著有《秋花外史》二卷、《杜詩説膚》四卷。

《杜詩説膚》四卷,署"豫章福村萬俊",爲嘉慶二十四年(1819)瘦竹山房木活字本。所引杜詩全文及詩句頂格,解釋文字均低一格。卷前有萬氏自序,云承僧西來之請,爲作是書,書成於乾隆六十年(1795)。後列"凡例"四則,謂"是編爲杜詩法律,各備一體,非選詩也,故法備而止,餘俱不録"。繼列目次爲:卷一原情,卷二式法,卷三鍊字,卷四審音。《原情》,舉杜詩十三篇爲例,謂杜乃至情至性人,發而爲詩,不假雕琢,則情無不正。"作者以情而生文,讀者以文而生情",而讀杜注杜者"往往以朝野理亂附會而穿鑿之","徒以謀篇琢句仿摹而切究之,鮮不愈求而愈遠矣"。《式法》,先言章法,舉杜詩三十篇爲例,又細分爲一氣順承法、首尾相顧法、單拋雙縮法等等。次言句法,列舉實眼句、虛眼句、雙眼句等等,凡二十七類。三言對法,計分走馬對、流水對等等,凡十八類。"章法明則結構清,句法明則造語精,對法明則用意靈",而謂杜詩則三者兼善矣。《鍊字》强調"詩之鍊字,亦詩之點睛也"。指出杜詩常用之字,如蹴、倒、膩、贈、裹、漲等 71 字,每一字舉出三、五句例,分别加以按語及説明。《鍊字》一卷爲全書精華,作者體會頗有深到處。《審音》列舉杜詩三十三篇以説之,稍嫌玩弄詞藻,虚華不實。是編於杜詩内容意旨甚少涉及,而側重藝術手法之分解類析,雖嫌繁瑣格套,但深入淺出,仍不失爲另闢蹊徑、别開生面之治杜著述。

### 64. 劉景新《偷閒齋集杜》四卷

劉景新,晉安(今福建南安)人。約爲嘉慶時人。著有《偷閒齋集杜》四卷。

《偷閒齋集杜》四卷,嘉慶二十五年(1820)刻本,三册。卷首有鄭一崧序、王孫恭序、李堂序、劉氏自序、於弼序、黄漢章序。《成都杜甫紀念館館藏杜集目録》著録。

## (二) 散佚書目

### 1. 陳長鎮《纂訂杜少陵集箋注》八册

陳長鎮(?—1750),字宗五,號延溪,武陵(今湖南常德)人。嘗於雍正元年(1723)舉孝廉方正,不就。乾隆元年(1736)舉博學鴻詞,以與舉主陳樹萱有同姓嫌,報罷。乾隆三年舉人,十三年(1748)二甲進士,改翰林院庶吉士,充武英殿纂修官。通籍後,念母彌甚,告歸。十四年冬十一月望後二日,因曉夜冒雨雪行致疾,近里門,知母逝,慟毁嘔血,遂至不起,數月而卒。長鎮淹洽能文章,慷慨負經濟才,家多藏書,翻研迨遍,世有"通儒"、"詞人"、"饒經濟"、"崇氣誼"之品目。曾創修朗江書院,有益士子。著有《白雲山房詩集》十卷、《白雲山房文集》六卷、《四六》一卷、《纂訂杜少陵集箋注》八册、《纂訂李義山集箋注》二册、《纂訂庾子山集箋注》六册。生平事迹見《清史列傳·文苑傳二》、彭維新撰《陳長鎮傳》。

《纂訂杜少陵集箋注》八册,《(光緒)湖南通志·藝文志》、《(民國)湖南通志·藝文志十四·集部六》著録。已佚。

## 2. 鄭方坤《杜詩宣和譜》一卷

鄭方坤(1693—?),字則厚,號荔鄉,侯官(今福建福州)人,寄籍建安(今福建建甌)。康熙五十六年舉於鄉。雍正元年(1723)進士,歷任邯鄲知縣,景州、河間同知,登州、沂州、武定、兗州知府,權兗沂曹濟道等官職。著有《經稗》六卷、《蔗尾詩集》十五卷、《文集》二卷、《五代詩話》十卷、《全閩詩話》十二卷、《注杜詩》、《杜詩宣和譜》等。生平事迹見《清史列傳·文苑傳二》、《清史稿·文苑一·丁煒傳》附傳。

《杜詩宣和譜》一卷,《(道光)福建通志·經籍志》、《(民國)建甌縣志·藝文志》著録。鄭方坤《自序》云:"少日讀杜詩皆能上口。憶曾侍先大夫花間雜詠,酒以次行。客有舉《宣和譜》徵令者,隨所遇牌色,拈唐人詩一句。余時所鬮得者爲五巧合,譜云'油瓶蓋'者,漫應聲曰:'一片花飛減却春。'繼得'斷幺',則曰:'南海明珠久寂寥。'最後得'大四對',則曰:'天下朋友皆膠漆。'於是客座皆稱善。客冬久滯歷亭,適編纂杜箋竟,偶案頭有此譜,因仿前例,每一名色,各綴五七言詩一句,大抵吏散庭空,燈下酒邊之所作。昔李翱著《五木經》,房千里序《骰子選格》,色飛眉舞,有味乎其言之餘。今者更邀浣草詩老於三十二扇、二百二十七點中,參伍錯綜,斷章取義,一以寄閒情,一以理舊業,消兹膏晷,代彼萱蘇,準古較今,不尤愈乎?"(《(民國)建甌縣志·藝文志》)

### 3. 鄭方坤《注杜詩》

《注杜詩》,《(民國)福建通志·藝文志》著錄。已佚。《四庫全書總目》於《全閩詩話》提要謂方坤尚有"杜箋評本",疑即《注杜詩》。按,鄭方坤《杜詩宣和譜自序》中曰:"客冬久滯歷亭,適編纂杜箋竟",所謂"杜箋",當即此本。

### 4. 宋在詩《杜詩選》

宋在詩(1695—1777),字雅伯,號宜亭,別號野柏,晚年更號文坦,安邑(今山西運城)人。宋鑒之父。十歲能屬文,應童子試。舉康熙五十六年(1717)鄉試,六十年成進士。雍正元年(1723),由翰林院庶吉士授吏部文選司主事。二年,遷考功員外郎、稽勳司郎中。四年,提督四川學政。十一年,遷大理寺右寺正。乾隆元年(1736),官鴻臚寺少卿,尋丁母憂,服闋,移疾不出。著有《懷古堂文集》四卷、《詩集》二卷、《論語贅言》二卷、《說孟》一卷、《說左》一卷、《讀詩遵朱近思錄》一卷、《見聞瑣錄》三卷、《四書要義》、《左傳便覽》、《先儒實行紀略》、《宋氏歷代傳人錄》、《消閒隨筆》、《消暑偶錄》、《晚年瑣錄》等。生平事迹見自編《憶往編》①。

宋在詩自編《憶往編》中稱:"二十五年庚辰選杜詩。"下注云:"取其載道合於《三百篇》之旨者。"可見該選本的選詩宗旨。"二十五年庚辰"爲乾隆二十五年(1760)。《憶往編》中收錄了翁方綱所撰《墓表》,稱此書未刊。劉聲木《續補彙刻書目》卷八著錄宋在詩《懷古堂全集》中包括此書。周采泉據此稱是書載入《懷古堂全集》,但有目未刊(《杜集書錄》外編卷二《選本律注類存目》)。《(光緒)山西通志·藝文志》予以著錄。

---

① 見《北京圖書館藏珍本年譜叢刊》,北京圖書館出版社1998年版。

### 5. 曹培亨《曹孺巖集杜詩冊》

曹培亨（1696—1768 後），字汝咸，一作汝成，號孺巖，嘉興（今屬浙江）人。廩膳生，乾隆三年（1738）舉孝廉。績學砥行，聚書松風堂，日事鉛槧，以著述自娛。工詩，精篆隸。著有《松風堂集》、《閑齋集句偶存》。生平見《嘉興府志》卷二十五《列傳五·文苑》。

《曹孺巖集杜詩冊》已佚，錢泰吉《跋曹孺巖先生集杜詩冊》云：“自來集杜詩者，文信公最著。蓋蒙難抗節，慷慨悲歌，與少陵忠君愛國之心異代同揆，信可謂詩史矣。然惟五言集句二百首，不及他體。近時梁山舟（梁同書）學士，各體皆備，《頻羅庵集》膾炙人口，不以書法掩也。鄉先哲乾隆戊午（乾隆三年，1738）孝廉曹孺巖先生，績學砥行，工韻語，精篆隸，尤喜集杜老詩，惜多散佚。今惟庚辰歲（乾隆二十五年，1760）所集五言律五十六首，門人汪慎齋鑰秋、白大經所錄僅存。玄孫薺薌茂才成熙合先曾祖文端公、張瓜田徵君、諸草廬宮贊、凌保釐廣文題贈詩，幅裝成跋尾，奉以乞題。先生《松風亭全集》未得請觀，今讀此集杜諸篇，想見於草堂之詩用力深摯，非偶爾綴輯者可比也。信公少時即力追杜詩，以變南宋凡陋之習。先生身際盛世，與信公所遭不同，而用心則一。倘使梁學士見之，亦當樂步後塵。泰吉與薺薌尊甫希傅翁同爲縣學生，今見薺薌能繼家學，竊喜先世文字之友于累傳後風流未墜，知孺巖先生所蘊積者遠矣。”（《甘泉鄉人餘稿》卷一）可見該書共集杜詩五律 56 首，爲其門人整理裝訂成冊。另，阮元《兩浙輶軒錄補遺》卷五曰：“汪嘉穀曰：孺巖喜集杜詩，無釁續之痕。諸草廬宮贊題其卷云：前身子美笑且泣，非子誰復見幽心？”

### 6. 梁詩正《箋注杜詩》二十卷

梁詩正（1697—1763），字養正，一字養仲，號薌林，室名味初齋、清勤堂、青乳齋、古鯨書屋，錢塘（今浙江杭州）人。雍正八年（1730）進士，授編修。乾隆時歷任禮、刑、户、吏部侍郎，户、兵、吏、工部尚書。晚年官至東閣大學士，執掌翰林院。加太子太傅，卒謚文莊。曾受命纂《唐宋詩醇》，充任《文獻通考》館總裁。常隨乾隆皇帝出巡，重要文稿多出其手。著有《錢録》十六卷、《矢音集》十卷，與人共編《欽定叶韻彙輯》五十八卷、《西湖志纂》十二卷、《西清古鑒》四十卷。生平事迹見《清史稿·列傳九十》、杭世駿《大學士文莊梁公墓誌銘》、王昶《太子太保東閣大學士梁文莊公詩正行狀》）。

《箋注杜詩》二十卷，揚州吳氏《測海樓書目》著録，稱是書爲季振宜校，梁詩正手注。季振宜是錢謙益《錢注杜詩》的刻印者，或許此本即《錢注杜詩》，梁詩正之注是録於錢注之上者。

### 7. 勞孝輿《讀杜竊餘》五卷

勞孝輿（1701?—1750?），字臣舉，一字巨峰，號阮齋，南海（今屬廣東佛山）人。少欲迹遍海内，交天下士，即隨父遊瓊南。甫弱冠，出嶺渡河，遊江淮間。補諸生，受知於督學惠士奇，與何夢瑶、吳世忠、羅天尺、蘇珥、陳世和、陳海六、吳秋有"惠門八子"之目。曾與羅天尺等與修《廣東通志》，發凡體例等，多出其手。雍正八年（1730），詔修《一統志》，其參與《粵乘》。十三年成拔貢。乾隆元年（1736），以巡撫楊永斌薦，應博學鴻詞試，未遇。繼以拔貢廷試第五，出貴州以知縣用。先後歷官錦屏、鎮遠、清鎮、龍泉、清溪、畢節諸縣，所至多惠政。卒於官，年五十。著有《春秋詩話》五卷、《讀杜竊餘》五卷、《阮齋詩鈔》六卷、《文鈔》四卷、《西江源流説》一卷。生平事迹詳《清史稿·文苑傳二》、《清史列傳·文苑傳二》、吳歷逵《七先生傳》（《清代碑傳全集》卷一四〇）。

《讀杜竊餘》五卷，《（光緒）廣州府志·藝文略七》著録。《清代詩徵》亦著録，書名作《讀杜識餘》。已佚。

## 8. 朱發《集杜詩》

朱發,字聖容,烏程(今浙江湖州)人。書法家。雍正十一年
(1733)進士,乾隆三年(1738)任貴州鄉試副考官,乾隆十二年任
陝西安邑知府。《菱湖鎮志·歷代著述目録》著録其有《禪味室偶
存詩》、《集杜詩》一卷、《集義山詩》一卷。

《集杜詩》一卷,《菱湖鎮志·歷代著述目録》著録。已佚。

## 9. 顏懋僑《李杜韓柳詩選》四卷

顏懋僑(1701—1752),字幼客,號癡仲,曲阜(今屬山東)人。
肇維仲子。自幼博學强記,有詩名。乾隆三年(1738)因陪祀賜恩
貢,五年充萬善殿教習。七年冬,召試瀛臺。天陰欲雪,賦《望雲思
雪》詩、《紀恩》詩、《奉和御製落葉》詩進呈,悉稱旨。期滿,授觀城
教諭,論修孔子廟,嚴祀事,簿正頒肉之格理,學地及膳士田之侵於
民者還其舊。以憂歸。著有《江干幼客詩集》、《蕉園集》、《西華行
卷》、《履月軒稿》、《雪浪山房稿》、《石鏡齋集》、《玉磐山房集》、
《十客樓稿》、《半江樓稿》、《十客樓未刻詩》、《半江樓未刻詩》、
《蕉園集拾遺》,另著有《摭史》、《浙中日記》、《十三省形勝摘要》、
《九邊形勝厄塞要害》、《天文管窺》、《霞城筆記》、《秋莊小識》、
《樵夫湖偶録》、《苕溪漁隱》、《詩話》等專著,及《李商隱詩選》、
《履月軒詩選》、《四唐詩選》、《李杜韓柳詩選》、《奈園録》諸書。
又輯《直省九邊形勢阨塞要害》一書,未成,卒。生平事迹見牛運
震所撰《觀城縣教諭顏君墓誌銘》(《空山堂文集》卷七)。

《李杜韓柳詩選》四卷,《(光緒)山東通志·藝文志》著録。已
佚。盧見曾《國朝山左詩鈔》曰:"幼客才思敏捷,當其遊京,名動
長安,不及識面。聞所著有《履目軒詩選》四卷、《唐詩選》二卷、
《李杜韓柳詩選》各一卷、《李商隱詩選》一卷、《詩話》一卷。別著
《天文管窺》、《摭史》、《奈園録》、《秋莊小識》、《浙中日記》若干
卷。"則《李杜韓柳詩選》四卷中,《杜詩選》爲一卷。

### 10. 齊圖南《集杜詩鈔》

齊圖南,字培風,號鯤池,天台(今屬浙江)人。齊召南之弟。歲貢生。才思清逸,詩文古今體兼善,累薦不售。所著有《尚書直解》、《毛詩合參》、《廿一史約錄》、《野見集》十六卷、《鳴鶴堂集詩彙編》十一卷、《皆夢齋時文之卷》、《雜著》一卷、《唐書要覽》四卷、《集杜詩鈔》、《遺珍集》。生平事迹見《三台詩錄》。

《集杜詩鈔》,周采泉《杜集書錄》誤將作者署爲“齊召南”。《台州經籍志》卷三十三著錄,並引《天台詩存》云:“尤喜集句,嘗集葩經文爲《韻譜辨異歌》,自然成誦。至作《集杜詩鈔》,序集台華句作《遺珍集序》,《集唐宋八大家文》,俱極工巧。”齊召南《寶綸堂外集》卷七有《舍弟培風喜集古句,已得數卷,今又專集杜律,斐然可觀,即以“優遊謝康樂,俊逸鮑參軍”二語題之》,詩題下案語:“《兩浙輶軒錄》謂其以歲資貢,殆有命焉。晚喜集古,集杜、集蘇,各成卷帙,惜均未梓,令無從覓者。”《重修浙江通志稿》第五十一册《著述考》於《鳴鶴堂集詩彙編》十一卷後注曰:“集杜古體五首、五律二百二十首……集杜句題詞則胡作肅,評語則其兄召南也。今存。”當即其《集杜詩鈔》。未見。

### 11. 查景《杜詩集注》

查景(1707—1777),字士瞻,號望齋,海寧(今屬浙江)人。著有《濟荒》一册、《唐詩宗》、《杜詩集注》、《韓詩選》、《雜著》十卷、《棄餘詩草》二卷等。《棄餘詩草》,沈廷芳(1702—1772)爲之序。生平見《(民國)海寧州志稿·藝文志·典籍十三》、《海寧查氏族譜》第四册《世次三集》卷三。

《杜詩集注》,《(乾隆)浙江通志·藝文志》、《(民國)海寧州志稿·藝文志·典籍十三》、《(光緒)杭州府志·藝文十》著錄。已佚。

## 12. 檀自蔭《杜詩考證》

檀自蔭(1707—1792),字玩青,號韋庵,望江(今屬安徽)人。乾隆二十七年(1762)舉人,歷靖江、句容教諭。精三《禮》,與族叔檀萃齊名。年八十六歲卒。著有《周官考》、《皖人書録》、《韋庵集》。

《杜詩考證》,《(光緒)重修安徽通志·藝文志》著録。已佚。

## 13. 申居鄖《杜詩指掌》

申居鄖(1710—?),字錫勳,號西巖,直隸廣平(今河北永年)人。涵光從孫。少有文名,工詩。乾隆六年(1741)拔貢,以國子生校書西清,期滿,議敘授連州別駕。歷署理瑤陽山、曲江關權等,尋以憂歸,閉門著述。著有《弄珠集》三十二卷、《西巖贅語》一卷、《西巖詩稿》二卷、《嶺南詩稿》一卷、《杜詩指掌》,輯有《申氏拾遺集》二卷。生平見徐世昌《大清畿輔書徵》卷三一。

《杜詩指掌》已佚,李逢光《杜詩指掌序》云:"著有《杜詩指掌》一編。評點箋釋,別具手眼,一掃蓁蕪,絶無穿鑿附會之失。匪惟神契少陵,深得詩家三昧,而其詞微,其旨顯,真如布帛菽粟,無人不可復而習之、饜而飫之也。以是津梁後學,其有功於詩教,豈淺鮮哉!"徐世昌《大清畿輔書徵》卷三一著録。

## 14. 鄭光時《杜詩心解》

鄭光時,字易莊,歙縣(今屬安徽)鄭村人。約爲雍正、乾隆時人。邑諸生。著有《杜詩心解》、《噓雲稿》、《蝸角攄懷稿》。生平事迹見《(民國)歙縣志·人物志·詩林》。

《杜詩心解》,《(民國)歙縣志·人物志·詩林》著録。已佚。

## 15. 王綬亭《注杜詩》

王綬亭,江西新建人。生平不詳,與裘曰修(1712—1773)友善。

《注杜詩》已佚,裘曰修《裘文達公文集》卷三有《王覠亭注杜詩序》,稱該書爲"覠亭先生所注杜詩五律",成書於"乾隆己丑(1769)"以後。

### 16. 陳聖澤《讀杜詩解》六卷

陳聖澤(1713—1785),字雲嵝,號橘洲,浙江衢州人。處士聖洛弟。太學生。少穎悟,至性過人。八齡奉父命服賈,二十三歲復矢志讀書,精研經傳,抉奧鈎玄。與兄且翁先生相師友,泛濫於漢唐六朝,根砥於六經諸子。尤篤於杜工部、韓昌黎全集,與諸名士觴詠其間,藝林奉爲圭臬,太史翟顯譽其爲"橘洲派"。嘯歌山滿樓上,惟以著書自樂。著有《詩經集説》、《讀易記》、《讀杜詩解》、《他山集》、《橘洲近稿》四卷、《中晚吟》四卷,《二陳詩選》(與其兄聖洛合撰)。生平見《(民國)衢縣志》卷二十三《人物志》。

《讀杜詩解》六卷,1937年《文瀾學報》第二卷《浙江省文獻展覽會專刊》著録。是書一名《讀杜解》,《(民國)衢縣志‧藝文志下》著録,云:"林明倫序略:橘洲以沈博絶麗之才,尋玩數十年,丹黄並下,卒成此編,傳絃外之音,寫曲終之韻,深得此中三昧。"未見。

### 17. 王永熙《杜詩推》

王永熙(? —1786),字映庚,號小史,清河(今江蘇淮陰)人。乾隆六年(1741)拔貢,任教習,授香山令,調龍川、高要縣,操行清介,嘗曰:"未有官不廉而惠澤及人者。"高要,古端州地,硯材重天下。時奉檄開坑,有同官以千金估其羨,弗應。以事去官,餘硯數匣而已。晚居郡城,布衣葛履,工詩,以書自娛,書近褚河南,深自貴重,學者稱爲"小史先生"。年七十餘卒。著有《杜詩推》、《淮山草堂詩鈔》八卷、《替查集》、《緑蔭堂詩》。生平見《(光緒)淮安府志》卷三十二《清河縣人物》、丁晏《山陽詩徵》卷十九。

《杜詩推》,《(光緒)淮安府志·藝文志》著録。已佚。

## 18. 莊勇成《杜詩解》十四卷

莊勇成(1723—1800),字勉餘,武進(今江蘇常州)人。性孝友,接物尤寬。好學不厭,旁及詩古文辭,精贍爲同輩所推服。十試不售。乾隆三十七年(1772)高宗南巡,召試,欽取二等。四十七年,與程景傅、趙懷玉等在里結六子社。以諸生終,卒年七十八。著有《杜詩解》十四卷、《文集》八卷、《莊勇成詩集》十四卷。生平見趙懷玉《文學莊君墓誌銘》(《亦有生齋文集》卷十八)、張惟驤《清代毗陵名人小傳稿》卷五。

《杜詩解》十四卷,《(光緒)武進陽湖縣志·藝文志》、張惟驤《清代毗陵書目》卷五著録。已佚。

## 19. 程兆選《韓文杜詩讀本》

程兆選(1724—?),字俊升,號定山,永康(今屬浙江)人。五峰季子。幼聰敏,讀書目數行下。隨父充沂曹道任所,以通家子謁黃叔琳,一見奇之,目爲偉器。乾隆十二年中舉。乾隆十九年(1754)進士及第,以教職用,補寧波奉化縣教諭,秩滿,以知縣升用,補授河南西華縣令,尋以父憂去。服闋赴部,揀發江蘇,署吳縣,政聲卓著。歷署南匯,實授碭山。甫蒞任,飛蝗蔽野,搜捕不遺餘力,蝗不爲災,因公罣誤,降三級調用,歸部銓選。與京朝官能詩者唱酬聯句,有《樨軒唱和集》。以母喪回籍,終制,遂閉户讀書。邑令任進颺聘其主崇功書院講席,與多士相研磨。著有《韓文讀本》、《杜詩讀本》、《文選讀本》各十餘卷,《古雪集》十六卷。生平事迹見《(光緒)永康縣志》卷八《人物·文苑》。

《杜詩讀本》,《(光緒)永康縣志》卷八《人物·文苑》著録,稱其"有《韓文杜詩讀本》、《文選讀本》各十餘卷"。已佚。

### 20. 李鳳彩《注釋杜詩中倫集》

李鳳彩，字文五，號五雲，建水（今屬雲南）人。乾隆十八年
（1753）舉人。十九年明通進士，任鎮洋、儀徵知縣，內遷通政司經
歷。預千叟宴，賜詩章、壽杖，年七十卒於官。素以詩酒自娛，性豪
宕，老彌嗜學。注杜頗費精思，以五倫分體，著有《注釋杜詩中倫
集》，另有《銀臺詩集》。生平見《（民國）新纂雲南通志·文苑傳
二》、《藝文考六》。

《注釋杜詩中倫集》，清方樹梅《明清滇人著述書目》著錄云：
"書現未見。"《（民國）新纂雲南通志·藝文考六·滇人著述之書
六》著錄，並引師範《蔭椿書屋詩話》云："（鳳彩）素以詩酒自娛，性
豪宕，老彌嗜學杜，頗費精思，然以五倫分體，甚屬穿鑿。先生雖極
自負，予終不敢阿所好也。"《（民國）新纂雲南通志·文苑傳二》著
錄書名爲《杜詩中倫集注》，《建水縣志·人物》又著錄爲《杜詩中
倫集注釋》。已佚。

### 21. 李廷揚《注杜詩》

李廷揚，字巖野、步墀，號隨軒，又號退廬，直隸滄州（今屬河
北）人。李廷敬之兄。乾隆二十五進士，授工部虞衡司主事。三十
三年，升考功司郎中、延譽員外郎。三十四年，升雲南學政。四十
三年，由廣東高廉道調任廣東惠潮道。四十八年，調補福建興泉永
道，旋補廣東按察使。著有《遂初堂詩集》、《粵中吟草》、《湘漢粵
西滇南紀行》。生平事迹見陳梅湖主纂，其孫陳端度協纂《嶺東
道·惠潮嘉道職官志》之《陳公梅湖文獻選》十五之五。

《注杜詩》已佚，舒位《缾水齋雜組》有《跋滄州李按察手注杜
詩後》。

### 22. 江中時《讀杜參解》二十一卷

江中時，字子隨，號秋水，泰寧（今屬福建）人。乾隆間貢生。

少嗜學,專求心得,不屑屑記誦,尤以身體力行爲務。年三十七赴鄉闈,歸途聞父卒,星夜奔回,慟幾絶,後遂不應科舉,鋭志著述。工古文,尤喜爲詩。嘗以詩文質朱仕琇(1715—1780)、李俊,皆期許深至。卒年七十。著有《讀杜參解》、《讀易蒙求》、《楚辭心解》、《李義山詩補箋》、《秋水山人詩集》。生平事迹見《福建通紀·文苑傳·清二》。

《讀杜參解》二十一卷,《(道光)福建通志·經籍志》著録。已佚。

### 23. 陳敬畏《杜詩箋注》

陳敬畏,字寅仲,號墨莊,海寧(今屬浙江)人。嘉慶監生,早卒。工篆刻,蒼潤秀勁。著有《禮記説》、《補六書通考證》、《銅香書屋印譜》一卷、《古詩十九首箋疏》一卷、《貧香齋詩鈔》十卷(有周春序)、《杜詩箋注》、《唐詩正韻》等。生平事迹見葉爲銘《廣印人傳》、《(民國)海寧州志稿·人物志·方技》、《藝文志·典籍十四》。

《杜詩箋注》,《(光緒)杭州府志·藝文十》著録;《(民國)海寧州志稿·藝文志·典籍十四》亦著録,稱"未刊"。已佚。

### 24. 王初桐《光焰集》四卷

王初桐(1730—1821),原名丕烈,字于陽,一作於揚,又字耿仲、無言,號竹所,又號思玄,嘉定(今屬上海)人。諸生。乾隆四十一年(1776)召試列二等,官山東新城知縣。生平著述甚富,有《海右集》、《罐鏊山人集》、《罐鏊山人詞集》四卷、《古文堂文藪》三卷、《小琅嬛詞話》三卷、《灌園筆記》七卷、《蝶譜》九卷。《清史稿·藝文志三·子部·譜録》著録其《貓乘》一卷。另有《路史正訛》三卷、《夏小正正訛》一卷、《意林考證》五卷、《説郛正訛》三卷、《京邸校書録》五卷、《東山祝嘏九成樂曲》九卷、《水經注補正》

一卷、《西域爾雅》一卷等。輯有《光焰集》四卷。其他尚有《秦漢文的》十二卷、《唐宋文的》十二卷、《奮史》一百卷、《十家詩選》十卷、《王氏詩略》二十四卷、《樂府》四卷。生平事迹見《（光緒）嘉定縣志》卷一九、王昶《湖海詩傳》卷三八、王豫《江蘇詩徵》卷五一、《全清詞鈔》卷一六、《清詞紀事》乾隆朝卷、張慧劍《明清江蘇文人年表》。

《光焰集》四卷，《（光緒）嘉定縣志・藝文志》著録，稱是集"選李杜詩"，則該書爲一李杜合集，其名蓋源於韓愈《調張籍》詩："李杜文章在，光焰萬丈長。"已佚。

### 25. 鄭際熙《杜律篇法》二卷

鄭際熙（1733—1768），字大純，號若波，侯官（今福建閩侯）人。乾隆二十一年（1756）舉人。家甚貧，爲人耿介而敦誼，勤學而志遠。三次遇會試，均失期。曾主漳州雲陽書院。著有《易朔》、《浩波遺集》三卷、《杜律篇法》二卷。生平見姚鼐《鄭大純墓表》（《惜抱軒文集》卷十一）。

《杜律篇法》二卷，《（道光）福建通志・經籍志》、《（民國）閩侯縣志・藝文志》、《清史稿藝文志補編》均予著録。《四庫全書總目・集部・別集類存目一二》於《浩波遺集》提要云："文中有《杜律篇法序》一篇，稱'能詩者未嘗先言法而自中法，且神而明之，變化以自成其法，未嘗有案一定之科條而譜之，捨其性情才力，俯首以從法也'，其論亦足破拘攣之説。"已佚。

### 26. 王鑑《杜律三百首》

王鑑，字子仕，金匱（今江蘇無錫）人。生平事迹不詳。著有《醉經草堂文集》一卷。

《杜律三百首》已佚，王鑑《醉經草堂文集》有《杜律三百首序》，末署"歲在重光單閼（1771）如月"。

## 27. 郁長裕《鈔輯杜詩》

郁長裕(1733—?),字益川,號雨堂,江寧(今南京)人。郁瑞孫。著有《雨堂詩文集》二十六卷。

《鈔輯杜詩》已佚,郁長裕《雨堂雜著‧紅蕉山房文集》卷四有《鈔輯杜詩序》,末署"乾隆五十年乙巳春三月上旬"。

## 28. 王以中《杜陵長律注》

王以中(1734—1813),字敬齋,號坤峰,遵義(今屬貴州)人。乾隆十八年(1753)舉人,以大挑選鎮遠縣教諭,升威寧州學正,截取知四川筠連縣。後以凶犯逾限未獲被劾,謫新疆烏魯木齊,主虎峰書院,所學益深,蕭然自得。嘉慶庚申(1800)赦還,年八十卒。據《中國第一歷史檔案館藏清代官員履歷檔案全編》,王以中於乾隆四十八年授江蘇松江府青浦縣知縣①,這與《遵義府志》所載"嘉慶庚申赦還"有衝突,未詳孰是。著有《學庸講義》、《文律要津》、《詩法覺來》、《杜陵長律注》、《復齋琴譜》。生平事迹見《(道光)遵義府志》卷三十四《列傳二》。

《杜陵長律注》,書名一作《杜陵長詩注》。《(民國)貴州通志‧藝文志》、《(民國)遵義府志‧藝文志》著錄。已佚。

## 29. 李梅冬《杜詩隅》四卷

李梅冬,字德潤,號雪崖,山東壽光人。乾隆二十一年(1756)舉人。治群經,喜讀《周易》、《毛詩》,著有《先天圖說》、《八卦與河圖洛書異同論》及《詩經合旨》。生平結詩文癖最深,慮學者鮮師承,著《杜詩隅》四卷、《聲調譜》二卷,於五、七言律體、拗體、古體皆有歌訣。論文則有《讀書作文十要》、《虛字賦》、《筆法論》等

---

① 秦國經主編,唐益年、葉秀雲副主編《中國第一歷史檔案館藏清代官員履歷檔案全編》第 21 冊,華東師範大學出版社 1997 年版,第 541 頁。

篇。生平見《(民國)壽光縣志・人物志》。

《杜詩隅》四卷,《(民國)壽光縣志・人物志》著録,稱是書"於五、七言律體、拗體、古體皆有歌訣"。已佚。

### 30. 巫士僅《律杜詩》一卷

巫士僅,字汝超,寧化(今屬福建)人。乾隆時人。著有《賓月草》、《律杜詩》一卷、《截明詩》一卷。

《律杜詩》一卷,《(民國)寧化縣志》卷一三《藝文志》著録。已佚。

### 31. 邵志謙《杜詩正》

邵志謙,字炳元、屺雲,常山(今屬浙江衢州)坑頭人。淹通經史,多集舊聞。督學李公聘致幕中,足迹歷數千里,見聞益廣。乾隆二十九年,以拔貢任金華湯溪教諭,後引疾歸。所著有《逸志》、《邵氏庭憲》、《然葉齋詩文集》、《競辰山房詩集》、《臨松集》(一作《吟松集》)、《同懷集》、《蘭陔集》、《海上晷餘草》、《文獻通考纂要》二十卷、《唐詩策》、《杜詩正》、《重訂甲子紀元考》、《常山逸志》等。生平見《(光緒)常山縣志》卷五三《人物志・文苑》、《兩浙輶軒續録》卷二九。

《杜詩正》,《(光緒)常山縣志・藝文志》著録。已佚。

### 32. 和瑛《杜律》

和瑛,小傳見前"杜詩精華"條。

《杜律》,《八旗藝文編目三・子類・詩文評》著録。未見。周采泉《杜集書録》將書名誤作《杜律選》。

### 33. 江紹蓮《杜詩精義》

江紹蓮(1738—1811後),字依濂,號梅賓,歙縣(今屬安徽)江村人。邑庠優生。嘉慶十五年(1810)采訪儒行,太守成履恒以品端學富報備奏薦。十六年會試,特賜國子監學正。曾輯《橙陽散志續編》十五卷。著有《披芸(一作雲,一作便)漫筆》十八卷、《聞見閑言》四卷、《江梅賓詩集》四卷、《梅賓詩鈔》六卷、《所知詩鈔》二卷、《松窗述夢》、《梅賓半稿》、《唐詩醇雅集》、《杜詩精義》、《蟾扶文萃》、《十八種新書》等。生平事迹見《(民國)歙縣志·人物志·文苑傳》、《藝文志·書目》。

《杜詩精義》,《(民國)歙縣志·藝文志·書目》著録。已佚。

### 34. 謝聖輅《説杜擇粹》

謝聖輅,字德沛、虹亭、番禺(今屬廣州)市橋人。乾隆三十九年(1774)優貢,四十二年中舉。六十年,大挑一等,以知縣分發河南,署商邱,補宜陽知縣,以廉幹慈惠稱。白蓮教起,練勇爲備,教衆不敢近。奉檄督理南陽軍餉事,無不應期立辦。尤善聽訟,不事刑求,惟諭以情理,民各欣然散去,由是圄圄爲空。以母老乞歸,母終,服闋,聖輅亦卒。著有《春暉堂稿》、《宜陽補志》、《説杜擇粹》、《梅影軒雜志》、《篆法真本》、《文選薈評》、《記事元珠》、《惺惺篇》、《解頤小紀》、《宦歸紀程》、《鴻爪篇》、《裕堂公家訓注釋》、《虹亭年譜》等書,凡數十卷,除《春暉堂稿》外均未刊。生平事迹見《(同治)番禺縣志》卷四五《列傳十四》、《(光緒)廣州府志·列傳十九》。

《説杜擇粹》,《(光緒)廣州府志·藝文略七》據《番禺志》著録。已佚。

### 35. 陳烺《杜詩注》

陳烺(1743—1827),字士輝,號東村、榕西逸客,閩縣(今福建閩侯)人。文法莊、列,詩宗杜、韓,兼工倚聲。早歲著有《花月痕》、《紫霞巾》傳奇行世(一説作者爲陳棟,字浦雲,號東村,會稽人)。乾隆四十二年(1777)舉人,五十八年官德化教諭,不半載,

謝病歸。授徒自給,多所成就。老病目,問業者,屨猶滿户外。卒
年七十餘。所著多散佚不傳,有《莊子注》《杜詩注》《垂老詩
集》。生平事迹見《福建通志‧藝文志‧集部二‧別集十一》。

《杜詩注》,《(道光)福建通志‧經籍志》《(民國)福建通
志‧藝文志》著録。已佚。《續修四庫全書總目》提要曰:"是集注
杜,自記爲畢生精力所萃,而未成書,僅及其半,中亦間有新解,而
大體則未出前人之範圍。"

### 36. 吴蔚光《杜詩義法》四卷

吴蔚光(1743—1803),字悐甫,號執虚,又號竹橋,晚號湖田外
史,世居休寧(今屬安徽),四歲隨父遷居昭文(今江蘇常熟)。乾
隆四十五年(1780)進士,選翰林院庶吉士,改禮部主事,不久即以
病假歸,退閑林下二十餘年,潛心讀書著述,並將家中書樓命名爲
"素修堂"。擅長古文,詩詞尤佳。著述甚富,有《古金石齋詩前後
集》六十卷、《素修堂文集》二十卷、《小湖田樂府》十四卷、《杜詩義
法》四卷、《唐律六長》四卷、《蘇陸詩評》十二卷、《寓物偶留》四
卷、《毛詩臆見》四卷、《易以》二卷、《春秋去例》四卷、《讀禮知意》
四卷、《方言考據》二卷、《洪範音諧》二卷、《詩餘辨訛》二卷、《姜
張詞得》二卷等。生平見法式善《例授奉直大夫禮部主事吴君墓
表》、張維屏《國朝詩人徵略》卷四七、《常昭合志稿‧人物傳》、《碑
傳集補》卷一一。

《杜詩義法》四卷(一作八卷),《(光緒)重修安徽通志‧藝文
志》《(民國)安徽通志稿‧藝文志》著録。已佚。

### 37. 錢大昭《集杜詩》三卷

錢大昭(1744—1813),字晦之,一字竹廬,嘉定(今屬上海)
人。大昕弟,時以大昕、大昭兄弟比蘇軾、蘇轍。生平不慕利禄,自
命書齋曰"可齋"。壯歲遊學京師,曾與校録《四庫全書》,博覽秘

笈,淹貫經史,尤精研《爾雅》及兩漢史。嘉慶元年(1796)舉孝廉方正,賜六品服。著有《廣雅疏義》二十卷、《漢書辨疑》二十二卷、《後漢書辨疑》十一卷、《續後漢書辨疑》九卷、《三史拾遺》五卷、《週言》六卷、《尊聞齋文集》六卷、《詩集》四卷、《自怡齋詩集》四卷、《海岱紀遊》四卷等。生平事迹見《清史稿·儒林傳二》、《清史列傳·儒林傳下一》。

《集杜詩》三卷,《(民國)嘉定縣志·藝文志》、黃體芳《江南徵書文牘·補遺》著錄。未見。錢師璟《嘉定錢氏藝文志略》(光緒二十五年番禺端溪書院刊本)亦著錄,並曰:"姪教授(錢塘,江寧府學教授)序。"

### 38. 趙滋《杜詩評注》八卷

趙滋,字霖渤,號玉川,江浦(今屬江蘇南京)人。少慧,讀書過目成誦,補縣學生,爲督學謝墉所賞。乾隆四十五年(1780)舉於鄉,屢躓公車,年六十餘循例與選,或以年邁勸之,賦詩云:"以貌悅人乃女子,丈夫白鬚何可無?"著有《遜志齋詩集》(未梓)、《玉川文集》、《杜詩評注》八卷;輯有《全唐詩鈔》一百二十卷,稿本未刊。生平事迹詳見侯宗海等《江浦埤乘·人物七》。

《杜詩評注》八卷,周采泉將書名誤作《讀杜評注》。《(光緒)江浦埤乘·藝文志》著錄。已佚。

### 39. 宋鳴珂《杜陵春》傳奇

宋鳴珂(?—1791),字梅生,一字楷桓,號澹思,奉新(今屬江西)人。乾隆三十五年(1770)舉人,四十五年進士,改補南城兵馬司正指揮。後得狂疾,自戕死。少負異稟,尤長於詩。嘗遊桑調元、陳奉茲之門,二人詩皆追慕老杜。三十以後專學同邑帥家相(號卓山)。論者以爲《卓山集》佳處不遜杜陵,而鳴珂也不讓卓山。著有《南川草堂詩鈔》十三卷、《心鐵石齋存稿》,另有《杜陵春》、《羅浮夢》二傳奇。生平事迹見宋鳴琦《心鐵石齋自訂年譜》、《清詩紀事》乾隆朝卷。

《杜陵春》傳奇，《今樂考證》著録，其他戲曲書録未見記載。已佚，本事不詳，疑與杜甫有關。

### 40. 陳接《杜詩意》

陳接，字禮三，號幻園，東莞（今屬廣東）水頭人。乾隆間布衣。性倜儻，甫弱冠，即博覽群籍，詩律尤精，生平寝饋少陵，每嘆向來注杜詩者詮解多訛，力爲釐正。晚年閉户窮居，屢徵不起，而乞文問字者踵相接，咸推爲騷壇宗主。年七十三卒。著有《杜詩意》、《女箴》、《南極草堂詩草》。生平事迹見《（民國）東莞縣志》卷六十八。

《杜詩意》，《（民國）東莞縣志》著録。已佚。

### 41. 黎棟《杜詩輯注》

黎棟，字于鄭，寧化（今屬福建）人。約爲乾、嘉時人。性嗜詩，弱冠即以詩名。著有《池上集》二卷、《泛吳草》行世。又著有《杜詩輯注》，未梓行。嘗與雷鋐一友善①，其贈詩有“貧老人多棄，君能下草廬。墻雖無過酒，架幸有殘書”之句，爲李元仲所推許，其評詞有“真摰沉痛，竟能名家”之語。南昌彭士望、長汀黎士宏尤爲推重云。生平見《（民國）寧化縣志》卷一五《文苑傳》。

《杜詩輯注》，《（民國）寧化縣志・文苑傳》、《（道光）福建通志・經籍志》、《（民國）福建通志・藝文志》著録。已佚。

### 42. 黎簡《批杜集》

黎簡（1747—1799），字簡民，又字未裁，號二樵、石鼎道士，廣

---

① 雷鋐（1696—1760），字貫一，號翠庭，福建寧化人。著有《經笥堂文集》、《讀書偶記》等。

東順德人。乾隆拔貢。性耿介,不慕名利,世人目之爲狂,遂自署
"狂簡"。工詩,善書畫。著有《五百四峰草堂詩鈔》。生平事迹見
《清史稿》卷四六五《文苑二》。

　　復旦大學圖書館藏黎簡批《昌黎先生詩集注》十一卷,扉頁有莫
棠題記曰:"予得二樵手批杜集、韓集于廣州,辛亥(1911)二月,自廣
之瓊,攜韓以往,杜詩並他書數十櫝均置省會,遭亂遂散失不可問,
此本隨身,書卷僅存。癸丑六月,同里何瑞馨爲重裝。甲寅(1914)
二月題記,追憶昔塵,殆同隔世,籲可慨矣。"後有"莫棠字楚生"印。
據莫棠題記可知,黎簡手批杜集於辛亥革命時在廣州散失。

## 43. 吳璥《杜詩評本》

　　吳璥(1747—1822),字式如,號蒒圃,錢塘(今浙江杭州)人。
乾隆四十三年進士,官吏部尚書、協辦大學士。生平事迹見《清史
稿》卷三六〇《列傳一百四十七》、《吳蒒圃自訂年譜》。

　　《杜詩評本》已佚,錢儀吉《衎石齋記事續稿》卷七有《跋吳宮
保評本杜詩》,稱是書乃道光元年吳璥卒後其親屬"次平侍御"所
藏本,特請錢儀吉爲作題識。跋文落款署"道光己酉冬日",即道
光二十九年(1849)。

## 44. 唐金《讀杜心解》

　　唐金,字緘之,又字漢芝,唐惟安第三子,遵義(今屬貴州)人。
乾隆三十三年(1768)舉人,大挑任黔西州學政,蔬水自足,日與諸
生講誦爲娛。迨兄銖卒於安州任所,貧極,乃嘆曰:"我不出,兄柩
必不歸,此不能安吾素矣。"因就選山西屯留知縣,後卒於官。性不
耐俗,所居四壁圖書,焚香掃地,終日與古人往來。在官清廉,不知
逢迎,亦不問家人生產,卒之日,宦囊蕭然。擅詩古文,與當時甕安
傅竹莊玉書、猶西樵法賢、玉屏田康侯均晉稱詩黔中。傅玉書有
《跋唐漢芝詩》(《黔詩紀略後編》卷一一)。生平見鄭珍輯《播雅》

卷一二小傳。

　　《讀杜心解》,《(民國)遵義府志·藝文志》著録。已佚。

### 45. 張桓《杜詩擇注》

　　張桓,字子善,號八愚,桐鄉(今屬浙江)青鎮人。幼失怙,事祖母極孝。早歲遊庠,苦志力學,乾隆四十八年(1783)舉於鄉。每當春闈報罷,以祖母年高,膝前無養志者,即決計歸,嘗作《述懷詩》云:"燕路三千里,劉年八十餘。焉能常作客,不敢避懷居。"五十五年(1790)成進士(周采泉《杜集書録》誤作"康熙九年(1670)進士"),先後官直隸文安、大名等縣,有政聲。入貲爲刑部河南司郎中,遇事洞悉原委,吏不敢欺,上官倚爲左右手,惜未竟其用而歿。著有《海隱山房集》、《托缽吟》、《杜詩擇注》。生平事迹見《(光緒)桐鄉縣志·人物志下·宦績》。

　　《杜詩擇注》,《(光緒)桐鄉縣志·藝文志》著録。已佚。

### 46. 李鳳翽《讀杜心解》

　　李鳳翽(1754？—1835),字丹吾,號半山峰人,貴州遵義人。李瀚子。倜儻穎異,乾隆三十九年(1774)舉人。屢試禮部不售,遂絕意進取,以詩書自娛。世居遵南鄉,從無講古學者,乃肆力詩古文詞,爲之倡。後復潛心理學,所造益深。性峭直,不肯俯仰隨人。鄉鄰有鬬者,得一言輒解。生平每一操觚,必有關於人心世道。年八十一卒。著有《六書啓蒙》、《覺軒雜著》、《讀史論》、《苗爾雅》、《讀杜心解》、《戊巳篇》、《覺軒間擬》。生平事迹見《(民國)貴州通志·人物志五·文學下》。

　　《讀杜心解》,《(民國)貴州通志·藝文志十八》著録。已佚。

### 47. 陶必銓《批點杜少陵集》

　　陶必銓(1755—1805),字士升,號萸江,安化(今屬湖南)人。

乾隆中優廩生。慷慨任俠,刻苦自勵。家貧,嘗拾薪擷茗自給,而
好學不倦。於書無所不窺,詩古文卓然名家,肄業岳麓城南,院長
羅典、余廷燦均器之,然屢試不中,以教書終老,卒祀先賢。後因其
子陶澍而顯貴,獲贈一品官階。詩宗韓愈、杜甫。著有《易經抉
微》、《春秋彙覽》、《英江詩文存》、《英江詩話》等多種。輯有《(乾
隆)增訂安化縣志》二十七卷。另有《批點杜少陵集》、《批點韓昌
黎集》。生平事迹見《(民國)湖南通志》卷一八二《國朝人物傳
八》、《英江詩存》前附謝振定《例贈儒林郎翰林院編修英江陶公墓
表》、秦瀛《例贈儒林郎翰林院編修英江陶君墓志銘》、李宗昉《皇
清例贈儒林郎翰林院編修英江陶先生行狀》。

　　《批點杜少陵集》,《(民國)湖南通志·藝文志十四·集部六》
著録。已佚。

### 48. 葉繼雯《集杜詩》

　　葉繼雯(1755—1830),字雲素,號桐封,室名竑林館,漢陽(今
屬湖北武漢)人。葉志詵之父。乾隆五十五年(1790)進士,歷官
內閣中書、刑科給事中、山東道監察御史、户部侍郎。生平究心三
《禮》,能文,亦能詩。官內閣時,進奉文字多出其手。爲阿桂所賞
識,大學士王傑、劉墉亦咸倚重。歷充《會典》館、《玉牒》館纂修
官,熟悉掌故。著有《竑林館詩文集》、《讀禮雜記》、《朱子外記》。
生平事迹見《清史列傳·文苑傳三》、程鴻詔《葉給諫事述》(《有恒
心齋文集》卷九)。

　　《集杜詩》,《湖北藝文志》卷一二《集四·別集類四》於《竑林館
詩集》下引《寄心庵詩話》曰:"葉潤臣閣讀出其先大父雲素先生詩,
讀之才氣縱橫,詞華跌宕,集《選》、集杜、集蘇諸作,尤極才人能事。"

### 49. 汪逢堯《李杜存真》

　　汪逢堯(1758—1830),字同吉,號味經,張堰(今屬上海金山)

人。廩生。湛深經術,由謄録注籍訓導,歷署新陽、震澤、吳縣訓導,所在有聲。年七十三卒。著有《亦園存稿》,輯有《李杜存真》。生平事迹見張鑑《冬青館乙集》卷八《儒學訓導汪君墓誌銘》、《(民國)重輯張堰志》卷六。

《李杜存真》,《(民國)重輯張堰志·藝文志·總集類》著録。已佚。

## 50. 朱銓《杜詩評》

朱銓(1760—1831),周采泉《杜集書録》引《崑新續補合志》作"朱綘",字倫甄,崑山(今屬江蘇)人。杙裔孫,元載子,少嗣族父廷焕。諸生。家貧,授經洞庭東山。迨迭遭本生父母喪,念門祚衰,遂入都。肄業國學,兩試北闈不售。時總憲竇光鼐、閣學翁方綱、太史張問陶皆器重之,招致幕下。復念嗣母春秋高,乃南歸。未幾,嗣母卒,喪葬盡禮。爲人孝友,待孤寡恩誼兼隆,見善勇爲邑中,如水旱助賑勸募,修葺學宮,設瀡掃會,協修縣志,銓皆與焉。長身鵠立,美鬚髯,工詩善弈,兼寫竹枝,尤精堪輿家言。道光十一年卒,年七十二。著有《杜詩評》。事迹詳見《(光緒)崑新兩縣續修合志·人物傳·耆碩》。

《杜詩評》,《(民國)崑山縣志·藝文志》著録。已佚。

## 51. 王紹蘭《李杜詩鈔》四卷

王紹蘭(1760—1835),字畹馨,號南陔,晚號思惟居士,蕭山(今屬浙江杭州)人。乾隆五十八年(1793)進士,以知縣用。六十年補屏南知縣,嘉慶元年(1796)調惠安縣,七年升泉州府知府,十九年擢福建巡撫,二十年兼署閩浙總督。二十二年,罷職歸里,閉門謝客,潛心著述。有《周人説經》八卷、《周人禮説》八卷、《禮堂集義》四十二卷、《禮儀圖》十七卷、《石渠之義逸文考》一卷、《董仲舒詩説箋》一卷、《匡説詩義疏》一卷、《漆書古文尚書逸文考》一卷

附《杜林訓故逸文》、《桑欽古文尚書説》、《地理志考逸》合一卷附
《中文尚書》、《齊論語》、《問王知道補亡》一卷、《夏大正逸文考》
一卷、《弟子識古文考》一卷、《凡將篇逸文注》一卷、《漢書地理志
校注》二卷、《袁宏後漢紀補證》三十卷、《管子地員篇注》四卷、《老
莊急就章》一卷、《説文段注訂補》六卷、《讀書雜記》十二卷、《思惟
居士存稿》十卷、《許鄭學廬存稿》八卷、《唐人宮詞鈔》三卷、《古詩
鈔》二卷、《李杜詩鈔》四卷、《王氏泰支瓜瓞譜》七卷,均手自寫定。
《説文集注》一百二十册,未及脱稿。生平事迹見《清史稿·列傳
一四六》張師誠傳附、王端履《重論文齋筆録》卷四所撰《墓誌銘》。

　　《李杜詩鈔》四卷,清王端履《重論文齋筆録》卷四、劉聲木《續
補彙刻書目》卷八、蕭一山《清代學者著述表》著録。王端履《重論
文齋筆録》卷四稱《李杜詩鈔》等書"均手自寫定",可見該書爲寫
本。未見。

## 52. 胡文翼《杜工部年譜》

　　胡文翼,字有璞,蘄水(今湖北浠水)人。諸生。研治經史,兼
及漢學。乾隆五十九年(1794)舉人。後三次赴京應考,未成進
士,遂不求功名,專心著述。有《杜工部年譜》、《班馬異同考正》、
《湖北水要考》。生平見《(民國)湖北通志·藝文志四·史部一·
正史類》。

　　《杜工部年譜》,《(民國)湖北通志·藝文志四·史部一》引
《蘄水志》著録。已佚。

## 53. 張廣文《杜詩選粹》

　　張廣文,號穌齋,涇縣(今屬安徽)人。少有神童名,縣試以詩
賦受知學使,然頻上省闈不獲遇。晚年乃司鐸吳江數歲,遽告歸,
閉門把卷不輟。平生服膺杜詩,有手定《杜詩選粹》一編,朱琦
(1769—1850)爲之序。生平事迹見朱琦《小萬卷齋文稿》卷九《杜

詩選粹序》。

《杜詩選粹》乃張廣文年七十餘時所編，生前未能刊刻，後由其孫張來蘇刻印，朱珔爲之序。共選詩五六百首，以編年爲序。該書已佚。朱珔《杜詩選粹序》云：

　　詩至杜少陵極矣。後人百端騰躍，莫能軼範圍。歷來箋釋，積千餘家，可謂賅備。然學之多，襲貌而遺神。明七子句摹字仿，徒具匡郭，致貽世譏。而解者又因宋儒"詩史"之稱，凡狀景抒情，動援時事相比附，未免穿鑿支離。是則學杜與解杜皆弊也。即選本過繁則蕪，過簡則漏，而杜之真面目終亦不出。我邑張穌齋廣文，少有神童名，自縣試以詩賦受知學使者，按臨輒居高等，惟頻踏省闈不獲遇。晚乃司鐸吳江數歲，遽告歸，日鍵戶把卷弗輟。平生服膺杜詩，爰手定《選粹》一編，時年已七十餘。蠅頭細書，絶無昏眊象。全集共千四百有奇，君所鈔約五之二。閎辭傑製，精要略盡於此。旁輯評注，間參己意，悉矜慎不苟。其目録依年分廂，例蓋起於黃伯思、魯訔，而黃希暨子鶴遞加推闡。但鶴本或偶牴牾，如《贈李白》一首，鶴繫之開元二十四年遊齊趙時，君從朱長孺，以爲當在天寶三、四載，白由供奉被放後與公相遇於東都，仇滄柱並引顧震（宸）説，據公《寄白二十韻》詩云'乞歸優詔許，遇我宿心親'，爲證最確，可訂鶴之誤也。又《遣興》詩'赫赫蕭京兆'，鶴以爲蕭至忠，長孺則言至忠未爲京兆尹，詩當指蕭炅，君亦從之。至《高都護驄馬行》，鶴以爲天寶七載作，今《四庫提要》謂高仙芝平小勃律，天寶八載方入朝，非七載。而君不及作詩之歲，故祇言仙芝于天寶六載討小勃律，揆諸《唐書》所紀，正符合。此類雖因仍舊義，顧擇宗主、辨歧淆，頗徵明識。噫！論古之難也。憑虛臆測，往往僢傗，稍猶豫復恐爲異議所奪。且大家集内亦有不甚經意之章，胡應麟謂杜詩利鈍雜陳，若崇奉失當，篇篇曲諛，轉愁區別。特胸無卓見，豈易披榛而採蘭？君寢饋其間，屢易稿始就。搜抉苦心，固堪自信。
學者誠得是編熟習研究，含英咀華，於詩道殆亦思過半矣乎！
君既没，孫某來蘇持索序，余夙聞君嗜學之肋篤，故爲考核以
畀之。(《小萬卷齋文稿》卷九)

朱琦於序中提到關於《贈李白》、《遣興》、《高都護驄馬行》三
首詩的考證，均係轉録《四庫全書總目》中《黄氏補注杜詩》提要。

### 54. 劉梅巖《集杜詩》

劉梅巖，福州三山人。謝金鑾(1757—1820)弟子，生平事迹
不詳。

《集杜詩》已佚，謝金鑾《二勿齋文集》卷四有《擬代梅巖劉生
集杜序》。

### 55. 陳曦《紆軒集杜詩》二十卷、《集杜詞》一卷

陳曦，字躍雲，一作藥耘，嘉定(今屬上海)人。乾隆三十七年
(1772)纂《婁塘圖志》(《吳郡文編》)。四庫館開，以諸生充《四庫
全書》館謄録，議敘州同，以母老不就。善集句，乾隆四十一年
(1776)平定金川，集御製詩句，獻頌三十章，稱旨，賜緞。著有《澹
遠山房詩鈔》二卷、《集李詩》二卷(錢大昕序)、《集杜詩》二十卷、
《集杜詞》一卷、《西湖酬唱集》、《藥耘詩稿》。生平事迹見《(光
緒)嘉定縣志·文學傳》。

《紆軒集杜詩》二十卷、《集杜詞》一卷，《(嘉慶)嘉定縣志》卷一
一《藝文志》著録，稱陳曦撰，王初桐序。《(光緒)嘉定縣志·藝文
志》著録爲"《集杜詩》二十卷、《詞》一卷"。《(光緒)嘉定縣志·文學
傳》稱："晚集杜律千篇，無一語覆用，氣格渾成，如自己出。"已佚。

### 56. 陳倩《集杜詩》

陳倩，陳曦之妹，生平不詳。

　　錢大昕爲陳曦《集李詩》所作序曰:"藥耘妹倩,向集少陵句成各體詩千有餘首,多而且工,播諸藝林,莫不嘆爲奇絶。方問序于余,謀付梓人。兹又取謫仙句爲詩,其工與集杜正同。因思古今來集杜句者固不乏名家,若專集青蓮句,則尚未多見。以李杜文章欲兼而有之,其爲光焰,當復何如耶? 戊申暮春。"(王昶《直隸太倉州志》引)戊申,爲乾隆五十三年(1788),則陳倩《集杜詩》應成書於此時。

### 57. 任夢乾《杜律含英》二卷

　　任夢乾,《(嘉慶)同里志》名作"任乾"、"顧夢乾",字易始,吳江(今屬江蘇蘇州)人。諸生,大任(字鈞衡)子。生而淳篤,年十五即手書晦翁(朱熹)"存忠義心,行仁義事"八字揭之座右,曰:"如此可成人。"侍父三十餘年,晨夕不離。父歿,置祭田以供祀事。生平布衣疏食,能甘淡泊。所著有《孝經釋義》一卷、《杜律含英》二卷。生平事迹見《(嘉慶)同里志·人物志四·仁壽》引顧棟高撰傳。

　　《杜律含英》二卷,《(嘉慶)同里志·藝文志上·書目》著録。已佚。

### 58. 孫南星《杜詩約編》四卷、《杜詩編年目譜》一卷

　　孫南星,字眉仙,山東壽光人。乾隆時諸生。《(民國)壽光縣志·藝文志上》著録其《杜詩約編》,又有《杜詩編年目譜》一卷。已佚。生平見《(民國)壽光縣志·人物志》)。

　　《杜詩約編》四卷,《(民國)壽光縣志·藝文志上》著録,其自序略云:"杜詩題詠贈答,皆由至性而發爲正聲,最足感人性情,拓人心志。兹就全集選三百一十首,名曰《約編》,善學者玩索而有得,固不在乎詩之多也。"已佚。

　　《杜詩編年目譜》一卷,《(民國)壽光縣志·藝文志上》與其《杜詩約編》同時著録。不知是附於《杜詩約編》内還是單獨成書。

已佚。

### 59. 俞希哲《杜詩臆説》

俞希哲，字天木，一字子與，號秋心，吳江（今屬江蘇蘇州）人。父韓，雍正癸卯進士，鞏縣知縣。補諸生，年未四十卒。顧樊渠云：子與性恬冷，與俗人群，終日無一言。每當深湛之思，輒闔戶捐食息，家人罕覯。其老屋頹敗，僦居龐湖之干，浩然有終焉之志。所著有《毛詩私箋》、《文選補注》、《杜詩臆説》，俱未成，惟《古詩疏解》在耳。袁樸村云：秋心爲人沉靜，讀書務自得，不尚浮名，惟日肆力韻語。觀其論詩諸作，知于此道中固三折肱矣。有《子與遺稿》、《豆亭詩薰》。生平見《吳江縣志續稿》卷五《文學》、《（同治）蘇州府志》卷一〇六《人物三十三》。

《杜詩臆説》，《（同治）蘇州府志・藝文志》於其《古詩疏解》下注引《松陵詩徵》云：“希哲尚有《杜詩臆説》，未成書。”已佚。

### 60. 邵廣鈞《杜蘇年譜》

邵廣鈞（1764—1829），一名胡廣鈞，字右衡，一字暉初，號平夫，常熟（今屬江蘇）人。齊燾孫，培德子，嗣聖籍後。諸生，乾隆四十九年進士。著有《春秋列國録》、《説文經典異字攷》、《王謝世譜》、《杜蘇年譜》、《讀古偶記》、《寶燕閣古文駢體文》、《暉初詩鈔》、《三國南北朝樂府》。生平見《小石城山房文集》卷下邵淵耀所撰傳。

《杜蘇年譜》，疑爲杜甫與蘇軾的合譜，《常熟縣志・藝文志》著録，稱是譜載《小石山房文集》，當即邵淵耀所撰《小石城山房文集》，是書有民國八年（1919）邵氏蘭雪齋鉛活字印本，國家圖書館有藏本，未見。《（光緒）重修常昭合志》卷十八亦著録。

### 61. 饒向榮《杜詩鈔解》

饒向榮（1765—？），字繡圃，號綺峰，撫州東鄉（今屬江西）人，世居水南村。廩膳生，嘉慶六年（1801）進士，次年補殿試，改庶吉士，授主事，官至兵部郎中。著有《吟香堂文集》、《吟香堂詩集》、《杜詩鈔解》。

《杜詩鈔解》，《（光緒）撫州府志·藝文志》著錄。已佚。

### 62. 方駕《杜詩評林》

方駕，號鶴仙（周采泉《杜集書錄》誤作"字鶴仙"），桐鄉（今屬浙江）人。乾隆間庠生。天才宏富，旁涉醫卜。詩宗杜甫，曾繪《瓣香草堂圖》，少陵據案而坐，已執卷若請業者。每值此老誕辰，展畫設酒脯祭之，祭畢，招社友快飲。著有《鶴仙漫稿》、《吳下遊草》、《玉屑詞》、《杜詩評林》。生平事迹見《（光緒）桐鄉縣志·藝文志》。

《杜詩評林》，《（光緒）桐鄉縣志·藝文志》著錄。已佚。

### 63. 凌賡臣《杜詩考注》

凌賡臣，字以成（周采泉《杜集書錄》誤作"字以耒"），歙縣（今屬安徽）沙溪人。乾隆時以舉人選六安學正，未仕卒。著有《文選考注》、《杜詩考注》、《詩經約解》四卷、《餖飣集》二卷。生平事迹見《（民國）歙縣志·人物志·詩林》。

《杜詩考注》，周采泉《杜集書錄》將該書書名誤作《杜詩考證》。《光緒重修安徽通志·藝文志》、《（民國）歙縣志·藝文志·書目》著錄。已佚。

### 64. 溫其訓《杜詩箋注》

溫其訓，清益陽（今屬湖南）人。乾隆時人。著有《孟子文評》、《望麓軒集》、《瘧吟》、《杜詩箋注》。

《杜詩箋注》，《（光緒）湖南通志·藝文志》、《（民國）湖南通志·藝文志十四·集部六》著錄。已佚。

### 65. 田國文《少陵詩選》

田國文,字荆陽(周采泉《杜集書録》誤作"字荆揚"),公安(今屬湖北)人。乾隆五十七年(1792)舉人,官孝感教諭。著有《少陵詩選》、《杜詩長律注》、《二十二史提要》。

《少陵詩選》,《(民國)湖北通志·藝文志十四·集部六》引《公安志》著録。已佚。

### 66. 田國文《杜詩長律注》

《杜詩長律注》,《(同治)公安縣志·藝文志》著録。已佚。

### 67. 張鯤《杜詩詳注補》

張鯤,字象岸,號蘐圻,鄞縣(今屬浙江寧波)人。張恕祖父,乾隆間歲貢生。藏書甚富,家有著名的"習静樓"藏書,爲其祖父所始藏。鯤父名霖,康熙舉人。道光十八年(1838),張鯤曾校刻宋王應麟撰、明張迪注《四明七觀賦注》,現存。著有《杜詩詳注補》。事迹附見《鄞縣通志·史榮傳》。

《杜詩詳注補》,《(民國)鄞縣通志·藝文志》著録,稱此書係補仇兆鰲《杜詩詳注》之誤,故名。已佚。

### 68. 儲蟾貴《杜詩繹評》二十卷

儲蟾貴,字拱球,荆溪(今江蘇宜興)人。乾、嘉時人。著有《杜詩繹評》二十卷。

《杜詩繹評》二十卷,《(嘉慶)荆溪縣志·藝文志》著録。已佚。

### 69. 易龍生《孤松亭集杜詩》

易龍生,攸縣(今屬湖南)人。生平事迹不詳。

《孤松亭集杜詩》,《(嘉慶)湖南通志·藝文志》據《攸縣志》著録。已佚。

### 70. 韓厥田《杜詩詳注》

韓厥田,字禹甸,號望垣,淄川(今屬山東淄博)人。庚長子。嘉慶六年(1801)進士,任湖北利川知縣。地瘠民悍,當川匪滋事,亡命嘯聚,涖任擒獲二十餘人,地方遂静。政尚寬簡,案牘暇餘,進諸生與論文,邑舊無科第,自是有登甲乙榜者。後以疾致仕。著有《十三經集解》、《廿一史集要》、《性理摘要》、《杜詩詳注》。生平事迹見《(光緒)山東通志·人物志》。

《杜詩詳注》,《(光緒)山東通志·藝文志》著録。已佚。

### 71. 祝正詞《杜詩箋注》

祝正詞,字訥霽,山東昌邑辛隅社(今祝家莊)人。嘉慶辛酉(1801)拔貢,初任泗水教諭,升四氏學教授,門下弟子甚衆,多所成就。著有《十三經集解》、《綱鑑撮要》、《讀史論略》、《歷代世系考》、《杜詩箋注》。

《杜詩箋注》,《(光緒)昌邑縣續志》卷六《人物·文學》著録。已佚。

### 72. 經迺迪《集李杜詩》

經迺迪,字雲既,銅川(今屬陝西)人。乾隆間歲貢生,選授靈壁訓導,以疾辭。工書,得右軍筆意。晚年嘗集李杜詩,工巧如己出。著有《集李杜詩》、《集陶詩》。

《集李杜詩》,一作《李杜聯吟》,同治《徐州府志》卷一九著録。《(民國)銅川縣志》卷二〇《藝文考》著録曰:"《集李杜詩》、又《集陶詩》,並舊志。"已佚。

### 73. 佚名《選杜》一卷

《選杜》一卷,謝章鋌《課餘續録》卷四著録,並撰提要曰:"不知選者姓名,題曰《選杜》,臆所選者,不止一杜耳。字亦端整,間有朱批。予嘗得《瀛奎律髓》十本，雖是坊刻，然其中傳録紀文達公評駁之語，細行密字，字數不亞於原書。文達言詩，不失正宗，其持論却能獨出手眼，而不爲盛名所怵。文達視閩學，善待士，此必其門下受知文達而佩服其教者之所爲。由此而歸風雅，必不入於江湖末派而染鍾、譚之魔道矣。且當時閩士篤實，勤於鈔寫，奉一先生之言若金科玉律，今則百不逮一矣。”可知此本乃謄録《瀛奎律髓》匯評本中紀昀之杜詩評語而成。是書爲稿本未刊，只見於《課餘續録》著録，疑已佚。

# 三、道光、咸豐卷

## （一）見存書目

### 1. 許鴻磐《六觀樓杜詩鈔》二卷

許鴻磐（1747—1826），字漸逵，號雲嶠，別號雪帆、六觀樓主人，任城（今山東濟寧）人。乾隆四十六年（1781）進士，補授江蘇安東縣知縣，擢西城兵馬司正指揮，遷安徽潁州府同知，改泗州知州，所至有循聲。緣事落職，嘉慶二十一年（1816）捐復知州，補河南禹州知州。少負才名，博涉群籍，尤致力於輿地，凌廷堪以爲"海内輿地之學，以鴻磐爲第一專家"（《清史列傳·文苑傳》）。亦能散文戲曲。著有《六觀樓遺文》二卷、《雪帆雜著》一卷、《尚書札記》四卷、《方輿考證》一百二十卷、《六觀樓北曲六種》等。又有稿本《六觀樓文集》、《許雲嶠文集》一卷、《許雲嶠先生詩文稿》一卷。生平見《清史列傳·文苑傳三》、《（道光）濟寧直隸州志·人物志》。

《六觀樓杜詩鈔》二卷，爲道光五年（1825）作者手鈔本，四册。書前有許鴻磐《杜詩鈔小序》，序後爲《新唐書·杜甫傳》、元稹撰《子美先生墓係銘》。次列卷上目録，有"六觀樓"、"鴻磐"、"雲嶠"鈐章，再次卷下目録。書後有許鴻磐識語云：

> 右鈔杜詩五古七十首，七古六十首，五律一百七首，七律五十四首，五排十首，絕句十七首，共三百一十八首，是爲六觀樓讀本。余宦遊三十餘年，甲申自中州歸，檢舊存書，十亡六七。所存杜集，止劉須溪《千家注》、仇滄柱《詳注》、浦二田

《心解》、余同年楊倫《鏡銓》而已,故鈔中注及評語,多採自四種,間有補注及臆測者,亦附見於編,屏去武斷、穿鑿之見,潛吟密詠,惟求義之所安而止。余豈敢謂得作者之意,幸賴諸家之有以牗予,或不至大相剌謬也。乙酉春二月花朝前三日鴻磐又識。

該書每頁九行,行二十二字,詩題下小字雙行,每頁中縫下有"六觀樓"三字。詩後多引各家評注語,欄上亦多引他人評語,均小字,新見不多。

### 2. 邢樹《杜工部詩集》殘存三卷

邢樹,字拂雲,一作耕雲,嵊縣(今浙江嵊州)太平鄉人。郡廩生,有文名,工詩能畫,尤喜繪蝶,年三十餘卒。著有《紫藤山館漫稿》,與李志清合著《花卉圖考》四卷。小傳見《(同治)嵊縣志》卷一七、《(民國)嵊縣志》卷一八《人物志·方技》。

《杜工部詩集》,爲清鈔本,殘存三冊,爲二至四卷。《成都杜甫紀念館館藏杜集目錄》著錄。

### 3. 劉鳳誥《杜工部詩話》五卷

劉鳳誥(1761—1830),字丞牧,號金門,萍鄉(今屬江西)人。中乾隆五十四年(1789)己酉科第三名探花,授編修,超擢侍讀學士、内閣學士。曾先後提督廣西、山東、浙江學政,充湖北、山東、江南鄉試正考官。官至兵部左侍郎、吏部右侍郎,賞加太子太保。嘉慶十四年(1809)以罪充軍伊犂,改發黑龍江,十八年釋回。道光元年(1821)因病回籍,後卒於家。鳳誥工古文,有《存悔齋集》二十八卷、《外集》四卷傳世。生平事迹見《清史列傳·大臣傳次編二》。

道光十年(1830)開雕、十七年刊竣的《存悔齋集》中有《杜詩話》五卷(卷二十四至卷二十八),版式爲半頁十一行,行二十四字;亦有宣統二年(1910)掃葉山房石印本《杜工部詩話》,不分卷,無序跋及目録,半葉十四行,行三十一字;又有民國三年(1914)上海錦章圖書局石印本。共收録詩話一百五十條。劉鳳誥熟讀杜詩,又精通史學,長於考訂,故於諸家注杜論杜、唐史典實多所流覽。其所撰《杜工部詩話》涉論頗廣,於杜甫家世、親族交遊、生平事迹、思想性格、詩義闡釋及諸家評論多所評騭,且偶有新見。如辯杜甫啖牛炙白酒一夕而卒之説爲誣謗;謂杜詩"僅以年月日爲題者,皆就客中歲月記其節候土風",以證杜甫之明曆法等等。今人張舜徽《清人文集別録》卷八稱其"《杜詩話》五卷,考訂詳密,議論平允,實有得於作者之心,以其寢饋工部之詩,功力較深也"。不足之處是多爲摭拾前人評論,且多抄自仇注;有的評論雖抄自前人,却不注明出處,甚或沿襲前人之誤。如第90條引蔡絛《西清詩話》語,實爲黃徹《䂬溪詩話》語,蓋沿仇注之誤;第128條誤引《後村詩話》,實爲曾季貍《艇齋詩話》,亦沿仇注之誤;第124條釋"籠竹",引"宋子京《益部方物記》:慈竹別有一種,節間容八九尺者,曰籠竹",引文"八九尺"乃"八九寸"之誤,其所以致誤,蓋由照抄錢箋所致。此類尚多,兹不贅舉。至其謂杜甫嘗遊晉地,而"諸家年譜俱失載",以爲獨所發見,其實影響頗大的朱鶴齡所撰《杜工部年譜》已云:"公弱冠之時,嘗遊晉地,當是遊晉後方爲吳越之遊也。"則劉氏所論不爲獨得。張忠綱先生《杜甫詩話六種校注》收有劉氏此書,詳加校注,可資參看。

### 4. 劉鳳誥《集杜詩》三卷

《集杜詩》三卷,見《存悔齋集》卷二十一至卷二十三,與《杜詩話》五卷共爲一册,半頁十一行,行二十四字,共集杜詩347首。又有單刻本,名《存悔齋集杜詩》,光緒年間黃奭爲之注,收入《清頌堂叢書》卷十一、卷十二,爲道光十九年(1839)刻本,卷首有夏寶全《存悔齋集杜注跋》,落款署"道光十九年十月既望"。國家圖書館藏另一種黃奭注本,名爲《存悔齋集杜注録》,與王九思《集陶詩》合訂爲一册,亦有道光十九年夏寶全跋。《集杜詩》大部分内容係劉鳳誥遣戍黑龍江之後所作,以五律爲主。卷二十一《北征》爲五律組詩,多達 210 首。卷二十二和卷二十三除五律外尚有少量七律和七古及歌行,卷二十二有數篇仿江淹雜體詩,如《古别離》、《李都尉從軍》等。

## 5. 史炳《杜詩瑣證》二卷

史炳(1763—1830 後),字恒齋,溧陽(今屬江蘇)人。年十四遊庠,十六舉於鄉,乾隆四十二年(1777)舉人。後屢試不第,留京師,得朱珪器重,任咸安宫官學教習,期滿,於嘉慶五年(1800)選興化縣教諭。十六年至十八年,應溧陽知縣陳鴻壽之聘纂修《溧陽縣志》十六卷。後改涇縣教諭。任校官二十餘年,以老乞歸。精通音韻學,旁通泰西算術,尤工試帖。著作有《大戴禮正義》十六卷、《句儉堂集》四卷、《杜詩瑣證》二卷等。

《杜詩瑣證》二卷,署“溧陽史炳撰”,道光五年(1825)溧陽史氏句儉山房刻本。前有道光五年六月初四日史氏自叙,次附目録,分上、下卷,共 120 條。半頁九行,行二十一字。是書不是杜詩注本,只是考證辨駁個别杜詩詞語、字句或名物的箋釋,作者自叙云:“余自少習公詩,妄有考訂數十百條,皆汎覽群書時隨録者,是以詩之先後都不詮次。今兹長夏無事,偶取删定之,其目則仍舊貫焉,命曰‘杜詩瑣證’。”因史炳博覽群書,精於音韻之學,長於史地考據,加之繙閲杜詩注本頗多,積數十年考索比證,故於諸家衆説紛紜、誤注誤引之處,多所訂正,時有新見,頗多發明,極具參考價值。此書又有日本吉川幸次郎編輯之《杜詩又叢》本,上海書店 1988 年據道光五年句儉山房刊本影印本。

## 6. 托名朱彝尊《朱竹垞先生杜詩評本》二十四卷

是書爲道光十一年(1831)陽湖莊魯駉刻本,長白岳良題簽,

望雲軒藏板。卷首有康熙四年(1665)《朱竹垞先生原跋》,乃是抄
襲篡改何焯《義門讀書記・杜工部集》前之序而成[1]。後有道光十
一年岳良跋、莊魯駉序。據莊序云:"丙戌(道光六年,1826)遊皖
城,偶過書肆,見敗帙中有是編,乃秀水朱竹垞先生手批本,購歸讀
之,覺體會入微,别有心得",遂"手録付梓"。次列二十四卷詩總
目録。詩分體排列,一至六卷爲五古,計 263 首;七至九卷爲七古,
計 141 首;十至十五卷爲五律,計 630 首;十六、十七卷爲七律,計
151 首;十八至二十一卷爲五排,計 127 首;二十二卷爲七排,計 8
首;二十三卷爲五絶,計 31 首;二十四卷爲七絶,計 107 首。共收
詩 1458 首。詩多白文,旁有圈點,批語較少,且極簡略。眉批居
多,詩旁間有少許評語。細檢其中所謂的"朱彝尊評",可以發現
多爲清初李因篤與邵長蘅之評,從評語數量來看,李因篤評居十之
七八,邵長蘅評占十之二三,另有少量評語的作者不詳。其詳可參
王新芳、孫微《〈朱竹垞先生杜詩評本〉中朱彝尊與李因篤評語的
釐定與區分》一文[2]。仇兆鰲《杜詩詳注》對其評語曾略引數節,劉
濬《杜詩集評》所引頗多。揚州吳氏《測海樓書目》著録。

### 7. 顧廷綸《少陵詩鈔》

顧廷綸(1767—1834),字鄭鄉,一作鄭薌,又字鳳書,室名玉笥
山房,會稽(今浙江紹興)人。曾受業於樸學大師阮元,與同修《經
籍纂詁》,校正宋拓石鼓。嘉慶三年(1798)優貢,任武英殿校録
官,後官武康訓導,卒於任所。廷綸警敏絶倫,博通六籍,詩作尤爲
阮元所激賞。子淳慶能承其學。有《玉笥山房要集》四卷《文》一
卷、《北征日記》一卷、《少陵詩鈔》不分卷。生平事迹見阮亨《定香

---

① 朱莉韻、李成晴《〈朱竹垞先生杜詩評本〉辨僞》,《文獻》2016 年第 3 期。
② 張伯偉、蔣寅主編《中國詩學》第十八輯,人民文學出版社 2014 年版,第 77—
88 頁。

亭筆談》、潘衍桐《兩浙輶軒續錄》。

《少陵詩鈔》不分卷，爲顧廷綸手抄本，爲其曾孫顧鼎梅於民國十六年（1927）開設上海科學儀器館時影印出版。該影印本首頁署"鄭鄉先生（廷綸字）手書　少陵詩鈔　徐鼎題簽"，次爲吳士鑑序，版心下刊"玉笥山房"字樣。所抄詩白文無注，行間有圈點，節抄諸家評語列於書眉之上。書前半部稱《少陵詩鈔》，後半部稱《杜詩續鈔》，係由劉濬《杜詩集評》節抄而來，著者一無新見。或因前有吳士鑑序而將著者誤爲吳氏者。

### 8. 金錫鬯《杜詩必讀》

金錫鬯（1767—1838），字蒨谷，又字秬盦，號晴韻館主人，桐鄉（今屬浙江）人。曾祖樟，康熙三十九年（1700）進士，工部都水司主事，始由桐鄉遷居江蘇太倉州。登嘉慶六年（1801）拔萃科，中十三年（1808）順天鄉試舉人。校錄《會典》，議敘選知縣。歷宰恩平、香山、高要三縣，署澳門同知暨知嘉應州。所至民愛，所去民思。令恩平日，嘗罣吏議奪職，雖開復而閑居者六年。會有盜魁，奉旨逐捕，以功擢一階，任嘉應州凡八年，始以平反巨案加知府銜。道光十五年（1835）正月病免，十八年正月丙子日微疾遽卒，年七十二。錫鬯於簿書之餘勤於著述，有《古泉述記》十二卷、《南北史摘艷》六卷、《晴韻館詩文集》四卷、《自省錄》二卷。生平事迹詳《國朝耆獻類徵初編》卷二四七、蔣湘南《誥授朝議大夫知府銜廣東嘉應直隸州知州金君錫鬯墓誌銘》（見《碑傳集》卷一一〇）。

《杜詩必讀》爲稿本，周采泉《杜集書錄》內編卷七《選本律注類二》著錄，稱是書爲金錫鬯官澳門同知時手抄未刊本。共選杜詩536首，各體俱收，其中五律209首，七律97首。周氏按云："在乾、嘉後各選本中，當以此選與陳沆、陳廷焯兩家所選最爲出色。題曰《必讀》，對初學者確有啟發。舊藏丁慎旃處，現藏徐聲越先生處。"

## 9. 金元恩《碧玉壺纂杜詩鈔》三卷

金元恩，原名元鼙，改名元恩、閂詔、德麟，字鄂舟，號補之，寶山（今屬上海）人。嘉慶十三年（1808）舉人，挑授夏邑知縣，調盧氏縣，又調安仁縣。道光八年（1828），任中牟知縣。

《碧玉壺纂杜詩鈔》三卷，有道光二十二年（1842）刊本，惇大堂藏版。該書爲集杜之作，共集杜詩 372 首。據金曰瀛《跋》，該書之所以不稱爲"集杜"而稱爲"纂杜"，乃是爲避金元恩高祖金集之諱。書端有道光二十二年朱右曾《碧玉壺纂杜詩鈔序》、金元恩《自序》。後有馮瀛、唐晉鑠、邵懋勳、徐巨川、施莊臨、安詩、彭焜、顧份、陸希湜、王步瀛十人題贈，全爲讚譽其集句之精妙。如云："借前人之辭藻，寫自己之胸襟，別具爐錘，天然工巧，使杜老見之，亦應俛首。"又如："運用成語，一如己出。非讀破此老全集，那得有此精妙。"書後有其侄金曰瀛《跋》。該書卷二有《以纂杜詩付刊漫題》曰："有客有客字子美，風流儒雅亦吾師。幾回細寫愁仍破，未及前賢更勿疑。獨鶴不知何事舞，數篇今見古人詩。浣花溪畔花應笑，借問苦心愛者誰。"《（光緒）寶山縣志·藝文志》、《江蘇省立國學圖書館現存書目》著錄，南京圖書館藏有該本，索書號：89782。

## 10. 莊詠《杜律淺説》二卷

莊詠，字賡唐，號杏園，城陽（今山東莒縣）人。中乾隆五十三年（1788）順天經魁，嘉慶四年（1799）成進士。性慷慨沉毅，悃幅無華，樂導人爲善。與人交直而有容，務持大體。十一年，選任縣，銷除數十年之隱患，上官察其廉明慈惠，調署任邱。十八年春，升任滄州。未幾，以親老解組歸里，自著年譜，並著書若干卷。著有《杜律淺説》二卷、《學庸困知錄》。生平見《（民國）重修莒縣志·文獻志·人物九》。

《杜律淺説》二卷，有道光二十四年（1844）清和堂刻本。扉頁右上署"道光甲辰歲新鐫",中署書名"杜律淺説",左下署"清和堂藏版"。卷前載莊詠嘉慶五年(1800)自序。各卷分列目録,每卷目録首行署"杜少陵五言律詩百首淺説"卷次,二行署"城陽莊詠庚唐氏輯注"。每卷正文首行署"杜律淺説詩"卷次,二行署"城陽莊詠庚唐氏著"。版心上爲"杜律淺説詩",下爲卷次、頁數。是本上、下兩卷,選杜詩五律百首,中有五排兩首(《贈翰林張四學士垍》與《敬贈鄭諫議十韻》),多係名篇。先録杜詩,後附兩段文字:一段箋意,提示詩之意旨,解釋詞語典故,分析章法結構藝術;另一段繹詩爲文,務求詳盡,尚稱簡明通順。是書《(宣統)山東通志·經籍志》、《(民國)莒縣志·藝文志》均予著録。《販書偶記》著録作"杜詩淺説"二卷;《販書偶記續編》著録則作"道光甲辰慎守堂刊"。

### 11. 李黼平《讀杜韓筆記》二卷

李黼平(1770—1832),字繡子,又字貞甫,號貞子,又號花庵、著花庵,嘉應州(今廣東梅縣)人。嘉慶十年(1805)進士,授翰林院庶吉士。乞假南還,主講廣州粤華書院。散館,改江蘇昭文縣知縣。爲官寬和慈惠,公餘之暇,勤於讀書,至民間有"李十五書生"之稱。以虧空挪用落職,繫獄八年。家中迭遭變故,艱難淒楚。援赦出獄,主陳薌谷中丞署,又三年乃歸。兩廣總督阮元開學海堂,聘閱課藝,留府授諸子經。後以阮氏薦,主講東莞寶安書院。著有《李繡子全書》,凡《毛詩紬義》二四卷、《著花庵集》八卷、《吳門集》八卷、《南歸集》四卷,又有《易刊誤》二卷、《文選異義》二卷、《讀杜韓筆記》二卷、《南歸續集》四卷等。生平事迹見《清史稿·儒林傳三》曾釗傳附、《清史列傳·儒林傳下二》、梁廷枏《昭文縣知縣李君墓誌銘》(《續碑傳集》卷七十二)、《清詩紀事》嘉慶朝卷。

《讀杜韓筆記》二卷,據其從曾孫雲傳民國二十三年(1934)秋跋云:"原稿閟藏百年未見,今忽從故家得之,倘所謂精誠所至,今

（應爲“金”）石爲開者耶！”因爲刊印行世。書名爲古直題簽。有
1934年上海中華書局聚珍仿宋印本。書分上、下卷，無目録，不録
原詩，只就杜、韓詩之個別詩句、詞語、典實等加以箋釋評論，共收
93條，上卷65條，專論杜詩；下卷28條，專論韓詩，間與杜詩比較。
每條首行頂格，餘則低一格。據李雲儔跋云：“杜注號千家，韓注號
五百家，然紛拏支離，往往而有。繡子公此記二卷，獨超衆説，通其
神旨，非惟學絶，抑亦識精也。其推闡詩法，窮其源委，盡其甘苦，
學者持此，有餘師矣。”雖爲過譽，但李氏於杜詩時有新解，如釋
《房兵曹胡馬》之“竹批雙耳峻”，《沙苑行》之“左輔白沙如白水”，
《秋興》之“西望瑶池降王母”，《秋日夔府書懷一百韻》之“酒歌聲
變轉”等等，雖未盡當，但確有獨特之見解。但亦偶有疏失處。此
書又有臺北廣文書局1976年與錢謙益《讀杜小箋二箋》合刊本，收
入《文學叢書》。

### 12. 梁運昌《杜園説杜》二十卷

　　梁運昌（1771—1827），初名雷，字耷中，又字曼雲、叔曼，成進
士後改名運昌，晚號江田田父，長樂（今屬福建）人。梁章鉅堂兄。
乾隆五十七年（1792）秋七月隨叔父上泰入都，年底隨叔父入黔，
次年三月抵貴陽。五十九年四月還鄉應秋試，與兄際昌、從弟章鉅
同中鄉舉。嘉慶四年（1799）成進士，入翰林，是年秋開實録館，座
主朱珪領其事，擇儒臣二十八人奏爲纂修，運昌以新庶常獲與兹
選。散館授編修。後歸里，旋丁内憂，又因體弱多病，遂不復出。
生平落落寡合，尤不喜與顯貴者往來。在京師時，惟與同年王引
之、盧坤、張澍、吳賡枚等爲道義文字之交，歸里後，亦斷絶音問。
數人中有持節來閩者，亦彼此不通一刺，足迹不入州府，有過訪者
輒拒不納。閉門讀書，謝絶人事，於醫卜堪輿之學，無不深究，精篆
刻，善書法，通繪事，曉音樂。著作甚豐，有《秋竹齋詩存》、《秋竹
齋別集》、《葵外山房賸稿》、《陳氏古音考訂》、《讀詩考韻新譜》、

《四書偶識》、《史漢眉評》、《説文小箋》、《難經發明》、《兩漢魏晉宋齊詩式》、《全唐詩隨筆》、《唐詩風格集》、《陽春白雪集》、《杜韓詩細》、《蘇詩鈔》、《勞薪集》(今存稿本，藏中國社會科學院文學研究所)等。鄉人謝章鋌稱其"見解議論，皆能自出手眼，羌非隨聲附和者比"(《課餘續録》卷三)。梁氏尤酷嗜杜詩，枕藉其中數十年，窮一生精力而成《杜園説杜》一書，惜未刊行。生平事迹見梁章鉅《曼雲先兄家傳》(《歸田瑣記》卷二)、《(同治)長樂縣志·文苑傳》。

《杜園説杜》，未刊，今有秋竹齋手稿本。該本首列"紀讀杜詩始末"；次列"杜園答問"，自稱杜園主人，言其閉門不交，專心讀杜之情事；次列"凡例"十則；次録《題杜工部詩集後十二絶句》，此組詩作於嘉慶二十三年(1818)正月，自述治杜的體會，有的認識頗爲深刻，如："尋常染翰欲無聊，尚覺高岑去未遥。憂國憂民初鬱結，斑斑血淚灑鮫綃。"又如："儲王五字擅風流，此老清詞竟不侔。史骨騷情莊氣脉，雄文何事費雕鎪。"後則分卷解説杜詩，以詩體編次。卷末附"七律補遺八首"、"僞詩辨説"若干首、"杜譚百一"101條。該稿本"凡例"所説有與各卷内容不盡相符者，如"凡例"云五古六卷、七古二卷、五律六卷、七律二卷、五排三卷七排附焉、五七絶共一卷、"杜譚百一"二卷、序例目録一卷，而實則五律只有四卷，七律只有一卷，"杜譚百一"不分卷。"凡例"云："總共二十卷，凡録各體詩共一千三百首。"實收詩 1361 首，其中五古 269 首，七古 114 首，五律 622 首，七律 133 首，五排 118 首，七排 5 首，五七絶 100 首。關於書名，各標籤法亦不一致，如卷一標"杜園末議"，卷五、卷十二下標"杜園瑣議"，卷十標"杜詩脞録"，餘則標"杜園説杜"。據此可知，"杜園説杜"乃其最後之定名。書目文獻出版社1995 年即據此稿本影印。但影印稿本實則爲梁氏未定稿。影印稿本扉頁梁氏自記云："不閲此卷已二年，今日取視，凡所解説，自詫其可以必傳，但家無藏籍，未稔諸家説有與吾説相同否也？"末署

"道光五年五月十一日"。而《藝文雜誌》1936年一卷二、三期轉載此書卷一時,其玄孫梁鴻志記云:"《杜園説杜》二十四卷,先曾伯祖曼雲公遺著也。""全稿首尾二十余萬言,皆公手書而自加點勘者,故無一字訛誤。老輩著書之苦,用力之勤,可爲師法。至於講解詳明,考證精確,有迥非錢牧齋、仇滄柱所能及者,公自謂老杜功臣,殆非誇語矣。"又載《杜園説杜・凡例》敘成書過程云:"是編始從事於己卯(嘉慶二十四年,1819)夏月,至庚辰(1820)春暮而脱稿。是歲端午,稿凡再易,孤憤盈懷,長年不寐,寒窗漏盡,爐火無温,挑燈作急就章,不覺曙光之射入,斯時殆弗能自罷,雖病體亦忘其劬,一閣筆而呻吟之聲作矣。窮愁著書,余姑援此例以自慰焉。編仍分體之舊,臚爲五言古詩七卷,七言歌行二卷,五言近體五卷,七言近體二卷,五言排律三卷、七言附焉,五七言絶句共一卷。杜譚百一二卷,敘例、題辭、目録共一卷,附批摘贗詩一卷。總共二十四卷,合録各體詩共一千二百八十首;其未録者,並剔去贗作,尚一百一十三首……嘉慶二十有五年歲次庚辰端陽叔曼父書于秋竹山齋。道光五年乙酉歲六月重録五古、五七律十三卷,頗有更定。是歲中秋續録七古、絶句皆畢,惟排律未録。望日記。重陽前一日録排律竟,於是二十四卷皆備。"是二十四卷本當爲最後定稿本。影印稿本尚早於定稿本。是影印稿本之後,梁氏於六月至九月又重録一過,"頗有更定","於是二十四卷皆備"。今定稿本不知流落何處?惜哉!陳衍《石遺室書録》所記《杜園説杜》稿本亦爲二十卷,並未見附録四卷。梁氏説杜,着重於杜詩的總體把握,不作繁瑣考證與冗長解釋,故頗得杜詩精髓。在論析具體詩篇、用字用韻等問題時,亦多獨到精闢之見。但因"家無藏籍",所閲有限,難免有因襲、牽强、誤解之處。影印稿本因不是最後定稿,尚顯草率。梁氏《杜園説杜》在注杜諸本中可謂佼佼者。陳衍《石遺室書録》云:"此書考訂事實,實有見人所未見者,糾正浦氏、仇氏、錢氏各家謬誤處甚多,如謂少陵實卒於嶽州,不卒于耒陽;陷賊時,實藏匿贊

公大雲寺;嚴武在蜀無欲殺杜老事。此類甚多,皆精確可據,論詩
亦多特識,讀杜者不可不讀之書也。"《(民國)福建通志·文苑傳》
亦云:"《杜園説杜》二十卷,合史學、詩學而會通之,多發明,自來
評杜注者所未及,可謂一生精力盡於此書矣。"葉恭綽《〈讀杜札
記〉序》云:"閩中詩家輩出,夙以桃唐學杜相揭橥。清嘉、道間,長
樂梁曼雲運昌,著有《杜園説杜》二十四卷,考訂史實,疏解句義,
粲然大備。"郭曾炘《讀杜札記》一書,多采梁説,給予很高的評價。
張忠綱先生撰有《梁運昌和〈杜園説杜〉》一文①,對該本考證甚詳,
可以參看。

### 13. 盧坤《杜工部集》二十卷、卷首一卷

盧坤(1772—1835),字静之,號厚山,涿州(今屬河北)人。嘉
慶四年(1799)進士,改翰林院庶吉士。歷任廣西、陝西、山東、山
西、廣東、江蘇巡撫,升湖廣、兩廣總督。卒諡文肅,贈太子太師、兵
部尚書。輯有《杜工部集》二十卷。生平事迹見《清史稿·列傳一
六六》、《國朝耆獻類徵初編》卷一九八。

《杜工部集》二十卷、卷首一卷,此即所謂"五家評本",爲道光
十四年(1834)涿州盧氏芸葉庵刻五色套印本,計八册。書扉頁署
"道光甲午季冬　杜工部集　五家評本:王世貞元美紫筆、王慎中
遵巖藍筆、王士禎阮亭硃墨筆、邵長蘅子湘緑筆、宋犖牧仲黄筆
芸葉庵藏版"。卷首載盧坤道光甲午(1834)季冬所撰序云:"詩至
少陵極矣,然而言人人殊。余藏有五家合評《杜集》二十卷,編次
完善,彙五家所評,别以五色筆,炳炳烺烺,列眉可數。譬諸五聲異
器而皆適於耳,五味異和而各饜於口,自成一家,聚爲衆妙,公諸藝
苑,得非讀杜者一大快歟!"此書於杜甫詩文編次、正文、校文悉依
錢謙益箋注的《杜工部集》,卷首所收志傳集序亦全同於錢箋。目

① 載《文獻》1994 年第 3 期。

録各卷分列,卷一至八爲古詩,卷九至十八爲近體詩,卷十九、二十爲文、賦。洪業謂此書"實亦若鄭澐之翻錢本,唯加印五色評點"(《杜詩引得序》)。實不儘然。如鄭本所附"諸家詩話"、"唱酬題詠",盧本則未甄録。是書所集五家評,爲明代王世貞、王慎中,清代王士禎、宋犖、邵長蘅,皆當時大家。盧刻於詩文旁皆標以五色圈點,五色評語散見於行間、題下,而尤以眉批爲多。評語皆極簡略,以王慎中(藍筆)爲最多,王士禎(硃墨筆)次之,王世貞(紫筆)最少。宋犖(黄筆)之批,則多非本人之語,乃引劉辰翁、楊慎等人之説代之。而硃墨批語中,時雜有士禎兄士禄之評語,特標以"西樵曰"别之,"西樵"係王士禄號。細檢之,則西樵評語反多於王士禎、宋犖等人。是書後有光緒二年(1876)刊本:一署"粵東翰墨園重刊芸葉庵五色套印本",計十册。其書卷前刊:"五家評本:王弇洲紫筆、王遵巖藍筆、王阮亭硃墨筆、宋牧仲黄筆、邵子湘緑筆。"一爲"光緒丙子(二年,1876)三月廣東翰墨園刊"本,計十二册。然皆不如原刻精緻。又有民國二十四年(1935)上海中央書店鉛印本、民國二十五年上海廣益書局鉛印本。後者首載盧坤序,編次亦相同,但盡删所有評語,且訛字甚多,已大非盧刻原貌。其詳可參孫微、王新芳《盧坤"五家評本"〈杜工部集〉考論》①。

### 14. 金品山《集杜》一卷

金品山,一作品三,字剛士,一作剛三,號介庵,浙江天台人。乾隆間歲貢。少有志操,母患乳疾,終始三十餘年藥餌之,費數千金,品三多方調護,歷久若一。於書無所不窺,善屬文而尤工詩,爲齊召南所稱,太平戚學標、臨海秦錫淳並推重之。性和厚,與人交,如飲醇醪,無疾言遽色。著有《介庵詩鈔》五卷附《集杜》一卷。生平見《(光緒)天台縣志‧文苑傳》、《(民國)天台縣志稿‧文學》。

《介庵詩鈔》五卷,末附《集杜》一卷,集杜詩六首,詩餘六首,有光緒十七年(1891)臨海蔭玉閣木活字排印本,其從孫文田序略曰:"先生詩雖宗仰少陵,而五言古有陶、謝風力,歌曲有張、王樂府情致,蓋宗杜實不專主于杜者。"是書南京圖書館、復旦大學圖書館均有藏本,《清人別集總目》、《清人詩文集總目提要》著錄。

### 15. 吳梯《讀杜詩姑妄》三十六卷

吳梯(1775—1857),字秋航,一字雲川,號嶺雲山人,順德(今廣東佛山)黎村堡人。嘉慶六年(1801)廣東鄉試解元,會試屢試不第,後由大挑出仕山東蒙陰知縣,爲政廉能。調任濰縣、禹城,擢任膠州、濟寧。後告病還鄉,遂傾力注杜,於咸豐四年撰成《讀杜詩姑妄》三十六卷。吳梯博通經史,能文善詩,文宗昌黎,詩祖少陵,道光年間與林聯桂、譚敬昭、黃培芳、張維屏、黃玉衡、黃釗並稱爲"粵東七子"。解組多年乃卒,年八十三。著有《岱雲編》三卷、《岱雲續編》三卷、《歸雲編》二卷、《歸雲續編》二卷、《巾箱拾羽》十二卷。生平事迹見《(民國)順德縣續志》卷一七《列傳二》、《(光緒)廣州府志·列傳二十二》。

《讀杜詩姑妄》三十六卷,《(咸豐)順德縣志·藝文志》、孫殿起《販書偶記續編》卷十三著錄。始刻於咸豐三年(1853)冬,中經匪亂,至咸豐五年(1855)三月方刻竣。前有吳梯《讀杜詩姑妄自序》。此書大部分卷分上、中、下,少數卷分上、下,其中卷十三、十四、十九、二十、三十之中卷亦分上、下,按古、近體編次。卷前第一行署"讀杜姑妄上(或下)",同行下署"順德吳梯秋航按"。該書所據底本應爲郭知達《九家集注杜詩》,書中徵引朱鶴齡、盧元昌、仇兆鰲、浦起龍、楊倫之説較多。吳氏於"舊解所有,存是去非;舊解所無,獨抒鄙見",即通過斟酌諸家注解並參以己見而成此書,實乃一杜詩全集匯評本。現藏廣東省圖書館(K/54·91/654.4)、中山大學圖書館(D/I222·742/3)。

### 16. 鄧顯鶴《集杜詩》一卷

鄧顯鶴(1777—1851)，字子立，號湘皋，新化(今屬湖南)人。幼穎慧，八九歲即能爲詩，年十九補縣學弟子員，旋由廩膳生登嘉慶九年(1804)鄉薦，後屢試禮部不第，遂絕意進取。晚歲入京師，詣選籍。道光六年(1826)大挑二等，官寧鄉縣訓導，在任十三年，引疾告歸。主講朗江、濂溪兩書院，壽終濂溪講舍。著有《南村草堂詩鈔》二十四卷、《南村草堂文鈔》二十卷。顯鶴熱心鄉邦文獻的搜集整理，纂有《沅湘耆舊録》、《資江耆舊録》、《明季湖南殉節諸人傳略》等，並於道光二十年(1840)首次校刻《船山遺書》一百五十卷。生平事迹見《清史稿》卷四八六、《清史列傳》卷七三、曾國藩《鄧湘皋先生墓表》、楊彝珍《鄧先生傳》、劉基定《寧鄉訓導鄧湘皋先生墓表》(均見《續碑傳集》卷七八)、張青松編、弘徵審定《鄧顯鶴年譜》。

《集杜詩》一卷，附見於《南村草堂詩鈔》卷十二，爲《草堂秋詠集杜》四十二首、《集杜詩成同日接李春湖陶雲汀兩中丞手札續得十首奉答二公》十首。所集杜詩均爲五律，有的於題下、句下稍作注解。《(光緒)黄州府志·藝文志》著録云：“新化鄧顯鶴撰。陽湖陸繼輅云：‘湘皋集杜詩，如天衣無縫，讀之但覺淋漓悲壯，聲情激越，不知是杜是鄧，若但云“裁縫滅盡針綫迹”，猶淺之乎論詩矣。’”

### 17. 余成教《石園集杜》一卷

余成教(1778—?)，字道夫，號石園，奉新(今屬江西)人。嘉慶十三年(1808)舉人。道光六年(1826)大挑，先期以母老請就傅職，選鉛山教諭。吳林光出任鉛山知縣後，自道光十八年(1838)起，聘其主鵝湖書院講席多年。著有《石園全集》。

《石園集杜》一卷，見《石園全集》卷十，收入《清代詩文集彙編》第527册。卷前有余成教《自序》曰：“嘉慶己卯，門人數輩撦拾庚午以來集杜一百首、集唐宋各家百餘首,請付諸梓。"知其成書於嘉慶二十四年(1819)。

### 18. 徐松《杜詩選鈔》

徐松(1781—1848),字星伯,號孟品,大興(今屬北京)人。嘉慶十年(1805)進士,改翰林院庶吉士,散館,授編修。十六年,督學湖南,坐事戍伊犁,親歷天山南北,記其山川道里,成《新疆志略》十卷呈奏,特旨赦還。道光元年(1821)特用內閣中書。轉禮部主事,歷授陝西榆林府知府,旋卒。徐松博極群書,精於史事,尤長地理。著有《新斠注地理志集釋》十六卷、《漢書西域傳補注》二卷、《西域水道記》一卷、《唐兩京城坊考》五卷、《唐登科記考》三十卷等。生平事迹詳《清史稿·文苑傳三》、《清史列傳·文苑傳四》。

《杜詩選鈔》,書名又題《徐星伯評點本杜詩》。編次分體又分類,不分卷,爲清鈔本,半頁十二行,行二十字,無格。但上海市文物管理委員會一九五八年《善本書目三編》著錄作:"《杜詩選鈔》十九卷,清徐松選。"周采泉《杜集書錄》內編卷七《選本律注類二》著錄此書版本云:"寫本,成書年月不詳。有'徐星伯評點本'一行,題名爲玄圃者署檢。"又云:"鮑子年觀古閣藏本。有'心醉六經'、'志在名山詩酒'、'鮑氏'、'觀古閣藏'、'真壽堂邵氏所藏'各印,未知鮑、邵兩家孰爲先後。"此書除自批外,多引各家評語,計有胡夏客、王嗣奭、李因篤、沈德潛等,而引魏源(默深)批語尤多。

### 19. 潘德輿《養一齋李杜詩話》三卷

潘德輿(1785—1839),字彥輔,一字四農,山陽(今江蘇淮安)人。道光八年(1828),舉江南鄉試第一。繼遊京師,與黃爵滋、張際亮、葉名灃、湯鵬、徐寶善等相友善。十五年,大挑補安

徽知縣,未幾卒。著有《養一齋詩文集》二十五卷,《養一齋詞》
三卷,《養一齋詩話》十卷、後附《李杜詩話》三卷。生平事迹見
《清史稿》卷四八六、《清史列傳》卷七三、《國朝耆獻類徵初編》
卷四一二、魯一同《安徽候補知縣鄉賢潘先生行狀》(《通甫類藁
續編》卷下)。

　　《養一齋詩話》共十卷,前有道光十二年(1832)鍾昌序、道光
十六年徐寶善序。附《李杜詩話》三卷,每卷首行署書名、卷次,次
行署"山陽潘德輿彥輔",版心上署卷次、頁數,下署"李杜詩話"。
卷一爲李白詩話,計二十二條;卷二、卷三爲杜甫詩話,計二十八
條。潘氏爲詩,早年從杜甫入,中及諸家,四十歲時,復以杜甫爲
宗。其論詩,恪守儒家詩教,奉曹植、陶淵明、李白、杜甫爲"三代以
下之詩聖",而獨許杜甫爲"集大成"。潘氏論詩特別强調名教,尊
奉孔子,推崇朱熹,認爲"子美以志士仁人之節,闡詩人比興之旨,
遂足爲古今冠",而對蘇軾論杜詩之"發乎情止乎忠孝"七字,極贊
其"評杜實至精矣"。因此,他極力闡發和誇大杜甫的忠君思想,
而對杜甫之交陷賊授官的王維、鄭虔,認爲是"大有累于義理",
聲言"愛古人者當爲其諍臣,不當爲其佞友。少陵祇以中允、司
户文學絶人,遂成偏好",力斥讚美杜甫與李白、鄭虔友誼的言論
爲"名教之蠹"。這表現了潘氏的封建綱常思想。但在對杜詩的
評析和考訂方面,作者時有深刻的見解,對不同意見的辯駁,亦
頗有力。清末掃葉山房石印本《養一齋詩話》十卷,亦附《李杜詩
話》三卷,四册一函,前三册爲《養一齋詩話》,後一册爲《李杜詩
話》。版心上署"養一齋詩話",中則均署"杜李詩話",下署"掃
葉山房石印"。上海古籍出版社1983年出版由郭紹虞編選、富
壽蓀校點的《清詩話續編》本,亦收有《養一齋李杜詩話》三卷,
每卷後附校記。校點頗爲精審,但亦偶有疏誤之處。張忠綱先
生將之收入《杜甫詩話六種校注》(齊魯書社2002年版),校注
甚詳,可以參看。

### 20. 朱紘《杜工部詩集》二十卷

朱紘（1787—1849），字蔚庵、阜公，號懶樵，虞山（今江蘇常熟）人，一説吳縣（今江蘇蘇州）人，黟縣籍。著有《自是吟稿》。生平事迹見錢辰《共賞集初編》。

《杜工部詩集》二十卷，爲清手抄本，六册。半頁十行，行二十九字，小字雙行，字不等。無框廓，不標界。版心記書名、卷次、頁碼，下記“吾廬”二字。卷内題“虞山蔚庵朱紘校輯”。卷末抄《杜詩論文序》、凡例、目録，末記“共詩一千四百四十八首”。詩分古、近體抄録。行間多朱墨兩色批語、圈點，間有校注。此本精校精抄，各卷鈐有“朱紘之印”、“蔚庵”、“趙氏宗建”、“趙氏秘笈”、“怡齋過眼”、“怡齋所遇文獻古籍記”等朱印，現藏成都杜甫草堂博物館。

### 21. 朱駿聲《杜少陵年譜》一卷

朱駿聲（1788—1858），字豐芑，號允倩，小名慶元，晚號石隱山人，吳縣（今江蘇蘇州）人。嘉慶二十三年（1818）舉於鄉。屢躓春官，鬱鬱不得志。道光六年（1826）始用大挑詮黟縣訓導，教諸生多暇，更肆力探討，著述日富。其《説文通訓定聲》四卷，咸豐元年（1851）繕定由禮部進呈，文宗披覽，嘉其賅洽，賞加國子監博士銜。尋升揚州府學教授，未之官，居黟八年卒。有《説文通訓定聲》、《傳經室文集》等。生平事迹見《清史稿·儒林傳二》錢大昭傳附、《清代七百名人傳》、《石隱山人自訂年譜》。

《杜少陵年譜》一卷，見《傳經室文集》卷八，有求恕齋叢書本。亦被收入《北京圖書館藏珍本年譜叢刊》第十册（北京圖書館出版社 1998 年版），爲民國間南林劉氏刻本。該年譜極爲簡略，僅有十頁。譜中間引《新唐書·嚴武傳》、《明皇雜録》等以作考證。

### 22. 錢泰吉《杜詩摘句》一卷

錢泰吉（1791—1863），字輔宜，號警石，又號深廬，所居名可讀書齋,嘉興(今屬浙江)人。少苦學,七歲,母授杜甫詩,自言"一卷少陵詩,長吟母是師"(《吳橋舊事》之一)。與從兄儀吉(字藹人,號新梧,又號衍石)齊名,時稱"嘉興二石"。道光元年(1821)秋試,報罷,乃援例以訓導候選。五年,秋試舉人,又報罷,遂不再試。七年,選授杭州府海寧州學訓導,達二十七年。咸豐三年(1853)具文引退,主講海寧安瀾書院。同治二年(1863)卒於安慶旅次。生平好聚書,精賞鑒,其藏書之所曰"冷齋",取"官冷身閒可讀書"之句意。泰吉精於校讎之學,丹鉛不離手,所著《曝書雜記》三卷,詳載古籍版刻之源流,以及收藏傳寫始末。著有《甘泉鄉人稿》二十四卷、《甘泉鄉人餘稿》、《甘泉鄉人殘稿》、《深廬寱言》、《海昌備志》、《清芬世守錄》、《海昌學職禾人考》等。生平見《清史稿・文苑傳三》錢儀吉傳附、曾國藩《錢君墓表》(《續碑傳集》卷七九)、錢應溥《警石府君年譜》(載《甘泉鄉人稿》)。

《杜詩摘句》一卷,爲道光二十七年(1847)稿本。錢泰吉《自題》云:"杜詩不可以句摘也。世之言唐詩者多以寫景爲上,乃取少陵詩録世人所謂寫景而爲真唐詩者,以便揣摩。間有不關寫景而言唐詩,而不斥爲宋調者,亦録一二。雖然,論詩而專以寫景爲工,則山水花鳥、四時氣候之變態,杜陵已搜括略盡,後人亦何容措手哉! 道光丁未小除夕,甘泉鄉人漫稿。"此本現藏上海圖書館。

### 23. 戴家政《集杜》一卷

戴家政(1793—?),字子正,號有亭,又號酉蜓,雲南景東文井戴家營人。嘉慶二十一年(1816)舉人。道光六年(1826),任湖南知縣,居官勤慎,操守廉潔。道光十年,任湖南永興知縣,興學育士,士林德之。後改常寧知縣。道光十八年(1838)辭官還鄉,隱居以終,卒葬文井者孟文蚌獅子山。著有《酉蜓詩集》。生平事迹見《(民國)景東縣志稿》卷二二。

《酉蜓詩集》八卷,分爲《吾廬集》、《師山集》、《蠛庵集》、《停雲集》、《毋自欺室詩草》、《彈劍集》、《集杜》、《小石窗試帖》各一卷,道光二十三年(1843)戴氏小石窗刻本,北京大學圖書館藏,收入《清代詩文集彙編》第583册。《集杜》前有戴家政《自識》曰:"余素不善集詩,間亦爲之,同人皆以爲可,乃專以集杜爲事。夫詩本小道,出於集,小之小已,然余不賢者也,不賢者識其小者。"

### 24. 魏源《杜詩選鈔》十三卷

魏源(1794—1857),字默深,號良圖,邵陽(今屬湖南)人。清代著名思想家、文學家。道光二年舉人,二十五年(1845)進士,官高郵知州,晚年棄官歸隱。深通經學,爲今文學派代表人物。著有《古微堂集》、《詩古微》、《書古微》、《海國圖志》、《聖武記》等。

《杜詩選鈔》十三卷,爲道光四年(1824)魏氏家抄本。有魏源批校,又有黃節跋。半頁九行,行二十一字,無行格。《中國古籍善本書目》著錄。現藏北京市文物局。

### 25. 孔繼鑅《集杜詩》二卷

孔繼鑅(1802—1858),字宥函,號廓甫,又號又韓、于南、晚聞生,曲阜(今屬山東)人,寄籍大興(今屬北京),遷居清河(今江蘇淮陰)。孔子第六十九世孫。道光十六年(1836)進士,官刑部主事。道光末,爲養親計,改官南河同知。後去官,避居寶應,嘗主講鍾吾書院。咸豐三年(1853),太平軍克揚州,清軍建江北大營,強起以佐之,以功得知府。次年兵敗,復歸寶應。六年,欽差大臣德興阿重占揚州,駐軍江浦。八年,起用繼鑅爲記室參軍。是年八月二十日,太平軍再破江北大營,死於軍中,後追贈太僕寺卿,祀江浦昭忠祠。繼鑅少負盛名,交友廣泛,師事潘德輿,與同郡魯一同、宜黃黃爵滋、歙縣徐寶善、建寧張際亮、漢陽葉名灃等名士賦詩酬唱,名動京師。於書無不讀,不喜科舉之學。善文章,得西漢神韻,好作古歌詩,詩宗漢魏,尤善五言。著有《心嚮往齋集》二十卷。《心嚮往齋集》結集之前,刻有《和陶》二卷、《壬癸詩録》四卷、《于南詩録》二卷、《江上集》二卷,板毁於皖寇。生平事迹見吴昆田《孔宥函傳》(《續碑傳集》卷七九)、馮煦《孔宥函先生傳》、成孺《書孔宥函太守殉難事》(《心嚮往齋集》卷首)。

《集杜詩》二卷,見其《心嚮往齋集》卷十五至十六。卷十五爲"集杜上",卷十六爲"集杜下",未見有單刻本。《心嚮往齋集》有道光二十九年(1849)初刻本;1984年文物出版社據民國九年刊劉承幹《求恕齋叢書》影印本,一函八册。共集杜詩218首,以編年爲序,詩末注集句出處,以五七律爲主,其中七律約佔總數之半,兼有五排、七絶及少量古體,主要表現家國之憂、羈旅之愁、身世之慨、出處之思等内容。

## 26. 張聲玠《壽甫》雜劇

張聲玠(1803—1848),字奉兹,一字玉夫,號潤卿,別號蘅芷莊人,湖南湘潭人。道光十一年(1831)舉人,其後七次赴京會試,皆落第。二十四年,以大挑知縣分發直隸,二十五年任直隸元氏縣知縣。不久以母喪歸湖南,二十八年起復,返回直隸,旋病殁於保定。與同縣羅汝懷、湘陰左宗棠同爲周氏婿。著有《蘅芷莊詩集》十八卷、《文集》四卷、《蘅芷莊人隨筆》五卷、《集唐詩》一卷、《中山麈古録》一卷。雜劇九種,總題《玉田春水軒雜劇》。生平事迹見左宗棠《元氏縣知縣張公墓誌銘》(《左文襄公書牘》卷一)、張聲玠《四十自序》(《湖南文徵》卷七九)、《(光緒)湘潭縣志·人物志》及《藝文志》。

《壽甫》雜劇,載《玉田春水軒雜劇》九種中。《玉田春水軒雜劇》乃仿清石藴玉《花間九奏》體例,以九事合爲一本,每種一套,其九即《壽甫》。輯入道光間賜錦樓刊《蘅芷莊人外集》,鄭振鐸收入《清人雜劇二集》。此劇共一折,取材於杜甫《飲中八仙歌》,劇情寫杜甫死後,上帝以其生前忠愛,命列仙班,封爲浣花仙叟,着他在草堂養閑。而"飲中八仙"亦聚仙曹,適值浣花仙叟初度之期,八仙各具壽禮美酒,前往慶賀,飲酒大醉,邀杜甫同歸醉鄉。結詩云:"遭逢天寶亂離年,難把生辰考舊編。附會與公稱一壽,煩他八個飲中仙。""瑤池西母壽誕開,祝嘏仙人八洞偕。故事翻新同一例,紅氍毹上好安排。"

### 27. 顧淳慶《杜詩注解節鈔》

顧淳慶(1804—1860),字古生,自號鶴巢,會稽(今浙江紹興)人。廷綸子。初補博士弟子員,於嘉興太守端節家就館歷十年。道光十二年(1832)舉於京兆,二十四年大挑一等,授韓城縣知縣,累遷岐山、延長、長武、咸寧諸縣(均屬陝西省)知縣,擢潼關同知。咸豐十年(1860)卒於官,年五十七。著有《鶴巢詩存》一卷、《鶴巢語錄》一卷、《衍洛圖説》一卷、《學醫隨筆》一卷,俱編入《顧氏家集》。生平略見顧壽楨《孟晉齋文集》卷四《先考潼關公墓志》。

《杜詩注解節鈔》,不分卷。顧淳慶選鈔所據之本,乃張溍《讀書堂杜工部詩集注解》。原稿分甲、乙兩卷,其孫顧鼎梅1927年主辦上海科學儀器館時影印出版,合訂爲一册。此書首頁署"杜詩注解節鈔","丁卯(1927)孟秋吴士鑑謹署"。卷前有吴士鑑《序》,詩正文前有諸宗元《杜詩注解節鈔跋》曰:"先生獨嗜杜詩,別爲最録,蓋其方宦秦中,復值海内俶擾之際,愴時潰亂,故托興焉。"共抄詩338首,名篇巨製多無遺漏。卷前無目録,書名下小字注明"張上若先生讀書堂本,古生手録"。張溍原注以雙行夾注形式删減録存,行間有旁批圈點,書眉偶有簡括評語。此書爲顧淳慶楷書手寫本,顧氏工於書法,故此影印手寫本亦可資賞覽。

### 28. 魯一同《魯通甫讀書記》

魯一同(1804—1863),字蘭岑,一字通甫,一作通父,原籍山陽

（今江蘇淮安），至一同始遷清河（今江蘇淮陰）。年十七補博士弟子員，次年舉副貢生，道光十五年（1835）舉人。曾主講雲龍書院。清修篤學，好發政議，嘗論天下之患，"蓋在治事之官少，治官之官多。官多者，非事之利也，胥吏之利也"。其再試不第，雖絕意仕進，益精研文章，博覽群書。爲文務切世情，古茂峻屬，其説長於史例，旁及諸子之言。著有《魯一同詩文集》十二卷、《右軍年譜》二卷、《白苧山人年譜》一卷、《通甫類稿》及《邳州志》、《清河縣志》等。事迹詳《清史稿·文苑傳三》、《清史列傳·文苑傳四》、方宗誠《魯通甫傳》（《柏堂集續編》卷一二）、吳昆田《魯通甫傳》、湯紀尚《魯通甫先生傳》（《續碑傳集》卷七九）。

　　是書一名《評〈讀杜心解〉》，係鈔本，不分卷，乃魯氏平日讀浦起龍《讀杜心解》的札記，始隨手箋於浦注之上，時人過録，互有異同，後經吳涑參合各本，仿《義門讀書記》體例，撮録其評語彙爲一編，乃成是本。書名下署"通家子吳涑編"。書前有淮安段朝端咸豐八年（1858）序云："雍、乾以來，浦氏《讀杜心解》風行一時，中多獨到之處，而穿鑿附會在所不免，且多以時文法律之。通甫先生病其貽誤後學也，爰就杜集精選細批，於篇中筋脉綵色，聲情氣韻，以及章法、句法、字法，大醇小疵，一一指出。或就地生情，或按時立論，或切人著想，以意逆志，務得其命意之所在，一洗浦氏支離拘泥之習。"卷前有魯氏識語云："吾評無定則，意有所得，雜亂書之。其點化筋節處，亦有前人未闡之秘，或加深思，遂開奥竅。但吟諷百過，自有鬼神來覡耳。浦氏讀書何嘗不細心，只是畦町太過，如刻舟求劍。莊子曰：'吾以神遇，不以目視。'讀杜者不可不知此言。"卷前無目録。詩題下徑録評語，所評之詩不足杜詩之半，次第一依浦本。卷末附《潘廉亭讀書記》，亦是批評浦氏《心解》者，所評不過百首。書末有吳涑跋語，記時爲"丁巳"，當是民國六年（1917）。一同於杜詩別有心得，所評時有新見，惜其簡略，未盡如人意。魯氏批注杜詩，當時有摹本多種。另有一鈔本名《通甫評杜》者，則分六卷。卷前有魯一同序，序文與前本卷前識語文字全同，只是多文後署名："咸豐庚申山陽魯一同通甫識。""庚申"爲咸豐十年（1860），可見爲魯氏晚年所訂稿。序後録《山陽縣志》卷十四《魯一同傳》，云："《通甫評杜》爲先生未刊遺稿。"後列六卷目録，共評詩678首。附"考定偽詩暨他集互見者"四首，即《逃難》、《哭長孫侍御》、《虢國夫人》、《杜鵑行》，此爲前鈔本所無。每卷首行題"通甫評杜"卷次，二行書"山陽魯一同通甫評"。卷末附吳昆田《魯通甫傳》、湯紀尚《魯通甫先生傳》，顯係鈔自《續碑傳集》者。又有吳炳祥過批之《批杜詩》本。

### 29. 錢鎬《六宜樓杜詩選》、《論杜》一卷

錢鎬，字澗迴，一字豐東，海鹽（今屬浙江）人。道、咸間庠生。有稿本《六宜樓杜詩選》不分卷，附《詩學源流》一卷、《論杜》一卷。張元濟《海鹽張氏涉園藏書目録》著録。

該書張元濟《海鹽張氏涉園藏書目録》著録："《六宜樓杜詩選》，不分卷，附《詩學源流》一卷、《論杜》一卷。清海鹽錢鎬（澗迴）撰，手稿本，四册。"周采泉《杜集書録》內編卷七《選本律注類二》稱是書爲一卷，卷首《詩學源流》一卷。多本仇兆鰲《杜詩詳注》，無甚創見。爲張元濟舊藏，《浙江省文獻展覽會專刊》著録，現藏上海圖書館。

### 30. 桂青萬《陶杜詩説》一卷

桂青萬，字鷟文，貴池（今安徽池州）人。歲貢生，道光二十九年（1849）任宣城縣學訓導。工詩善書，與桂超萬並稱"江東二桂"。著有《嘯月山房詩》四卷，有道光十四年重刊本。生平見《皇清書史》卷二八、《（光緒）重修安徽通志》卷二二七。

《陶杜詩説》一卷，《（光緒）重修安徽通志·藝文志》著録。該

本尚存,蔣寅《清詩話考》稱:"嘉慶刊本嘯月山房詩附。"①據《安徽文獻目録》,《嘯月山房詩》四卷,一册,有道光十四年(1834)重刊本。

### 31. 張燮承《杜詩百篇》二卷

張燮承(1811—1876),字師筠,含山(今屬安徽)人。秀才,咸豐間遊幕青浦,與齊學裘友善。著有《張師筠著述》、《小滄浪詩話》四卷、《翻切簡可篇》二卷、《寫心偶存》三卷、《杜詩百篇》二卷等,輯有《聽雨堂叢刻》(光緒二十七年刊本)。生平見《寫心偶存》、雷葆廉《詩窠筆記》卷二、汪芑《茶磨山人詩鈔》。

《杜詩百篇》二卷,有咸豐九年(1859)汲縣賀氏刻《張師筠著述》本。又有單行本,首頁署"杜詩百篇　咸豐九年己未春正月茂苑石巽伯題"。封裏有"古汲郡賀氏藏真壽世之印記"之篆文鈐記。卷首有自撰"杜公年譜",極簡賅;咸豐三年自序、賀際盛識語。次總目録。詩分體編排,上卷古體,下卷近體,共選詩100題161首,計五古37首、七古17首、五律52首、七律28首、五排8首、七絶19首。每卷首行上署"杜詩百篇"卷次,下署"含山張燮承師筠集解"。版心由上而下依次刻"杜詩"、卷次、頁數。詩正文大字頂格,題解與注釋文字雙行小字,行間夾有圈點、評語。是書所選皆杜詩名篇,其注釋或釋字義典故,或論韻律章法,或解詩意内涵,率皆簡明。兼取諸家之説,附以己意,但引前人語多不注出處,新見無多,實爲閭塾通俗讀本。

## (二)散佚書目

### 1. 張琦《李杜詩通》八卷

張琦(1764—1833),初名翊,又名與權、季鷹,字翰風,一字翰

---

①　蔣寅《清詩話考》,中華書局2005年版,第96頁。

墨,號宛鄰,又號默成居士,武進(今江蘇常州)人。嘉慶十八年
(1813)舉人,以謄録議敘知縣。道光三年(1823),署山東鄒平縣。
五年,補館陶縣知縣。在館陶八年,多惠政,民愛戴之。琦工詩文,
尤善詞,與兄惠言齊名。又善醫術,精輿地之學。譚獻《篋中詞》
曰:"翰風與哲兄(張惠言)同撰《宛鄰詞選》,雖町畦未盡,而奧突
始開。其所自爲,大雅遒逸,振北宋名家之緒。"著有《立山詞》一
卷,與兄惠言合撰《宛鄰詞選》二卷,另有《戰國策釋地》二卷、《素
問釋義》十二卷。編有《古詩録》十二卷,又有《李詩録》四卷、《杜
詩録》四卷(又名《李杜詩通》)。生平事迹見《清史稿·循吏傳
三》、《清史列傳·循吏傳三》、蔣彤《館陶縣知縣張公墓表》、張惟
驤《清代毗陵名人小傳稿》卷六、張慧劍《明清江蘇文人年表》。

《李杜詩通》八卷,李、杜詩各四卷。又名《李詩録》四卷、《杜
詩録》四卷。張惟驤《清代毗陵書目》卷五著録。已佚。

### 2. 梁運昌《杜韓詩細》

《杜韓詩細》,《長樂縣志·藝文志》著録。已佚。

### 3. 劉□《集李杜詩》

劉□,生平事迹不詳。

《集李杜詩》已佚,陳壽祺《左海文集乙編》卷一有《劉生集李
杜詩序》。

### 4. 盛大士《選讀杜詩》

盛大士(1771—1839),字子履,號逸雲,又號蘭移、蘭畦道人、
悔生居士,鎮洋(今江蘇太倉)人。嘉慶五年(1800)舉人,官山陽
縣(今江蘇淮安)教諭。修學好古,爲錢大昕高足。著有《藴愫閣
詩集》十二卷、《藴愫閣詩續集》九卷、《藴愫閣詩後集》三卷、《藴愫
閣文集》八卷、《藴愫閣別集》四卷、《琴竹山莊樂府》二卷。

《選讀杜詩》已佚,盛大士《蘊愫閣文集》卷二有《選讀杜詩序》。

### 5. 吕璜《杜詩評點》

吕璜(1777—1839),字禮北,號月滄,又號南郭老民,永福(今屬廣西)人。嘉慶十六年(1811)進士。歷知浙江慶元、奉化、山陰、錢塘諸縣,兼攝鎮海,擢杭州西塘同知,以廉能、善決獄見稱。後因事解職,數年後歸,主講於桂林榕湖、秀峰兩書院。師事吴德旋研習古文,與朱琦、龍啓瑞、王拯、彭昱堯並稱桐城派古文"嶺西五家"。後病卒於桂林。著有《吕月滄集》八卷、《月滄年譜》,録吴德旋述《初月樓古文緒論》一卷、《初月樓文談》一卷。生平事迹見《清史列傳·文苑傳三》、《清史列傳》卷七二、梁章鉅《吕月滄郡丞墓誌銘》(《碑傳集補》卷四八)、王拯《湖北松滋縣知縣張君墓誌銘》(《續碑傳集》卷四二)、彭昱堯《吕月滄先生誄》、吕璜編《吕月滄自訂年譜》。

《杜詩評點》,劉聲木《桐城文學撰述考》著録。已佚。

### 6. 黃春騵《李杜韓蘇詩選句分韻》

黃春騵,廣東番禺人。與林伯桐友善,生平事迹不詳。林伯桐(1778—1847),字桐君,號月亭,廣東番禺人。嘉慶六年(1801)舉人,後屢次赴京應禮部試不第。道光六年(1826)應試歸來,父卒,遂絶意仕進,專心講學授徒。著有《修本堂稿》四卷、《修本堂詩文集》二十四卷、《毛詩通考》三十卷、《毛詩識小》三十卷、《左傳風俗》二十卷、《古音勸學》三十卷、《史學蠡測》三十卷等。

《李杜韓蘇詩選句分韻》已佚,林伯桐《修本堂稿》卷三有《李杜韓蘇詩選句分韻序》。

### 7. 陳沆《杜詩選》十九卷

陳沆(1785—1825),原名學濂,字太初,號秋舫,蘄水(今湖北浠水）人。嘉慶二十四年（1819）進士，官翰林院編修。道光初，充鄉會試同考官。官終四川道監察御史。能詩善文，與魏源、龔自珍、陶澍相友善。所著有《近思録補注》、《簡學齋詩存》、《秋舫詩鈔》、《詩比興箋》等。生平事迹見《清史列傳・文苑傳四》、周錫恩《陳撰修沆傳》。

《杜詩選》十九卷，未刊稿，據白石山館鈔本過録。周采泉《杜集書録》內編卷七《選本律注類二》著録，稱現藏陳沆嗣孫處。其編次爲分體兼分類。除了分古、近體外，每類之中，首列時事，次列自述贈酬，再次列山水登臨及閑適詠物之作。其序曰："杜詩廣大，無所不有，故此選每體中各爲分類，而皆以關係時事者爲首，則以其詩史、上接《三百篇》故也。"書中多引前人評語，自宋人詩話以至於錢箋、朱注、仇注、浦注等均有引用，亦間加己批。未見。

### 8. 朱魯岑《杜少陵七言律選》一卷

朱魯岑（1785—1857），名道文，魯岑其字，亦作魯存，安徽桐城人。縣學生。性豁達，有經世志。年三十應鄉試時，見士子皆短衣負笈，站立場中，被高聲呼名，任守場士兵搜索全身，深感恥辱，遂徒步回鄉，棄舉子業，客遊天下，不求名譽。善飲酒歌詩，工文章。精通老莊而歸重程朱，以天人不偏廢、憂樂宜並行爲宗。與姚瑩、方東樹、馬樹華爲友。所作多毀於兵燹，門人程穆搜得其遺稿，輯爲《朱魯岑詩文集》十卷，現藏安徽省博物館。生平事迹見方宗誠《朱魯存先生傳》（《柏堂集次編》卷七）。

《杜少陵七言律選》一卷，清劉體智《遠碧樓經籍目》著録，稱是書爲手稿本。未見。

### 9. 强溱《杜詩集評》二十七卷

强溱（1786—1851），榜名瑗，字東淵，號沛厓，溧陽（今屬江蘇）人。强汝詢之父。嘉慶十五年（1810）舉人，選官安徽宣城縣

學教諭,升甘肅安定知縣,到官四月而卒。粹於經學,著述頗多,有
《易象膚解》十卷、《詩義質疑》十六卷、《禹貢説斷》四卷、《操觚漫
録》四卷、《東坡事迹類攷》六卷、《南史雋》十二卷、《杜詩集評》二
十七卷、《經雜考》四卷及《榆窗隨筆》四卷、《史結》等。亦能詩,著
有《佩雅堂詩鈔》二卷。生平事迹見韓弼元所撰《誥授奉直大夫甘
肅安定縣知縣加三級强府君墓誌銘》(《翠巖室文稿》卷二)、强汝
詢《佩雅堂書目總序》(《求益齋文集》卷四)、錢振鍠《强先生傳》
(《碑傳集三編》卷三三)。

《杜詩集評》二十七卷,《(光緒)溧陽縣志·藝文志》著録。韓
弼元《墓誌銘》中稱其著作"稿藏於家,遭亂散佚",當已佚。

### 10. 柳樹芳《讀杜隨筆》

柳樹芳(1787—1850),字湄生,晚年自號古槎,亦作古查、古
楂,又號勝溪居士、粥粥翁,室名養餘齋,吳江(今屬江蘇蘇州)人。
柳亞子高祖父。嘉慶諸生,工詩,與同邑郭麐、姚春等有交往。所
作詩多反映現實,諷刺時弊。著有《養餘齋集》十四卷,輯有《分湖
小識》六卷、《分湖詩苑》,始修《分湖柳氏家譜》。生平事迹見沈曰
富《太學貢生柳君墓誌銘》(《受恒受漸齋集》卷四)、《(光緒)吳江
縣續志》卷二二《文苑下》、張慧劍《明清江蘇文人年表》、《清詩紀
事》嘉慶朝卷。

《讀杜隨筆》,《(同治)蘇州府志·藝文志》著録。已佚。

### 11. 陳僅《杜律初桄》四卷

陳僅(1787—1868),字餘山,號漁珊,鄞縣(今屬浙江寧波)
人。嘉慶十八年(1813)舉人。歷官陝西安康、紫陽知縣,寧陝廳
同知。咸豐年間致仕歸。著有《繼雅堂詩集》三十四卷、《詩誦》五
卷、《竹林答問》一卷等。生平事迹見郭傳璞《陳餘山先生竹林答
問序》、《(民國)鄞縣通志·仕績傳》。

《杜律初桄》四卷,已佚,《(民國)鄞縣通志·藝文志》著錄。初桄,猶云初步。語本《大智度論》卷八七:"譬如緣梯,從一初桄,漸上上處。雖高雖難,亦能得至。"(《大藏經·釋經論部》)

### 12. 高鑽《杜律詩解》

高鑽,字仲韶,樂昌(今屬山東)人。嘉、道間廩生。性沖和,讀書務求真詮,工楷書。著有《春秋集解》、《杜律詩解》。

《杜律詩解》,《(民國)樂昌縣續志·文學傳》著錄。已佚。

### 13. 管鳳翽《杜律評》二卷

管鳳翽,字振飛,號竹逸,又號竹溪,海寧(今屬浙江)人。嘉、道間諸生。曾與吳幹岐結吟社於駕鴦湖上,刊有《金絲桃唱和》等集行世。工寫山水,兼善畫蘭,惜墨如金。著有《駕湖寓草》一卷、《杜律評》二卷。生平事迹見《(民國)海寧州志稿·藝文志·典籍十一》。

《杜律評》二卷,《(光緒)杭州府志·藝文十》著錄。《(民國)海寧州志稿·藝文志·典籍十一》著錄,稱此書未刊。管庭芬、蔣學堅輯《海昌藝文志》卷十一亦著錄。

### 14. 王璠《杜詩分韻題解》三卷

王璠,字星齋,清河人,世居山陽(今江蘇淮安)。道光間監生,候選同知。王壽祺《山陽詩徵續編》曰:"胞伯星齋公性恬退,不樂應童子試,南闈一膺鶚薦,即不再赴。著有《槐綠草堂詩》一卷、《杜詩分韻解題》三卷,待梓。"

《杜詩分韻題解》三卷,未刊,《山陽詩徵續編》卷二七、《(民國)續纂清河縣志》卷一五《藝文》著錄,已佚。按,清初山陽人馬駿、黃之翰有《杜詩分韻》一書,王璠《杜詩分韻題解》疑即以馬、黃之《杜詩分韻》爲藍本而成。

### 15. 馬桐芳《杜詩集評》六卷

馬桐芳（？—1847）[1]，字子琴，號憨齋、西坡，長山（今山東鄒平）人。道光諸生。著有《憨齋詩删》十一卷、《憨齋詩話》四卷，均有道光刻本。又有《飲和堂詩存》二卷、《聊以自娱集》一卷《續》一卷、《馬子琴詩》、《傷寒論直解》。生平事迹見王培荀《鄉園憶舊録》卷三。

《杜詩集評》六卷，《（光緒）山東通志·藝文志》著録。已佚。其師林昌輯有《詩約》三卷，馬氏爲之集評，並爲撰序。其對杜詩的評價，從中可約略窺知。其序云：五言古詩"少陵材力標舉，篇幅恢張，縱橫揮霍，詩品又一變矣"；七言古詩"杜陵沉雄激壯，奔放險幻，如萬寶雜陳，千軍競逐，天地渾奥之氣，至此盡泄"；五言律詩"少陵自成一家，寓縱橫顛倒於整密中，故當淩轢千古，不第于三唐爲巨擘云"；七言律詩"杜老胸次閎闊，議論開闢，一時盡掩諸家"，"後之作家，唯陸渭南（遊）入少陵之室矣"（引自《（光緒）山東通志·藝文志·總集類》）。

### 16. 陸嵩《讀杜一得》

陸嵩（1791—1860），原名介眉，字希孫，號方山，元和（今江蘇蘇州）人。出身於寒素之家，嘉慶十八年（1813）後，聲譽漸起，以經學詩賦受知於江蘇學政陳用光、湯緊釗。道光五年（1825）拔貢。八年，以貢生赴順天鄉試，不中。此後遊河北、山東、浙江、安徽等地，佐陳用光、沈維鐈諸學使學幕。十八年，始官鎮江府學訓導，講學寶晉書院。鴉片戰爭起，英軍進逼鎮江，陸嵩招募鄉勇抗敵，保全城南諸村。咸豐三年（1853），太平軍攻克鎮江後，一度避亂遷流，至典質度日，而知民怨官兵尤"甚于盜賊"，故咸豐八年清

---

① 參見李清華《清詩話考證輯佚八則》其五《馬桐芳卒年考》，張伯偉、蔣寅主編《中國詩學》第十九輯，人民文學出版社 2015 年版，第 38—39 頁。

軍重占鎮江後,即辭官歸。十年,太平軍攻蘇州,避居金澤,卒於寓
舍。一生仕宦不達,乃專力於詩,今存詩1200多首。徐世昌《晚晴
簃詩匯》稱"其詩由玉谿以窺杜陵",他關心現實,推崇杜甫、元結
憂時憫民的創作,又因其生活地位較低,動亂中又曾流走民間,所
以詩作中反映社會現實的詩篇較多,故人評其"實學杜而得其質厚
之一體者"(張肇辰《意苕山館詩稿序》)。著作有《意苕山館詩
稿》十六卷,有光緒刻本。另有《憤生野叟文集》、《讀杜一得》、《玉
谿生詩解義》、《蘇詩注集成》、《說詩瑣言》、《新舊唐書參考》、《意
苕山館古文》二卷、《續集》一卷等,多不存。生平事迹見《清史列
傳・文苑傳四》、陸懋修《先考方山府君行狀》(《意苕山館詩稿》
附錄)。

　　《讀杜一得》,《(同治)蘇州府志・藝文二》著錄。已佚。

### 17. 高浣花《杜韓詩選注》

　　高浣花(1793—?),字瀚雪,人稱浣雪夫人,華陽(今四川成
都)人。拔貢楊繼昂(字廷賢,號冠山)繼室,曾剖股療夫疾,無效,
年二十八早寡,紡織課子。博學工詞賦,兼能書畫。著有《倦繡
吟》、《鵑血餘草》(又名《鵑血遺草》)、《周易述解》、《詩史評札》、
《杜韓詩選注》。生平事迹見王培荀《聽雨樓隨筆》卷八"華陽高浣
花"條。

　　《杜韓詩選注》,已佚。王培荀《聽雨樓隨筆》卷八曰:"華陽高
浣花……好讀書,淹貫史籍,著有《詩史評札》、《周易述解》、《杜韓
詩選注》。"《聽雨樓隨筆》刻於道光二十五年(1845),則《杜韓詩選
注》應成書於此前。

### 18. 許紹曾《杜詩評選》一卷

　　許紹曾,字探梅,號梅龍、林下人,歙縣(今屬安徽)唐模人。
居巖寺,以貲爲兵部郎。咸豐時,出私財募鄉勇,治戰具,佐張芾守

徽,嘗立戰功,復太平縣城。喜爲詩,畫墨梅,又能醫,精兒科。著有《林下人詩集》十二卷(又名《梅龍詩集》)、《寫梅雜著六種》六卷、《許紹曾詩稿雜稿》及《詩説》、《杜詩評選》一卷、《盛唐詩選》一卷、《保赤全書》一卷、《談兵》一卷、《省身録》一卷、《禪機語録》一卷、《酒譜》一卷、《吳祭酒詩詞選》一卷、《復性真經》一卷、《含飴餘輯詩説》一卷等。生平事迹見《(民國)歙縣志·人物志·詩林》、《藝文志·書目》。

《杜詩評選》一卷,《(民國)歙縣志·藝文志·書目》著録。已佚。

### 19. 李蕙田《讀杜偶評》

李蕙田,字蘭文,號約齋,懷慶府溫縣(今屬河南)人。咸豐十一年(1861)歲貢。著有《蝸居紀聞》三卷、《讀餘間録》三卷、《約齋詩鈔》一卷、《讀杜偶評》。

《讀杜偶評》,《(民國)溫縣志稿》、《中州文獻總録》著録。已佚。

## 四、同治、光緒、宣統卷

## （一）見存書目

### 1. 許瀚《杜詩選注》一册、《杜詩提要評校》一卷

許瀚（1797—1867），字印林，一字培西，日照（今屬山東）人。道光十五年（1835）舉人，主講濟寧漁山書院和沂州瑯琊書院。咸豐二年（1852）官滕縣訓導，未幾歸里。晚年爲吳式芬校訂遺書。許瀚是清代道、咸間傑出的文字學家、金石學家和校勘學家，博綜經史及金石文字，訓詁尤深，其校勘宋、元、明本書，精審不減黄丕烈、顧廣圻，龔自珍稱其爲“北方學者第一”。著有《攀古小廬文》、《攀古小廬文補遺》、《攀古小廬雜著》等。又有稿本《許印林雜文》一卷。生平事迹見楊鐸《許印林先生傳》（《續碑傳集》卷七九）、袁行雲《許瀚年譜》（齊魯書社 1983 年版）。

《杜詩選注》係稿本，不分卷，一册。封面自題“病手集杜”，爲同治二年（1863）許瀚手抄，用行草書。是書只選注杜甫古體詩，先五古，計 40 首；後七古，計 55 首。五古後附許瀚自識云：“右古體五言詩四十首，同治二年秋九月廿一日默寫訖，瀚識。”七古後附許瀚自識云：“右古體七言詩五十五首，同治二年十月十八日默寫訖。”卷末有吳仲懌手書《許先生病手集杜册書後》。許瀚注釋，多引前人評語，如范温、蘇軾、黄徹、錢謙益、朱鶴齡、黄生、吳瞻泰等，而以錢、吳爲多，實則抄錄錢箋與吳氏《杜詩提要》二書。引語重要者，則旁加單圈以示之。許氏己見，則加“瀚按”以别之，或言重押用韻規律，或考證本事，或論作詩旨意，無多新見。有的選詩白

文無注。是書稿本,現藏中國國家圖書館。

許瀚又有《杜詩提要評校》一卷,係對吳瞻泰《杜詩提要》所作校評,山東省圖書館藏民國二十年日照王獻唐鈔本,前有王獻唐跋,收入《山東文獻集成》第一輯第 45 册《許印林遺書(二)》。

## 2. 施鴻保《讀杜詩説》二十四卷

施鴻保(1804—1871),一作鴻寶,原名英,字榕生,號可齋,錢塘(今浙江杭州)人。年少時,以秀才肄業杭州各書院,得林則徐等人賞識,並與同郡沈祖懋、邵懿辰、馮培元等人結社西湖。曾先後十四次應鄉試,竟不遇。中年遂從事幕府,旅食江西、福建各地,而以遊閩時間爲最長,首尾凡二十七年,卒客死福州。著有《春秋左傳注疏五案》六十卷、《炳燭紀聞》十六卷、《讀杜隨筆》八卷、《讀杜詩説》二十四卷等。另有《閩雜記》二十六卷、《思悸録》一卷、《可齋詩文集》、《可齋詩鈔》二十卷(今殘存稿本十六卷),俱未梓。生平詳陳壽祺《施可齋先生傳》(《閩雜記》卷首)。

《讀杜詩説》二十四卷,稿本,毛訂五册,首署"錢塘施鴻保稿",張慧劍購於杭州豐樂橋一家書肆,後加以校點,由中華書局上海編輯所於 1962 年出版鉛印本,上海古籍出版社 1983 年又出新一版。該書卷前有影印手稿二幀,張慧劍撰《關於〈讀杜詩説〉》一文,次爲總目録,施鴻保同治九年(1870)自序。《讀杜詩説》是一部專糾仇注之誤的書,故其卷次詩序先後,悉依仇兆鰲《杜詩詳注》。是書不録原詩,只列有關仇注文字與評論箋釋文字,加以糾正,提出己見,共論及杜詩 673 首。施氏認爲仇注雖有"援引繁博,考證詳晰"的優點,但"讀之既久,乃覺穿鑿附會、冗贅處甚多。且分章畫句,務仿朱子注《詩經》之例,裁配雖勻,而渾灝流轉之氣轉致扞格;訓釋字句,又多籠侗不晰語,詩意並爲之晦。間附評論,亦未盡允,甚有若全未解者"(《讀杜詩説》自序),故實事求是、恰如其分地注釋杜詩,反對穿鑿附會,故作深求。然而施氏在反穿鑿中也有矯枉過正之弊,因爲他對於舊注家所作某些合理探索體會不够,往往轉而從淺常處求解,這就不免削弱了某些杜詩的思想性。張慧劍指出,《讀杜詩説》雖以糾論仇書各注的誤失爲主,也有許多地方,只是著者在自作考證,或伸説自己對杜詩的體會,與仇書各注實際並没有關係。因此,盡可以把這部書看作是施氏記録自己多年研究杜詩心得的一部札記。

### 3. 施鴻保《讀杜隨筆》八卷

《讀杜隨筆》八卷,陳壽祺《施可齋先生傳》載:"解釋杜詩者,則有《讀杜隨筆》八卷,多發古人未發之覆。"未梓。疑與《讀杜詩説》爲同一書。

### 4. 鮑桐舟《杜少陵七言歌行》一册

鮑桐舟,名瑞駿(1808—1883),字桐舟,號魚梁山樵、桐華舸主人,安徽歙縣堨田人。古錢學家鮑康族弟。道光二十三年(1843)舉人,官山東館陶、黃縣知縣,擢候補知府。又據徐景栻《草化閣自訂年譜》,知其於光緒元年(1875)由山東罷官,入川措貲,滯留宜昌東山寺。能詩,有《桐華舸詩鈔》八卷、《續鈔》八卷。輯有《李青蓮七古精選》、《東坡七古》一卷,爲同治元年(1862)稿本。生平事迹見許承堯《歙事閑譚》卷一九。

《杜少陵七言歌行》,爲同治三年(1864)手鈔本,一册。收七言歌行 80 首,後附六一居士詩摘抄 24 首。有朱、墨、藍三色批點。《成都杜甫紀念館館藏杜集目録》著録。

### 5. 王裦之《集杜》一卷

王裦之(1812—1859),字薌巖,一字甘巖,號子鳧,又號靈石山民,秀水人。候選翰林院待詔。著有《芬響閣初稿》十卷、《續友聲集》十卷。

《集杜》一卷,見《芬響閣初稿》卷十,輯入《繡水王氏家藏集》,清咸豐九年(1859)至同治七年(1868)遞刻本,收入《清代詩文集彙編》第647冊。共集杜詩18題70首。《芬響閣初稿》後有咸豐九年陳環《跋》曰:"姊丈甘岩所爲《芬響閣詩》,橫掃衆流,直入少陵之室,壬癸以後,蒿目風煙,怛懷君國,則更浣花忠愛之遺,非徒文字之沉灝也。"

### 6. 潘樹棠《杜律正蒙》二卷

潘樹棠(1813—1891後),字憩南,永康(今屬浙江)人。十五歲補博士弟子員。咸豐十一年(1861)拔貢生。同治間,由拔貢舉孝廉方正。光緒十四年(1888)特賞内閣中書七品銜。光緒間曾參與修撰《永康縣志》。著有《中庸引悟》、《山瓢集》三卷、《杜律正蒙》二卷等。據《(光緒)永康縣志》載,尚撰有《節烈吳絳雪别傳》、《永寧即永康考辨》等文。

《杜律正蒙》二卷,成書于道光二十三年(1843),同治八年(1869)永康尋樂軒刻印。卷前有章倬標序、潘氏自序,次爲"例言"七則,書後有倬標子章德藻跋。該書分上、下兩卷,上卷前有總目録,共收杜詩七律152首("目録"中遺《狂夫》、《城西陂泛舟》二詩)。每卷卷次下署"永康潘樹棠憩南輯注"。是書輯諸家注,以楊倫《杜詩鏡銓》爲主,"小注總評,悉多因之",而詩之編次,亦悉依《鏡銓》。每詩後總評,皆附以己見,如采諸家評語,則皆標明姓氏和書名,個人見解則加"按"字以别之,態度尚屬嚴謹。故章序云:"繙閲再四,見其删蕪汰冗,詳而不瑣,簡而能賅,而每首總評中,復分格以挈其綱,釋句以疏其意,爬羅搜抉,無榰醸叢脞之病。"雖不無溢美之辭,亦差可近之矣。但引楊倫注,時欠審慎,多所致誤,如引"朱(鶴齡)注"誤爲"朱子";引《揚子法言》"谷口鄭子真",誤爲《高士傳》,其實《高士傳》乃轉引自《揚子法言》也。如此之類,尚有多處。《正蒙》爲便童蒙學詩之用,只收七律,正如潘氏"例言"所云:"此編不及五、七古,以童蒙學詩,當從律詩入手,故約以七律,而五律皆可從此得其意。"因此,潘氏說詩,重在作詩格法,強調起承轉合,有如講解八股文,而於詩之思想內容及藝術特色,反而很少闡發。至於每詩必強調標格法以分之,如所謂拄杖倒飲法、高屋建瓴法、翻身射雲法、神龍掉尾格、龍豎一指格等,亦屬膠柱鼓瑟之論。

### 7. 何桂清《使越吟》三卷

何桂清(1816—1862),字叢山,號根雲,自號五華山房主人,雲南昆明人。道光十五年進士,改庶吉士,授編修。歷官內閣學士,兵部、戶部、吏部侍郎。咸豐四年,任浙江巡撫,籌餉支援清軍江南大營,圍攻天京。咸豐七年,出任兩江總督。咸豐十年(1860),太平軍攻克杭州,江南大營潰沒,從常州逃至上海,被革職拿問。同治元年十二月,以疆吏失城罪處斬。生平事迹見《清史稿》卷三九七《列傳一百八十四》、《清史列傳》卷四九。

《使越吟》三卷,乃何桂清典試廣東時所集杜詩,前有張維屏《何根雲太僕使粵吟序》。是書有道光四年(1824)廣東正文堂刻本,雲南省圖書館藏。另有道光二十四年(1844)刻本,中國國家圖書館藏。今人翁小娣有《論何桂清的〈使越吟〉》一文①,可以參看。

### 8. 宋祖駿《律杜》一卷

宋祖駿(? —1877),字偉度,室名樸學廬,長洲(今江蘇蘇州)人。同治十年(1871)任東平州知州。以詩聞名。著有《樸學廬文鈔》、《詩鈔》、《外集》、《周易卦變圖說》、《補五代史藝文志》等,合稱《樸學廬叢刻》。

---

① 載《皖西學院學報》2016 年第 4 期。

《律杜》一卷,中國國家圖書館藏清同治間刻本,編號:集40233413。《中國古籍總目・集部4》著録。

### 9. 吴仰賢《集杜詩附存》一卷

吴仰賢(1821—1887),字牧騶,室名小匏庵,嘉興(今屬浙江)人。道光二十三年(1843)舉人,咸豐二年(1852)進士,入翰林院,改官雲南知縣,擢知府,遷雲南迤東兵備道,後引疾辭歸。著有《小匏庵全集》。《清史稿・藝文志四・集部・別集類》著録其《小匏庵詩存》六卷,另有《小匏庵詩話》十卷。生平事迹見朱庭珍《筱園詩話》卷四、郭榮光《藝林悼友録》二集。

吴氏著有《小匏庵全集》,其中有《集杜詩附存》一卷,爲光緒八年(1882)刻本。未見有單刻本。

### 10. 趙星海《杜解傳薪》六卷附一卷

趙星海,字月槎,自號崑野山人,萊陽(今屬山東)人。諸生。咸豐中曾遊宦吴門,做過縣丞一類小官。著有《趙月槎詩》。據何家琪《天根文鈔・趙月槎詩敘》云:"予嘗鈔同人詩,存月槎五律若干首,甚肖杜。夫以月槎身杜之境,奉杜詩窮且死,詩之肖杜固宜,特惜其解杜之全稿不傳耳。"何家琪所説趙氏的"解杜之全稿",即其所撰之《杜解傳薪》,今存稿本。已印行者爲《杜解傳薪摘鈔》。孟傳鑄《秋根書室詩文集》卷五有《趙月槎茂才星海攜所著〈杜詩傳薪〉見過,即送其東旋》詩五首。生平略見《天根文鈔》卷一《趙月槎詩敘》。

馬同儼、姜炳炘所編《杜詩版本目録》(見《杜甫研究論文集》三輯)載:"《杜詩傳薪》一卷,(清)趙星海編,清同治年刻本,一册,見《江蘇省國學圖書館現存書目》第二册別集類第5頁。"並列爲"待訪書目"。其所指實爲《杜解傳薪摘鈔》之一卷本,因未見原書,故將書名誤爲《杜詩傳薪》。《杜解傳薪》書名本《莊子・養生主》“指窮於爲薪,火傳也,不知其盡也”。此書係行書鈔寫之稿本,毛訂五册,未刊行,亦不見公私著録,原藏齊魯大學圖書館,有“齊魯大學圖書館藏書”鈐記,現藏山東師範大學圖書館,實爲海内孤本,彌足珍貴。觀作者所撰“凡例”,可知原稿係按詩體分爲六卷:卷一,五古;卷二,七古;卷三,五律;卷四,七律;卷五,排律;卷六,絶句。而賦、贊、表、傳各體雜文,則别爲一卷,列於集後。作者又將杜詩分爲甲、乙兩集,“擇其中之尤精者,訂爲甲集;餘悉列乙集之中”。而今存稿本《杜解傳薪》,只是甲集的三、四兩卷,其中卷三五律,又分爲八小卷;卷四七律,又分爲二小卷。殆仿浦起龍《讀杜心解》體例。作者鑒於新、舊《唐書》所撰杜甫本傳乖舛甚多,故不予甄録,而只取元稹《唐故檢校工部員外郎杜君墓係銘並序》冠諸卷端,次列少陵年譜、同治二年(1863)方潛序、同治元年作者自序、“凡例”三十二則、作者後序。卷三前總列卷三之一至卷三之八所收五律目録,共計 498 首;卷四之一至卷四之二,則於各卷前分列所收七律目録,共計 128 首。每卷首行署書名、卷次,次行署“東牟崑野山人趙星海月槎注解”。每頁版心上標書名、卷次,中標作詩時、地、頁數,下標“燕海吟壇”四字。是書在杜詩評注本中可謂獨具一格,富於創造。在體例上,其最大特色是“綱領清晰,條理分明”。詩正文大字頂格,旁加圈點。詩次分體編年,而於作詩時、地,則列於每頁之版心,使讀者一目瞭然。注解體例爲“注列句下,解附篇末”。注文以兩行小字列於句下,引文多删節,但皆標明所引書名。解之例有三:一爲正解,又分引解、參解、補解三類。凡前人之解於本詩用意用筆全合者,則引之,是爲引解;凡前人之解於本詩用意用筆有純疵兼半、未能全合者,則斟酌取舍,是爲參解;見前人之解於本詩用意用筆全無一合者,則以己解補之,是爲補解。此三者皆低一格小字附於本詩之後。引、參解皆注明引自某氏,如“引仇(兆鰲)解”、“參浦(起龍)解”之類,合數人之解者,則曰“引衆解”、“參衆解”。聯章組詩,如《秋興八首》、

《洞房》至《提封》八詩等,則特補以"總論",明其謀篇布局之法,識
其意趣旨歸。雖爲正解,但不列於篇末,而以小字書於頂格之上,
以爲提綱挈領。二爲參解,又分引參、補參、參辨三類。正解之外,
於本詩或猶有漏意,或另有别説,可與正解互相參正者,或引或補,
是爲引參、補參;凡辯駁前人之解者,是爲參辨。此三者俱小字書
於本詩頂格之上,間亦有附於正解之末者。三爲旁解。爲明杜詩
用筆之起伏照應,離合承轉,特於各句各聯之側加以旁注,是爲旁
解。集中有同人酬唱詩,亦以小字書於本詩頂格之上。詩頂格之
上有標以"已刻"字樣者,則係選出付梓,收入《杜解傳薪摘鈔》者。
趙星海於杜詩可謂竭盡畢生心力,注釋參辨頗爲精詳,態度亦很審
慎。其自序云:"吾不以吾心解杜詩,而以杜詩證吾心焉。於是乎
吾心出,於是乎少陵之心亦出。少陵之心出,而少陵之詩解矣。然
則非吾解杜詩,乃杜詩自爲其解耳。"這種注杜解杜的方法,較之那
些主觀臆測的解釋,自然是翔實精到的。觀其注評,雖多采仇注、浦
注,但不乏己見,分析可謂深細。但作者解詩也難免有牽强附會處,
而在徵引諸家之説時,亦偶有失檢混訛者。他如改《諸將五首》第一
首"見愁汗馬西戎逼"之"見愁"爲"見看",改《詠懷古迹五首》第四
首"蜀主窺吳幸三峽"之"窺吳"爲"征吳"之類,以意妄改,實不足爲
訓。但瑕不掩瑜,該書仍不失爲一部極有價值、頗具特色的杜詩評
注本。張忠綱先生撰有《獨具一格的杜詩評注本——介紹趙星海的
〈杜解傳薪〉》一文①,對該本考論甚詳,可以參看。

## 11. 趙星海《杜解傳薪摘鈔》一卷

　　是書係自《杜解傳薪》選出而刻印者,故體例全同於《杜解傳
薪》,只是注釋文字略有異同,蓋正式付梓時曾酌加修改。卷前有
同治四年(1865)閻敬銘序、蕭培元序、方朔序、同治元年作者自

---

① 載《草堂》1986 年第 1 期。

序、作者自撰《杜解傳薪律詩摘鈔小引》、節録“凡例”七則。《摘鈔》分“五律摘鈔”和“七律摘鈔”兩部分，目録總列於卷前。共選録五律 38 首，七律 22 首。作者《摘鈔小引》云：“今且於律體中擇其律法深細，而于世道人心有關者數十首，勉付雕鐫，商諸海内，以觀其數。”《(宣統)山東通志·藝文志》載趙氏自言曰：“予少壯觀皇帝都，遊秦晉，歷蜀川，泛洞庭，過洛陽，走金陵，下錢塘，寇盜四起，間關萬里，一身之外，惟攜杜詩，馬背船脣，河風山雪，旅夜瓦燈，淋漓土墨，每索一解，心鏤腎鉢，一生精力畢於此，欲求有力者代刻焉。今將老矣，歸來至沛南，適遇朝邑閻中丞愛士，僅刻所解近體數十首以傳。”閻中丞，即閻敬銘，同治四年，適爲山東巡撫。閻敬銘序亦云：“萊陽趙生著有《杜解傳薪》一書。兹攜其《摘鈔》來謁，云全書繁多，因乏剞劂費，姑刻一册，以爲嚆矢。”觀此，則《杜解傳薪摘鈔》係閻敬銘出資助梓，方得以傳世。是書爲同治四年刻本，一卷一册。雖爲期甚近，但傳世極少，未爲世人所知，故列入“待訪書目”。是書原藏江蘇省國學圖書館，《江蘇省國學圖書館現存書目》第二册别集類著録。今藏南京圖書館，有藏書鈐記。

### 12. 伯雲鈔《杜子美著作五七古五七絶》一册

《杜子美著作五七古五七絶》，署名伯雲鈔，清咸豐元年(1851)手抄本，一册。《成都杜甫紀念館館藏杜集目録》著録。

### 13. 席樹馨《杜詩培風讀本》四册

席樹馨，《杜集書目提要》失考，《杜集書録》將著者誤作“葉樹馨”，稱“始末待考”。據考，席樹馨，字枝山，又字鶴如，懷來(今屬河北)人。道光十七年(1837)拔貢，咸豐三年(1853)進士，歷任四川長寧知縣，在任修書院，設文學，請名師，教士子，人文俱興，爲諸邑之冠。著有《代箋録》、《古文文筆》、《金丹選注》。曾校録《杜解通元》四卷，輯有《杜詩培風讀本》。生平事迹見於煤村、王崇玉編《懷來縣志譯》卷十二《人物》、卷十三《科第》（河北省懷來縣檔案館1984年12月内部發行）。

《杜詩培風讀本》前有同治十一年（1872）吴棠序、光緒元年（1875）席樹馨自序。是書乃就楊倫《杜詩鏡銓》選録各體杜詩451首，按體分編，分體之後又以編年爲次，其評注亦一依楊本。席氏認爲《杜詩鏡銓》“精當妥協，字疏句釋，詳而不濫，洵杜集第一善本也。惟全集自宜乎編年，而讀本則便於分體，乃仿《讀杜心解》，按體分編，而前後仍準年譜，十取三四，爲初學計，便誦習也”。知其意在選一初學之讀本。有光緒元年四川刻本，四册。鐫刻雖晚，却極少見。

### 14. 席樹馨《杜解通元》二卷

《杜解通元》二卷，一册，題下注“唱經堂解”，乃金聖嘆《唱經堂杜詩解》之節抄本。卷前有《敘第四才子書》、《才子書小引》。署“上谷媯川席樹馨鶴如檢録”、“門人馮樹清、男子琼校字”。卷首標有“庚子”印記，當爲光緒二十六年（1900）四川坊間刻本。版式爲半頁九行，行二十五字，小字雙行，字數相同。白口，四周單邊，單黑魚尾。版心刻書名、卷次、頁數。《四川圖書館館藏古籍目録》著録，現藏四川省圖書館特藏部。朱光立《〈杜集書録〉“杜解通元”條辨正》一文對該本有介紹①，可以參看。

### 15. 李宗蓮《杜文貞墓記》

李宗蓮（1829—1914），譜名培金，字在庚，號友蘭，又號右鑾，歸安（今浙江湖州）人。同治十三年（1874）進士。光緒間曾官平江、武陵知縣。著有《懷珉精舍金石跋》一卷。

《杜文貞墓記》，上海圖書館藏光緒十年（1884）刊本。主要輯

---

①　載《杜甫研究學刊》2007年第1期。

録湖南平江縣杜墓的有關資料。另國家圖書館存李宗蓮輯活字本
《湖南平江縣重修唐杜左拾遺工部員外郎墓並建祠請祀集刊》，中
有李宗蓮撰《縣批》、《募修杜公墓祠啓》二文。

### 16. 周天麟《水流雲在館集杜詩存》二卷

周天麟（1832—?），字石君，別署水流雲在館主人，丹徒（今屬
江蘇鎮江）人。歷任山西澤州、平陽知州、知府幾三十年。生活於
咸豐、同治、光緒年間。工詩，尤工詞，善集古人詩詞成句爲詩詞。
著有《水流雲在館集杜詩鈔》（一名《水流雲在館集杜詩存》）二卷、
《水流雲在館集蘇詩鈔》二卷、《倚月樓詞》等。

《水流雲在館集杜詩存》二卷，一册，光緒十七年（1891）石印
本。署“丹徒周天麟集”，有周天麟《自序》、張之萬《序》，後有陳啓
泰《跋》。《清代詩文集彙編》第 722 册收録，《成都杜甫紀念館館藏
杜集目録》著録。

### 17. 董文渙《杜詩字評》十八卷，殘存十六卷

董文渙（1833—1877），原名文焕，字堯章，號研秋，一號研樵，
亦作峴樵，洪洞（今屬山西）人。咸豐六年（1856）進士，改庶吉士。
散館，授檢討，充武英殿、國史館協修等。同治四年（1865）補甘肅
甘涼兵備道，途經陝西，爲布政使林壽圖奏留委辦山西米捐局事。
十一年，調甘肅鞏秦階道，主厘金局。遭忌者流言中傷，而勘實廉
潔，得保加二品銜。以傷母逝，卒於天水。其《秋懷八首》嘆宦海
險巇，感喟人生，一時海内外和者甚衆。著有《峴樵山房詩集》十
二卷、《藐姑射山房詩集》二卷、《孟郊詩評點》二卷、《聲調四譜圖
説》十二卷、《集韻編雅》十卷，輯《秋懷八首和韻》二卷。生平見
《聲調四譜圖説·自序》。

《杜詩字評》十八卷，稿本，清長贇校並跋。存十六卷，爲一至
七、十至十八卷。半頁十行，行二十二字。白口，左右雙邊。前有

董文涣《引》,稱此書有感於歷代杜詩注本對"煉字鎔句,略焉弗詳",遂"採輯諸家,删繁就簡,補虚活字説,匡前人未逮",落款署"同治十三年立夏前一日,洪洞董文涣識于秦州試院之亦水竹居"。次有長贊跋,署"光緒六年"。次爲董文涣所撰《凡例》,共十七則。《中國古籍善本書目》著録。現藏福建省圖書館,中國國家圖書館據該本製有縮微膠片。山西圖書館藏清鈔本二册,存卷三至五、卷十至十一。另據中國科學院文獻情報中心藏《吴大澂致董文涣書札》五通,其中同治十三年(1874)臘月十四日書札曰:"大著《杜詩字評》何時付梓? 先睹爲快。"①則至同治十三年,董文涣《杜詩字評》應已成書。

### 18. 孫毓汶《遲庵集杜詩》一卷

孫毓汶(1833—1899),字萊山,亦作來杉,號遲庵、匯溪,濟寧(今屬山東)人。尚書瑞珍子。咸豐六年(1856),以一甲二名進士授編修。八年,丁父憂。十年,在原籍舉辦團練,以抗捐被劾,革職遣戍。同治元年(1862),以輸餉復原官。尋遷詹事,視學安徽。擢内閣學士,授工部左侍郎。光緒十年(1884)入直軍機,兼總理各國事務衙門大臣。十五年,遷刑部尚書,旋調兵部,贈太子少保。孫毓汶爲西太后寵信,在甲午戰争期間,爲軍機大臣中力主和論者。甲午戰後,稱疾乞休,卒謚文恪。生平事迹見《清史稿》卷四三六《列傳二百二十三》。

《遲庵集杜詩》一卷,有光緒家刻本,又有《念劬廬叢刊初編》本。《叢書集成續編》第 180 册《文學類》收録,爲影印《念劬廬叢刊初編》本。題曰"歸田述感一百首",落款"甲戌年作",題下署"濟寧孫毓汶著",有徐彦寬《敘》。《(民國)山東通志·藝文志》著録。

---

① 饒益波、莫曉霞《吴大澂致董文涣書札五通考釋》,《文獻》2018 年第 3 期。

陳麗麗有《晚清孫毓汶的集杜詩及其對杜詩的接受》一文①,可以
參看。

### 19. 王蘭《杜詩選讀》二册

王蘭(1835—1886),字九滋、者香,號醉薌,室名希杜齋,歸安
(今浙江湖州)人。少孤貧,棄書學賈,年二十餘,復讀書,爲諸生。
同治九年(1870)舉人,光緒六年(1880)進士,入翰林院,改刑部主
事,以病卒。生平見施補華《澤雅堂文集》卷八《刑部主事王君墓
志銘》。

《杜詩選讀》二册,王修《詒莊樓書目》著錄:"《杜詩選讀》二
册,精寫本,版心下端有'希杜齋寫本'五字。希杜齋乃王者香太
史蘭齋名。"馬同儼、姜炳炘《杜詩版本目錄》著錄,浙江圖書館藏。
是書無批無注,分體選詩,依次爲五律、七律、五排、五古、七古。

### 20. 陳如岳《杜詩會意詳説》三十卷

陳如岳(1844—1914),字峻峰,號鎮南,南海(今屬廣東佛山)大
富保蓮塘鄉人。幼時從學於朱九江,研習經史論著及八股文。同治
十一年(1872)舉人,光緒九年(1883)進士,選庶吉士,散館授翰林院
編修。光緒十五年,充貴州鄉試主考官。後辭官歸里,批注古籍,撰
述詩文,教育子弟,並兼營陳太吉酒莊。曾批注校訂《西廂記》、《桃
花扇》、《三國演義》、《水滸》等名著,還有詩集傳世,又擅書法。

《杜詩會意詳説》三十卷,清鈔本。現藏北京市文物局。《(稿
本)中國古籍善本書目書名索引·集部》、《杜集書目提要》著錄。
《中國古籍善本書目·集部·唐五代別集類》亦著錄,然著者誤爲
"程如岳"。

---

① 載《励耘學刊》2018 年第 2 期。

### 21. 徐淇《集李杜詩八十四喜箋序目》

徐淇,仁和(今浙江杭州)人。俞樾(1821—1907)弟子,同、光時人。著有《集蘇一百八喜箋序目》、《集涪翁文一百四十喜箋序目》、《集李杜詩八十四喜箋序目》等。

《集李杜詩八十四喜箋序目》,前有徐淇《自序》,曰:"余嘗集蘇詩之有喜字者,製爲一百八喜箋,曾君和通侯爲余刻印章曰'集蘇一百八喜齋'。後又集涪翁文得一百四十喜,於是顏所居曰'二百四十八喜齋',皆手書序目,詳述體例,藝林豔之。近又集李杜詩,得八十四喜,固合前後所集,改題軒額曰'三百三十二喜齋',凡所集李杜詩,亦如前例,書爲序目一册。此後若暇,再集諸家之詩若文之有'喜'字者,則余所遇之喜,且將自三百三十二,以至於累百千萬,山中文字之樂,不又蔚爲宇宙一大觀乎!"乃集李杜詩中八十四句有喜字之詩而自製箋紙,國家圖書館藏清光緒元年(1875)稿本。

### 22. 王樹枏《集李杜蘇黃》

王樹枏(1851—1936),字晉卿,號陶廬,又號綿山老牧,新城(今河北高碑店)人。年十六入邑庠,十七食廩膳,二十舉優貢,朝考以教諭候選。光緒二年(1876)舉於鄉,受吳汝綸聘,主講信都書院。二十年成進士,以主事分户部,選授四川青神知縣,署資陽、新津、富順。後因事解職,入兩江總督張之洞幕,旋因薦以道員候補。二十九年,入京陛見,授平慶涇回化道,擢新疆布政使。1914年充清史館總纂。1929年主講萃刊書院。著有《陶廬文集》十二卷、《陶廬文集外篇》一卷、《文莫室詩集》八卷、《文莫室詩續集》十卷等。生平事迹見尚秉和《新城王公墓誌銘》、劉聲木《桐城文學淵源考》卷十。

《集李杜蘇黃》,爲光緒三年(1877)鈔本。《成都杜甫紀念館館藏杜集目録》著録。

### 23. 陳廷焯《杜詩選》六卷

陳廷焯(1852—1892),字亦峰,丹徒(今屬江蘇鎮江)人,流寓泰州(今屬江蘇)。光緒十四年(1888)舉人,十五年應禮部試,落榜而歸。著有《白雨齋詞話》、《白雨齋詞存》、《白雨齋詩集》等。陳廷焯在《白雨齋詞話》中特別強調"沉鬱"風格,並從多方面進行論證。《白雨齋詞話》卷七中有許多對杜甫的論述,涉及李杜比較、李杜淵源等許多問題。另外,陳廷焯認爲詩詞皆有境界,而杜詩的境界更是無所不包,在《白雨齋詞話》卷八"詩詞皆有境"條中,他比較了唐宋許多著名作家的不同風格後,認爲杜詩"橫絶古今,無與爲敵",不僅爲無人抗手的"詩聖",而且詞作者中亦無一人能達到如此境界。甚至認爲:"詩至杜陵而聖,亦詩至杜陵而變……昔人謂杜陵爲詩中之秦始皇,亦是快論。"(《白雨齋詞話》卷七)生平事迹見《(光緒)丹徒縣志摭餘·儒林文苑》、《(民國)續丹徒縣志·文苑》。

《杜詩選》六卷,係稿本,周采泉《杜集書録》內編卷七《選本律注類二》著録。陳廷焯自序云:"詩至於杜,集古今之大成,更無與並者矣……竊以爲杜詩大過人處,全在沉鬱。筆力透過一層謂之沉,語意藏過數層謂之鬱。精微博大,根柢於沉;忠厚和平,本原于鬱。明於沉鬱之故,而杜之面目可見。而古今作詩之法,舉不外此矣。因選杜詩六百六十餘首加以評點,非敢問世也,聊以心得示子姪輩,俾無入歧途而已。時光緒十九年(1893)丹徒陳廷焯。"周采泉按:尚有題詩一首,五古二十二韻,亦精湛之作。是書共選古今體詩663首,分體編次,有注有批,多引仇注、浦注、楊倫注,間或亦有自注。周氏謂曾借閱是書於許效庫,並云:"是選選詩皆具手眼,持論亦平正無頗,考證核實而不繁瑣,在清代選本中,有特殊風格。"

### 24. 鄭杲《杜詩鈔》五卷

鄭杲(1852—1900),字東父,一作東甫,祖籍直隸遷安(今屬河北)。父鳴崗,以舉人爲山東即墨令,到官數月卒,貧不能歸,因家於即墨。光緒五年(1879),以即墨籍舉山東鄉試第一。明年中進士,授刑部主事。後以母憂歸,主講山東濼源書院。服闋,遷員外。二十六年以疾卒於京師,年四十九。鄭杲讀書無所不涉,於諸經尤殫其力,而獨深於《春秋》,其爲説能兼綜三《傳》。著有《春秋説》二卷、《春秋札記》一卷、《東甫説經》一卷、《鄭東父筆記》一卷、《鄭東甫文稿》一卷、《東甫遺稿》《書張尚書之洞〈勸學篇〉後》一卷等,多爲稿本。與桐城馬其昶友善,杲死,其昶將其遺稿編爲《鄭東父遺書》六卷。生平事迹見馬其昶《鄭東父傳》(《續碑傳集》卷七五)。

《杜詩鈔》五卷,《(宣統)山東通志·藝文志》著録。徐世昌《大清畿輔先哲傳》卷一五、震鈞《天咫偶聞》卷二均著録書名爲《杜詩小序》,《天咫偶聞》稱該書爲四卷。是書不載《鄭東父遺書》,有民國間天津徐氏退耕堂鉛印本,綫裝四册。封面篆題“鄭東甫杜詩鈔”,扉頁署“杜詩鈔”。卷前有天津徐世昌序,每卷卷次下署“即墨鄭杲學”字樣。詩正文頂格,注釋文字低二格。其所抄詩,於題下標明大旨,詩後則箋釋詞語,摭拾典故,闡發詩意。校勘文字附詩中有關詞語下,分兩行小字注出。是書卷前無目録,收詩先分體,前四卷(即己丑第一鈔,庚寅第一、二、三鈔)全收古體詩,第五卷(即今體詩鈔)則專收近體詩。每鈔收詩基本上按編年先後排列。共收詩547首(另附李邕、元結、嚴武、高適詩5首),計五古238首,七古115首,五律137首,七律31首,五排17首,五絶3首,七絶6首。鄭杲將拗體律詩、拗體排律和古絶歸入古體詩。己丑一鈔收《市人》一詩,實爲《述古三首》之第二首,後庚寅一鈔又全收《述古三首》,而第二首之題解又與前鈔所收詩不相合,且私擬詩題,實不足法。徐世昌序云:“(杲)掇取諸家舊説,間出己意,以裨前人罅漏,可謂擇精語詳矣……然東父苦心,尚在杜之古體。”己丑一鈔、庚寅一鈔,鄭杲尤爲著力,解説注釋尚簡明扼要,且不乏己見。至庚寅三鈔、今體詩鈔,詩多白文,有注則多轉録錢箋而不注明,間或云"箋曰",或徑云"錢謙益曰",幾至格式亦與錢箋全同;亦偶引黃生、仇兆鰲、盧元昌、浦起龍、柯劭忞等人評語,而絕少己見。鄭杲以風雅比興説詩,崇尚温柔敦厚、深穩蒼古之作。又因其精於《春秋》之學,往往以《春秋》之法解詩,重在諷喻,尋繹微言大義,有時不免失之於穿鑿。杲解詩時有失考,如釋五古《贈李白》,謂"太白以天寶三年召入翰林,賜金放還,至東都受道錄于紫極宮",即時地並誤矣。對詩之評騭亦有失當之處,如評名篇《丹青引》云:"終不見其好處。"評三《望嶽》詩,竟贊同柯劭忞的意見,以南嶽第一,西嶽次之,東嶽最下,實欠公允。

### 25. 趙怡《杜詩鈔》一卷

趙怡(1852—1914),字幼漁,號漢鱉生,遵義平水里(今團溪鎮)人。經學家鄭珍(1806—1864)外孫,趙廷璜長子。光緒十五年舉人,二十年(1894)進士,二十一年隨父運川米返遵義救荒,三十一年在成都創辦客籍學堂,培育旅蜀雲貴青少年,及門稱盛。三十三年(1907)任四川新津知縣,繼任石泉知縣、安岳經徵,至清末鼎革休官。著有《漢鱉生詩集》八卷、《後集》二卷、《慈教碎語》一卷、《文字述聞》、《轉注新考》等。

《杜詩鈔》,一卷,稿本,現藏成都杜甫草堂博物館。

### 26. 朱占科《杜詩集聯》

朱占科(1854—?),字炳青,山陽(今江蘇淮安)人。光緒九年(1883)癸未科進士,以主事籤分户部,十三年奏留。十五年,因辦大婚典禮,保奏加四品銜。二十三年,籌助湖北賑款,議敍花翎。二十七年,奏補主事。二十八年,升員外郎。是年因隨扈辦事保奏三品頂戴,充湖廣司正,主稿北檔房總辦則例館纂修,並經理緞疋庫捐納房各事宜。二十九年,京察一等,交軍機處記名,以道府用。三十年,任雲南知府。著有《滇遊記程》。生平見《清代官員履歷檔案全編》光緒朝卷。

《杜詩集聯》,光緒三十四年(1908)稿本,一册,中國國家圖書館藏。

### 27. 王以敏《檗隖詩存集杜》二册

王以敏(1855—1921),原名以懋,字子捷,號夢湘,武陵(今湖南常德)人。六歲喪父,與其兄以懃同由伯父撫養成人。同治十二年(1873)中舉後,伯父及兄長相繼辭世。因祖父、伯父、父均曾在山東做官,遂往山東,入河督及山東巡撫幕。光緒十六年(1890)中進士,授翰林院編修。二十年,充甘肅鄉試正考官。後任江西南康知府。辛亥革命後回籍,改名文梅,字古傷。爲人伉爽任氣,好遊山水名勝。爲詩專主學杜,力詆時人崇尚江西派之弊。詞規模白石,務爲清邈。一生詩詞數千首,僅刊行《檗隖詩存》十二卷、卷末一卷。生平事迹見王乃徵《王夢湘墓誌銘》(《碑傳集三編》卷四一)。

《檗隖詩存集杜》,二册,光緒三十一年(1905)刻本。署“武陵王以敏夢湘集”。卷首有吳慶燾《敘》、王以敏《自序》及《檗隖詩存别集題辭》,分別爲胡欽《集杜五首》、易順豫《集杜二首》、傅春官《西子妝》。共集杜詩七律72題226首。後尚集李商隱詩句112首,總題爲《鮫拾集》,《成都杜甫紀念館館藏杜集目録》著録。

### 28. 郭曾炘《讀杜札記》

郭曾炘(1855—1928,或謂1929卒),原名曾矩,字春榆,號匏庵遯叟、匏廬、福廬山人,侯官(今福建閩侯)人,祖籍山西汾陽。光緒六年(1880)進士,改庶吉士,散館授禮部主事。十七年,任軍機章京。歷遷禮部郎中、内閣侍讀、光禄寺卿。二十六年,八國聯軍陷北京,慈禧與光緒西遷,郭曾炘隨後馳赴西安,授通政使,遷新設政務處提調。回京後,歷署工部、户部、禮部侍郎,入值軍機。宣統元年(1909),充實錄館副總裁。三年,禮部改典禮院,授副掌院學士。清亡後,仍追隨溥儀,每歲時趨朝。後病卒於京,溥儀詔贈太子太保,謚文安。精於考訂校讎之學,博聞强記,治學謹嚴。著有《匏廬詩集》、《五臣本〈昭明文選〉注校誤》、《施注蘇詩訂訛》、《邠廬筆記》、《論詩絕句》、《陋軒詩鈔》、《讀杜札記》等。生平事迹見王樹枏《郭文安公神道碑》(《陶廬文集》卷二〇)。

《讀杜札記》乃郭氏閱讀杜詩時所作札記,生前未得刊行。後經黃君坦對原稿加以標校整理,由上海古籍出版社於 1984 年出版。全書 32 萬餘言,不分卷,卷前除"出版説明"外,尚有 1963 年葉恭綽序。次列目錄。郭氏論及杜詩近六百首,不引全詩,只就有關詩篇和詩句,徵引前人評注,比較異同得失,從史實、詩意、字義等方面辨析訂誤,時有新見。全書徵引頗廣,宋元以來注杜諸家如蔡夢弼、劉辰翁、王嗣奭、錢謙益、朱鶴齡、顧宸、仇兆鰲、浦起龍、查慎行、何焯、陳衍等多所涉及,而於梁運昌《杜園説杜》徵引獨多,評價很高。正如葉恭綽序云:"先生此稿,取仇注、錢箋及梁説各書數十種,抉剔爬梳,辯疑訂誤,不爲膠柱鼓瑟之見,駸駸乎集衆美而嚌其胾矣!"書末附錄《竹垞論杜集各體詩》、《石洲論杜詩鋪陳排比》、《義門論杜詩各本異字》。

### 29. 何敬亭《杜工部詩鈔》

何敬亭,光緒時人,生平事迹不詳。

《杜工部詩鈔》,光緒初年稿本,選詩分古體、近體,詩旁有朱、墨筆批校。現藏成都杜甫草堂博物館。

### 30. 孫明經《衲杜集》一册

孫明經,清人,生平事迹不詳。

《衲杜集》一册,鈔本,署"杉陳孫明經集",《成都杜甫紀念館館藏杜集目錄》著錄。

### 31. 凌藝齋《杜注約》二卷

凌藝齋,清人,生平不詳。《杜詩約》二卷鈐有"豐華堂書庫寶藏印",兩代豐華堂主人爲楊文瑩(1838—1908)及其子楊復(1866—?),都是浙江著名的藏書家。1930 年,楊氏豐華堂藏書售予清華大學圖書館,則此鈔本爲豐華堂舊藏。豐華堂主人爲浙江人,所藏稿本多江浙先哲著述,則凌藝齋極有可能是浙江人。因文獻無徵,俟後詳考。

《杜注約》二卷,二册,係鈔本。半頁八行,行二十二字,白口,無行格。鈐"豐華堂書庫寶藏印"朱文方印。前缺,尚存"凡例"五則,第一則僅殘餘數語,後署"凌藝齋謹識"。書後有作者自跋,曰:"余生不辰,才疏而遇艱,久客于外,竊喜少陵之詩,而慕其用情焉,故注評右約一編,非敢云有所得,實亦向慕之私云爾。"目錄列前,卷上爲五律,計 19 首;卷下爲七律,計 32 首,共收詩 51 首。詩正文大字,字數不等。每詩欄上標明韻部、韻字。注釋部分,卷上多兩句一注,釋文以小字雙行列於題後或句下;而卷下則每詩均標"藝齋曰",於詩後以大字單行列出。作者對顧宸《辟疆園杜詩注解》頗爲心折,故於注釋中多加援引,而對其穿鑿曲解處,則損益匡正之。《杜集書目提要》、《清華大學圖書館藏善本書目·集部·別集類》著錄書名爲"杜氏注約"。馬强才《清華大學圖書館所藏清代杜詩學著作四種經眼錄》一文對該本有介紹[1],可以參看。

### 32. 吳寶樹《杜工部詩鈔》二十卷

吳寶樹,生平不詳。據《(同治)上江兩縣志》載:吳琅,字寶樹,號蓼園,上元(今屬南京)人。諸生,負才名,與施閏章、周亮工以文章道義訂交,主持風雅。以賣文錢養親,壽九十二。著有《百尺樓甕天居文集》。生平事迹見《(同治)上江兩縣志·耆舊中》。

---

[1] 載《杜甫研究學刊》2011 年第 1 期。

不能確認該書作者是否即爲此人,姑列於此,以俟續考。

《杜工部詩鈔》二十卷,鈔本。半頁九行,行二十一字,小字雙行同,無格。《中國古籍善本書目》著録。現藏中山大學圖書館。《中山大學圖書館古籍善本書目》著録:清吳寶樹朱筆圈點朱墨批校,十册。首册第一頁有"臣吳寶樹"、"卯叔"篆印。

## 33. 侯學愈録、佚名批校《還讀草廬杜詩鈔讀本》二卷

侯學愈(1867—1934),原名士綸,字伯文,別署戡庵,無錫人。四應童子試未中秀才,直至光緒十九年(1893)方補博士弟子員,其後五次鄉試均未中式。光緒二十八年,科舉取士改章策論,遂決計不再應試,入貲爲訓導,分江蘇試用,並加中書科中書銜。光緒三十二年科舉制廢除後,乃專攻詩古文詞。辛亥革命後杜門課讀,不與世通。學識淵博,著述甚多,有《孔子升大祀考》一卷(與陶士橢合纂)、《尊賢祠考略》六卷、《環溪草堂詩稿》八卷《補遺》一卷、《吟鷗水榭詩稿》四卷等,並修纂《(錫山東里)侯氏八修宗譜》二十卷等。《錫金遊庠同人自述彙刊》有其《自述》一篇,有助於瞭解其生平大略。

《還讀草廬杜詩鈔讀本》二卷,鈔本二册,上海圖書館藏,僅選録杜詩五古和五律二體。

## 34. 曹炳麟《杜詩微》五卷、《杜韓詩聯語》一卷

曹炳麟(1872—1938),字吟秋,號鈍吟、鈍翁、六不居士,崇明縣城橋鎮人。光緒二十八年(1902),鄉試中舉,後任安徽知縣候補職。辛亥革命後,返崇明辦理縣政,籌設崇明中學,總纂縣志。善詩文,工書畫,著有《鈍廬文集》十五卷行世,另有《説文約文》四卷、《杜詩微》五卷、《鈍廬詩文續稿》二卷、《杜韓詩聯語》一卷、《六不居聯語》一卷、《自編年曆》一卷,均已佚。生平事迹見王清穆《農隱廬文鈔》卷四《曹吟秋明府行狀》。

《杜詩微》五卷、《杜韓詩聯語》一卷,王清穆《曹吟秋明府行

狀》著録,稱“均未刊”,當已佚。

### 35. 易墂壦《讀杜折衷》

易墂壦,疑爲公安人,黃縣教諭,生平事迹不詳。

《讀杜折衷》,鈔本,北京師範大學藏本。陳伯海、朱易安編《唐詩書目總録》著録。

### 36. 于貽泉《杜詩選集》二册

于貽泉,清人,生平事迹不詳。

《杜詩選集》,清鈔本,二册。《成都杜甫紀念館館藏杜集目録》著録。

### 37. 王養翀《杜詩液》

王養翀,清人,生平事迹不詳。著有《雲圃公詩草》,輯有《杜詩液》。

《杜詩液》不分卷,清王養翀輯,手稿本一册,現藏湖北省圖書館。共輯杜詩五古 9 首、七古 16 首、五律 96 首、七律 76 首,都 197 首,皆常見者,且僅抄正文,未作評注,其文獻價值不高。陽海清主編《中南、西南地區省、市圖書館館藏古籍稿本提要·集部·別集類》著録。

### 38. 王文琦《願春遲齋杜詩集聯》一册

王文琦,字伯謙,清華陽(今四川成都)人。畫家、篆刻家,室名願春遲齋。有《願春遲齋輯聯》、《願春遲齋杜詩集聯》、《願春遲齋陸詩輯聯》。

《願春遲齋杜詩集聯》一册,民國二十七年(1938)蓮舫紙社石印本,《成都杜甫紀念館館藏杜集目録》著録。前署“華陽王文琦編”,有王文琦堂叔王秉悌《願春遲齋杜詩集聯序》及王文琦集杜而成《自題·菩薩蠻》。又有民國間願春遲齋刊本。

### 39. 盧弼《杜詩鏡銓選目錄》一卷

　　盧弼(1875—1967)，字慎之，又字愓之，號慎園，天津人。盧靖之弟。肄業於湖北經心、兩湖書院，受教於楊守敬，後留學日本。民國時任國務院秘書長、平政院評事、第三廳廳長。壯年即退居閉戶著述，其慎園藏書十萬卷，非精善本不藏，日沉浸於目錄學中，校讎是正。後因生活窮迫，五次變賣藏書以度日。著有《三國志集注補》、《三國志集解》、《三國志職官錄》、《三國志地理今釋》，編校刊正《湖北先正遺書》，並撰成《湖北先正遺書提要》。

　　《杜詩鏡銓選目錄》一卷，稿本，一册，天津市社會科學院圖書館藏。是書僅有五頁，爲盧氏手書，寫於饒宗頤《蕭山詩草》背面，並以鐵釘裝訂在一起。封面署"杜詩鏡銓選目(一本)"，首頁署"沔陽盧慎之"。盧氏似有意於《杜詩鏡銓》中選出一些杜詩作爲選本，此即其擬選之目。

### 40. 戴炳驄《璞廬杜詩選》三册

　　戴炳驄(1877—1942)，瑞安(今浙江溫州)海安所人。民初曾爲桐鄉承審官。著有《戴氏詩會》、《戴氏先德聯選》、《戴氏舊聞錄》、《挽聯彙選》、《璞廬杜詩選》、《肄經堂月課》、《中東書院童生月課》、《鄉先哲佚詩》一卷、《佚文》一卷、《精選壽言、壽詩、挽聯》、《詩筒》、《璞廬六十唱和集》、《乙亥元旦唱和集》、《璞廬筆記》二卷、《璞廬雜記》等。

　　《璞廬杜詩選》，鈔本，三册。《溫州市圖書館館藏地方文獻目錄·別集類》著錄。

### 41. 佚名《杜詩疏義》

　　《杜詩疏義》，鈔本，疏解杜詩七律、五律 140 首，有朱墨圈點。

《成都杜甫紀念館館藏杜集目録》著録。按,王家瓚撰有《杜詩疏義》,見本書卷一相關條目,不知二者是否爲同一書,俟後續考。

### 42. 佚名《杜少陵集叢話》六册

《杜少陵集叢話》,清鈔本,六册。馬同儼、姜炳炘《杜詩版本目録》著録。

### 43. 佚名《杜詩説選》二卷

《杜詩説選》二卷,鈔本,二册。馬同儼、姜炳炘《杜詩版本目録》著録,中國科學院圖書館藏。

### 44. 佚名《秋樹軒杜詩分體》四册

《秋樹軒杜詩分體》,鈔本,四册。《成都杜甫紀念館館藏杜集目録》著録。《北京圖書館善本書目・瞿氏捐贈書目》"清別集類"有《秋樹軒詩集》,稿本二册不分卷,爲清許徹撰。許徹,初名嵋,後更名徹,字蒴菽、暘谷,號菽亭、蒴亭,一作叔子,江蘇常熟人。龔文洵《唐市補志》著録其《焦風集》四卷、《秋樹軒詩集》十卷。其詩婉約整秀,風調在浣花、丁卯之間,同里錢良擇目之爲"詩家鄉願"(王應奎《柳南隨筆》卷二)。

### 45. 佚名《杜文注解》二卷、附録一卷

《杜文注解》二卷、附録一卷,望三益齋刊本。《江蘇國學圖書館圖書總目》著録。按,是書應即張溍《讀書堂文集注解》二卷,乃由楊倫《杜詩鏡銓》本《杜文注解》單刻者。

### 46. 佚名《李杜絶句》四卷

《李杜絶句》四卷,李、杜絶句各二卷。日本《静嘉堂文庫書目》著録,稱"編者不詳",刊本。

## 47. 佚名《杜少陵詩選》四册

《杜少陵詩選》不分卷,清鈔本,佚名朱墨圈點批校,四册。半頁九行,行二十三至二十五字不等,無格。《中山大學圖書館古籍善本書目》著録。

# (二) 散佚書目

## 1. 林昌彝《杜律臆解》

林昌彝(1803—1876),字惠常,又字薌谿,號茶叟、砆砿山人、五虎山人,侯官(今福建閩侯)人。道光十九年(1839)中舉,以後八上公車不售。南北遊歷,足迹遍天下。長於考據和經學,學問淵博,著述精勤。咸豐二年(1852)以進呈《三禮通釋》,獲欽賜教授,先後司福建建寧、邵武兩府府學。鴉片戰爭爆發後,他寫成《平夷十六策》、《破逆法》四卷,表現出關心國家命運前途的强烈愛國熱情。爲了表示他對侵略者强烈的義憤,"寓英爲鷹",特名其樓爲"射鷹樓",作《射鷹樓詩話》,搜輯評述鴉片戰爭時期國内許多愛國詩人的抗英詩作,極力宣揚愛國主義思想。他與林則徐、魏源爲莫逆交,常以愛國思想相激勵。晚年家境更加貧困,以授徒自給,著書滿架以終。所著除《射鷹樓詩話》二十四卷外,還有《海天琴思録》八卷及《續録》八卷、《敦舊集》八十卷、《詩人存知詩録》三十卷、《遂初樓詩鈔》等。生平事迹見《清史列傳·文苑傳四》、林慶炳《家嚴七秩壽辰敬徵詩文啓》(《焚餘偶談》)、丘煒菱《五百石洞天揮麈》。

《杜律臆解》,《(民國)閩侯縣志·藝文志》著録。郭柏蒼亦有《杜律臆解》。因林昌彝與郭氏同邑同時,而所著書名又相同,故周采泉疑此書爲二人合著。

## 2. 葉元堦《讀杜心語》

葉元堦(1803—?),字心水,號仲蘭,又號赤堇山人,慈溪(今屬浙江)鳴鶴人。光緒諸生。道光十三年,與兄元墀倡枕湖詩社於月湖之攬碧軒、白湖之小隱山莊,名流觴詠無虛日。先世藏書十餘萬卷,涉獵頗廣。喜寫梅蘭,又嗜吟詠。著有《赤堇遺稿》、《讀杜心語》。生平事迹見《赤堇遺稿》厲志序、《(光緒)慈溪縣志‧列傳十‧國朝三》)。

《讀杜心語》,《(光緒)慈溪縣志‧藝文志》著錄。已佚。

### 3. 毛文翰《杜詩心會》四卷

毛文翰(1805—1853),字彥翔,一作彥祥,別號西垣,又作西原,後更名慶鴻、貴銘,巴陵縣(今湖南岳陽)新牆里人。年十四入學爲諸生,道光十七年(1837)始充拔貢生。入都,考未入等,留都下三歲,中二十年順天舉人。既會試不第,就館於豐潤鄭氏,往來遵化、永平間,間歲始得歸。授徒里中數年,復入京,屢不得第。貴陽唐子方布政以其詩名,厚幣招之,遂遊秦中,歷蜀至黔。咸豐元年(1851)歸里,次年再上春官不第,復走之即墨,會南方兵亂,鬱鬱憂家,强再就試而歸。三年,大挑得官教諭,九月十四日卒,年四十九。著有《右北平詩草》、《黔苗竹枝詞》等。生平見吳敏樹撰《毛西垣墓誌銘》(《柈湖文集》卷一〇)及《祭毛西垣文》(《柈湖文集》卷一二,思賢講舍光緒癸巳刊本)。

《杜詩心會》四卷,係稿本,未見。郭嵩燾《毛西原〈杜詩心會〉序》云:

> 自古詩人托物起興,皆意有所鬱結,不得發攄,而托之詩歌,以寫其纏綿哀怨之旨。唐杜甫氏出,指事類情,推陳始末,天下利病得失,生民之休戚,親故之離合,身世之榮悴悲忻,言之必達其志,慮之必窮其變,然後詩之蘊乃旁推交通,曲盡而無遺。當時論者以爲集詩家之大成,無有異議。顧或以其忠愛之誼,尋章摘句,附會而遷就之。讀杜詩者,轉累於箋注之煩,茫然莫得其指歸。明高氏棟、胡氏應麟、王氏世貞乃專取

其律法音節,會其微妙,開示學者。國初,新城王文簡以詩學倡天下,考論杜詩,標其新異,摘其繁累,意尤美焉。嗣後《五家評本》出,學者循其説以求杜詩之義,淺者見淺,深者見深,犂然各有以當其意。巴陵毛西原又稍以意折衷之,簡杜詩之善者爲四卷,悉採諸家之説,證以己見,而辨論其不合者,命曰《杜詩心會》。夫通其辭而不達其意者有矣,未有求達其意而先不能究其辭者也。自唐以來,詩人推宗杜甫氏,以至今日。而其義例之精,變化之妙,章章而比之,字字而析之,辨之久而其精日出,宜西原所得之深也。往者山陽潘德輿嘗述朱子之言,讀李(杜)詩如士人治本經,不宜有去取。杜詩之原於《風》、《雅》,發於性情之正,讀者皆能望其崖略,而其深亦未易引而盡也。西原之于杜詩,未知視彥輔所論何如?要其持論之詳,與其辨證諸家得失,最有裨益于學者,爲之序其略而廣其傳焉。是編稿本,得之門人熊秋白農部,秋白又得之吳南屏學博,皆西原至交,因並記之。(《養知書屋文集》卷四)

### 4. 劉敦《杜詩注疏》

劉敦,字艮吉,號兼山,江寧(今江蘇南京)人。工詩,著有《兼山遺稿》。

《杜詩注疏》,《(同治)上江兩縣志·藝文志》著録。已佚。

### 5. 鄭機《讀杜約選集評》十卷

鄭機(?—1880),江陵(今屬湖北)人,義門九世孫。光緒六年去世後,其子世焰、世炷、世灼歷時五載,將其著述編成《師竹齋讀書隨筆彙編》,並將其遺著數十種逐年刊印,其中半數得以成書行世,分別是《儀禮簡明便讀集注》、《論語義據精要録》、《孟子義要信好録》、《鄭氏往行録》、《續史學提要箋釋》、《讀史韻語隨筆》、《師竹齋雕蟲篆刻篇》、《紺珠補拙》、《對證藥》、《前二十年愈愚録》、《後十年愈愚録》、《讀書叢記》、《老學庵筆記》、《古稀寱言》、《荆南秀氣集》、《讀杜約選集評》,《(民國)湖北通志·藝文志》均予著録。

《讀杜約選集評》十卷,曾刊印,《(民國)湖北通志·藝文志十四·集部六》引《荆州府志》著録。未見。

### 6. 方玉潤《評點杜詩》

方玉潤(1811—1883),字友石,一字黝石,自號鴻濛子、鴻濛室主人。祖居四川,後遷寶寧(今雲南廣南)。二十二歲入縣學,應試凡十五次均不第。咸豐五年(1855),投筆從戎,先後入王國才、李孟群、曾國藩幕。同治三年(1864),以軍功銓選隴西州同。十月赴任,因戰亂寄居州治,著述講學。著有《詩經原始》、《風雨懷人集》、《評點杜詩》、《鴻濛室詩鈔》、《鴻濛室文鈔》、《星烈日記彙要》等。

《評點杜詩》,向達《方玉潤著述考》引玉潤同治四年日記末《鴻濛室擬著叢書目録》著録,並稱其"存否不可考"①。

### 7. 郭柏蒼《杜律臆解》

郭柏蒼(1815—1890),字蒹秋,又字青郎,侯官(今福建閩侯)人。郭階三第四子。道光二十年(1840)舉人,官内閣中書,主事,一品封典。其著述有《葭咐草堂集》、《烏石山志》、《閩産録異》、《竹間十日話》、《海錯百一録》五卷等。鄭振鐸曾云:"北京隆福寺的文淵閣,從福建找到了不少抄本的好書……我也得到了三册《閩産録異》,二册《海錯百一録》(均郭柏蒼著,光緒間刻本),雖是近刊,却極不多見。以其是第一手的材料書,故收之。研究海産和南

———————————

① 向達《唐代長安與西域文明》,河北教育出版社 2007 年版,第 581 頁。

方的動植物者必當一讀,有許多記載是第一見之於這兩部書裏的。"①生平事迹見《(民國)福建通志·文苑傳》。

《杜律臆解》,《(民國)福建通志·文苑傳》本傳著録,《藝文志》失載。因郭氏與林昌彝同邑同時,而所著書名又相同,故周采泉疑此書爲二人合著。

### 8. 徐士燕《讀杜質疑》

徐士燕(1819—1871),字穀生、穀孫、穀蓀,嘉興(今屬江蘇)竹里新篁人。同柏(1775—1854)子,張廷濟外孫。同、光間廪生。善摹鐘鼎文字,兼工篆刻,能承父傳,宗法秦漢,又參宋元及浙派,印風峻健秀雅。著有《養全居稿》、《讀杜質疑》、《竹里述略》十二卷、《性禾善米軒印稿》、《木雁之間吟草》。另有《性禾善米軒小草》一卷、《思貽居偶吟稿》一卷、《文》一卷,均爲稿本,《中國古籍善本書目·集部·清別集類》著録。

《讀杜質疑》,《(光緒)泰興縣志·藝文志》著録。已佚。

### 9. 柯蘅《杜詩七言拗律譜》

柯蘅(1821—1889),字我蘭,號佩韋,膠州(今屬山東)人。咸、同時諸生,陳壽祺之弟子。著有《漢書七表校補》二十卷,廣泛考證《漢書》之訛誤。研究經史,尤長於詩。著有《聲詩闡微》二卷、《舊雨草堂詩集》四卷及《舊雨草堂札記》、《杜詩七言拗律譜》等。事迹詳《清史列傳·儒林傳下二》、《清史稿·儒林傳三》。

《杜詩七言拗律譜》,《(民國)增修膠州志·藝文志·書目下》著録。從書名來看,似是研討杜詩拗律平仄聲調規律之作。《(民國)增修膠州志·人物志》稱書名爲《杜陵拗律審音》,或爲該書之別名。已佚。

---

① 鄭振鐸《西諦書話》,三聯書店 2005 年版,第 516 頁。

### 10. 查亦惪《植園集杜》

查亦惪,海寧人。咸、同間人,生平事迹不詳。

《植園集杜》已佚,同里張濤(鐵庵)跋曰:"五言集杜,莫富於文信國。然公集五律,多至四百餘首,前此未之聞也。"

### 11. 傅以禮《杜甫全集》六十六卷

傅以禮(1827—1898),一字戊臣,號小石,別署節庵學人,浙江會稽人,大興(今屬北京)籍。歷縣丞,拔道員,署福州府事,加鹽運使衙。傅以禮博學多識,尤嗜金石,其藏書之富,幾與孫氏平津館相埒。其齋名曰長恩閣、華延年室。《致虛閣雜俎》曰:"司書鬼曰長恩,除夕呼其名而祭之,鼠不敢吃,蠹魚不生。"則"長恩"爲書神。編有《長恩閣書目》四卷、《華延年室題跋》二卷,輯有《長恩閣叢書》。

《杜甫全集》六十六卷,傅氏《長恩閣書目》著録。未見。

### 12. 彭應珠《杜韓詩文選注》十卷

彭應珠(1833—1890),字真崖,黎平(今屬貴州)開泰人。幼時家貧,苦學無書,從同郡胡長新遊,長新富於藏書,故從觀之。苗亂,以書生從戎,有戰功,揀選知縣,不就。同治八年舉於鄉,屢躓禮部試,絶意進取,閉户著書,並評選古今人文字。光緒十一年(1885)胡長新病故後,接任黎陽書院主講,課士有聲,得其教者多成名。性剛正,雖横惡者亦敬憚。著有《課徒日記》、《華嚴字母淺説》、《讀子輯要》、《古文辭大觀》、《李長吉選注》、《景湘堂文集》四卷、《景湘堂吟草》一卷、《景湘堂試帖》。生平事迹見《(光緒)黎平府志》。

《杜韓詩文選注》十卷,《(民國)雲南通志・藝文志》著録。已佚。

### 13. 錢國祥《杜句分韻》

　　錢國祥(1835—?)，字乙生，號南泉、吳下迂叟，江蘇吳縣人。自幼勤學，年十二爲李蒙泉器識，以授徒自給。汪鳴鑾(1839—1907)視學陝甘，延往襄校，驅馳秦隴間。光緒十七年(1891)，總督劉坤一聘其爲上海製造局翻譯館校勘，兼教習方言館、圖畫館工藝學徒，從事十年，造就甚衆。又在滬局編校各國交涉公法論、便法論，風行海内外，稱爲善本。著有《式古堂文稿》、《南泉詩集》、《群經解詁》、《籌算易知》、《孫子算經籌解》、《測量算式圖解》、《代數演草》、《山海題襟集》、《身體解》、《外科便方紀要》、《藥性要略》、《日記稿》等，南京大學圖書館藏其《乙仲氏詩集稿本》三册、《式古堂詞譜正異》五卷。王欣夫《蛾術軒篋存善本書録》著録其有稿本《字滙》二卷。生平事迹見《吳縣志》卷六六下《列傳》四。

　　《杜句分韻》，有 1955 年手抄本。未見。

### 14. 劉鍾英《杜詩辨訛》二十二卷

　　劉鍾英(1843—1917)，字紫山，別號芷衫，大城(今屬河北)人。劉開之子。光緒十一年(1885)拔貢。著述繁富，有《大戴禮補注》四卷、《莊子辨訛》十卷、《十三經刊誤》一卷、《重訂瀛奎律髓》四十九卷、《國策辨訛》十卷、《杜詩辨訛》十卷、《全唐詩補遺》三十卷、《補注陳檢討四禮》二十卷、《青照草堂筆詩》四卷、《七家詩注》十二卷、《二家賦鈔》六卷、《芷衫詩話》八卷、《試貼舉隅》四卷、《三餘堂詩約鈔》三十卷、《左傳辨訛》三十卷、《古文辭類纂注》十九卷、《東萊博議注》四卷、《愚公紀談》六卷、《續西堂秋夢録》二卷、《野史亭》等，另有詩集《棣城遊草》、《津門遊草》、《京華遊草》、《山左遊草》、《南遊草》等。編《大城縣志》十二卷、《安次縣志》十二卷。

　　《杜詩辨訛》二十二卷(一作十卷)，書名一作《杜詩辯訛》。《(民國)河北通志稿·藝文志》著録。已佚。

### 15. 陳衍《杜園讀杜摘要》四卷

陳衍(1856—1937),字叔伊,號石遺老人,福建侯官人。清末民初"同光體"代表詩人。著有《石遺室叢書》、《石遺室詩話》等。

《杜園讀杜摘要》四卷,是陳衍對梁運昌《杜園讀杜》一書的摘録,劉聲木《續補彙刻書目》卷十"石遺室叢書"下著録。未見。

### 16. 桑□《桑選杜五律》

桑□,名不詳,清人。

《桑選杜五律》,清趙宗建《舊山樓書目》著録,云"鈔本,一本"。已佚。

### 17. 荆兆丹《杜詩補注》

荆兆丹,清山西臨猗人,生平事迹不詳。著有《詩書辨異》、《杜詩補注》,均未刊。

《杜詩補注》,《(光緒)山西通志·藝文志》著録。已佚。

### 18. 史紀事《摘杜詩襯》

史紀事,清沔陽(今湖北仙桃)人。著有《摘杜詩襯》、《唐宋各體詩襯》、《春秋合旨》等。

《摘杜詩襯》,《(民國)湖北通志·藝文志十四·集部六》據《沔陽州志》著録。已佚。

### 19. 高時顯《集杜詠梅》

高時顯(1878—1952),字欣木,號野侯、可庵,杭縣(浙江杭州)人。光緒癸卯舉人,官内閣中書。西泠印社早期會員,工隸書,善花卉,尤擅畫梅,有"畫到梅花不讓人"句。藏有王冕墨梅卷,因顏其居爲"梅王閣"。篆刻家,取法秦漢,兼及浙、皖兩宗。著有《方寸鐵齋印存》。生平見葉銘《廣印人傳》卷六、《西泠印社稿》卷二《志人》。

　　鄭逸梅《藝林散葉》曰："高野侯善畫梅,有集杜詠梅之輯。"卞孝萱《高時顯與丁輔之》亦曰："他常集杜甫詩句,題於畫上,並輯成《集杜詠梅》。"未見。

### 20. 陳寅《杜詩名勝録》

　　陳寅(1881?—1910),字子畏,一字紫岫,號畏齋、鐵如,晚號知夢老人,錢塘(今浙江杭州)人。陳鴻壽叔父。杭州府學諸生。秉至性,有夙慧,沉静好學,手自編録,幾於等身,尤工詩文。年十九,爲督學李宗文識拔,補博士弟子員,逾年得疾卒。所著《聞寒蟬閣吟稿》已佚,僅《兩浙輶軒録》存詩六首。另有《蘭雪齋詩鈔》、《杜詩名勝録》、《甌香詩話》。吳仲《續詩人徵略後集》曰："翁爾雅閎通,樸誠敦厚,於學無所不窺,於人無所不容……受詩學于蔡梅曙先生……所爲詩志和音雅,寄托遥深,古體直入唐賢之室。"生平見《兩浙輶軒録》卷三六小傳。

　　《杜詩名勝録》,吳仲《續詩人徵略後集》卷一著録。未見。

### 21. 董約夫《杜集評林》

　　董約夫,生平事迹不詳,疑爲清人。

　　《杜集評林》,《鄭振鐸全集·16書信·致友人信》著録："董約夫批底本,十二册,一百五十元。"未見。

### 22. 佚名《讀杜小箋遺事》

　　《讀杜小箋遺事》,沈復燦《鳴野山房書目》(古典文學出版社1958年版)卷五《四部彙·遠山堂雜彙三百一種一百六十一本》著録。已佚。明祁彪佳有《遠山堂曲品》、《遠山堂劇品》等,遠山堂爲祁彪佳堂號,潘景鄭《鳴野山房書目序言》就懷疑沈復燦之書得之於祁彪佳,其云："祁氏淡生堂藏曲最富,復燦居同里閈,相距不

及百年,或得諸淡生堂散篋者。"從書名來看,《讀杜小箋遺事》似
是對錢謙益《讀杜小箋》的訂補之作。

### 23. 佚名《杜詩五言古選》一卷、附録一卷

《杜詩五言古選》一卷,附《曝書亭五言古選》一卷,《讀有用書
齋古籍目録》著録。已佚。《雲間韓氏藏書題識彙録・集類》著録
曰:"舊抄本。卷中有朱筆評語,不署名。藏章有'朱氏舊士'白文
藍色印,'及翁'白文圓印,'賞雨茅屋'朱文、'方外酒徒'白文二
方印。"

### 24. 佚名《類選杜律》

《類選杜律》,倪模《江上雲林閣書目》著録。已佚。

# 著者索引

（按拼音順序排列）

# 書名索引

（按拼音順序排列）

《杜律選》(和瑛)(243)

《杜律臆解》(郭柏蒼)(321)

《杜律臆解》(林昌彝)(318)

《杜律疏》(紀容舒)(185)

《杜律正蒙》(潘樹棠)(297)

《杜律注》(秦汝霖)(159)

《杜律注》(陳檀禧)(160)

《杜律注例》(張篤行)(34)

《杜少陵集叢話》(佚名)(317)

《杜少陵集詳注》(仇兆鰲)
　(65)

《杜少陵年譜》(朱駿聲)(278)

《杜少陵七言歌行》(鮑桐舟)
　(296)

《杜少陵七言律選》(朱魯岑)
　(288)

《杜少陵詩鈔》(孔傳鐸)(98)

《杜少陵詩選》(佚名)(318)

《杜少陵詩選》(吳興祚)(52)

《杜少陵五言律詩百首淺說》
　(莊詠)(268)

《杜詩百篇》(張燮承)(285)

《杜詩本義》(齊翀)(212)

《杜詩必讀》(金錫鬯)(266)

《杜詩編次》(蔣金式)(167)

《杜詩編年》(李長祥、楊大鯤)
　(28)

《杜詩編年》(周思仁)(175)

《杜詩編年目譜》(孫南星)
　(255)

《杜詩辨訛》(劉鍾英)(324)

《杜詩博議》(潘檉章)(133)

《杜詩補注》(荆兆丹)(325)

《杜詩補注》(沈元滄)(168)

《杜詩補注彙》(沈元滄)(168)

《杜詩不解解》(吕方芸)(178)

《杜詩參》(伊予先)(164)

《杜詩插句》(唐仲濟)(151)

《杜詩闡》(盧元昌)(33)

《杜詩長律注》(田國文)(258)

《杜詩鈔》(黃之雋)(166)

《杜詩鈔》(嚴虞惇)(74)

《杜詩鈔》(查慎行)(77)

《杜詩鈔》(楊文言)(150)

《杜詩鈔》(鄭杲)(308)

《杜詩鈔》(趙怡)(310)

《杜詩鈔解》(饒向榮)(256)

《杜詩典要》(吳瞻泰)(84)

《杜詩訂注》(汪濟民)(163)

《杜詩讀本》(陳浩)(179)

《杜詩讀本》(吳莊)(173)

《杜詩獨斷》(倪會宣)(132)

《杜詩筏喻》(楊世清)(159)

《杜詩分體》(孔傳鐸)(97)

《杜詩分體》(曾用瓛)(170)

《杜詩分韻》(孔傳鐸)(97)

# 主要參考文獻

| 清史稿 | 趙爾巽等撰 | 中華書局 1976 年版 |
| --- | --- | --- |
| 清史列傳 | 王鍾翰點校 | 中華書局 1987 年版 |
| 清史藝文志及補編 | 章鈺等編 | 中華書局 1982 年版 |
| 清史稿藝文志拾遺 | 王紹曾主編 | 中華書局 2000 年版 |
| 清詩話 | 丁福保輯 | 上海古籍出版社 1978 年版 |
| 清詩話續編 | 郭紹虞編選、富壽蓀點校 | 上海古籍出版社 1983 年版 |
| 清詩話考 | 蔣寅著 | 中華書局 2005 年版 |
| 清詩紀事初編 | 鄧之誠撰 | 上海古籍出版社 1984 年版 |
| 晚晴簃詩匯 | 徐世昌輯 | 中國書店 1989 年影印本 |
| 明清進士題名碑錄 | 朱保炯、謝沛霖編著 | 上海古籍出版社 1980 年版 |
| 清人室名別號索引 | 楊廷福、楊同甫編 | 上海古籍出版社 1988 年版 |
| 清人文集別錄 | 張舜徽撰 | 中華書局 1980 年版 |
| 明清江蘇文人年表 | 張慧劍撰 | 上海古籍出版社 1986 年版 |
| 販書偶記 | 孫殿起撰 | 上海古籍出版社 1982 年版 |

| 販書偶記續編 | 孫殿起撰 | 上海古籍出版社 1980 年版 |
| 中國方志叢書 | 成文出版社編 | 台灣成文出版社有限公司 1936—1974 年版 |
| 杜詩引得 | 洪業等編 | 上海古籍出版社 1983 年版 |
| 杜詩研究論文集(第一、二、三輯) | 中華書局編 | 中華書局 1962、1963 年版 |
| 杜集書録 | 周采泉著 | 上海古籍出版社 1986 年版 |
| 杜集書目提要 | 鄭慶篤等著 | 齊魯書社 1986 年版 |
| 唐詩選本六百種提要 | 孫琴安著 | 陝西人民教育出版社 1987 年版 |
| 中國文學家大辭典(清代卷) | 錢仲聯主編 | 中華書局 1996 年版 |
| 清代官員履歷檔案全編 | 秦國經主編 | 華東師範大學出版社 1997 年版 |
| 中國善本古籍書目 | 顧廷龍主編 | 上海古籍出版社 1998 年版 |
| 四庫全書總目 | 永瑢等編 | 上海古籍出版社 1965 年版 |
| 四庫全書存目叢書 | 季羨林主編 | 齊魯書社 1997 年版 |
| 四庫未收書輯刊 | 羅琳主編 | 北京出版社 2000 年版 |
| 續修四庫全書 | 顧廷龍主編 | 上海古籍出版社 2002 年版 |
| 四庫禁燬書叢刊 | 王鍾翰主編 | 北京出版社 2005 年版 |
| 清代詩文集彙編 | 國家清史編纂委員會編 | 上海古籍出版社 2011 年版 |

| | | |
|---|---|---|
| 清代目録提要 | 來新夏主編 | 齊魯書社 1997 年版 |
| 清人別集總目 | 李靈年、楊忠主編 | 安徽教育出版社 2000 年版 |
| 清人詩文集總目提要 | 柯愈春著 | 北京古籍出版社 2001 年版 |
| 中州文獻總録 | 吕友仁、查洪德主編 | 中州古籍出版社 2002 年版 |
| 唐詩書目總録（增訂本） | 陳伯海、朱易安主編 | 上海世紀出版股份有限公司、上海古籍出版社 2015 年版 |
| 杜詩縱横探 | 張忠綱著 | 山東大學出版社 1990 年版 |
| 杜甫詩話六種校注 | 張忠綱著 | 齊魯書社 2002 年版 |
| 杜甫詩學引論 | 胡可先著 | 安徽大學出版社 2003 年版 |
| 山東杜詩學文獻研究 | 張忠綱等著 | 齊魯書社 2004 年版 |
| 清代杜詩學史 | 孫微著 | 齊魯書社 2004 年版 |
| 清代人物生卒年表 | 江慶柏編 | 人民文學出版社 2005 年版 |
| 杜集敘録 | 張忠綱等著 | 齊魯書社 2008 年版 |
| 杜詩學研究論稿 | 孫微、王新芳著 | 齊魯書社 2008 年版 |
| 地方經籍志彙編 | 賈貴榮、杜澤遜輯 | 北京圖書館出版社 2008 年版 |
| 藝苑查疑補證散考 | 汪世清著 | 河北教育出版社 2009 年版 |
| 杜甫大辭典 | 張忠綱主編 | 山東教育出版社 2009 年版 |
| 杜詩學文獻研究論稿 | 孫微著 | 河北大學出版社 2010 年版 |

| 杜詩學與杜詩文獻 | 郝潤華等著 | 巴蜀書社 2010 年版 |
| 集句詩文獻研究 | 張明華、李曉黎著 | 社會科學文獻出版社 2012 年版 |
| 杜甫全集校注 | 蕭滌非主編 | 人民文學出版社 2014 年版 |
| 清代杜集序跋彙録 | 孫微輯校 | 人民文學出版社 2017 年版 |
| 杜詩學文獻學史研究 | 王新芳、孫微著 | 科學出版社 2018 年版 |

# 已出書目

**第一輯**

目錄版本校勘學論集

秦制研究

魏晉南北朝文體學

李燾學行詩文輯考

杜詩釋地

關中方言古詞論稿

**第二輯**

兩漢文獻與兩漢文學

秦漢人物散論

秦漢之際的政治思想與皇權主義

文心雕龍學分類索引

宋代文獻學研究

清代《儀禮》文獻研究

**第三輯**

四庫存目標註（全八冊）

**第四輯**

山左戲曲集成（全三冊）

**第五輯**

鄭氏詩譜訂考

文心雕龍校注通譯

唐詩與民俗關係研究

東夷文化通考

泰山香社研究

**第六輯**

日名制・昭穆制・姓氏制度研究

易經古歌考釋(修訂本)

儒學視野中的《文心雕龍》

唐代文學隅論

清代《文選》學研究

微湖山堂叢稿

經史避名彙考

**第七輯**

古書新辨

溫柔敦厚與中國詩學

詩聖杜甫研究

宋遼夏金經濟史研究(增訂本)

探尋儒學與科學關係演變的歷史軌跡

會通與嬗變

被結構的時間:農事節律與傳統中國鄉村

民眾年度時間生活

里仁居語言跬步集